JOURS DE PLUIE À MADRAS

Samina Ali

JOURS DE PLUIE À MADRAS

ROMAN

Traduit de l'anglais (Inde)
par Anne-Cécile Padoux

MERCVRE DE FRANCE

BIBLIOTHÈQUE ÉTRANGÈRE
Collection dirigée par
Marie-Pierre Bay

Titre original :

MADRAS ON RAINY DAYS

Pour Ammy et Daddy
dont la confiance, la compréhension et le courage
m'ont encouragée jusqu'au bout

PROLOGUE

Mung'ni

Je souffre sans bouger dans une chambre qui n'est pas la mienne. La porte est fermée à clé. Les volets de bois sont rabattus et verrouillés. Dehors, aucune brise ne vient agiter les feuilles des manguiers ou les cocotiers. Tout n'est qu'immobilité. C'est le matin d'une chaude journée du mois de mai, le milieu de l'été à Hyderabad. Il doit faire quarante degrés à l'extérieur. Dans la chambre, on dirait qu'il fait encore plus chaud.

Le bord d'un des volets de bois est cassé et la fente laisse passer un rayon de soleil dans la pièce. Je suis étendue au milieu du lit de ma tante, celui qu'elle a apporté avec sa dot quelque vingt ans plus tôt. Pour sa nuit de noces, on l'avait drapé d'une moustiquaire rose, des guirlandes de jasmin et de roses pendaient aux quatre côtés, emplissant l'air de leur parfum. Pour la première fois ce soir-là, elle avait vu le visage de mon oncle quand il lui avait fait l'amour — non pas sur le moelleux velours rouge qui couvrait le matelas en l'honneur de cet événement, mais en restant soigneusement sur la pièce de tissu blanc de deux pieds sur deux qui apporterait plus de validité à cette union que le collier de mariage de ma tante et les vœux prononcés. Le lendemain matin, il avait suspendu le tissu taché de rouge à la corde à linge, et l'avait agité dans le vent pour que tout le monde le voie, tel un drapeau blanc annonçant la reddition de ma tante et la victoire de son époux. Puis avait commencé pour elle, qui s'était montrée digne de lui, le long processus qui consistait à oublier sa famille et à s'intégrer à la mienne. Aujourd'hui, le lit est dégarni et nu, montrant qu'il n'est rien de plus qu'une plate-forme recouverte d'un mince matelas de coton, même pas confortable. Je sens le bois contre mon corps, contre l'arrière de ma tête, mes omoplates, mes coudes, mes talons. Si un homme devait s'allonger maintenant sur moi, j'imagine que je me casserais.

L'étroit rayon lumineux effleure mes lèvres, et en les sentant devenir de plus en plus chaudes, je me dis que ce doit être l'impression que donne le rouge à lèvres. Le rouge nuptial. Mais, bientôt, je ne suis plus à mon aise, ma nuque et mon dos sont en sueur, ils mouillent le drap de coton sous moi ; je sais que j'y laisserai mon empreinte.

Mais je ne bouge pas. En fait, je resterai ainsi tout le jour. À mesure qu'au-dehors le soleil avance dans le ciel, la bande lumineuse descend le long de mon corps. Elle quitte mes lèvres pour glisser sur ma gorge, traverse mes seins, mon ventre, mon bassin et mes cuisses, puis, enfin, s'atténue, se retire, glisse jusqu'au mur turquoise. C'est seulement ainsi que j'ai pu mesurer l'écoulement du temps. À la fin du jour, les particules de poussière dans l'air ne sont plus visibles. De même que les contours de mon corps. Tout s'estompe, devient flou, la courbe de mon bras se confond avec les plis de ma chemise, et mon gros orteil que je voyais se dresser tout droit est peut-être, en fait, la poignée de la porte, au fond de la chambre.

Tout est indistinct. Hormis la voix de ma mère, dans le couloir.

Elle gémit, se cogne le front contre la porte verrouillée de la chambre, recule pour se cogner de plus belle. Chaque fois qu'elle heurte sa tête, j'entends le bruit sourd du bois qui vibre et j'ai peur que le bois ne cède sous les coups. Je garde les yeux fermés, essayant d'ignorer ces démonstrations de douleur. Mais je ne peux empêcher mes dents de grincer et mes doigts d'égratigner mes cuisses ; je sens bientôt la chaleur poisseuse de mon sang qui coule sous le mince *salwar* [1] de polyester. Il y a quelque part un soulagement dans notre angoisse commune.

« Tu brises le cœur de ta mère. Tu brises le cœur de ta mère. Enfant du démon, tu verras, tu ne seras jamais heureuse. » C'est la voix d'Amme, de ma mère, bien qu'elle ne ressemble pas à la voix que je connais. Il semble que ce soit une autre femme qui parle, qui me maudit. Nous savons pourtant toutes deux qu'aucune malédiction n'est plus tenace que celle d'une mère envers sa fille, sa chair et son sang. Qui est l'enfant du démon, elle ou moi ?

De l'autre côté des volets, des feuilles craquent, une branche se casse. Mon oncle fait les cent pas, trop anxieux pour intervenir — non qu'il approuve ma protestation silencieuse, mais il sait que c'est à sa sœur et à son épouse, aux femmes de la maison, de me convaincre d'accepter ce prétendant, celui qu'elles ont choisi pour moi, que je dois épouser, puis aimer. Pourtant, sa présence me pèse, et, plus que ces stupides lamentations, elle suffit à m'accabler.

Ma nourrice et sa fille arrachent ma mère de la porte. J'entends leurs sandales traîner, glisser sur le sol carrelé. Amme supplie qu'on la laisse où elle est. Elle dit qu'elle sait ce qu'elle fait. Avec son assurance habituelle, entêtée.

1. Pour la plupart des mots en italique, voir le glossaire à la fin du volume. (*N.d.É.*)

« Vous saignez, dit ma nourrice. *Hai* Allah ! Quelle fille avez-vous mise au monde, pauvre mère ! » Toutes deux entraînent Amme, et le son de leurs voix faiblit tandis qu'elles passent du couloir dans le living-room.

« Je ne sais pas quoi faire, sanglote Amme. Son père n'est pas là. Il n'est jamais là. Il n'y a personne pour m'aider ? Comment puis-je y arriver toute seule ?

— Chut... »

Dans ma chambre, la pénombre a fait place à l'obscurité. Je respire plus légèrement, je sens l'odeur de ma sueur. Dehors, des pas écrasent encore des feuilles, mais ils s'éloignent cette fois. Mon oncle bat en retraite, je me demande où est sa femme.

Il n'y a plus aucun bruit à présent, seulement le silence que je connais si bien, et dans la chambre obscure je vois flotter des images du front rougi d'Amme se confondant avec mes cuisses tachées de sang, ou s'en séparant, devenant grotesques. Au moment où je me dis que je ne céderai pas, Amme échappe soudain à ma nourrice, dont le vieux corps s'écroule contre une chaise qui racle le sol. Elle hurle, Amme hurle, les deux voix vibrent à l'unisson jusqu'à ce que ma nourrice se taise brusquement. Amme continue à crier, court dans le couloir vers la chambre, vers moi, sa fille maudite. À mesure qu'elle s'approche, sa voix est plus sonore, plus grave.

« Putain ! » gronde-t-elle en cognant sur la porte. Avec ses poings, avec son front. Poings et front. Ses pieds nus. « Dis-moi qui est ton amant. Effrontée putain ! Tu es comme ton père. Avec qui tu couches pour que tu ne puisses pas épouser quelqu'un d'autre ? » Bien sûr, il n'y a personne et je suis exactement la fille innocente qu'elle a élevée. Mais elle me condamne, moi et ma féminité, dans l'espoir d'avoir autorité sur moi de la seule façon possible : à travers mon corps.

« Je vais te jeter dehors, et tu peux te prostituer pour vivre ! » Elle a repris les menaces de mon père, ce qu'elle n'avait encore jamais fait. Puis j'entends la voix de ma tante du côté de mon épaule gauche, par-delà les volets ; elle insiste auprès de son mari pour qu'il intervienne ; celui-ci pousse un soupir, puis s'approche, les feuilles mortes craquent sous ses *chappals,* il frappe avec hésitation sur le volet, du dos de la main. « Sors donc, *Beta* », dit-il, me traitant affectueusement de « fille », ce qu'il ne fait que lorsqu'il est contrarié. « Ta mère a raison. Tu ne peux pas construire ton bonheur sur son malheur. Toute cette colère, cette saleté ne sont pas bonnes, pas bonnes pour toi, ni pour personne. »

Il s'éloigne vers le portail qu'il fait grincer en l'ouvrant et en le refermant derrière lui ; ma tante revient vers l'entrée de la maison, je sais qu'elle va retrouver ma mère, lui prêter son bras, enlacer ses épaules tremblantes pour apaiser sa colère et ses imprécations. Ma nourrice et sa fille sont encore en train de pleurer dans le living-room, les murs de cette chambre chuchotent trop doucement pour que je puisse les entendre, mais j'ouvre les yeux et je vois le ventilateur immobile au-dessus de moi, ses pales arrondies disparaissant dans le plafond obscur. Et avant que je réfléchisse à ce qui se passera si je cède, ma mère cogne une dernière fois sa tête un peu trop fort contre la porte, et ce dernier choc la fait tomber sur le sol, où elle s'écroule, avec un bruit sourd. La terre soupire, et moi, autre mauvaise herbe dans ce misérable terrain, je me lève enfin.

Shaitan

Amme et moi étions assises sur le siège arrière de la Fiat, entièrement couvertes de nos tchadors noirs. Seuls nos yeux étaient visibles : des yeux bruns, en amande, apeurés. Dans les iris de ma mère, je voyais reflété mon visage, une forme imprécise, sombre et ovale, le fantôme ou le démon qu'elle soupçonnait déjà en moi. Nous roulions au cœur de la Vieille Ville pour nous rendre chez l'*alim*. Amme était persuadée que j'étais habitée par le démon et elle voulait que le saint homme m'exorcise. Mais je savais que, lorsqu'elle regardait dans mes yeux, elle voyait aussi son visage à elle, sombre et indistinct.

Mon oncle était assis sur le siège avant afin de guider Ahmed, notre chauffeur. Amme ne souhaitait pas que l'on sache où nous allions, pas même Ahmed. Elle craignait que cette visite ne revienne aux oreilles de Samir, mon fiancé, qui romprait s'il apprenait que j'étais possédée. Oncle Abou pilotait donc le jeune chauffeur dans le dédale des ruelles étroites — qui se ressemblaient toutes avec leurs bicoques d'une ou deux pièces — à la recherche de la maison de l'*alim*. Plus nous avancions, moins je voyais d'arbres. Il n'y avait plus qu'une succession de murs en ciment et de venelles donnant dans d'autres venelles, tel un tissu veineux, et je doutais que nous puissions jamais trouver l'*alim*. Sur la route, nous avions plusieurs fois abouti à des culs-de-sac et avions été obligés de faire marche arrière.

« Il va s'occuper de toi », murmura Amme, à travers le polyester brillant de son voile. Mais elle avait pris soin de s'asseoir contre la portière pour ne pas risquer de me toucher. « Ne t'inquiète pas. Tu n'auras plus de rêves. Plus de saignements. Tu seras mieux. Ce n'est pas toi, Layla, non. » Ses yeux m'examinaient de haut en bas comme si elle cherchait des traces du diable. Plus elle me regardait ainsi, plus je croyais qu'il y avait vraiment quelque chose en moi. Je la fixai sans ciller, sentant que je détenais silencieusement un pouvoir et un mystère qui les dépassaient.

Elle tourna son regard vers l'avant de la voiture, sur les épaules larges et minces d'Ahmed et sur oncle Abou, puis se retourna vers moi. « L'*alim* est bien, chuchota-t-elle. Il n'est pas comme les autres. Ton oncle dit que celui-ci est authentique — il ne prend pas d'argent. » En parlant, ses yeux s'agrandissaient et diminuaient. « Ne me fixe pas comme ça, dit-elle. Tu me fais peur. » Elle tourna la tête vers la fenêtre. Je voyais, à travers son voile noir, qu'elle roulait ses poings sur ses cuisses.

Les rues de la Vieille Ville se faisaient de plus en plus étroites et les maisons de plus en plus petites. Même les moto-rickshaws ne passaient pas dans ce quartier, si bien que, au bruit de notre voiture qui avançait au ralenti, des gosses aux jambes nues sortirent en courant des maisons et nous poursuivirent, certains brandissant des bâtons. Leurs rires aigus nous imposèrent silence. Une pluie légère commençait à tomber, mais ici et là des nuages se dissipaient et il y avait aussi du soleil. C'était un début de juillet indien, la mousson approchait.

Malgré la pluie, mon oncle avait gardé sa vitre ouverte et son bras massif reposait à l'extérieur ; ses cheveux noirs se mouillaient et collaient à sa peau brune. L'autre bras était étendu sur le dossier, ses doigts pendant près des minces épaules d'Ahmed. Je les observais qui tambourinaient sur la housse en vinyle et j'attendais de voir s'il toucherait Ahmed pour de bon. Les hommes faisaient cela ici, se caressaient ouvertement, et on ne savait pas ce que ces attouchements signifiaient réellement, pas même les hommes eux-mêmes... ni leurs futures épouses. Dans la rue, ils marchaient en se tenant par la main ou par la taille. Comme j'avais grandi à la fois en Inde et en Amérique, ces différences de culture, si minimes fussent-elles, me troublaient beaucoup. Chaque fois que je retournais en Inde ou aux États-Unis, après une absence de six mois, j'avais l'impression de tourner une page, ne sachant pas si je devais lire l'ourdou ou l'anglais de droite à gauche ou de gauche à droite. Et pourtant le sens que je choisissais marquait toujours la différence.

« C'est ici, c'est ici », dit oncle Abou, en agrippant l'épaule d'Ahmed et lui montrant une ruelle sur la gauche qui ressemblait à toutes les autres. « Tourne ici. »

Ahmed avait déjà actionné les essuie-glace qui grinçaient et grattaient le pare-brise. Il arrêta la voiture et sortit la tête par la fenêtre.

« Je ne peux pas entrer là, Sahib. La voiture sera bloquée.

— Non, non. Je pense que ça ira. Continue, continue.

— Je ne crois pas. Regardez comme la ruelle est étroite. Même si la voiture passe, comment pourrez-vous en sortir ? » dit-il en riant. Vus de derrière, ses cheveux étaient longs et ondulés sur sa nuque ruisselante de sueur.

Nous nous penchâmes en avant, Amme et moi. C'était un vendredi matin, de bonne heure, le jour sacré pour les musulmans ; les rues étaient vides, ce qui permettait d'en avoir une perspective dégagée. Je regardai le passage étroit, où s'alignaient des deux côtés des petites maisons, sans pouvoir être sûre que nous aurions assez de place. La Fiat étant plus petite que la BMW que je conduisais à Minneapolis, il m'était difficile de juger.

« Ahmed, essaie d'aller aussi loin que possible, dit Amme. Amène-nous au plus près.

— Je ne crois pas que ça ira, dit Ahmed, se tournant vers elle.

— Je sais ce qui va et ce qui ne va pas, Ahmed. Continue simplement. Je ne veux pas qu'on me voie marcher dans ces rues. Qu'est-ce que les gens diraient ?

— Mais, Memsahib...

— Vas-y », ordonna oncle Abou.

Ahmed soupira et tourna à gauche. Les gamins ricanèrent, hurlèrent, puis tapèrent sur le coffre avec la paume de leurs mains. Le métal résonnait. Ahmed marmotta que personne ne nous reconnaîtrait sous nos tchadors, mais nous fîmes semblant de ne pas l'entendre. La rue était pavée et j'en conclus qu'elle l'avait été du temps du Nizam [1]. Aujourd'hui, les ruelles ne sont que des chemins boueux. Un signe de progrès, vraiment... Le moteur grondait, mais la voiture faisait presque du surplace car les garnements feignaient de la pousser sur les côtés et par-derrière. La Fiat avança de quelques centimètres, puis Ahmed éteignit tout simplement le moteur. Les enfants ricanèrent de plus belle.

Des deux côtés de la ruelle, nous vîmes des maisons blanches en ciment, au toit de tôle ondulée, aux fenêtres

1. Titre du prince régnant de l'État d'Hyderabad, avant l'Indépendance. (*N.d.T.*)

munies de barreaux ; les volets de bois étaient grands ouverts pour laisser passer le peu d'air qu'il y avait au-dehors. De distance en distance, une porte peinte de couleur différente — bleue, orange, rose, jaune — distinguait chacune d'elles.

« Je vais courir jusque chez l'*alim* pour m'assurer qu'il est chez lui », proposa oncle Abou. Il avait des traits anguleux, d'épais sourcils.

Amme approuva d'un signe de tête. Mon oncle me jeta un regard rapide et esquissa un sourire. Je le regardai à mon tour, sachant qu'il ne pouvait voir que mes yeux ; je n'avais donc pas besoin de leur donner une expression quelconque. Il ouvrit la portière, heurtant le mur d'une maison, et sortit en se faufilant. Il partit en courant dans la ruelle qui faisait un coude et, au tournant, je vis disparaître sa chemise à carreaux rouges et blancs.

« Cette rue, on l'appelle l'allée de l'Éléphant », dit Ahmed en se tournant vers nous. Ses lèvres étaient noircies par le tabac. « Elle est célèbre parce qu'un éléphant n'a pas pu passer, il y est resté coincé. » Il fit un geste dans la direction que mon oncle venait de prendre. « Les hommes ont mis quatre heures pour tirer cet animal de là.

— Ici, les gens s'arrangent toujours pour qu'il se passe quelque chose », dis-je en cherchant des yeux, sur les murs blanchis à la chaux, des traces de peau ou de sang. Il n'y en avait pas. « C'est seulement le spectacle qui compte. Pauvre bête.

— C'était à cause d'un mariage, expliqua Ahmed.

— Dans ce pays, tout arrive à cause des mariages, murmurai-je.

— Le marié, poursuivit le chauffeur, était sur l'éléphant, il allait retrouver sa future épouse à la mosquée, au bout de la rue. L'orchestre de la noce se trouvait ici, au complet, vous voyez, il escortait le marié en jouant de la trompette, en tapant sur les tambours. C'est comme ça que la mariée et les invités savent que le jeune homme est arrivé. Vous verrez dans deux jours, à votre... »

Je protestai : « Ahmed ! » Je n'étais pas d'humeur à évoquer mon mariage. « Tu parles toujours trop.

— Excusez-moi, Layla-bibi », dit-il en souriant. J'étais sûre qu'il pensait que je me comportais comme il convenait à une timide fiancée, trop gênée pour parler de l'événement imminent — c'est-à-dire la perte de ma virginité durant la nuit de noces — et je le laissai à son illusion.

Les enfants continuaient à taper sur la malle arrière ; le bruit des vibrations métalliques attira les femmes aux portes et aux fenêtres. Elles portaient de vieux saris de coton, l'une d'elles avait un bébé dans les bras dont les yeux étaient cernés de khôl afin de le préserver du mauvais œil. Elles se tenaient contre notre voiture et nous observaient. Nous plaquâmes le fin tissu de notre voile contre notre visage ; celui de ma mère était caché au point qu'on ne voyait que la moitié de ses yeux.

« Couvre-toi ! » me dit-elle d'un ton brusque, mais je fis la sourde oreille. Que pouvais-je cacher de plus ?

La voiture tanguait sous la poussée des enfants, et ces secousses suffirent à me donner des crampes d'estomac. Je me retournai et leur jetai un regard furieux, qu'ils ne virent pas. J'imaginai alors de me servir de mes pouvoirs démoniaques. Si je les regardais fixement, mes yeux deviendraient peut-être rouges et je les ferais fuir bien loin sans même les toucher. Mais ce n'étaient que des images que j'avais gardées des films d'horreur américains. Qu'est-ce que cela signifiait donc, dans la vie réelle, d'être possédée ?

Amme, les yeux clos, murmurait des prières pour mon

salut, faisant bouger son voile contre ses lèvres ; je compris qu'elle ne pouvait rien faire à présent pour me sauver.

« Fais donc partir ces garnements », dis-je à Ahmed. Ses joues sombres étaient couvertes de marques de petite vérole.

Il sortit sa tête à l'extérieur et cria contre eux. Ils lui rendirent la pareille et continuèrent à secouer la voiture.

« Ces enfants sont odieux, dit Amme, qui avait fini ses prières. Ces femmes ont des gosses qu'elles jettent ensuite à la rue. Ils n'ont aucune discipline, on ne s'occupe pas d'eux, advienne que pourra. Et on s'étonne, après, que l'Inde ne progresse pas... *Pouah* ! » Elle cracha par la fenêtre pour montrer son mépris à ces femmes. Puis elle se voila de nouveau en hâte le visage.

« Ne faites pas attention à eux, Memsahib, dit Ahmed, tentant de la consoler. Ce ne sont que des gamins des rues.

— Ce n'est pas d'eux que je me soucie, dit-elle, mais de la voiture. » Elle se pencha à l'extérieur et hurla : « Allez-vous-en, petits vauriens ! » Ils s'immobilisèrent aussitôt. En me retournant, je vis que les trois ou quatre gosses qui étaient assis sur le toit se laissèrent glisser le long de la vitre arrière, contre laquelle se pressèrent leurs maigres cuisses. « Qui va payer les dégâts, hein ? Votre père ? Filez, ou je sors vous battre avec ces bâtons. »

Les enfants éclatèrent de rire. Ils étaient une bonne dizaine. À présent, leurs chemises de nylon était trempées, et leurs oreilles pointaient sous leurs cheveux plaqués sur leur crâne.

Une des femmes appela de sa porte : « Zahir ! » Posant les mains à plat sur le capot, elle regarda les enfants sur le toit de la voiture. « Obéis à la dame et arrête de jouer avec l'auto. »

Il y eut un silence, puis le garçon, Zahir sans doute, ordonna à ses camarades de filer. Ceux qui étaient sur le toit sautèrent, faisant faire un bond à la voiture.

Amme se réinstalla avec satisfaction sur le siège. « *Ageeb log hai*, dit-elle. Je n'ai jamais vu des gens aussi bizarres.

— Alors, écoutez, reprit Ahmed. Le jeune homme était si pressé de se marier qu'il a bondi de l'arrière de l'éléphant et a couru à la mosquée — sans l'orchestre. Ils étaient de l'autre côté et ne l'ont même pas vu partir...

— Ahmed, arrête de bavarder, dit Amme. Tu ne fais que m'irriter encore plus.

— Je raconte simplement une histoire. Pour calmer Layla-bibi.

— Layla-bibi n'a pas besoin qu'on la calme. Qu'est-ce qui te fait croire ça ?

— Non, bien sûr, elle n'en a pas besoin », dit Ahmed et il sourit.

C'est donc qu'il savait déjà tout. Les domestiques sont toujours au courant. On ne peut leur cacher aucun secret. Je regardai Amme du coin de l'œil, mais elle n'avait pas remarqué ce sourire. Elle s'énervait de plus en plus, s'agitait sur son siège, regardait derrière nous, puis devant.

« Quand va-t-il revenir ? demanda-t-elle. On ne peut faire confiance à personne. Il sait bien qu'il ne faut pas qu'on nous voie ici. Et il prend tout son temps...

— Personne ne peut vous reconnaître sous votre voile, dis-je, tâchant de l'apaiser. Même moi, je ne pourrais pas.

— Ne sois pas si naïve, Layla, tout le monde nous connaît », répliqua-t-elle, roulant de nouveau ses poings sur ses cuisses. C'est ce qu'elle faisait depuis le matin, depuis que je lui avais parlé de mes saignements et suggéré d'annuler le mariage. « Quelqu'un pourrait même reconnaître la voiture... Ou même Ahmed. Eh, Ahmed ! » Elle se tourna vers lui. « Arrête de regarder dans tous les sens. Cache ton visage.

— *Ar're*, Memsahib, dit-il avec un grand sourire. Personne ne va me reconnaître.

— Ahmed, si tu continues à discuter, je te mets à la porte et j'engage un autre chauffeur. Je n'aurai que l'embarras du choix, ne l'oublie pas. »

Ahmed devint grave et se pelotonna devant le volant. J'étais contente qu'Amme l'ait fait taire.

« Et toi, ne me dis pas que tu ne reconnaîtrais pas ta propre mère, dit Amme en se détournant de moi. Tu as une langue si perfide. Tu es si ingrate — exactement comme ton père. De jour en jour tu lui ressembles un peu plus. Quoi que je fasse, vous ne le remarquez pas. C'est commode d'être aveugle. Vous êtes pareils, tous les deux. »

Je me pelotonnai moi aussi sur le siège et regardai distraitement la ruelle qui allait en se rétrécissant devant nous. Malgré tous mes efforts pour ne pas ressembler à mon père — notamment en donnant mon accord à ce mariage —, je ne pouvais plus dire qu'elle se trompait.

Oncle Abou apparut au coin de la rue, tout essoufflé ; les femmes se replièrent dans leurs maisons pour ne pas être vues par cet inconnu. Dès qu'elles eurent disparu, les garnements revinrent au galop, recommencèrent à sauter sur la malle arrière et nous fûmes de nouveau secoués. Je soutenais mon ventre rond et dur. Oncle Abou passa la tête par la vitre de devant. Ahmed se redressa. « L'*alim* est là, dit mon oncle. Il va nous recevoir.

— Combien a-t-il de visiteurs ? demanda Amme.

— Trois, seulement. Il dit qu'il nous fera attendre dans la chambre jusqu'à ce qu'ils partent, mais il faut nous dépêcher, il est déjà tard, et ça va être l'heure de sa prière.

— Allons-y », déclara Amme en se tournant vers moi.

Je respirai à fond en sortant de la voiture. Les gamins se sauvèrent en riant.

« Allons, allons, dépêche-toi », me dit oncle Abou en me faisant signe de venir. Amme courait déjà en avant, la tête baissée, fantôme noir se détachant contre des murs blancs. Je suivis mon oncle. Nous passâmes devant plusieurs portes et fenêtres ouvertes, et derrière les rideaux je voyais des visages à moitié cachés, des yeux qui nous observaient. Je bénissais mon tchador qui me rendait invisible.

Derrière nous, Ahmed criait après les gosses tandis que, devant nous, une fois franchi le tournant de la ruelle, nous trouvâmes le même alignement monotone de maisons en béton. La pluie continuait à tomber. Il y avait à peine un souffle d'air et seulement une puanteur d'urine acide et d'épices fades. L'ourlet de mon tchador me battait les chevilles. Nos sandales glissaient sur les pavés humides qu'elles faisaient résonner. De l'eau stagnait entre les pierres. Un œil, une lèvre, des pierres, les talons calleux des pieds d'oncle Abou, c'était tout ce que je voyais. Je perdis vite le souffle, puis je fis un faux pas, glissai et faillis tomber en avant. Une crampe aiguë me transperçait le ventre. Oncle Abou m'agrippa par le bras, ses ongles se plantèrent dans ma chair, et je le repoussai.

« Excusez-moi », dis-je à travers le tchador. Je pressai la paume de ma main contre mon ventre pour soulager la souffrance, heureuse que ni lui ni Amme ne puissent surprendre ce geste.

« Fais attention ! » dit-il.

Je hochai la tête et nous reprîmes notre course en avant. Je ne comprenais rien à cette précipitation. J'étais à la fois à l'intérieur de mon corps, courant dans ce boyau étroit, et à l'extérieur, nous observant, Amme, oncle Abou et moi-même, la tête baissée, le visage grave, priant pour que l'*alim* soit capable de chasser le démon. En Inde, l'absence de murs entre le spirituel et le monde ordinaire, profane, fait que tout paraît possible. Même les démons. Surtout les démons. Autrement, pourquoi avais-je fait ça à Minneapolis — à la dernière minute, juste avant le mariage — alors que je n'en avais jamais été tentée auparavant ? J'avais exposé secrètement un corps interdit au regard. J'avais fréquenté un Américain. Je lui avais donné délibérément ce qu'on m'avait toujours appris à considérer comme n'appartenant pas à moi, mais à mon futur époux. Quand, lors de notre nuit de noces, Samir découvrirait ce que j'avais fait, il me jetterait certainement dehors. Il fallait annuler le mariage avant que cela n'arrive.

Je courus en avant saisir la petite main d'Amme, qui eut l'air étonné, mais elle ne la retira pas. Nous nous traînions toutes les deux derrière oncle Abou.

Nous arrivâmes devant une porte bleue ; mon oncle y cogna légèrement et une femme vint aussitôt l'ouvrir. Elle portait un sari fané dont le pan déchiré lui entourait la tête et elle en tenait le bout serré entre ses dents. Elle avait des cils raides et drus, des mains ridées aux veines bleues, se ramifiant jusqu'à ses doigts osseux. Elle nous fit entrer dans une cour intérieure, et je remarquai que ces maisons, profondes et étroites, étaient spacieuses. Au milieu de la cour pavée, il y avait un puits et un seau vide sur la margelle de pierre. Deux colombes au roucoulement mélancolique, perchées sur le seau, penchèrent la tête pour nous voir. Face à la porte d'entrée, la demeure principale n'avait, comme la plupart des vieilles maisons, que trois murs seulement, le quatrième côté s'ouvrant sur cette cour.

Dans le salon, un vieil homme barbu était assis sur un *takat*; ses yeux immobiles regardaient dans le vide. Autour de lui, trois femmes voilées étaient assises, elles, sur le sol. Elles portaient la *burkha* traditionnelle avec le carré de tulle pour le visage, mais qu'elles avaient rejeté en arrière pour découvrir leurs traits, et non, comme Amme et moi, un tchador iranien plus à la mode; j'en conclus qu'elles étaient pauvres. Une de ces femmes tenait un bébé en pleurs dans ses bras. Elles se tournèrent vers nous; leurs yeux étaient bordés de khôl, leurs joues portaient des traces noires et je compris qu'elles aussi avaient pleuré. Je les regardai à mon tour tout en suivant la vieille dame dans une autre pièce. Il ne s'y trouvait qu'un lit, une armoire, une horloge au mur marquant cinq heures moins le quart, mais le balancier ne bougeait pas. C'était une heure arbitraire.

« Je m'appelle Nour. Quand les autres seront parties, je vous ferai entrer, dit la vieille femme, debout près de la porte.

— Merci ! dirent oncle Abou et Amme d'une même voix.

— Désirez-vous boire quelque chose ? Une boisson fraîche ou du thé chaud ? »

Oncle Abou demanda de l'eau, Amme, du thé. Je déclinai son offre, me disant que c'était une drôle d'entrée en matière. Car, après tout, ce n'était pas une visite mondaine.

Mon oncle rassurait Amme à voix basse, et elle répondait en hochant la tête. Ses yeux étaient anxieux, mais secs. Dix ans plus tôt, elle s'était enfermée dans sa chambre pour pleurer. Elle en était sortie un mois plus tard, plus maigre encore, les mains tremblantes, les yeux cernés, et, depuis, n'avait plus jamais versé de larmes, n'ayant plus de raisons de pleurer : pour elle, sa vie était finie. À présent, elle était assise, les épaules courbées, acquiesçant à ce que lui disait oncle Abou et me jetant parfois un regard — pour le détourner dès que je rencontrais le sien. Nous avions déjà vu plusieurs *alims*, en fait chaque fois que nous rentrions des États-Unis, mais ces visites avaient été plus rituelles que sincères. Cette fois, mes cauchemars et mes saignements menstruels continus faisaient que celle-ci était à prendre au sérieux, et Amme en était consciente.

Je surveillais la porte, attendant que Nour revienne; j'avais envie de voir ce qui se passait dans l'autre pièce. Je m'inquiétais pour le bébé, à peine plus grand que mon avant-bras, parce qu'il me paraissait mal en point. Quand un enfant tombait malade, les paysans, les mères indigentes préféraient consulter des guérisseurs plutôt que d'aller chez de vrais médecins. Les *alims* donnaient de l'espoir, on s'adressait donc à eux. Les rebouteux, les exorcistes, les praticiens de magie noire, les *alims*, les faiseurs de miracles, nous convenaient, quels que fussent nos maux, on n'avait qu'à leur demander — et leur offrir un peu d'argent. Tous, nous achetions nos rêves à notre façon.

La vieille femme entra, portant un petit plateau de bambou où étaient posés un verre d'eau et une tasse blanche pleine de thé fumant.

« Vous ne désirez rien? me demanda-t-elle.

— Non, rien », dis-je en allant vers la porte ouverte pour jeter un coup d'œil derrière le rideau. Les trois femmes étaient encore assises en demi-cercle devant le vieil *alim*.

L'une d'elles, les bras tendus, tenait en l'air le bébé en pleurs sous le nez du vieil homme. L'*alim* cessa de se balancer, ferma les yeux et flaira l'enfant. Les deux autres femmes s'essuyaient le visage, leur dos voûté encore secoué de sanglots. La mère reposait sa tête contre un de ses bras levé. Épuisée, j'en étais sûre, car c'était la seconde fois qu'elle devait donner la vie à son petit. Quelle mère véritable laisserait mourir son bébé ? Même Amme disait qu'elle se tuerait plutôt que de me voir en danger. Maintenant que j'étais souffrante, elle suppliait Allah de mettre dans son propre corps ce qui était dans le mien. C'était sa façon de me bénir.

L'*alim* ouvrit soudain les yeux et tourna la tête vers moi. D'un œil il prit note de ma présence, tandis que de l'autre il continuait à observer l'enfant. Je tirai le rideau et me hâtai de rentrer dans la chambre.

« Pourquoi as-tu l'air si effrayée ? » me demanda oncle Abou en souriant. Il était assis très droit, les mains à plat sur ses cuisses ; son ventre proéminent se pressait contre les boutons de sa chemise.

J'allai m'asseoir auprès d'Amme, sur le *takat.* Elle avait découvert son visage pour boire son thé, et je voyais son nez droit, ses lèvres minces, traits considérés comme très beaux dans ce pays et dont je n'avais pas hérité. Je ressemblais à Dad : j'avais sa figure ronde, son nez et ses lèvres charnus. Mais il disait toujours qu'étant un homme ces traits lui convenaient très bien. Tandis que moi, je serais toujours laide.

« Je crois que l'*alim* m'a vue », dis-je.

Nour se mit à rire. « Il voit tout le monde. Sans que vous ayez à vous montrer à la porte. » La domestique était restée debout, une main sur sa hanche, attendant d'emporter le verre et la tasse vides. Elle était petite et menue ; le pan de son sari avait un peu glissé et dévoilé ses cheveux gris. Elle portait, sous son sari de nylon bleu, un jupon blanc au lieu d'un jupon d'un bleu assorti, et le blanc brillant masquait les motifs imprimés du sari.

« Il a des yeux bleus ? demandai-je.

— Il est aveugle.

— Aveugle ?

— Il a été heurté par un bus quand il était enfant. On dit qu'il a été projeté à vingt pieds et qu'il est tombé sur sa tête qui s'est ouverte. Il est resté mort pendant un quart d'heure. » Elle s'interrompit, hochant la tête avec énergie. « Quand il est revenu dans ce monde, il était aveugle. Mais il a commencé à voir d'une autre manière, et, un jour, il s'est mis à soigner. »

Ma mère et mon oncle étaient visiblement impressionnés par cette histoire ; oncle Abou leva les mains en l'air et tous deux murmurèrent « *Alhum-du-illah* » : Loué soit Allah. Mon oncle, le front plissé, poussa Amme du coude comme pour lui dire « tu dois être contente que je t'aie amenée le voir... » — Amme se tourna vers Nour et lui dit que l'*alim* avait un *kismet* enviable car, elle aussi souhaiterait revenir à la vie et guérir les autres.

Je ricanai. Voyons, si une personne s'arrête pendant si longtemps de respirer, quand elle revient à la vie, c'est avec un cerveau en mauvais état, et non avec le pouvoir de faire des miracles.

Avec un large sourire, la vieille femme demanda à Amme : « Vous venez de loin ? Votre fille a un accent.

— D'Amérique.

— C'est bien qu'elle sache l'ourdou. La plupart des jeunes qui vont là-bas oublient tout. Tout le monde veut être moderne de nos jours.

— Pas ma fille, dit Amme. Nous l'avons bien élevée. »

Je les interrompis : « Qu'est-ce qu'il a, le bébé ? »

La servante, qui avait toujours une main sur une hanche, me jeta un regard étrange. Elle tenait le plateau vide contre sa jambe. « Le bébé est malade, dit-elle enfin.

— On devrait l'amener chez le docteur.

— Elles y sont déjà allées. Est-ce que votre fille est incroyante ? » demanda-t-elle à Amme.

Ma mère sourit tout en buvant lentement son thé. Oncle Abou tendit son verre vide à Nour, qui le prit, en mettant deux doigts à l'intérieur.

« Ce n'est qu'une enfant, dit Amme Elle ne sait rien encore. »

La vieille servante hocha la tête, tout en continuant à m'examiner avec attention. Cela me rendit nerveuse ; je tournai la tête vers Amme qui buvait son thé ; son rouge à lèvres était presque effacé et sa bouche striée de traits verticaux. Elle avait vieilli prématurément et j'en accusais Dad. Quand elle eut fini son thé, elle remit à la domestique la soucoupe et la tasse où son rouge à lèvres avait laissé une trace en forme de croissant. Nour emporta le plateau mais, avant de sortir de la pièce, elle se tourna vers moi.

« Une enfant dans votre situation devrait faire confiance aux gens qui peuvent vous aider, dit-elle. Vous venez peut-être d'Amérique, et nous autres, nous ne sommes pas modernes, mais nous savons certaines choses. » Elle resta un instant à la porte comme si elle s'attendait à être réprimandée par ma mère ou mon oncle. Comme ils ne disaient rien, elle continua. « Je m'appelle Nour, ce qui signifie Lumière, vous comprenez ? Je ne vois peut-être pas au-delà de ce qui est visible comme mon mari aveugle, mais je sais beaucoup de choses. Par exemple, mon enfant, je sais que vous doutez des personnes en qui vous pouvez avoir confiance. Et ceux qui vous trahiront sont vos meilleurs amis. Vous ne voyez qu'avec vos yeux, ma petite, alors vous ne voyez rien. C'est vous qui êtes aveugle — aveugle, c'est le sens de votre nom. Layla. Obscurité. Apprenez à voir avec tout votre être, avec les yeux de ceux qui sont autour de vous, et de ceux qui étaient avant vous. Sinon, vous serez toujours dans l'erreur. » Levant le menton, elle sortit de la pièce.

« Bravo ! dis-je à Amme. Pourquoi n'avez-vous rien dit ?

— Qu'est-ce que tu voulais que je dise ?

— Je croyais que c'était la domestique. Pourquoi porte-t-elle un sari aussi miteux ?

— Pourquoi s'habillerait-elle si elle ne bouge pas de chez elle ? »

Oncle Abou voulut nous calmer : « Allons, n'y pensons plus, vous êtes nerveuses toutes les deux. L'*alim* va tout arranger, je vous le promets. » Il posa la main sur le bras d'Amme, et la rassura de nouveau d'une voix douce : « Le mariage aura lieu, ma sœur. Il n'y a aucune raison d'avoir peur. Ce pour quoi tu as prié depuis tant d'années est sur le point de se réaliser. Allah va te récompenser. »

La tête penchée de côté, il me regarda, comme s'il me demandait de la réconforter, moi aussi. Je me mis à marcher de long en large. La pièce était petite, sans fenêtre, avec des murs blancs, et le cadran mort de cette fichue pendule qui me renvoyait mon image me donna l'impression d'être prise au piège, comme une mouche qui bourdonne à l'intérieur d'un bocal transparent sans savoir que tout ce qu'elle voit est en réalité à l'extérieur du verre.

Les propos de Nour avaient été si perspicaces qu'elle semblait avoir deviné la nature réelle de mes saignements et la vérité qui se cachait dans mes cauchemars. Cette fois, j'avais traversé l'océan avec quelque chose que je dissimulais à tous — même à ceux que mon état aurait préoccupés le plus. Je me demandais à présent si je ne devrais pas me confesser. Mais, finalement, je décidai que cette femme se trompait. Car je ne croyais pas pouvoir faire confiance à ces *alims*. D'ailleurs, je me disais que personne, en Inde ou en Amérique, guérisseur ou médecin, parent ou ami, n'était en mesure de m'aider. Je savais d'avance comment ils réagiraient tous. Amme serait sûrement désespérée et déraisonnable, elle s'enfermerait de nouveau dans sa chambre et, cette fois, n'en sortirait plus. Henna, ma cousine, ma meilleure amie, s'éloignerait de moi, je ne serais plus qu'une étrangère pour elle. Et Nate dirait que c'était le moment ou jamais de décider par moi-même — comme si je ne l'avais pas déjà fait.

Les *alims* recourraient à leurs pratiques secrètes consistant à brûler une mèche de mes cheveux pour en renifler l'odeur, à placer un citron sur mon crâne pour voir de quelle façon il tombait, à me conseiller de dormir avec des œufs crus. Je ne devrais plus montrer mes cheveux, me maquiller, montrer ma peau. Après tout, je n'étais pas américaine, alors pourquoi me comporter comme si je l'étais, pourquoi nier si cruellement l'esprit de moralité ? Cela suffisait à attirer les démons — et l'Amérique en était pleine. Quelques prières, un bain avec un bracelet en or au poignet et je serais purifiée, corps et âme. L'*alim* tendrait alors une paume sombre, aux lignes creuses et poussiéreuses, et demanderait son salaire.

Comment pouvais-je faire confiance à l'un d'eux ?

Je glissai de nouveau un coup d'œil derrière le rideau et vis que les femmes étaient sur le seuil du salon et enfilaient leurs sandales. Le petit garçon s'était endormi à force de crier et reposait dans les bras de sa mère, la tête pendante. Il avait l'air mort. C'était probablement la typhoïde ou la dysenterie. Pauvre enfant innocent.

Les femmes ajustèrent leur *burkha,* rabattirent le tulle épais sur leur visage et saluèrent l'*alim* en touchant leur nez et leurs lèvres de la main droite. L'*alim* leur rendit leur salut et je m'étonnai qu'il ait pu voir leur geste. Il commença alors à se balancer, les mains jointes sous ses jambes croisées. Les trois visiteuses sortirent dans la cour où Nour les attendait près de la grille. Lorsqu'elles passèrent près du puits, les colombes s'envolèrent. Silencieusement. Chaque femme baisa la main de Nour, qui passa ses doigts dans les cheveux de l'enfant, puis referma la porte derrière elles.

Le saint homme continua à se balancer et à remuer les lèvres comme s'il murmurait quelque chose ; sa barbe blanche retombait jusque sur sa poitrine. Ses yeux vides faisaient le tour de la pièce. Il était habillé de blanc et, sa main étant sous sa jambe, la manche de sa *kurta* était retroussée et laissait voir sa montre, sur son poignet gauche.

Nour se pencha et lui chuchota dans l'oreille. Il fit un signe d'assentiment, mais continua à se balancer et reprit sa silencieuse psalmodie. Elle lui baisa le front, et lui prit le poignet pour lire l'heure. Il le remit sous son pied. Elle lissa sa chemise, recouvrant la montre, puis chuchota de nouveau. Il hocha encore la tête. C'est alors qu'elle se dirigea vers la chambre et je battis en retraite.

« Elle vient », dis-je.

Oncle Abou et Amme se levèrent.

« L'*alim* est très bien, déclara mon oncle. N'aie donc pas peur. Rappelle-toi que tu es déjà passée par là une douzaine de fois. » Il sortit un peigne de sa poche et se peigna, aplatissant en même temps de la main les mèches rebelles.

« Je ne suis pas inquiète, répondis-je. Mais êtes-vous sûr qu'il ne se fait pas payer ? »

On entendit les pas de Nour se rapprocher.

« Eh bien, dit-il d'un ton hésitant, il est d'usage de lui faire un don. Il n'a pas de prix fixe. Les gens lui donnent simplement ce qu'ils jugent bon de lui donner. Les riches donnent plus, les pauvres, moins. » Il rangea son peigne.

« Et si nous ne lui donnons rien ?

— *Ar're* ! » Il était surpris, offensé même, comme s'il avait partie liée avec l'*alim*. Comme s'il recevait une commission sur notre dos. Il avait déjà fait cela auparavant. « Il a cette maison à entretenir, dit-il. Tu ne peux pas venir lui demander conseil et puis t'en aller. Ça ferait mauvais effet.

— Mais vous aviez dit, je crois, qu'il ne se faisait pas payer.

— C'est vrai. »

Amme fit claquer sa langue. « Qu'est-ce qu'on fait maintenant ? » demanda-t-elle en secouant la tête. Elle me regardait d'un air déçu. Puis elle soupira, et dit avec douceur : « Ne te préoccupe pas de ce que cela coûtera, Layla. Ce qui importe, c'est qu'il te guérisse. Ta santé compte plus que mon argent. »

Il me semblait pourtant que l'argent était tout ce qui restait à Amme : des dollars et le peu de liberté qu'ils lui offraient. De l'entendre me dire cela, je me sentis coupable et honteuse de ce que j'avais fait à Minneapolis, et de causer tant de tourments à ma mère. Oncle Abou n'aurait pas été avec nous que j'aurais aussitôt tout avoué et accepté de bonne grâce sa réprobation. Mais il était là — en Inde, il y a toujours quelqu'un près de vous. On n'est presque jamais seul. Je n'eus donc pas l'occasion de dire la vérité à Amme.

Nour tira le rideau et je la sentis derrière moi. Je restai un instant immobile. Et si nous partions tout simplement? me demandai-je. Si l'*alim* était un charlatan, comme je le pensais, à quoi bon dépenser de l'argent alors que je savais très bien de quoi je souffrais. Et, si par hasard c'était un authentique guérisseur, pourquoi prendrais-je le risque qu'il devine la vérité et me trahisse?

« Suivez-moi », dit Nour par-dessus mon épaule. Elle posa sa main striée de veines sur ma taille pour me pousser de côté, mais je résistai.

« Layla, dit Amme, écarte-toi, laisse entrer Nour. Pourquoi es-tu si impolie? Elle pensera que je t'ai mal élevée. »

Je ne bougeai pas.

Amme saisit mon bras et me tira de côté. Oncle Abou sortit, suivi de ma mère.

« Amme! appelai-je.

— Ne fais pas l'enfant, Layla, dit-elle.

— Je ne suis plus une enfant, Amme. »

Elle s'arrêta et me jeta un regard étrange. Sous son tchador, son corps était sans forme et impossible à reconnaître.

« Si tu as quelque chose à me dire, ma fille, dis-le-moi maintenant, chuchota-t-elle. Je me suis posé des questions, mais j'ai attendu que tu me parles. »

Amme savait toujours quand je cachais quelque chose.

« Layla, qu'y a-t-il? » demanda-t-elle.

Elle était plus petite que moi, et malgré ce monstrueux tchador qui l'enveloppait, elle me parut, à la façon dont elle avait les yeux levés vers moi, absolument sans défense. Recroquevillée, elle se préparait à entendre l'aveu de mon déshonneur. Elle rassemblait toutes ses forces.

Dans ma famille, les seules choses dont on parlait, dont on discutait étaient celles qui n'avaient pas d'importance. Ainsi, on ne se faisait pas de peine les uns aux autres. Nous n'avions pas toujours vécu de cette façon ; cela avait commencé dix ans auparavant lorsque Dad avait pris une seconde épouse et qu'Amme était enfin sortie de sa chambre amaigrie, desséchée, désormais incapable de supporter de n'avoir plus confiance.

« *Apa* ! appela mon oncle, l'*alim* attend.

— Amme, demandai-je, est-ce que vous croyez que je suis possédée ? »

Ma mère haussa les épaules. « Je pense que tu as un problème, autrement tu ne te comporterais pas de cette manière.

— *Apa* ! » répéta mon oncle en lui tendant la main.

Je pressai mon voile contre mon visage. Le polyester sentait la sueur.

« *Chalu*, dis-je à Amme. Allons-y. » Nous entrâmes dans le salon l'un derrière l'autre, oncle Abou, Amme, moi, puis Nour. « Lumière »... D'après elle, son nom signifiait Lumière. Pourquoi m'avait-elle dit cela ? Cela n'avait aucun sens. Personne, ici, ne pouvait m'être utile en quoi que ce soit. Si l'*alim* avait envie de couper des citrons sur ma tête, libre à lui. S'il voulait que je me voile le visage, que je dissimule ma peau, que je ne sorte pas de la maison, que je ne parle à aucun homme qui ne soit pas un parent proche, d'accord. Après tout, peu importait. Il y avait bien des façons de cueillir le corps d'une femme. Finalement, elle doit apprendre à se libérer.

Amme savait cela. C'était pour cette raison, bien que cela lui ait été pénible, qu'elle avait réuni ses forces, retenu son souffle, en attendant mes aveux. La vérité, c'était que je n'étais plus la jeune fille qu'imaginaient les autres. Je n'irais pas vierge chez mon futur époux. Et les saignements n'étaient pas l'œuvre des démons. C'était un enfant en train de mourir. Celui de Nate. J'étais enceinte. Un accident, un bébé conçu à la hâte... ou à temps. De toute façon, je ne pouvais dévoiler mon secret maintenant, à deux jours du mariage, à moins de souhaiter d'être bannie de ma famille, de tout ce que je connaissais. Je continuais donc à prendre la Pilule, tuant silencieusement cette vie à l'intérieur de moi-même.

J'étais possédée par cet enfant innocent et mourant.

Je vis qu'il était effectivement aveugle. Il ne portait pas de lunettes. Une épaisse membrane blanche recouvrait entièrement ses yeux, chacun tourné dans une direction différente.

Derrière lui, les trois murs du salon étaient presque entièrement couverts de miroirs rectangulaires, certains plus anciens que d'autres, mais tous de même dimension, de la taille d'un panneau d'affichage. Les cadres étaient en simple cuivre mat. Ils étaient suspendus de manière à se refléter les uns dans les autres : des miroirs dans des miroirs, si bien que les réels étaient impossibles à distinguer des autres. Le revêtement turquoise des murs apparaissait par endroits, mais pas sur les miroirs.

Oncle Abou s'assit à côté de l'*alim*, sur le *takat*, tandis qu'Amme et moi-même prîmes place sur le sol carrelé, face aux deux hommes, dans la position où j'avais vu les femmes tout à l'heure. La cour était derrière moi et j'entendais la pluie tomber à travers les branches et les feuilles. Nour se tenait à côté de son mari, la tête baissée et les mains serrées devant elle. Elle fut si tranquille et déférente pendant toute la séance que j'oubliai bientôt sa présence.

Je risquai un coup d'œil vers le vieil homme ; de longs poils lui sortaient du nez et remontaient sur ses narines. De longs poils sortaient aussi de sa *kurta* décolletée et au-dessous de ses larges *pajamas*. Je baissai les yeux, sentant en quelque sorte qu'il était inconvenant de remarquer ces détails. La ségrégation entre femmes et hommes avait eu cet effet sur moi. Depuis toujours, ma mère avait essayé de m'apprendre les bonnes manières, et je me pliais à ses désirs quand elle avait les yeux sur moi : je me couvrais les cheveux, je cachais mes jambes, je drapais une écharpe sur ma *kurta* pour dissimuler la courbe de mes seins, j'étouffais mon rire, je parlais à voix basse, je gardais les yeux baissés. Je savais que c'était ce qu'il fallait faire car, selon l'islam, l'homme est le sexe le plus faible : j'avais donc l'obligation d'éviter d'exciter sa convoitise. On prenait toutes ces précautions pour empêcher les rapports sexuels ou, comme disait Amme, pour que je ne devienne pas la proie du désir d'un homme. Et naturellement, lorsque j'en rencontrais un, jeune ou vieux, au théâtre, dans l'autobus ou dans la rue, bien loin d'être chaste, je n'en ressentais que davantage d'ardeur sous mon tchador, encore plus consciente de ma féminité, et lui, parce qu'il était né homme, éprouvait du désir pour moi. J'affrontais donc parfois leur regard curieux, je les laissais me frôler lorsqu'ils passaient à côté de moi, et je les suivais du regard, admirant leurs épaules arrondies, leur menton ferme, leur poitrine et leurs avant-bras velus, leurs mains. Comment observer le mieux le corps d'un homme si ce n'est de dessous un tchador ?

« Vous êtes venus pour la jeune fille », nous dit l'*alim*. Sa voix était presque un murmure, comme pour créer une atmosphère confidentielle.

« Oui », dit Amme. Aucun de nous ne le regardait en face.

On considérait qu'il était inconvenant, entre hommes et femmes, de se regarder dans les yeux, sauf entre époux. « C'est ma fille.

— Quelle est votre parenté avec l'homme qui est assis à mes côtés ?

— C'est le mari de ma sœur. »

Le vieil homme hocha la tête. Il sentait la sueur et la noix de bétel. « Alors, dit-il, quel est le problème de cette jeune fille ?

— Elle saigne... comme si elle avait ses règles, dit oncle Abou, également à voix basse. Mais plus longtemps, beaucoup plus longtemps. Et, en plus, elle a des cauchemars. » Voyant que l'*alim* se bornait à hocher la tête, il ajouta : « Ma belle-sœur et sa fille viennent d'arriver d'Amérique ; elles y habitent.

— Je vois », dit l'*alim* qui se balança un moment en silence.

Je devinai, à son expression songeuse, qu'il réfléchissait à la façon de dire avec tact ce qu'il pensait. Son regard errait au-dessus de ma tête et je ne pouvais m'empêcher de fixer ses yeux ; j'avais envie de décoller la membrane qui les recouvrait avec une pince à épiler. Auraient-ils, alors, une apparence normale ? Pourrait-il me voir ?

« Ma sœur, *Umrika* n'est pas le meilleur endroit pour y élever une fille, dit-il enfin à Amme.

— Mais que pouvons-nous faire par les temps qui courent ? Vous savez combien la vie est difficile pour les musulmans en Inde. Son père et moi-même nous sommes très stricts avec elle. » C'est ce qu'Amme disait presque toujours quand on émettait des réserves sur le fait qu'elle-même et Dad avaient quitté leur pays natal.

« Ça ne veut rien dire, objecta-t-il. Les enfants qui partent là-bas sont perdus. »

Amme haussa les épaules.

L'*alim* continua à la sermonner. Son regard aveugle était tourné vers la pluie, au-dessus de nos têtes. Amme devint de plus en plus contrariée, elle adressait des gestes irrités à oncle Abou, en désignant le vieil homme. Elle trouvait qu'il n'aurait pas été nécessaire de révéler où nous habitions, surtout que la réaction de l'*alim* était prévisible et, ce qui était pire, qu'en dépit de son sermon il attendrait de nous davantage de roupies, des roupies en dollars.

La vérité était que rien de ce que pouvait dire l'*alim* ou qui que ce fût d'autre n'aurait persuadé mes parents de revenir en Inde. Après vingt années passées là-bas, ils considéraient l'Amérique comme leur pays. Ils avaient beau être nés et avoir été élevés en Inde, c'est là qu'était leur vie à présent : le travail de Dad, mes études, les amis indiens. Quand il leur arrivait d'être sincères, ils avouaient même que la qualité de vie aux États-Unis était meilleure parce que tout était plus propre, l'eau, l'air, la nourriture, les rues. Il n'y avait pas d'émeutes entre communautés religieuses, pas de couvre-feux de l'armée. Mais ils projetaient de prendre leur retraite en Inde, ce qui revient à dire que, pour eux, l'Inde était le pays de leur naissance et de leur mort, et non de leur vie.

Mon oncle s'écarta un peu de l'*alim* et répondit à la mimique d'Amme en me montrant plusieurs fois du doigt. Puis il tendit ses paumes ouvertes vers elle comme pour lui dire : « Allons, *Apa*, il faut que l'*alim* le sache. C'est l'Amérique qui est la source de tous les problèmes de Layla. »

Je levai les yeux au ciel. C'était ce que j'entendais depuis toujours : chaque pays s'estimait moralement supérieur à l'autre. C'était comme si chacun avait son uniforme ; je portais la chemise de l'un, le pantalon de l'autre, et des deux côtés on me critiquait impitoyablement. Oh ! combien de blâmes, de récriminations étaient échangés d'une culture à l'autre ! L'Inde était arriérée, primitive, exotique. L'Amérique, moralement en faillite, culturellement colonisatrice. Mais je savais que ces reproches mutuels cachaient un flirt, car derrière ces critiques les deux pays avaient en réalité une attirance, une fascination, une curiosité, un attrait réciproques. On remplaçait les hamburgers par du poulet au curry, on combinait médecine moderne et médecine ayurvédique, on passait de l'aerobic au yoga. Je n'avais jamais vu d'amours aussi compliquées et ambiguës.

« Les enfants commencent à commettre des péchés », poursuivit l'*alim*. Noor opina du chef, les yeux toujours clos. « Ils ne savent qu'imiter leurs amis *umricains*, ils boivent de l'alcool, ils vont dans des bars dégoûtants et dansent avec des jeunes de l'autre sexe. J'ai entendu dire que certaines de nos jeunes filles portent même des minijupes et des bikinis. "*Thoba-thoba* [1]", dit-il en se tapant légèrement les joues pour montrer combien il était affecté. Il n'y a plus de honte du tout. C'est le signe que le Jour du Jugement approche.

— Notre fille n'est pas comme ça », dit Amme, qui regarda les miroirs par-dessus l'épaule de l'*alim*, puis la cour où il bruinait, et enfin sa montre. Au ton de sa voix, on sentait qu'elle s'ennuyait. « Son père est très sévère avec elle. Il ne lui permet pas de recevoir des coups de téléphone de ses amis américains, garçons ou filles. Elle ne sort de la maison que pour aller à ses cours. Elle a toujours été très... isolée. » Elle se mit à épousseter ses orteils.

« Est-ce vrai, *Beta* ? me demanda-t-il.

— Tout à fait », dis-je. C'était la vérité, et j'en avais toujours voulu à mes parents pour cela. L'isolement pour empêcher l'assimilation. S'il m'arrivait de rentrer tard un soir, ou

1. « Dieu me pardonne. » *(N.d.T.)*

de recevoir un coup de téléphone d'un garçon, Dad me battait pour me rappeler qui j'étais.

« Ma belle-sœur ramène ici sa fille chaque été », dit oncle Abou en faisant un signe à ma mère. Il voulait lui mettre du baume sur le cœur, car il avait remarqué, j'en étais sûre, que l'*alim* n'avait pas établi de lien entre mes saignements et le fait que je vivais en Amérique. « Tous les ans, ma belle-sœur quitte sa maison des États-Unis pour amener sa fille à Hyderabad. Que dites-vous de ce dévouement, *alim-ji* ? »

Amme baissa la tête en écoutant les propos flatteurs de mon oncle.

J'entendais les gouttes de pluie clapoter dans le seau métallique vide sur le puits ; je trouvai étrange que les tourterelles restent dehors à se mouiller.

Tout en parlant, oncle Abou s'était penché vers l'*alim* avec un large sourire qui découvrait ses dents jaunes, puis il s'était redressé, se rappelant que le vieil homme était aveugle. Et de nouveau il s'était penché et redressé.

L'*alim* hochait la tête comme s'il réfléchissait à ce qu'avait dit mon oncle, mais son expression ne changea pas.

« Layla n'est évidemment pas comme les jeunes filles dont vous avez entendu parler, *alim-ji*, reprit mon oncle. Ses parents sont très stricts. Très très stricts. Ils ne voudraient pas que Layla devienne une Américaine. *Ar're* ! C'est impensable. *Apa* amène ici Layla tous les ans pour qu'elle n'oublie pas ses origines. Pensez à l'argent que cela coûte, tous ces allers et retours... »

Amme toussota en entendant ce dernier argument, ce qui réduisit oncle Abou au silence.

« Bien, bien, dit l'*alim*. Mais il y a quelque chose que je ne comprends pas. » Il se balança de nouveau en silence, ses mains tenant ses chevilles. On aperçut sa montre ; je glissai un regard vers Nour qui avait toujours la tête penchée et les yeux fermés. J'étais apparemment la seule à l'avoir remarquée. « Si tout ce que vous me dites est vrai, dit enfin l'*alim*, alors pourquoi être venus me voir ? Quels sont ces rêves dont vous me parlez ? Et quelle est la cause de ces saignements ?

— Nous ne savons pas pourquoi elle fait ces ces rêves », dit Amme. Elle examinait la paume de ses mains comme si elle s'interrogeait sur sa propre vie. « Nous souhaitions votre aide.

— Je ne veux pas vous offenser, ma sœur, mais je dois vous poser une question et je vous prie instamment d'être franche avec moi. Êtes-vous tout à fait sûre, ma sœur, que votre fille vit aussi isolée que vous le dites ?

— Oui, oui, naturellement », dit Amme, mais elle me lança un coup d'œil où je crus voir un doute.

Mon désarroi augmenta et je me recroquevillai sous mon tchador, tentant de me dérober au regard de ma mère et aux yeux morts de l'*alim*. Personne n'avait encore songé à me poser des questions à ce sujet et je me sentais vulnérable. En fait, j'étais peu à peu convaincue que l'*alim* savait tout, qu'en ce moment il était en train d'évoquer tous les événements du mois précédent. Je me représentai, comme sur un écran de cinéma, les images qui apparaissaient au fond de ses yeux blancs. Et, tandis qu'il les observait, je les voyais aussi.

Il y a Nate, ses cheveux noirs, ses yeux gris-vert, son appareil photo ballottant contre son jean ; il me suit, après notre cours de photographie, jusqu'au bus de la fac. Et moi, ravie et inquiète à la fois, qui ne suis jamais sortie avec un garçon mais sentant que j'en ai envie maintenant, je me trompe de bus, je dissimule déjà ma bague de fiançailles. Et nous voilà, descendant au premier arrêt, puis traversant le campus pour aller au cours suivant, et décidant de nous retrouver pour boire un café. Me voilà encore manquant les cours pour faire de la voile avec lui. Je porte un bikini. Je suis étendue au soleil — comme si j'avais besoin de bronzer... Et je bois de la bière. Je rentre enfin à la maison en me plaignant à mes parents de la difficulté des cours à la fac. Oh, mon Dieu ! me voilà, tard dans la nuit, trouvant le moyen de l'introduire dans la maison. Et nous faisons l'amour, à l'étage au-dessous de celui de ma mère. De bonne heure, le lendemain matin, il s'en va doucement, sans encombre, par la porte du patio.

Non, je n'avais pas eu le courage de me glisser secrètement hors de la maison. Mais j'avais trouvé quelqu'un désireux de s'y glisser.

« N'aie pas honte, Layla, me dit Amme en me donnant un coup sur la cuisse. Il est comme un docteur. Parle-lui de tes rêves. »

Je fis non de la tête. Je les avais déjà racontés à quelqu'un, à ma mère, et seulement parce que j'avais peur. Depuis mon enfance, elle me disait que j'avais un démon en moi, essayant d'avoir prise sur moi. Si bien que lorsque je commençai à avoir ces cauchemars, je me demandai si, après tout, elle n'avait pas raison. Et, à présent, rien ne l'empêchait de les raconter elle-même à l'*alim*, comme elle les avait racontés à oncle Abou et à sa femme — et, qui sait, à combien d'autres ? De plus, puisqu'il n'était soi-disant pas convenable que je regarde un homme en face, comment pouvait-elle s'attendre à ce que je confie à cet homme-là mes rêves sexuels.

« Allons, insista Amme, parle-lui-en. »

Je me détournai d'elle.

« Permettez », intervint brusquement oncle Abou. Il chuchota : « Dans ses rêves, *alim-ji*, un homme vient l'approcher. Et... comment dire ? » Il parut mal à l'aise et eut un petit rire. « Je me demande ce que vous allez penser, *alim-ji*, mais ces rêves ont un caractère sexuel.

— Je vois », dit l'*alim*, faisant craquer ses articulations ; ce bruit me fit penser aux faibles roulements de tonnerre que l'on entend lors des averses de mousson. « À quoi ressemble cet homme ?

— Elle ne voit pas son visage, dit mon oncle.

— Depuis quand a-t-elle ces rêves ?

— D'après elle, depuis un peu plus d'un mois.

— Qu'est-ce qui a changé ces dernières semaines ? »

Personne ne répondit.

« *Beta*, dit l'*alim*, me désignant du nom de "fille". Y a-t-il eu un changement depuis un mois ?

— Depuis un mois ? demandai-je en promenant mon petit doigt sur le carrelage. Non, il n'y a pas eu beaucoup de changements.

— Mais ces rêves ont commencé parce qu'il s'est sans doute passé quelque chose.

— Comme quoi ? » demandai-je, en riant. Tous les trois, et même l'aveugle, me regardèrent, les sourcils levés, le front plissé. Un oiseau entra dans la pièce et ses ailes noires et rouges, sa petite tête pas plus grosse qu'une bille, se reflétèrent à l'infini dans les miroirs.

« Je pense qu'elle a un démon en elle, dit enfin Amme. Quand elle était petite, à un an déjà, elle sautait sur le lit en criant : "Je suis le diable..." Elle sautait et criait toute la journée. Je ne pouvais pas l'arrêter. Et j'ai alors compris qu'elle était possédée. Cela a commencé dès notre arrivée en Amérique. Et maintenant... » Elle secoua la tête et claqua tristement la langue. « Et, maintenant, ce monstre ne laisse pas mon enfant se marier. J'ai entendu dire, *alim-ji*, que lorsqu'un démon a du goût pour une femme, il ne lui permet pas d'être heureuse avec quelqu'un d'autre. Je pense que celui-là fait de même. Il veut garder Layla pour lui tout seul. » Elle leva la tête. « Pouvez-vous faire quelque chose pour le chasser ?

— Ma sœur, je serais heureux de faire partir le démon, car je vois que vous êtes bouleversée.

— Je n'ai que cette fille, dit Amme. Que cette enfant. Je voudrais qu'elle soit heureuse. L'argent n'est pas un problème. »

L'*alim* leva une main. « *Nai*, *nai*, dit-il. Ne parlons pas d'argent. Je ne me préoccupe que de votre fille. Elle saigne et a des cauchemars. Cela me paraît très grave. Mais dites-moi, ma sœur, pourquoi ne l'avez-vous pas emmenée voir une doctoresse ?

— C'est que nous avons pensé à vous, bien sûr, dit oncle Abou en se penchant vers l'*alim*. La petite n'est pas malade, elle a seulement besoin qu'on la débarrasse du démon.

— Je vous en prie, *alim-ji*, dit Amme, le mariage commence après-demain. Nous avons besoin que vous agissiez rapidement. Nous venons seulement de découvrir cette situation.

— Ma sœur, vous ne pouvez pas marier votre fille dans cet état. Ce n'est pas possible. »

Je me redressai, souriant presque sous mon tchador. Il y avait peut-être un moyen d'éviter ce mariage. De façon raisonnable. Il suffisait que l'*alim* l'interdise. Aucune de mes objections n'avait été prise au sérieux, mais si quelqu'un que respectait Amme s'y opposait, elle l'écouterait peut-être. Les paroles de l'*alim* résonnaient dans ma tête comme un slogan publicitaire idiot, accrocheur, auquel je souhaitais croire, et à cet instant je vis clairement à quel point je n'étais qu'un fantôme pris au piège dans ces traditions en ruine, non pas un fantôme du passé, mais de l'avenir. Une femme dont la vie avait été vécue pour elle, non pas une fois, mais des milliers de fois auparavant, et il ne me restait qu'à contempler les vestiges calcinés de ma propre existence.

« Que dites-vous ? » demanda Amme qui, dans sa terreur, pressa son tchador contre ses lèvres, et je vis que sa main tremblait. « Ce démon tuera ma fille si elle se marie ?

— Non, non, vous m'avez mal compris. Je disais que votre enfant n'est pas en état de se marier. N'est-ce pas, *Beta* ? » Il s'était tourné vers moi.

Je souhaitais ardemment en convenir avec lui, mais sur le moment je songeai davantage au bonheur d'Amme qu'au mien. Si je ne l'avais pas vue trembler, j'aurais peut-être été assez courageuse pour tout annuler.

« Comment peut-elle savoir ? demanda Amme. Vous êtes l'*alim*. C'est vous qui savez. Nous sommes venus chercher de l'aide, et maintenant vous aggravez nos soucis. En voilà une aide ! *Ageeb admi hai*, grommela-t-elle. Quel homme étrange !

— Oui, approuva oncle Abou. *Apa* a raison, *alim-ji*, nous ne pouvons plus annuler ce mariage. Nous avons envoyé les invitations, engagé les cuisiniers, loué la salle. Il y a un an que la date a été fixée. *Ar're*, nous ne sommes pas ici pour nous amuser, il s'agit de quelque chose de grave. D'un mariage. Le nom de Layla a été lié à celui du jeune homme. Personne d'autre ne l'épousera à présent. Dites-nous ce que nous *pouvons* faire. »

Amme approuva oncle Abou d'un hochement de tête, le félicitant silencieusement de tenir tête à l'*alim*. Mon oncle lui fit signe à son tour, avec une moue satisfaite.

Le vieil homme s'abîma dans ses réflexions ; sa barbe tombait à présent sur sa poitrine. Derrière ses sourcils broussailleux, l'iris de ses yeux brillait à travers leur membrane blanche. Il croisait et décroisait ses mains tout en se balançant.

« Ma sœur, dit-il enfin, ne m'en veuillez pas, mais il faut que je vous dise que vous hâtez trop ce mariage. Vous pourriez peut-être le remettre jusqu'au moment où votre fille sera plus apte à rejoindre son époux ? » Il poussa un soupir : son ventre rebondi se souleva, puis retomba. Par-dessus son épaule affaissée, je voyais l'oiseau noir qui s'était posé sur un des barreaux de cuivre du lustre ; il penchait la tête d'un côté, puis de l'autre, comme s'il contemplait son reflet. « Mais vous êtes sa mère, et vous déciderez selon ce que vous jugerez convenable. N'y a-t-il rien que je puisse dire pour que vous changiez d'avis ? » Il se tut ; Amme et oncle Abou baissèrent la tête et restèrent muets. L'*alim* murmura quelque chose en arabe et cracha par-dessus son épaule. Puis il dit : « Quel est ce jeune homme qu'elle doit épouser ?

— Il se nomme Samir », dit Amme. Derrière nous, il pleuvait de nouveau à verse. C'est ça, la mousson. Une cataracte, puis une trêve.

« Comment se nomme son père ?

— Ibrahim Mohammed.

— Ibrahim ? Mais je le connais. C'est un homme très doux, très prévenant. » L'*alim* se tut ; du bout de ses ongles jaunes il jouait avec sa barbe. Quelques poils étaient teints en rouge comme s'il avait tenté de les colorer au henné, puis avait décidé de laisser la teinture s'effacer pour qu'ils reprennent leur couleur naturelle. Il avait un œil tourné vers Nour (qui était si tranquille que je me demandai si elle dormait) et l'autre, tourné au-dessus de mon épaule vers l'endroit où étaient perchées les mélancoliques tourterelles. « Je connais bien son fils aussi, dit-il enfin.

— Il est ingénieur », s'empressa de dire oncle Abou. Les diplômes étaient appréciés dans ce pays et étaient souvent ajoutés au nom : Samir Mohammed, ingénieur en mécanique, université de Hyderabad. Ma famille claironnait les titres de Samir pour que l'on sache que j'épousais un homme instruit. Mes parents y gagnaient en considération.

« Oui, la dernière fois que je l'ai vu, il entrait à l'université. Sa mère me l'avait amené car il s'était fracturé une jambe lors de son terrible accident. » Il claqua sa langue. « Cette jambe ne s'est jamais guérie convenablement. C'est la mère qui est responsable du malheur de ce garçon. Elle n'a pas voulu payer une opération, et son fils boite maintenant. Il a une jambe plus courte que l'autre. C'est lui que vous épousez, *Beta* ? Oui, vous faites une bonne action, vous aurez la bénédiction d'Allah. »

Sous le coup de ce que je venais d'entendre, je restai muette. Puis je changeai de position, je m'assis sur mes talons afin de me rapprocher de l'*alim*. Des poils blancs poussaient sur sa nuque brun rougeâtre. J'avais les jambes engourdies. « Je... Je ne pense pas que ce soit lui », dis-je en bégayant, les yeux fixés sur les auréoles humides qu'il avait sous les bras. « Je ne fais aucune bonne action. Je crois que vous pensez à quelqu'un d'autre. »

Oncle Abou s'écarta de l'*alim* et une partie de son postérieur déborda du *takat*. Amme, oubliant ses bonnes manières, regarda le vieil homme en face. « Le jeune homme n'a jamais boité devant nous, dit-elle. Oui, vous devez vous tromper.

— Mais je ne peux pas me tromper, je le connais bien. Il est l'aîné de deux garçons. Il a eu un accident il y a six ans ; il avait alors dix-huit ans, et sa mère me l'avait amené. Bien sûr, je ne pouvais pas le guérir, il lui fallait les soins d'un médecin. Je l'ai dit à sa mère, mais elle a refusé. »

Je ne connaissais pas bien la mère de Samir, ne l'ayant rencontrée que deux fois, brièvement. Tout de même, je ne pouvais imaginer une mère ne voulant pas que son fils guérisse. Quand j'avais été fiancée à Samir, un an plus tôt, moi non plus je n'avais pas remarqué qu'il boitait. Mais il avait eu un peu de mal à s'asseoir les jambes croisées durant la célébration des fiançailles. Et maintenant, pour le mariage, la famille avait ordonné qu'on place des chaises sur la plateforme de la cérémonie, ce qui était inhabituel et surprenant ; encore une chose pour laquelle nous n'avions demandé aucune explication. D'ailleurs, la famille du marié avait le droit de prendre les dispositions qu'elle souhaitait, et nous, la famille de la mariée, nous n'avions pas le droit de poser de questions.

« Quelle sorte d'accident était-ce ? demandai-je.

— Un accident de moto. Il avait une fracture très grave à la jambe, entre la cuisse et les hanches et, pendant des mois, il n'a pas pu marcher. Mais, sans avoir vu de médecin, il a plus ou moins guéri. Un miracle ! Car même moi, après mon accident... Mais ce garçon ne vous en a pas parlé ? » L'*alim* paraissait déconcerté lui aussi. « Je suis sûr que c'est du même jeune homme qu'il s'agit. Son père, Ibrahim, vient encore me voir. Nous sommes très amis.

— Dans notre communauté, dit Amme, il y a beaucoup d'Ibrahim et beaucoup de Samir. Comment être sûr que c'est le même ? Sa famille nous aurait certainement mis au courant, *alim-ji*. Pourquoi nous tromperaient-ils au sujet d'une affaire aussi importante ? Vous devez penser à quelqu'un d'autre.

— Oui, oui, sûrement, ma sœur, dit l'*alim*. Vous avez raison, bien sûr. » Il se croisa les bras, rentra les épaules, au-dessus desquelles je vis de nouveau l'oiseau. Maintenant, il voletait, affolé, dans la pièce, se cognait dans les miroirs sans pouvoir sortir. Je tressaillais chaque fois que j'entendais le bruit sourd de son petit corps quand il heurtait les glaces ; j'aurais voulu que Nour le chasse avec un balai. Mais elle était toujours immobile, ses paumes appuyées sur ses cuisses.

Le vieil homme demanda alors à voir ma main, mais nous avions l'esprit occupé par Samir et par ce que l'*alim* nous avait dit, si bien qu'on ne l'écouta plus guère. Lorsque nous partîmes, l'*alim* refusa toute offrande. Il sentait sans doute qu'il nous avait dit quelque chose que ses autres clients n'auraient pas souhaité que nous sachions. Et, surtout, il savait qu'il avait perturbé un projet déjà bien avancé ; or, en Inde les mariages ne sont pas pris à la légère. On consulte soigneusement les horoscopes, la numérologie et le Coran en tenant compte non seulement du nom du futur et de celui de la jeune fille, mais aussi du nom des parents et de leurs dates de naissance, pour savoir si le mariage sera mauvais, moyen ou bon. Parfois, et c'était mon cas, l'interprétation du Coran l'avait qualifié de « mieux ». Mieux que la moyenne, mieux que bien, mieux vaut y aller. On nous avait même précisé que mon mari et moi aurions deux garçons et une fille, que nous voyagerions, que nous gagnerions beaucoup d'argent, que nous serions heureux ensemble, et que Samir n'aurait durant sa vie qu'une seule épouse — moi. D'après un chiromancien, nos rapports amoureux seraient aussi « mieux ».

Lorsque nous apprîmes que Samir avait eu une fracture à la jambe droite qui ne s'était jamais tout à fait remise, ma mère et mon oncle devinrent naturellement soucieux. Moi aussi. Tout de même, si j'acceptais d'épouser un homme choisi par ma mère, la moindre des choses était qu'elle me trouve quelqu'un avec deux jambes de la même taille. C'était vraiment injuste. C'est ce que nous nous disions. Injuste.

On aurait dit que ce mot s'attardait entre nous, nous envahissait, nous étouffait, et en levant les yeux nous voyions le pauvre oiseau blessé voletant dans la pièce, paralysé par ses propres reflets, incapable de sortir, et nous pensions de nouveau que c'était injuste. Si bien que, lorsque l'*alim* tâta mon front et mon bras, plaça sa main sur mon abdomen, puis encouragea Amme à m'emmener chez une « dame-docteur » aussi vite que possible, Amme et oncle Abou acquiescèrent vaguement, puis se levèrent brusquement. J'en fis autant.

« Alors, elle n'a pas de démons ? demanda mon oncle en remontant son pantalon et y rentrant sa chemise.

— Aucun que je puisse chasser, dit l'*alim*.

— Bien, bien. Merci. Sa mère était très inquiète. Vous avez entendu, *Apa* ? Elle n'a pas de démons. »

Amme hocha de nouveau la tête ; ses yeux (ce qu'elle avait de plus expressif), comme ceux de l'*alim*, erraient autour de la pièce. Je priai le Ciel qu'elle comprenne enfin qu'il était impossible de donner suite à ce mariage.

« Allez voir un docteur, *Beta*, me dit l'*alim*. Je vous donne le même conseil que celui que j'ai donné à la mère de votre fiancé.

— Vous vous trompez de jeune homme, *alim-ji* », dit soudain Amme. Debout, penchée au-dessus de lui, elle lui lança un regard furibond. « Pour qui nous prenez-vous ? Je ne marierais jamais ma fille à un infirme. Ma fille lui offre tout. Tout. L'Amérique. Elle pourrait épouser l'homme qu'elle veut. Je connais Ibrahim depuis mon enfance, c'est pourquoi j'ai choisi son fils pour ma fille. La famille ne nous aurait pas caché un tel problème. J'en suis sûre. »

L'*alim* baissa la tête. Nour détourna les yeux. Oncle Abou passa un bras autour de la taille d'Amme pour la réconforter.

« Allons-nous-en, *Apa*. Nous parlerons de cela plus tard. »

Il essaya de l'entraîner vers la cour, mais elle repoussa son bras et jeta une liasse de roupies sur le sol, à côté du vieil homme. Puis elle s'élança dehors, faisant virevolter son tchador. « Quel homme étrange... » marmotta-t-elle.

Nour se leva d'un bond et courut au portail. Je jetai un dernier coup d'œil aux miroirs, dont certains avaient été souillés lorsque l'oiseau s'y était cogné. Celui-ci gisait maintenant par terre et on voyait palpiter sa petite poitrine.

« J'ai installé ces miroirs pour capturer les démons, dit l'*alim*. Une fois qu'ils sont à l'intérieur, ils ne peuvent plus ressortir. » Il dut comprendre mon étonnement car il se mit à rire. « N'ayez pas peur de moi, mon enfant. Je suis un vieil homme aveugle — je n'y vois plus depuis bien longtemps. Pour survivre, il faut que je sois capable de sentir ce qui est autour de moi, de voir ce que vous voyez... et un peu plus. » Après un silence, il ajouta : « Jamais je ne voudrais vous faire du mal.

— Allons, Layla, arrête de parler à ce bon à rien, cria Amme derrière moi. *Chalu* ! » Elle était irritée, mais ce n'était pas de sa faute, elle avait de nouveaux soucis, et au moment où elle pensait que tout allait pour le mieux. Certaines personnes ont du mal à faire confiance aux événements heureux de la vie quand les tracas les suivent de si près. Amme était comme cela, un ange de désolation.

« Merci », dis-je à l'*alim*. Il me fit un signe de tête. Je le saluai d'un *salaam*, qu'il me rendit, ses yeux regardant dans le vide. On entendit alors un sifflement aigu qui déchira l'air. Il tâtonna pour trouver sa montre et arrêta la sonnerie. « C'est l'heure de la prière », dit-il en se levant. Il se mit debout sur le *takat* et, en le suivant du regard, je remarquai pour la première fois que le plafond était également couvert de miroirs et reflétait toute la pièce à l'envers. L'*alim* et moi-même nous

nous tenions la tête en bas, j'avais le visage allongé, nos pieds pendaient, le sol carrelé était maintenant le ciel où reposait l'oiseau noir qui haletait encore ; ses ailes teintées de rouge se contractèrent une fois, deux fois et, enfin, restèrent immobiles. Trop soudainement pour que je comprenne.

Je traversai la cour en courant ; la pluie m'apporta une sensation de fraîcheur sur le visage. J'aurais voulu que, effrayées par mon tchador qui se soulevait derrière moi, les tourterelles s'envolent, mais elles restèrent à roucouler sur le seau ; leurs intonations exprimaient la tristesse humaine, mais une tristesse sans signification humaine.

Tandis que nous remontions à toute vitesse l'allée de l'Éléphant, retentit l'*azan*, appelant les musulmans à la deuxième prière du jour. Nous courions tous trois en silence, sans remarquer cette fois la pluie battante, ni les femmes à leur porte qui réapparurent au bruit de nos pas, sans voir les pavés, sans trébucher, sans nous tenir par la main, nous hâtant tout bonnement.

« *Allah ho Akbar* », Allah est grand, la voix grave de l'imam résonnait dans le haut-parleur.

Nous fonçâmes au-delà du tournant. La voiture n'avait pas bougé, la portière du chauffeur était ouverte et les pieds d'Ahmed pendaient dehors. Il dormait. Les gosses l'avaient finalement laissé tranquille.

« *Ashadan-la-illah-ha-illa-la* », il n'y a de Dieu qu'Allah.

Oncle Abou tapa sur le capot, et le métal de mauvaise qualité s'enfonça sous son poing. Ahmed se mit debout d'un seul coup. Son visage était foncé, il avait le sang à la tête. Amme et moi nous montâmes dans la Fiat et Ahmed ouvrit la portière arrière pour ma mère.

« *Hai-yalul-salah* ». Venez prier.

Quand nous nous assîmes, le siège s'affaissa davantage sous le poids d'Amme que sous le mien. Nous baissâmes les vitres et regardâmes au-dehors. La pluie mouilla sur ma cuisse et mon bras droits.

« Tu ne peux pas prier à cause de tes saignements, dit Amme en soupirant. Il faut que je prie pour toi. Toute ma vie, j'ai prié pour toi.

— Où allons-nous ? » demanda Ahmed. La voiture remontait l'allée en marche arrière.

« À la maison, dit Amme.

— Je croyais que vous vouliez faire des achats pour le mariage ?

— Ahmed, ne discute pas.

— Excusez-moi, Memsahib. »

« *Hai yalul-falah* ». Venez à la félicité.

« Ne t'inquiète pas, *Apa*, dit oncle Abou. Ils ne nous auraient pas caché un tel problème. »

Amme pinça les lèvres.

« Si tu veux, j'irai chez eux pour savoir la vérité », proposa-t-il.

Toujours pas de réponse.

« C'est une bonne idée », dis-je.

Mon oncle hocha la tête.

Les rues étaient vides, les habitants, certainement à la mosquée. Même ces sacrés mômes.

« Ils ne nous auraient quand même pas caché ça, dit Amme. Un infirme !

— *Ar're* ! » Mon oncle eut un rire gêné. « Il n'est pas infirme, *Apa*. Ce n'est qu'une fracture. »

Ahmed me regardait dans le rétroviseur. Il ouvrait de grands yeux, je savais qu'il était tout oreilles. Pourquoi pas ?

« *Kat ka mut tes salah* ». La prière commence.

« Ce n'est pas étonnant qu'ils aient commandé des chaises pour le mariage, dit Amme. Le garçon ne peut pas s'asseoir par terre. Comment ai-je pu être aussi aveugle ?

— Nous ne savons pas si c'est lui, *Apa*.

— Oh, tais-toi, Abou, dit Amme d'un ton cassant. Qui d'autre cela pourrait-il être ? Notre communauté n'est pas si nombreuse. Il n'y a qu'un Ibrahim qui ait un fils nommé Samir. Et qu'une mère sordide, Zeba, qui n'emmène pas son propre fils à l'hôpital. Et pourquoi ? Parce que ça coûte de l'argent ! Je n'ai jamais vu des gens aussi bizarres ! »

On roulait à présent en silence. À chaque minute, presque automatiquement, Amme laissait échapper un soupir, profond, guttural, qui s'installait entre nous, me poussant de plus en plus contre la portière. Même le vent qui entrait par les fenêtres ouvertes ne pouvait dissiper les gémissements de ma mère.

Mon histoire s'était perdue dans celle de mon fiancé. Quel meilleur tour du destin aurais-je pu souhaiter ? Je me renversai en arrière sur le siège. Nous sortîmes du dédale des ruelles, loin de toutes les légendes de fiancés ardents et d'éléphants immobilisés.

« *Allah ho Akbar* », répétait l'imam. Dieu est grand.

Je souris sous mon tchador. C'est vrai, pensai-je.

Mehndi

L'aube. Le premier jour de mon mariage.

J'étais sur le toit en terrasse de la grande maison de ma mère, dans la Vieille Ville entourée de murailles ; j'avais sous les yeux les ruelles et les maisons blanchies à la chaux, les fins minarets qui s'élevaient tout autour, ce cadre qui faisait tout autant partie de moi que les rues de banlieue bordées d'arbres et les maisons de style colonial de Minneapolis. Cinq fois par jour montait de chacune de ces mosquées un *azan* différent, emplissant l'air de l'adoration de Dieu, de sa Grandeur, humbles paroles vite dissipées, remplacées par le chant des coqs, le chevrotement des chèvres, le hurlement d'un chien solitaire. Même l'agneau attaché au goyavier dans la cour intérieure de notre maison, qui attendait lui aussi d'être sacrifié lors du *nikkah* quatre jours plus tard, accompagnait l'*azan* de son bêlement, comme s'il implorait la miséricorde d'Allah.

La miséricorde d'Allah, je la souhaitais moi aussi, mais sous quelle forme, je ne pouvais plus le dire. Que ressentais-je ce premier jour de mon mariage ? En fait, de même que la louange de Dieu se dissipait, laissant dans son sillage le bruit qu'on ne pouvait supporter, le bruit d'animaux sales, l'âme transcendant le corps, retombant sur terre, de même ma frayeur, mon appréhension, le peu d'espoir que j'avais eu d'échapper à ce mariage s'évanouissaient, et l'émotion que j'éprouvais à la place n'était plus qu'une morne résignation, à l'image du ciel, exprimant une autre sorte de capitulation.

Dad était assis en face de moi, sur un fauteuil de bambou. Son menton reposait sur une main et d'un doigt il caressait gracieusement le bas de sa lèvre inférieure charnue. Il me souriait ; il y avait dans ses yeux clairs un enjouement, une tendresse que je n'avais jamais vus auparavant... Du moins, pas depuis qu'il avait épousé Sabana. Nous nous faisions face ; nos profonds fauteuils étaient juste au-dessous du ventilateur dont le souffle faisait remonter le col de sa *kurta* blanche, dévoilant sa peau claire encore ferme autour du cou et sous ses yeux ; il avait pourtant quarante-neuf ans, était surchargé de travail, et gérait deux familles. Sous sa tunique, il portait le pantalon noir aux plis repassés qu'il revêtait d'habitude à l'hôpital, des souliers marron de cuir verni dont la couleur, depuis son arrivée deux jours auparavant, était ternie par la terre et la poussière. Je savais qu'avant de repartir aux États-Unis il finirait par les donner à Ahmed ou à Mounir le cuisinier. Un domestique travaillant chaussé de souliers qui avaient coûté plus d'un an de son salaire. Dad n'avait pas noué les lacets et ne portait pas de chaussettes.

Son doigt se déplaça jusqu'à sa moustache noire, qu'il lissa. « Te rappelles-tu la chanson que nous chantions quand tu étais petite ? » me demanda-t-il. Je n'eus pas le temps de répondre qu'il avait commencé à la fredonner. « *Le matin de bonne heure, comme moi. Tu prends ton petit déjeuner, comme moi. Tu danses dans la rue, comme moi...* » La tête rejetée en arrière, il se mit à rire, découvrant son palais rose et ses dents blanches.

Je lui souris. Oui, je me rappelais la chanson, mais il me semblait que je ne l'avais chantée qu'une seule fois avec lui. Je devais avoir quatre ans. Nous étions dans la première maison que mes parents avaient possédée en Amérique, un petit logement avec deux chambres à coucher, au sud de Minneapolis. Nous étions assis par terre ; Dad était appuyé contre le canapé, ses longues jambes allongées devant lui. Il me faisait sauter sur ses genoux et nous chantions tous les deux ; ma voix était devenue si aiguë que je finis par crier. La tête rejetée en arrière, il riait. Mais quelque chose s'était passé alors — était-ce Amme qui annonçait que j'avais de nouveau fait pipi au lit, ou un petit voisin venu me demander de jouer avec lui —, je n'étais plus sur les genoux de Dad, mais cachée dans une corbeille à linge sale, sous des vêtements. Au rythme de la chanson avait succédé celui de ses coups de poing sur les murs et les portes, il me cherchait dans toute la maison. Ce fut la seule fois où je lui échappai.

« Où t'étais-tu cachée ? me demandait-il maintenant. C'est le premier jour de ton mariage, même la *dul'han* est partie.

— Je ne me cachais pas, dis-je, j'étais sur le toit. Quelqu'un a suspendu des drapeaux verts tout le long de la ruelle. Il n'y en avait pas les autres années. On en a même accroché sur notre maison. » Puis j'ajoutai : « Il y a un croissant de lune sur ces drapeaux et une étoile qui brille sur son ventre..., comme si elle était enceinte.

— La pauvreté rend les gens religieux », dit-il, ses yeux riants se détournant déjà vers la cour intérieure. Je ne pouvais dire s'il regardait ses deux jeunes fils, ou sa seconde femme à travers le grillage de la fenêtre de la cuisine. Il y avait près de dix ans qu'il l'avait épousée et, lorsqu'il la voyait, ses yeux clairs étaient encore pleins d'ardeur. Elle était maintenant dans son troisième mois de grossesse.

Les deux garçons, dont l'aîné était deux fois plus jeune que moi, étaient en plein soleil, en T-shirt et jean, pieds nus, et ils piquaient la tendre chair de l'agneau avec de longs bâtons. La pauvre créature avait tourné et tourné autour du tronc mince de l'arbre jusqu'au moment où il ne pouvait plus que poser sa tête contre le bois en bêlant.

Dad était arrivé avec sa famille depuis deux jours, le jour où nous avions rendu visite à l'*alim* aveugle. En rentrant à la maison, nous avions croisé deux grands taxis qui sortaient par le portail; l'un avait transporté la famille, l'autre, l'agneau que Dad avait acheté en venant de l'aéroport. J'avais eu le temps d'apercevoir, sur le pare-brise arrière, les empreintes de l'animal qui, dans sa frayeur, s'était sans doute débattu. Le sacrifice était la façon qu'avait Dad de célébrer mon mariage — j'aurais préféré qu'il fût venu seul, sans l'animal, sans sa famille.

« *Ar're*, laisse-le tranquille! » cria Dad à ses fils; il souriait toujours et je savais qu'il ne s'attendait pas à être pris au sérieux. Les garçons continuèrent à cogner et à piquer l'agneau qui sursautait chaque fois. Sabana préparait le petit déjeuner et chantait une chanson en hindi d'une voix fausse et perçante. Elle racontait aux gens qu'elle avait été une grande actrice de cinéma, alors qu'en réalité elle n'avait fait que de brèves apparitions anonymes dans quelques films hindis. C'était peut-être pour avoir le rôle principal qu'elle avait, à force de cajoleries, convaincu Dad de divorcer d'Amme. Car c'est ce qu'il avait fait, et c'était aussi la raison pour laquelle ma mère s'était enfermée dans sa chambre où elle avait gémi pendant un mois. Il n'avait pas simplement pris une seconde femme, ce qui était son droit ici selon les lois de la Vieille Ville, mais il avait commis l'impensable, il avait abandonné la première.

Il se tourna à présent vers moi ; le bras levé, il fourrageait dans son épaisse chevelure bouclée tout en m'examinant attentivement. Il avait de longs doigts minces, de fins poignets, des mains modelées exactement pour ce qu'il faisait, de la chirurgie cardiaque. On avait peine à croire que ces mêmes mains avaient signé l'acte de divorce, m'avaient battue, avaient sauvé chaque jour des vies.

« Je te cherchais, car j'ai un cadeau pour toi », dit-il. Il cria à Amme de le lui apporter. Elle était dans la chambre à coucher, celle qu'elle devait partager avec Sabana ; les meubles qu'elle avait apportés en dot étaient poussés de côté pour faire place à ceux de la nouvelle épouse. Bien qu'il eût divorcé d'Amme, Dad continuait à nous entretenir. À Minneapolis, nous avions des maisons séparées, mais, ici, où les hommes gardaient plusieurs familles sous le même toit, où ils ne divorçaient pas de leurs épouses, nous étions tous dans la même maison. Personne dans la Vieille Ville, ni les voisins ni les parents, n'était au courant du divorce.

Amme arriva en traînant les pieds, tenant une épaisse enveloppe. Elle portait un sari crème imprimé de roses et ce gai motif reflétait sa bonne humeur. Elle avait passé la matinée dans la chambre avec ma nounou, Nafiza ; avec de petits rires, les deux femmes disposaient ma dot sur des plateaux d'argent : des saris et des bijoux pour moi, des jeans, des pantalons de velours côtelé, des chemises en oxford pour Samir.

« Dis à Nafiza de me préparer du thé », dit Dad en prenant l'enveloppe. Il se massa le crâne. « Cette chaleur me donne mal à la tête.

— Vous savez bien que votre femme ne laisse pas entrer mes domestiques dans la cuisine », dit Amme. Sabana avait une peur bleue qu'Amme leur ordonne de mêler des herbes de magie noire à la nourriture de Dad pour qu'il nous rende son affection. C'est pourquoi elle cuisait elle-même tous les repas de son mari. « Et puis j'ai besoin de Nafiza pour m'aider à disposer la dot. Si vous désirez du thé, levez-vous et allez en demander à votre femme. Regardez comme elle prend soin de vous — elle fait la cuisine, même par cette chaleur ! » Elle repartit vers sa chambre en grommelant et les yeux fixés sur la cuisine, de l'autre côté de la cour. Des yeux qui avaient perdu déjà un peu de leur gaieté. Depuis leur divorce, Amme parlait à Dad avec un irrespect qu'elle n'aurait jamais pu montrer si celui-ci était encore son mari. Mais, justement, elle ne le laissait pas oublier ce qu'il avait fait. S'il l'avait gardée comme épouse — même comme co-épouse —, elle aurait pris avec empressement sa requête pour un ordre, et serait allée préparer le thé elle-même à côté de Sabana, les deux femmes rivalisant de prévenances envers un homme, soucieuses de son seul plaisir. C'était cette vie-là qu'Amme aurait préférée.

« Aïe, personne n'est content, dit Dad en jetant l'enveloppe sur mes genoux. Quoi que je fasse, personne n'est content. » Il me fit un clin d'œil, tâchant de me mettre de son côté.

J'ouvris l'enveloppe et y trouvai deux billets d'avion pour les États-Unis, l'un à mon nom, l'autre au nom de Samir. Ils étaient valables six mois.

Dad croisa les jambes, tirant d'une main le pli de son pantalon pour le redresser, faisant apparaître ses chevilles pâles. Les lacets traînaient sur le sol carrelé. « Je me rappelle la première fois où j'ai été invité aux États-Unis », dit-il, en regardant au loin. Sa moustache frémissait. « Tu venais de naître. J'ai dit à ta mère : "Regarde, ma fille a de la chance. Son entrée dans cette maison nous a porté bonheur." J'étais si content. Je vous ai emmenées toutes les deux à Madras pour obtenir mon visa. » Il hocha la tête, ferma un instant les yeux, puis les fixa de nouveau sur moi. Ils n'exprimaient pas que de la tendresse, mais un autre sentiment auquel j'étais plus habituée, une âpre détermination.

« Retournes-y dès que tu le pourras, m'ordonna-t-il. Dès que ton mari aura son visa. Tu connais la vie de ta mère : elle sera seule là-bas, dans cette grande maison. Samir et toi, vous pourrez occuper tout le premier étage, vous serez tout à fait chez vous. Il est inutile que vous cherchiez à aller autre part. D'ailleurs, comment auriez-vous les moyens de louer un appartement ? Samir arrivera en s'attendant à trouver du travail, mais personne ne tiendra compte de ses diplômes. Il faudra qu'il suive de nouveau des cours d'ingénierie, comme moi-même j'ai dû repasser les examens de médecine. Il n'aura pas d'emploi, sauf dans un McDonald ou comme chauffeur de taxi. Il ne pourra pas subvenir à tes besoins. Continue à habiter dans la maison de ta mère et à prendre soin d'elle. N'oublie pas tous les sacrifices qu'elle a faits pour toi. Rappelle-toi que tu en es responsable. »

Je regardai devant moi dans la cour. Les deux garçons étaient allés jouer dans la ruelle avec les gosses du voisinage. Juillet, saison des cerfs-volants... Je me souvins de mon enfance dans cette maison, et aussi d'avoir chanté cette chanson en Amérique avec Dad.

L'ombre de Sabana passa derrière la porte de la cuisine et je revis le moment où j'avais cessé d'être une enfant heureuse pour devenir une fille malchanceuse. Les sacrifices d'Amme, la raison pour laquelle elle était restée avec Dad après qu'il l'eut rejetée, renonçant ainsi à son propre avenir, c'était afin de me donner ce qu'elle ne possédait plus : un mari.

« Amme vous a-t-elle parlé de sa jambe ? » demandai-je.

Il haussa les épaules et se leva ; il m'avait dit ce qu'il avait à me dire. Il mit une main dans sa poche, qui prit la forme de son poing. « Le garçon a dit la vérité. Lorsque ton oncle Abou est allé chez lui, il a reconnu son infirmité, ça montre du courage. » Dad baissa les yeux sur moi et je vis qu'il considérait mon nez épaté, mes lèvres charnues, ces traits qu'il m'avait transmis, de même qu'à présent il me transmettait la responsabilité de ma mère. Je savais ce qu'il pensait, je l'avais même entendu en faire la remarque à sa femme de Bollywood. Il pensait que j'étais laide.

« Sois reconnaissante de l'avoir, Layla. Personne ne remarque qu'il boite. Tu sais comment ça se passe ici quand il s'agit d'arranger un mariage. Le diplôme du garçon, la beauté de la fille. Rien d'autre ne compte. »

Rien ? Et ce qu'il ne mentionnait pas ? Sans un père, sans une famille normale, une fille ne pouvait espérer entrer dans une nouvelle famille.

Dès après le petit déjeuner, la maison commença à se transformer, et je compris qu'il importait peu que je me sois préparée en repassant indéfiniment dans ma tête les événements à venir, car maintenant qu'ils avaient lieu pour de bon, j'étais physiquement encore en état de choc.

Les drapeaux verts que quelqu'un avait accrochés tout le long de la terrasse au rez-de-chaussée avaient été ôtés et remplacés par des petites lumières de mariage. Des guirlandes de lampions multicolores étaient suspendues aux trois étages, depuis la *chandni* d'où j'avais contemplé, ce matin-là, une ville qui semblait immuable. Elles étaient enroulées autour des branches du goyavier et des cocotiers, comme les femmes tressaient des guirlandes de fleurs dans leurs cheveux. Deux jeunes employées d'un salon de beauté local étaient venues et avaient peint au henné, sur mes mains et mes pieds, des motifs compliqués, qu'elles avaient ensuite recouverts d'eau sucrée pour éviter qu'ils ne s'effacent. Plus ils resteraient longtemps, plus le rouge serait intense, plus le mariage serait placé sous d'heureux auspices. Entre les fines lignes de ma main droite, au cœur de la feuille délicate qui y était tracée, étaient dessinées les initiales de Samir. Cela aussi était de bon augure, le nom de mon mari pénétrerait dans ma peau et mon sang, ferait partie de moi. La tradition voulait que le jeune marié, lors de la nuit de noces, cherche à voir ses initiales ; ce rituel absurde était peut-être conçu afin de donner au jeune couple un prétexte pour se toucher alors qu'ils ne l'avaient jamais fait auparavant.

Les musiciens de la noce étaient arrivés juste au moment où le soleil se couchait ; on les avait installés dans la cour, non loin du mouton gémissant. Le vieux *takat* branlant sur lequel ils étaient assis avait été recouvert d'un châle rouge dont les motifs brodés et dorés imitaient les feuilles pointues du goyavier, juste au-dessus d'eux. Derrière le chant plaintif du *shanai* et le battement régulier du *dol*, j'entendais le bruit sourd des casseroles car les domestiques s'occupaient du dîner. Ce soir, pour la première cérémonie du mariage, le *munjay*, les femmes de ma famille commenceraient à me préparer à rencontrer mon époux.

L'heure où elles viendraient approchant, Amme m'envoya dans ma chambre. Ce n'était que lorsque tous les invités seraient réunis et le salon entièrement décoré, que je serais présentée, splendide dans ma parure du premier jour des noces, avec mon fin *dappatta* me recouvrant le visage et tombant jusqu'aux genoux. Nafiza m'avait habillée ; elle avait mis mes mains dans de petits sacs en plastique rose, attachés à mes poignets par des élastiques, pour éviter que le henné ne tache mes vêtements. Puis elle m'avait assise au centre du lit que j'apportais en dot, dont le dais sculpté représentait la tête, tournée de côté, d'un paon au bec ouvert pour un cri silencieux. Le majestueux éventail des plumes de l'oiseau formait le pied du lit. Nafiza, elle, était assise sur le sol carrelé et cousait les taies d'oreiller en velours assorties au velours marron du couvre-pieds. Le matin du dernier jour des noces, tout le mobilier de la chambre à coucher serait transporté dans la maison de Samir : l'armoire métallique remplie des saris et des bijoux que je porterais dans mon nouveau foyer, la coiffeuse au grand miroir, voilé à présent d'un tissu à paillettes afin que je ne m'y voie pas avant la nuit de noces, lorsque je serais pleinement son épouse ; et, naturellement, le grandiose lit conjugal sur lequel il découvrirait à quel point j'étais peu en état d'être sa femme.

« Il m'a bernée avec ses bottines noires », dis-je à ma nounou à travers l'épaisse moustiquaire. Les portes et fenêtres étant fermées pour que personne ne puisse m'apercevoir, les battements rythmiques du *dol,* qui ne me parvenaient que faiblement, auraient pu être les battements de mon cœur. « Tu te rappelles, Nafiza, que les trois fois où nous l'avons vu, il portait des bottines à semelles épaisses ? Elles doivent être orthopédiques. »

Nafiza ne leva pas le nez de son ouvrage. Elle avait étendu un linge sous les taies d'oreiller pour éviter qu'elles ne se salissent, mais pas sous son sari. Comme toujours à l'intérieur de la maison, elle ne portait pas de sandales et la plante de ses pieds incrustée de poussière était aussi noire que ses petits yeux. À la lumière du plafonnier, je vis que son chignon était teint au henné — elle avait demandé aux femmes du salon de beauté de masquer ses cheveux gris. Elle tirait et poussait l'aiguille d'une main ferme, mais c'est moi qui, y voyant bien, la lui avais enfilée.

Quand ma nounou était entrée au service de mon grand-père maternel, elle avait environ quatre ans : ses parents étaient des paysans qui travaillaient sur les terres de *Nana* dans le lointain Miryalgurda. Pendant la Partition, lorsque domestiques et paysans s'étaient révoltés contre mon *nana*, profitant du désordre général pour prétendre s'approprier son *haveli*, ses terres, elle avait été une des trois domestiques à rester fidèle à la famille, et avait fui avec nous dans la petite maison que possédait mon grand-père dans le quartier de Vijayanagar. Elle n'avait qu'un an ou deux de plus qu'Amme et ne connaissait pas d'autre famille que la nôtre. Lorsque je suis née, c'est elle qui m'avait nourrie.

« Tu es pas encore mariée, dit-elle maintenant, et tu es déjà dégoûtée de ton mari. Il se passe quoi, mon enfant ? Quand tu t'es fiancée, tu es allée avec lui au jardin public et tu l'as laissé prendre ta main. Moi, j'ai rien dit. Je vois que tu es heureuse. Il a une jolie figure, tu m'as dit. Tu m'as demandé si elle est plus plus jolie que ta figure, si c'est peut-être pas pour elle qu'il t'aime. » Elle s'interrompit, puis reprit : « Dis-moi, enfant, qu'est-ce que tu as contre lui ?

— Par cette chaleur, personne ne porte de bottines, dis-je. J'aurais dû me douter qu'il cachait quelque chose. »

Elle me jeta un long regard ; la peau de son visage était sèche et dure, sa bouche sombre entrouverte découvrait ses dents rougies par le bétel. Elle avait le même regard lorsque ma cousine Henna dormait dans mon lit. Il semblait dire qu'elle savait ce que je manigançais, même avant de me le demander. Affirmation et rétractation, telle était la nature de nos relations. Car cette femme qui m'avait nourrie au sein, qui continuait à me laver et m'habiller, et le ferait même quand je serais mariée, n'était qu'une domestique qui ne pouvait critiquer ma conduite.

À présent, au-dehors, Amme accueillait mes tantes ; j'entendais les rires, le bourdonnement des conversations animées.

« Petite, me dit Nafiza, je t'ai élevée comme mon enfant. Je vois pas de différence entre toi et ma fille, Roshan. Je sais que ton souci, c'est toi-même. Le garçon a pas caché sa jambe. Tu es au courant, il a parlé à ton oncle. Mais qu'est-ce que tu vas dire à ton mari quand il va voir du sang ? Où tu vas aller quand il te jette dehors ? »

Je ne répondis pas, car il n'y avait pas de réponse. Parmi toutes les questions que je me posais sans cesse, c'était celle-là que je n'étais pas capable d'affronter. S'il me jetait dehors, cela signifierait qu'il ne m'avait pas trouvée convenable. Et, ici, une épouse pas convenable, d'après les lois de la Vieille Ville, c'était une putain. Et, toujours selon les mêmes lois, son père avait le droit de la tuer. L'homme qui avait commencé à me battre quand je n'avais que deux ans, jusqu'où irait-il maintenant pour me punir ?

Nafiza fit claquer sa langue, marmottant qu'elle n'avait pas voulu m'effrayer. Elle coupa son fil entre ses incisives branlantes et se releva en s'appuyant d'une main sur la coiffeuse neuve. Elle avait toujours mal à une jambe et elle se mit à la cogner tout en venant vers moi d'un pas raide, sans pouvoir plier le genou. Elle était petite, ma nounou, elle n'avait pas même cinq pieds de haut, mais il y avait quelque chose sur son visage, dans son maintien, qui en imposait. Elle écarta les deux pans de la lourde moustiquaire, plissant ses yeux sombres pour me regarder. Elle manifestait ainsi sa présence. « Je te protégerai, mon enfant, comme quand tu étais petite et que tu courais pour échapper à ton papa... »

Amme tira la tenture brodée d'or ; la noix de coco suspendue à l'embrasure de la porte oscilla ; c'était un symbole de fertilité. Les battements du *dol* s'intensifièrent, prenant un rythme différent en moi. À force de rire, le visage de ma mère avait pris la teinte rouge sombre des rubis qu'elle portait.

« *Chalu*, allons, dit-elle, me tendant une main chargée d'une bague à chaque doigt. Il est temps que la mariée se montre. »

Lorsque j'apparus, les femmes applaudirent, m'entourèrent ; des mains s'emparèrent de mes bras, se posèrent fermement sur mon dos pour me guider jusqu'au milieu du salon. Sous mon voile de brocart, je gardais la tête modestement baissée, et je ne pouvais distinguer que des pieds nus, fins et sombres, des orteils brillant d'anneaux d'argent semblables aux miens. On m'assit sur un tabouret bas, en bois peint du même rouge cramoisi que le dais tendu au-dessus de nous. Les femmes riaient et chuchotaient entre elles, assises en tailleur autour de moi sur les draps blancs qu'on avait étendus sur le sol. Leurs voix étaient emportées par les longues modulations du *shanai*.

Toutes, nous étions habillées de jaune. Le mariage musulman à Hyderabad dure cinq jours, et chaque cérémonie a un rituel spécial et une couleur précise. Les trois premiers jours, c'est le jaune d'or, promesse de chance et de fertilité ; le jour du *nikkah*, c'est le rouge sang, symbole d'union, et au dîner du *walima*, qui n'a lieu que lorsque le mariage a été consommé de façon satisfaisante, c'est alors le vert de l'islam, de la soumission.

Des plateaux d'argent circulaient et furent finalement déposés à mes pieds. Ils étaient chargés de somptueux colliers et bracelets de fleurs, de friandises recouvertes d'une fine pellicule d'argent comestible, de bols gravés remplis de curcuma ou d'eau de rose ; il y avait une petite fiole d'*itar* de jasmin, de l'huile d'amandes, et même un flacon de crème à épiler.

La belle-sœur de ma mère, l'aînée de la famille, fut la première à s'accroupir devant moi ; sa taille mince était entièrement recouverte du pan de son sari. Ses frêles mains de diabétique soulevèrent mon voile, se glissèrent à l'intérieur de ma *kurta* de soie et de mon *chooridar*, pour me masser la peau avec de l'huile et du parfum. Elle me donna à manger des *ladus*, enroula les bracelets de fleurs sur le plastique rose recouvrant mes doigts, drapa autour de moi une guirlande. Puis, se penchant, elle me murmura à l'oreille : « Je vais te dire ce que je dis à toutes mes élèves de biologie. » Sa voix n'avait plus l'autorité d'autrefois. C'était elle, tante Amira, qui m'avait appris à lire et écrire en ourdou ; elle enseignait au collège de filles de la ville. « Aide-le pour qu'il sache ce qu'il doit faire. Tu connais ton corps mieux que lui. Les jeunes gens de chez nous se marient avec aussi peu d'expérience que toi. » Elle se retira, après m'avoir embrassée sur la joue à travers mon voile ; sa peau sentait l'antimites qu'elle mettait dans son armoire, entre ses vêtements. Le *dol* adopta un rythme plus soutenu.

Il y eut une controverse : qui devait lui succéder, Amme ou sa jeune sœur, tante Asma ? Mais c'était à la mère de la mariée de venir à présent me donner sa bénédiction, seulement Amme était en train de jouer la comédie de la mère qui voit avec inquiétude et regret sa petite fille abandonner la protection de sa famille et partir pour devenir une femme... Tante Amira finit par lui dire, de son ton plein d'autorité, de se dépêcher.

Ma mère s'assit sur le sol, près de mes pieds ; sa silhouette voûtée m'était si familière que j'avais du mal à croire que je ne la verrais plus. Quand Samir me jetterait dehors, je n'oserais jamais revenir chez elle. Et, pourtant, si je retournais aux États-Unis avec le billet d'avion que m'avait donné Dad, où pouvais-je aller, n'ayant pas d'argent, aucun diplôme et, surtout, aucune expérience — n'ayant eu aucune vraie vie — hors de la maison de ma mère, pas même pendant la nuit passée avec Nate.

Amme me fourra des friandises dans la bouche avec brusquerie et maladresse, elle qui ne m'avait jamais fait manger. Juste derrière elle, contre le mur au fond de la pièce, j'aperçus Nafiza et Raga-bi qui observaient la cérémonie sans pouvoir y prendre part. Les deux vieilles servantes étaient en jaune d'or. Amme se mit à genoux, riant et affectant de se plaindre de ces vieilles coutumes. En réalité, elle vivait le grand moment de sa vie.

Après avoir, elle aussi, drapé autour de moi une guirlande de fleurs, elle ouvrit un coffret recouvert de velours et en sortit un collier en or qu'elle attacha autour de mon cou. Puis un autre coffret et elle recouvrit le collier d'or d'un collier de rubis. Ses bracelets tintant doucement, elle continua à me parer jusqu'à ce que mon cou ploie sous le poids des fleurs et des bijoux. Quand elle eut fini, au lieu de me chuchoter des conseils à l'oreille, elle se tourna vers les femmes et déclara : « Ma seule fille. Ma seule enfant, puisque... », elle se retint de prononcer le nom du fils qu'elle avait porté et qui était mort peu de temps après sa naissance. Amme était persuadée que c'était à cause de cette perte et de son peu de désir d'avoir un autre enfant que Dad avait pris une seconde épouse.

Elle s'éclaircit la voix et dit : « J'ai passé bien des années à projeter et préparer ce mariage, et rien, absolument rien ne se mettra en travers.

— *Inch' Allah !* » crièrent-elles toutes, se mettant à taper dans leurs mains sur le rythme du *dol*. Quelqu'un commença à chanter d'une voix aiguë, comme celle de Sabana, mais je savais que ce n'était pas elle car, avant l'arrivée des invités, elle avait quitté la maison avec Dad et leurs deux fils ; elle ne souhaitait pas prendre part à la cérémonie — ou n'y avait pas été invitée.

La sœur d'Amme s'avança enfin ; son corps mou était si rebondi qu'on dut s'écarter pour la laisser passer. Elle semblait avoir absorbé toute la vitalité dont tante Amira avait si cruellement besoin. Il y eut de nouveau le même rituel d'huile et de sucreries, une autre guirlande, des bracelets et, enfin, encore des conseils.

Au milieu des réjouissances, des chants, et des danses des enfants des domestiques à l'arrière-plan, elle se pencha sur moi ; le parfum de ses cheveux me rappela sa fille Henna. Elle murmura : « Laisse-le prendre les initiatives... sinon, il pourrait te soupçonner d'avoir de l'expérience. » Elle rejeta la tête en arrière pour me regarder intensément à travers mon voile de brocart, et je compris ce qu'elle voulait dire. Les lettres de Nate étaient arrivées chez elle : c'était l'adresse que je lui avais donnée parce que Henna était ma meilleure amie, et aussi parce que oncle Abou, le mari de tante Asma, connaissait nos secrets. Avant de rejoindre les autres femmes, qui n'étaient pour moi qu'une masse confuse jaune d'or, elle mit sa main sur la mienne, par-dessus le voile et le sachet en plastique.

Roshan, la fille de Nafiza, qui portait des lunettes trop grandes pour son fin visage, était assise devant moi. Elle avait quatre ans quand sa mère avait commencé à m'allaiter. Son mari possédait une échoppe de thé, si bien que n'étant plus une domestique elle était admise à participer à la cérémonie. Aux yeux de ma nounou, nous étions comme des sœurs. Ce fut sa présence, parmi toutes les femmes, qui me fit prendre conscience de l'absence d'Henna, ma cousine-sœur. En fait, je ne l'avais pas vue depuis que j'étais à Hyderabad. Tante Asma me dit qu'elle avait une grossesse difficile et qu'elle ne pouvait sortir de chez elle, mais je pensai qu'elle n'était pas venue parce qu'elle était au courant de ce qui m'arrivait, de ce que ces femmes ne verraient pas encore, même après la visite à l'*alim* aveugle.

Il me vint alors à l'esprit qu'il me fallait nier, nier Nate, nier ce que nous avions fait. En effet, dans la Vieille Ville, où les femmes n'étaient jamais seules avec un homme sauf avec leur mari, ma conduite à l'étage au-dessous de celui de ma mère à Minneapolis était impensable.

Roshan m'offrit un sari, en chuchotant que je serais irrésistible pour mon mari — qu'il m'éveillerait deux ou trois fois par nuit. Je détournai la tête. Et ainsi, l'une après l'autre, les femmes se succédèrent pour me féliciter, et, quand toutes furent parties, des mains agrippèrent mes bras et ma taille pour m'aider à me relever. Quelqu'un cria aux domestiques de tenir une étoffe devant le visage des musiciens afin qu'aucun homme ne puisse voir la mariée pendant qu'on lui ferait traverser la cour pour aller au hammam ; j'avais beau savoir ce que j'aurais à faire lors de la nuit de noces, la pièce ne fut plus pour moi qu'un brouillard jaune, mes jambes fléchirent et je retombai brusquement sur mon tabouret. Les femmes restèrent saisies de stupeur et, pendant un instant, je n'entendis que ma respiration ralentie, le soyeux froufrou des saris, le son entêtant du *dol.*

« Elle a trébuché sur son *dappatta* », murmura enfin quelqu'un, qui le retira de dessous mes pieds.

On s'exclama, on remercia Allah : ce n'était pas parce que j'avais un parasite dans l'estomac que j'avais perdu l'équilibre... Puis les femmes nouèrent les bouts de mon voile autour de leurs poignets, elles le levèrent bien haut derrière moi en me menant au hammam. On avait apporté mon tabouret et on m'y fit asseoir de nouveau. Des mains s'affairèrent à me déshabiller, ôtèrent les sachets en plastique collés sur le henné qui avait séché, me massèrent les mains de curcuma jusqu'à ce que ma peau brune brille comme de l'or. Puis on rasa tous les poils de mon corps, ce qui me donna l'apparence de ce qu'on croyait encore que j'étais, de ce que mon mari attendait : celle d'une jeune fille.

L'aube. Le deuxième jour de mon mariage. *Sanchak*, la cérémonie au cours de laquelle la famille du marié se rend chez la mariée pour la vêtir des habits de noce choisis par la mère du jeune homme. Les femmes retirent alors à la jeune épouse son voile de brocart doré et l'enveloppent d'un autre voile, cramoisi, et commencent ainsi à prendre possession d'elle.

Sous ma fenêtre, dans la cour, l'agneau accompagnait l'*azan* de ses bêlements. La nuit précédente était la première où l'animal avait été laissé en paix ; la cérémonie lui avait en somme apporté un peu de soulagement. J'avais moi-même passé encore une nuit sans dormir. Je me levai et allai au salon regarder enfin les décorations que je n'avais pu voir la veille de dessous mon voile, sous les fleurs et l'or : par modestie, j'avais gardé la tête baissée. Comme toujours, seuls les domestiques étaient réveillés, l'*azan* les appelait au travail.

La maison d'Amme était composée, comme la plupart des vieilles demeures dans cette partie de la ville, d'une grande salle au centre, où donnaient, sur trois côtés, les chambres à coucher. Le quatrième s'ouvrait sur une véranda, puis sur la cour, au bout de laquelle se trouvaient la cuisine, le hammam et les logements des domestiques. Au cours des ans, Dad avait ajouté deux étages sur la même surface, dans l'intention de bannir Amme au niveau supérieur. Mais ma mère avait refusé d'abandonner la principale chambre à coucher, et il n'avait plus le droit de l'y forcer. Après tout, vingt ans auparavant, c'était dans cette chambre qu'elle était entrée, jeune mariée, avec un sari et un voile d'un rouge éclatant. Dad venait de terminer ses études de médecine et, ayant mis un peu d'argent de la dot de côté, s'était alors engagé dans le contrat de mariage à faire don à Amme de la maison de son père si jamais il divorçait d'elle. Il n'imaginait sans doute pas qu'il en viendrait là.

À présent, la maison était telle qu'elle était lorsque Amme y avait pénétré comme jeune mariée. Dix ans plus tard, ce fut Sabana qui y entra, et la nuit de noces se déroula sur un lit qui était en face de celui sur lequel Dad avait dormi avec Amme. Pour mon mariage, les rideaux de coton fixés aux portes des cinq chambres avaient été remplacés par des rideaux de soie grège filetée d'or. Des petites noix de coco, symboles de fertilité, enveloppées de papier de soie rouge et or, étaient suspendues au-dessus de chaque embrasure de porte — celle de la chambre nuptiale, de la chambre que partageaient les garçons, de la chambre principale où Amme dormait toute seule, et enfin de la petite chambre en face de la mienne, à côté de l'oratoire, où dormaient maintenant Dad et Sabana, fermée à tous, surtout à Amme. Dans la journée, cette pièce devenait le *divan*, la pièce où l'on faisait asseoir les invités.

Dans la cour intérieure, sur l'escalier en spirale qui menait aux étages vides, clignotaient dans l'aube violette des petites lumières de couleur. Au-dessus du *takat*, la bâche noire qui recouvrait la Fiat chaque fois que nous retournions aux États-Unis était pendue aux branches de l'arbre pour protéger les musiciens, qui arriveraient bientôt, de la lumière aveuglante du soleil levant.

On avait ôté les meubles de la grande salle et les domestiques avaient étalé de longs draps blancs qui recouvraient entièrement le carrelage. À l'endroit où Dad et moi étions assis la veille, on avait mis le tabouret bas sur lequel je m'assiérais pendant la cérémonie du soir, entourée cette fois par la famille de Samir.

Raga-bi monta les marches de la véranda, une balayette de branchages sous son bras ridé. Elle était mince et agile, ses yeux étaient entourés d'une couche épaisse de khôl, et ce n'est qu'à son dos légèrement voûté qu'on voyait qu'elle était plus âgée que ma nounou. C'était elle qui balayait la maison tous les matins.

« Pourquoi vous êtes levée si tôt, *Bitea* ? » me demanda-t-elle. Une chique de bétel lui gonflait la bouche d'un côté. Elle poussa le tabouret contre le mur et commença à balayer les pétales de roses sur les draps.

C'était pour la voir que je m'étais levée avant tout le monde, et je m'approchai aussitôt d'elle. « Raga-bi... », commençai-je.

Elle jeta un rapide coup d'œil vers la cour et me tourna le dos, se courbant encore davantage sur sa balayette, un bras appuyé sur ses reins. La paume de sa main était rouge de henné. Elle continua à balayer.

Je regardai vers le fond de la cour : il n'y avait que Mounir, le cuisinier, qui s'affairait dans sa cuisine. « Je sais que tu as aidé des femmes à la ferme, murmurai-je dans le dos de la vieille servante. Je sais ce que tu as appris à... *faire* quand tu étais jeune, dans le domaine de mon grand-père. » Je parlais de la chose que Sabana redoutait tant, le *jadu*, la magie noire.

« Je comprends pas ce que vous dites, *Bitea* », cria-t-elle, plus fort que je ne l'aurais souhaité. L'agneau sursauta et bêla une dernière fois, en nous regardant avec inquiétude. « Je peux pas vous aider ! »

Je regardai vers la porte d'Amme. « Tu dois t'y connaître en saignements, insistai-je. Il faut que tu les arrêtes. Je sais que tu le peux. J'ai entendu parler de ce que tu es capable de faire... »

Elle se retourna et secoua sa balayette vers moi ; son regard filtrait entre les deux lignes de khôl. Elle avait la bouche pleine du jus rouge du bétel, ce qui l'obligeait à renverser la tête en arrière en parlant. « Vous êtes pas indienne. Avec vous, mon *jadu* peut faire le contraire. Et alors votre maman me jette dehors. » Elle me regarda fixement, voulant apparemment que je m'éloigne, mais je ne bougeai pas, luttant contre une forte envie, nouvelle pour moi, celle de saisir cette balayette, de la brandir devant elle et peut-être même de la frapper jusqu'à ce qu'elle comprenne ma situation, jusqu'à ce qu'elle fasse ce qu'on lui disait de faire.

Mais je gardai mon calme. « Je peux tout nier, lui dis-je. Mais pas les saignements. Raga-bi, s'il me jette dehors, où irai-je ? Amme a raison. Il faut que sa famille devienne la mienne. C'est le seul moyen...

— *Shaa*, *Bitea* ! », s'écria-t-elle, regardant de nouveau vers la cour. Elle me fixa intensément, puis tourna encore son regard vers la cour, et cette fois, je le suivis. Juste devant la porte de la cuisine, presque cachée par la rampe en ciment de l'escalier circulaire, je vis ma nounou accroupie par terre, qui nous observait avec l'air soupçonneux, distant, qu'elle avait eu la veille. Voilà pourquoi la vieille femme avait tenu sa langue. En effet, voulant me protéger, Nafiza irait certainement cafarder chez Amme, comme elle l'avait fait dans le passé.

« Je vous le dis, *Bitea*, vous êtes pas indienne, mon *jadu* est pas bon pour vous. » Elle écarquillait les yeux ; leur iris sombre embrassait toute ma personne, puis ses paupières s'abaissèrent.

Je soupirai et allais retourner dans ma chambre quand, à ce moment, je l'entendis murmurer : « Vous en faites pas, *Bitea*, je viendrai quand il faudra. Je viendrai. »

Lorsque, plus tard, je m'éveillai, tout était silencieux.

Je pensai qu'Amme et Dad s'étaient peut-être querellés, que quelque chose de grave avait même empêché les musiciens de jouer. Je me levai et courus au salon où je les trouvai tous en train de manger, y compris les deux vieux musiciens assis sur le *takat*, le dos tourné à la maison ; des tasses de thé et des verres d'eau étaient posés à côté de leurs instruments. Il était déjà midi. Comment avais-je pu dormir toute la matinée, durant sept heures, malgré le martèlement du *dol*, la plainte du *shanai* et les bêlements énervants de l'agneau ?

Amme leva les yeux de son assiette et me fit signe, sans dire un mot. Un des profonds fauteuils de bambou avait été placé pour elle, près de la véranda et une assiette de riz était posée sur ses genoux. Ses petits pieds n'arrivaient pas au sol. Elle écarta quelques cheveux de ses yeux cernés et cria à travers la cour à Nafiza de m'apporter à manger. Elle semblait soulagée que je sois enfin levée.

Au fond du salon, on avait étendu sur les draps blancs un tissu rouge, rectangulaire, le *dastar-khan*, autour duquel étaient assis Dad et sa famille qui prenaient leur repas. Dad était adossé au mur. De temps à autre, Sabana levait une cuiller, lui se penchait en tendant son assiette et elle le servait. À un moment, Dad et Farzad, son fils aîné, présentèrent leur assiette en même temps alors qu'elle levait la cuiller. Dad retira la sienne aussitôt et, comme Sabana insistait pour le servir en premier, il saisit la cuiller et remplit lui-même l'assiette de son fils. Le garçon avait dix ans, à peu près mon âge au remariage de Dad.

« Eh bien, la *dul'han* est réveillée ! » s'écria mon père, dont les yeux clairs et rieurs se posèrent sur Amme. Depuis qu'avait commencé la noce, il s'amusait à m'appeler la mariée ; ce n'est pas moi qu'il taquinait mais ma mère, sachant que mon mariage était la réalisation de *ses* rêves.

Sabana leva la tête vers moi et observa longuement la *kurta-chooridar* filetée d'or que je portais depuis la cérémonie de la veille au soir. Lorsque les femmes m'avaient purifié la peau en me massant la tête et le corps de curcuma et de différentes huiles, elles m'avaient rhabillée avec la tenue du premier jour de la noce et enjoint de la porter pour dormir. Maintenant que les rites avaient commencé, il ne devait pas y avoir un seul moment où je ne serais pas parée en mariée.

Sabana, elle, était vêtue d'un *salwar-kamiz* jaune, bien qu'elle n'eût pas assisté à la cérémonie. Elle avait des traces de rouge à lèvres sur les dents et le menton. Sa *kurta* faisait des plis sur son ventre. Sa grossesse était de deux mois moins avancée que celle de Henna, et de cinq mois en avance sur la mienne. Levant sa cuiller, elle servit de nouveau Dad en déclarant : « Toute la matinée, ton père a empêché Nafiza d'aller te réveiller sous prétexte que la mariée a besoin de sommeil. Un père peut gâter ses enfants, mais un époux ne gâtera jamais ses épouses. Regarde comme je m'occupe de ton père, bien que je sois enceinte. »

Voulait-elle me donner le bon exemple, cette femme qui était installée dans la maison de ma mère ? Je retins ma langue, car parler à haute voix de telles choses ne pouvait qu'amener des complications, des coups.

Dad s'appuya de nouveau contre le mur ; il suçait la moelle d'un os et ses lèvres et sa moustache étaient luisantes d'huile de friture, de même que ma peau luisait d'huile d'amande et de parfum. Pour lui, j'étais déjà devenue invisible, repoussée une fois de plus avec Amme dans le passé. Ziad, son fils cadet, qui avait les cheveux bouclés de sa mère et le même fin visage, demanda la permission de s'en aller. Il dit qu'il en avait assez de manger du riz et du curry, il voulait des céréales, il voulait rentrer à la maison. Sabana lui rappela qu'ils étaient venus pour mon mariage. Ziad avait quatre ans de moins que son frère aîné. Si mon propre frère avait vécu, il aurait eu trois ans de moins que moi.

Nafiza monta en claudiquant les marches de la véranda avec mon assiette. Juste derrière elle, dans la cour, Ahmed faisait de grands gestes pour attirer mon attention : il tenait une des guirlandes de fleurs de la cérémonie de la veille et, gesticulant et marchant sur la pointe des pieds, il alla la passer au cou de l'agneau. L'animal ne sursauta pas comme je m'y attendais, mais ouvrit juste un œil et plissa son museau humide en reniflant la guirlande desséchée qu'il commença à manger. Ahmed hurla de rire en claquant des mains. Je détournai les yeux.

Nafiza interrogea Amme du regard, voulant savoir si elle

devait me faire asseoir avec la famille de Dad. Amme secoua la tête et lui dit de m'emmener à la cuisine, de m'y donner à manger comme elle le faisait lorsque j'étais petite.

Henna arriva enfin, deux heures avant la cérémonie du soir et, tandis qu'on installait mes oncles et mes tantes sur la véranda et qu'Amme ordonnait aux domestiques de servir du thé et des sorbets, je saisis sa main, enflée à cause de sa grossesse et devenue méconnaissable, et je l'emmenai en hâte sur le toit. Elle dut s'arrêter plusieurs fois en gravissant les trois étages, hors d'haleine, se tenant le ventre. La dernière fois que nous y étions montées, après mes fiançailles, nous avions gravi les marches de l'escalier circulaire en nous poursuivant, et c'est elle qui avait gagné la course. Elle avait toujours été plus courageuse que moi, ne se souciant pas de l'endroit où elle posait le pied ni de la meilleure façon de tomber. Bien qu'étant ma cadette d'un an, elle avait pourtant toujours été la première à marcher, à faire de la bicyclette, à avoir ses règles, et à présent voilà qu'elle était mariée et attendait un enfant. C'était auprès d'elle que je venais chercher conseil, comme Amme auprès d'oncle Abou. Henna avait les yeux de son père, sombres et enfoncés, avec la même expression de bonté et de compréhension à la fois. Des yeux qui vous assuraient du pardon. Alors, comment se faisait-il que, maintenant que j'étais seule avec elle, je fusse incapable de rien lui dire ?

Nous étions debout, contre la balustrade en ciment qui faisait le tour de la terrasse, et nous regardions vers l'ouest, au-delà de la Vieille Ville, vers La Mecque. Peut-être était-ce cette vue qui me paralysait. Car nous avions devant nous une image que ne pouvait reproduire aucune carte postale, l'image que je transportais en moi, qui représentait l'Inde pour moi. Un enchevêtrement de structures blanches serrées les unes contre les autres, dont la monotonie était parfois brisée par des cocotiers et la verdure d'un grand ashoka se dressant soudain au-dessus d'elles. Il y avait aussi le vert de ces petits drapeaux au croissant de lune, attachés sur des ficelles et suspendus dans toutes les rues comme du linge séchant au vent.

Une muraille de pierre longue de six miles entourait la Vieille Ville. La dernière de ses treize portes massives se trouvait juste derrière la maison d'Amme ; nous pouvions en voir le sommet au-dessus des arbres. C'était par cette porte, Dabi Pura, que passait la Fiat chaque fois que j'allais à l'aéroport ou que j'en revenais, chaque fois qu'Amma me conduisait chez Henna dans le quartier de Vijayanagar et par elle encore que, dans deux jours, on m'emmènerait jusqu'à la maison de mon époux.

Je ne pouvais imaginer une vie en Inde qui se déroulerait à l'extérieur de ces murs de pierres irrégulières aux formidables portes doubles, où rien, depuis la journée nettement découpée en cinq parties par l'appel du muezzin, ne tenait compte de *qui vous étiez*, ni de ce que *vous pouviez représenter*. Il n'y avait là aucune limite à défier. C'était un quartier musulman, les femmes ne quittaient pas leur maison sans être voilées, de même que les petites filles de six ans que rien au regard ne distinguait des garçons. Les hommes avaient au milieu du front une marque noire à force de le heurter contre la terre battue de la salle de prières. La Mecca Masjid, la plus grande mosquée de l'Inde, se dressait au centre de la Vieille Ville ; son dôme de granit miroitait au loin comme du verre au soleil couchant, et, à côté, le Char Minar pointait ses quatre fins minarets vers les quatre coins du ciel. Ces monuments avaient été construits au seizième siècle par les fondateurs musulmans d'Hyderabad, les rois de la dynastie Qutb Shahi qui, du fort de Golconde, à six miles à l'est de la Vieille Ville, avaient gouverné la région pendant cent soixante-dix ans. Le fort avait des murailles si épaisses que, lorsque les armées mogholes l'attaquèrent, il se révéla imprenable. Golconde fut assiégée pendant huit mois, jusqu'à ce que, par une nuit noire, un traître ouvrît une porte de l'intérieur, silencieusement, facilement. L'ennemi avait alors fait irruption.

Je me tournai vers Henna qui, comme si elle attendait mes aveux, me tendit les lettres de Nate. Il en était arrivé quatre, qu'elle déployait en éventail devant son ventre bombé. Je ne les pris pas, mais j'écartai la soie filetée d'or de son sari et découvris une ligne sombre, verticale, le long de son abdomen, qui n'y était pas auparavant.

« Pourquoi as-tu cessé de m'écrire ? » demandai-je. Lorsque, trois mois après mes fiançailles, Henna avait été mariée, j'étais retournée aux États-Unis. Autrefois, je m'étais toujours promis de revenir pour son mariage, mais je n'avais alors pas eu envie de me rendre à Hyderabad, car je ne tenais pas à voir mon fiancé. J'avais déjà reçu douze lettres de Samir, une par semaine. Si, au début, j'étais déjà incertaine à son sujet, puis surprise de me sentir mieux disposée, ses lettres n'avaient fait que m'éloigner de lui. Quant à Henna, mon absence à son mariage l'avait peut-être peinée car elle avait cessé de m'écrire. Et mon sentiment de gêne et de culpabilité m'avait empêchée de la relancer. C'était pour cette raison qu'Henna n'était pas au courant de l'existence de Nate.

Elle déposa les lettres sur la balustrade devant moi et, rassemblant ses longs cheveux de ses deux mains, elle les torsada en un haut chignon. Son visage clair s'était arrondi du fait de sa grossesse, ce qui faisait paraître ses yeux encore plus creux ; ils étaient entourés de cernes que je ne lui avais jamais vus. Elle était penchée en avant pour regarder la ruelle grouillante de monde, où les maisons s'agrandissaient. Comme l'avait fait son mari, des jeunes hommes de la Vieille Ville partaient travailler au Moyen-Orient et envoyaient de l'argent pour soutenir leur famille, leurs parents âgés, leurs épouses et leurs enfants qui n'avaient pas encore le droit de les rejoindre. Grâce aux rials convertis avantageusement en roupies, les maisons avaient bientôt commencé à gagner en hauteur. Quand j'étais enfant, celle d'Amme était la plus haute du voisinage. À présent, presque chaque demeure de cette ruelle étroite avait un deuxième étage et, au bout, sur l'une d'elles, on commençait à poser des briques pour un troisième étage.

« Je me suis mariée et je n'ai pas eu le temps de t'écrire », me dit-elle, et je crus voir des larmes dans ses yeux. Très vite, elle plissa les paupières et reprit : « Je ne savais pas comment te le dire. Non, se corrigea-t-elle, je ne *voulais* pas te le dire. Et j'ai veillé à ce que personne d'autre ne t'en parle, en tout cas pas avant ton mariage. »

Ainsi, elle était venue avec un secret à elle, si douloureux qu'elle avait porté ce fardeau toute seule, afin de me protéger.

« Tu te rappelles, Layla, tous les rêves que nous faisions à propos de notre futur mariage ? Nous montions ici, ou bien nous grimpions dans le margousier de ma cour et la journée se passait à imaginer notre parure de noce, et à quoi ressemblerait notre mari — nous faisions des projets d'avenir avec lui avant d'avoir seulement aperçu son visage ! *Hai* Allah, nous étions si jeunes... » Ces mots s'achevèrent dans un soupir et elle pressa sa main contre mon visage.

Nous *étions* jeunes ? Henna avait dix-huit ans, alors qu'à cet âge, aux États-Unis, la plupart des jeunes gens sortent seulement du lycée et s'élancent vers leur avenir, vers une vie qui n'a pas encore commencé.

« Henna ! » Ma voix se brisait.

« Regarde, s'écria-t-elle en affichant un sourire. Tu vois pourquoi je ne voulais pas te le dire ? On te marie, enfin. Tu devrais te réjouir ! »

Elle s'éloignait déjà, mais je lui saisis la main et je pressai ma paume contre la sienne : nos lignes de vie s'entrecroisaient ; les miennes compliquées, tracées au henné, se mêlant aux siennes. Ce geste, nous le faisions depuis l'enfance, un signe qui montrait que nous étions une seule et même personne, que rien ne nous séparait.

Elle ferma les yeux et soupira. Ses seins épanouis tendaient sa blouse ajustée. Les trois dernières agrafes étaient restées détachées à l'endroit où s'arrondissait son ventre. Elle me parla avec lenteur, les paupières toujours baissées. « Hanif a écrit à mon père, d'Arabie Saoudite. Il lui a dit... » Elle se mordit la lèvre inférieure, son corps se raidit. Puis elle inspira profondément. « Il lui a dit de me ramener à la maison. »

Je lui pris la main ; mon regard alla de son visage aux lettres de Nate. À quoi bon les lire ? Que pouvaient-elles me dire que je ne sache déjà.

« Je ne crois pas, dis-je, que tu aies rien fait pour mériter d'être jetée dehors. »

Elle rouvrit enfin les yeux, et j'y lus comme toujours cette assurance paisible. Elle posa ma main, avec la sienne, sur son ventre, puis elle les recouvrit toutes deux du pan de son sari. Elle regarda de nouveau les maisons qui s'agrandissaient. « Ces lois saoudiennes..., dit-elle, de sa voix ferme et raisonnable. Je ne peux pas le rejoindre, et il doit travailler deux années encore avant d'avoir un congé. Puis il reviendra pendant un mois et repartira pour deux ans. Comment un mariage peut-il survivre ainsi ? Il n'y avait aucune raison pour que je continue à habiter avec ses parents... sans lui. » Elle eut un rire où se glissait une nuance de défi, son courage se manifestait enfin. « Malgré tous nos rêves, Layla, ce genre de vie — ce n'est pas une vie. Je préfère être à la maison. J'élèverai mon enfant. »

Et c'est ce qu'elle aurait à faire, toute seule. Car si l'Arabie Saoudite avait ses lois, il en était de même à la Vieille Ville. Personne ne l'épouserait à présent. Sa vie était finie, avant de vraiment commencer. Le sort d'Henna n'était pas meilleur que celui d'Amme. Et c'était pour éviter de devenir comme ma mère que j'avais continué à prendre la pilule, tuant la vie qui était en moi avant qu'elle ne risque de m'engloutir tout entière. Ce n'était pas une question de courage, mais de volonté.

Nous restâmes un instant sans parler ; la musique de la noce montait jusqu'à nous, avec les mêmes mélodies répétées sans arrêt que je finis par savoir par cœur. Cependant, sur cette terrasse, elles paraissaient lointaines et étranges, comme si elles annonçaient le mariage d'une autre, une destinée attendue, connue d'avance.

Devant ce qu'elle avait sous les yeux, Henna se rembrunit. « Tout le monde est au courant dans la Vieille Ville, dit-elle. Où que j'aille, les femmes me questionnent ou me donnent des conseils. Elles me blâment ou elles ont pitié de moi. C'est devenu si dur que je ne veux plus sortir de la maison. » Elle prit les lettres de Nate en soupirant, promena un doigt sur son nom, comme j'aurais voulu le faire moi-même.

« Ta situation, dit-elle, est différente de la mienne, Layla.

Tu emmèneras ton mari aux États-Unis, et tous les deux vous pourrez faire votre vie, exactement comme tu l'aurais faite avec un Américain. » Elle ajouta : « Dans un mariage, il n'y a pas que l'amour qui compte. »

C'était donc cela son conseil. Oublier Nate et ce que j'avais fait. Ne pas renoncer à ce mariage. Comment pouvais-je lui dire, alors, que ce n'était pas là-dessus que j'avais eu l'intention de l'interroger ? Que je voulais savoir comment, étant enceinte, je pouvais faire croire à mon mari que j'étais intacte.

Elle poussa les lettres vers moi, mais je tournai les yeux vers le paysage, incapable de les prendre et lui dis : « Qu'a fait ton père quand tu es retournée à la maison ? »

Elle serra les dents, mais son regard resta calme. « C'est pour cette raison, dit-elle, qu'il a eu une attaque cardiaque. Il a failli mourir. »

Oui, elle subissait le même sort que je redoutais pour Amme. J'étais comme Dad, disait-elle toujours ; de même que la mauvaise action de mon père avait détruit la vie d'Amme, la mienne pouvait maintenant la tuer.

La musique s'interrompit brusquement, et ce fut la voix de Nafiza qui nous parvint ; elle nous demandait de descendre. Il était temps que la mariée soit habillée pour la cérémonie du soir.

Henna me prit par la main et nous descendîmes lentement l'escalier circulaire, d'un pas grave et posé. En arrivant au deuxième étage, nous entendîmes les hommes qui parlaient au-dessous de nous. Nous nous arrêtâmes et jetâmes un coup d'œil furtif par-dessus la rampe. On avait sorti les fauteuils de bambou sur la véranda et Dad et mes oncles étaient assis dans la fraîcheur de l'air du soir ; le jour s'évanouissait lentement avec les mêmes teintes violettes qu'à son apparition. Il y avait des tasses de thé vides sur la table et les trois hommes se régalaient à présent du jus sucré de mangue que Mounir venait de préparer. Juillet, saison des mangues... Quand nous étions petites, Henna et moi, nous prenions chacune une mangue *rasala* et, assises à l'ombre du margousier, nous pressions le fruit. Le jus jaune coulait jusque sur nos coudes et nous nous léchions mutuellement les bras.

Les hommes s'entretenaient du domaine que mon grand-père avait possédé autrefois dans la jungle, près de Miryalgurda. Le *haveli* et les champs, ainsi que les terres luxuriantes voisines de la rivière Krishna, avaient été confisqués par ses domestiques et ses ouvriers agricoles, ensuite par le gouvernement local. En 1966, près de vingt ans après la Partition, le plus grand barrage du monde, le Nagarjuna Sagar, avait été construit près de ses terres, transformant toute une épaisse jungle, comprenant ce qui avait été la propriété de la famille, en une région touristique très appréciée. Oncle Mamou, le frère aîné d'Amme, était empêtré depuis huit ans dans une bataille juridique contre le gouvernement local dans l'espoir de recevoir une indemnité. Ce n'était que depuis quelques mois qu'il avait finalement pu mettre la main sur des documents qui prouvaient qu'il possédait légalement une partie du site, et une décision devait être prise incessamment sur son affaire.

En descendant le dernier étage, j'aperçus Dad qui, d'une main, s'épongeait le front avec un mouchoir de coton et de l'autre fourrageait dans sa chevelure bouclée, les doigts pressés sur son crâne. On avait peine à croire qu'il avait passé sa jeunesse dans cette chaleur.

« Demande vingt *crores,* conseilla-t-il à mon oncle. Sais-tu à quel point les valeurs mobilières ont grimpé ? Regarde, dans ce quartier, tous ces gens qui vont travailler dans le Golfe et qui envoient de l'argent... En cinq ans, cette maison a triplé de valeur. C'est l'inflation, *Bhai*, l'inflation. »

Oncle Mamou haussa les épaules et, reposant son menton carré sur une main, eut l'air de réfléchir à la suggestion de Dad — mais je savais qu'en réalité il cherchait le moyen d'exprimer poliment son opinion.

Henna et moi arrivâmes en bas de l'escalier et je vis l'agneau qui rongeait le tronc du goyavier et chassait les mouches de sa queue épaisse. Il était enfin tranquille, car mes deux demi-frères étaient allés habiter, avec Sabana, chez la mère de celle-ci. Ils comptaient revenir le matin du *nikkah*. Les musiciens étaient accroupis par terre dans la cuisine et prenaient leur dîner. Le soir, quand on servirait à manger à la famille de Samir, ils reviendraient s'installer sur le *takat*, et joueraient, appuyés sur des coussins de velours, tandis que je serais de nouveau au cœur de l'assemblée. Pouvais-je, moi, la fille infortunée, celle qui n'avait aucune position réelle dans cette maisonnée, avoir le droit de me trouver à cette place ?

Oncle Mamou nous regarda tandis que nous traversions la cour en nous dirigeant vers la maison. Il avait, comme Amme, de grands yeux en amande et un nez droit aux narines frémissantes. Oncle Abou et lui étaient assis face à mon père, de l'autre côté de la table en bambou. Aucun des trois ne portait de jaune. Je n'avais pas vu mon oncle Mamou depuis que je m'étais enfermée dans sa chambre, l'année précédente, pour protester contre le projet de mon mariage, et je me demandai s'il me ferait des compliments sur mon sari. Mais il retourna à la conversation sans avoir fait mine de me reconnaître et, imitant le geste de mon père, avait une main enfoncée dans son épaisse tignasse. Il ne travaillait pas et vivait sur son héritage et sur le salaire de sa femme qui était dans l'enseignement. C'est pourquoi il manquait d'assurance devant mon père.

Il jeta un coup d'œil à oncle Abou avant de donner son opinion : « À quoi bon réclamer quoi que ce soit au gouvernement, dit-il à Dad. *Ar're*, regarde à quel point notre ville est en déconfiture. Alors qu'elle était une des plus belles de l'Inde, couverte de jardins... Maintenant, quand tu traverses la Musi pour entrer dans la Vieille Ville, la rivière pue l'urine et les excréments. Des centaines de cabanes ont surgi sur les rives. Les gens défèquent dans l'eau, comme leurs animaux. Et, après, ils s'y baignent. Et c'est cette eau qui coule dans nos maisons. Si le gouvernement ne nous donne pas d'eau pure, pourquoi me donnerait-il vingt *crores* ? »

Dad l'interrompit : « Ça, c'est un autre problème. » Les griefs des habitants de la ville l'impatientaient. Hyderabad, le cadre de son enfance, n'était plus qu'un endroit où il venait deux semaines par an ; il n'était plus enfermé dans les préoccupations locales et les limites de la Vieille Ville. « Nous parlons de biens privés, qui t'appartiennent de droit... »

Oncle Abou glousse, les mains à plat sur ses cuisses. Il portait le jean qu'Amme lui avait rapporté. « Le docteur Sahib a raison », dit-il à oncle Mamou, désignant Dad par son titre, ce que je lui avais toujours entendu faire. Dans une ville où peu d'hommes allaient au-delà du lycée ou de l'école coranique, le succès de Dad était très apprécié et honoré. « L'eau ne t'appartient pas, dit-il, même si elle coule dans tes robinets. Tu n'as pas le droit de décider si elle doit être pure ou non. C'est ainsi que fonctionne notre système. Mais ces gens ont pris tes terres, tu as reçu les documents qui le prouvent. Demande trente, cinquante *crores*, et qui se soucie que tu les obtiennes ou pas ? L'important, c'est que tu as finalement le droit de réclamer quelque chose à ces salauds ! » Oncle Abou se mit à rire tout en regardant Dad d'un air entendu et en levant les mains dans un geste qui voulait dire : « Comme c'est vrai, Docteur Sahib ! » Il essayait toujours de faire plaisir.

Dad tâchait de soulager son mal de tête en appuyant sa nuque sur le haut de son fauteuil. Il appela Ahmed pour qu'il le masse, puis ferma les yeux. L'entretien était terminé.

Henna et moi, nous nous approchâmes des messieurs et leur fîmes un *salaam* à chacun. J'apercevais, au fond du salon, la chambre d'Amme, et les saris éclatants et vaporeux dont se drapaient soigneusement ma mère et mes tantes en vue de la cérémonie du soir. Bien que les deux familles se connussent depuis sept générations — la famille de Samir avait été locataire de celle d'Amme jusqu'à la Partition —, ce qui importait ce soir, c'était une tradition différente, beaucoup plus ancienne. La famille de la mariée, qui allait remettre une fille à ceux chez qui celle-ci vivrait désormais, perdait maintenant la prééminence. On espérait, avec tous ces préparatifs, impressionner mes beaux-parents.

Dad ouvrit les yeux et nous observa. Puis son regard se posa sur le ventre d'Henna. « Lorsque son mari est mort, dit-il, ma sœur a élevé toute seule ses deux enfants. Elle a quarante ans maintenant, ils sont grands, et il s'est pourtant passé la chose la plus extraordinaire ! » Ses yeux clairs étaient écarquillés pour montrer son étonnement, et même son incrédulité. « Elle a reçu une demande en mariage. L'homme est un Saoudien. Il va lui donner une dot et l'emmener avec lui. Les coutumes changent, Henna. Ces étrangers qui viennent font bouger les choses, ouvrent des possibilités. Ces murs... », dit-il. D'un geste gracieux, il dessina un cercle en l'air pour indiquer les murs de pierre de la ville. « Parfois, le seul moyen de construire sa vie est de partir. »

Henna baissa la tête et cacha son ventre derrière moi. Le seul homme qu'elle voulait en Arabie Saoudite, c'était son mari. Mais comment Dad pouvait-il comprendre cela, lui qui avait si facilement échangé sa famille pour une autre ?

Oncle Mamou leva son petit doigt pour indiquer qu'il avait besoin de courir aux toilettes mais, au milieu de la cour, comme je m'y attendais, il partit sur la gauche, vers la ruelle, pour aller fumer. Oncle Abou se tapotait la poitrine avec trois doigts, et je réalisai que sa bedaine m'avait empêchée de remarquer plus tôt à quel point il était devenu frêle et s'était voûté ; sa chemise faite sur mesures flottait maintenant sur son corps affaibli. Il ne leva pas les yeux sur sa fille. J'entraînai Henna dans ma chambre où je savais que m'attendait Nafiza avec ma parure de mariée, repassée et étalée sur le lit.

Derrière nous, oncle Abou décrivait sa crise cardiaque et le traitement qu'il devrait suivre le restant de sa vie. Il souhaitait savoir si Dad approuvait le diagnostic du médecin local. Et Dad, comme avec Henna, donna une fois de plus son avis sur la façon de réparer un cœur brisé.

Henna et Nafiza me placèrent devant la coiffeuse, dont le miroir était encore masqué par mes vêtements pailletés. Ma nounou, qui m'arrivait aux épaules, se mit derrière moi et Henna devant moi, son ventre heurtant mon ventre, devenu dur. Elles se mirent toutes les deux à dézipper, dégrafer, dérouler, défaire ma *kurta-chooridar*. Quand elles m'eurent déshabillée, Nafiza saupoudra mes mains, mes pieds, ma figure et mon cou, les parties de mon corps qui seraient visibles aux yeux de ma belle-famille, d'une poudre de deux tons moins sombres que mon teint naturel. Elle voulait que j'aie la peau claire (ce qui était important dans ce pays), et que je sois belle. Pendant qu'elle me frottait le ventre et les cuisses d'huiles parfumées, Henna enveloppa les lettres de Nate dans la *kurta* que j'avais portée la veille et glissa adroitement et sans bruit le paquet dans un tiroir de la coiffeuse, à l'insu de Nafiza.

Toutes les deux peignèrent et tressèrent mes cheveux, et quand l'imam commença à tapoter sur le haut-parleur, s'apprêtant à prononcer l'*azan*, elles drapèrent un *dappatta* sur ma tête, avant de se voiler elles-mêmes. La maison devint silencieuse, y compris les musiciens. C'était l'habitude de ma famille chaque fois que résonnait l'*azan* : notre unique manifestation de piété. Aucun de nous ne se rendait à la salle de prières ni à la mosquée du quartier. Lorsque l'*azan* fut terminé, un autre commença, venant d'une mosquée différente, mais il nous suffisait de respecter un seul appel à la prière. Les musiciens recommencèrent à jouer, accompagnés des bêlements de l'agneau. J'entendis de nouveau la voix des hommes dans la véranda. Henna et Nafiza sortirent précautionneusement de l'armoire ma seconde parure de mariée : une blouse courte, brodée de perles au col et à la taille, une jupe large en soie et un voile long de six pieds. Alors que la parure du premier soir avait été jaune pâle, annonçant timidement le début de mon mariage, celle-ci était de couleurs plus audacieuses, marquant une nouvelle étape chez la mariée.

Elles m'habillèrent soigneusement, zippant, boutonnant, agrafant les diverses pièces de vêtements. Au moment où elles rabattaient le voile sur mon visage et où Nafiza me rappelait que je devais garder la tête modestement baissée, une voiture klaxonna devant le portail. On entendit, couvrant la musique, la voix aiguë d'Amme qui pressait les hommes de s'éloigner et le grincement des chaises que l'on traînait sur le carrelage de la véranda. Le *dol* et le *shanai* augmentèrent alors peu à peu d'intensité. Nafiza sortit de la chambre et Henna glissa son bras sous le mien pour me guider jusqu'au milieu du salon. Chacune des femmes de ma famille passa ses mains sur ma tête voilée, faisant ensuite craquer ses articulations contre ses tempes pour chasser le mauvais œil. Henna me fit asseoir sur le tabouret bas, puis se laissa lentement choir sur le sol à côté de moi. Je tenais sa main sous ma volumineuse parure.

On éteignit les lumières électriques et la cour flamboya de tous les lampions multicolores. On alluma les bougies dans les candélabres en cuivre, posés par terre sur les draps blancs. J'avais une joue appuyée sur mes genoux et j'observais ce qui se passait à travers mon voile.

Les femmes de ma famille s'alignèrent des deux côtés de la véranda et, les bras levés, tinrent une étoffe rouge, telle une arche de soie, suspendue au-dessus des marches et allant jusqu'à la cour. Nafiza ouvrit le portail et c'est alors qu'entrèrent les femmes de la famille de Samir. D'abord les petites filles, puis les adolescentes, enfin les adultes — les différents âges d'une vie. Chacune passa sous l'arche comme moi je passerais sous l'arche de la porte Dabir Pura pour me rendre à la maison de mon époux. Elles portaient des plateaux d'argent chargés de sucreries, de parfums, de fleurs de jasmin et de roses, tout ce que j'avais vu la veille, et puis encore une parure de mariée en soie brodée d'or, d'un rouge chatoyant et, enfin, un sari vert émeraude fileté d'argent que j'aurai à porter le cinquième soir du mariage, et qui mettrait un terme aux célébrations en annonçant que l'union était consommée. Cependant, ce ne furent pas les ornements et les parures de fête, mais le visage des parents de Samir, que je n'avais pas vus depuis les fiançailles, qui secouèrent la lourde torpeur et l'angoisse où j'avais été plongée jusqu'ici, et me ramenèrent à la réalité. J'étais en train d'être mariée.

Zeba, la mère de Samir, entra en dernier. L'or de son sari était assorti à l'or de ma parure de mariée; sa tête et ses épaules étaient couvertes d'un *dappatta* noir. Zeba et Amme se saluèrent; le sari éclatant et les joyaux de ma mère étaient plus brillants que les lumières de la noce. Zeba n'avait comme bijoux que des bracelets en verre rouge à un poignet. La locataire et la propriétaire, les amies d'enfance, et maintenant les belles-mères... Une étrange raideur surgit entre les deux femmes, aussi évidente que le martèlement du tambour, et elles s'y reprirent à trois fois avant de s'embrasser.

On ralluma les lampes. Amme conduisit Zeba vers moi et l'invita à s'asseoir. Tandis que ma belle-mère prenait place devant mon tabouret et que ses parentes s'installaient déjà autour de moi, ma mère et mes tantes reculèrent contre le mur pour observer la cérémonie de loin. C'est ainsi que j'entrevis ce que pourrait être mon existence dans ma nouvelle famille : j'allais peut-être en faire réellement partie.

Avant de commencer, Zeba leva ses paumes en l'air et les femmes firent silence, comme nous-mêmes un peu plus tôt au son de l'*azan*. On interrompit les musiciens et Zeba entraîna tous les assistants dans la prière. À la différence d'Amme, qui garda les yeux fermés, Zeba fixa son regard sur mon visage à travers mon voile d'une manière qui me rappela son fils; et ce fut moi qui fermai les yeux et formulai silencieusement une prière personnelle : que la pitié à laquelle j'aspirais prenne forme, celle de mon époux, et qu'il ne me jette pas dehors.

Les prières finies, Zeba me donna délicatement à manger des *ladus* pour m'adoucir la bouche, et les femmes s'écrièrent : « *Alhum-du-illah.* » On avait demandé aux musiciens de ne pas jouer durant la cérémonie et les femmes elles-mêmes restèrent silencieuses, pleines de prévenances envers Zeba, lui tendant prestement tout ce dont elle avait besoin. Et ma belle-mère, avec des gestes fermes et décidés, accomplit le long rituel qui consistait à m'enduire d'huiles et de parfums, à me draper de guirlandes de fleurs. Puis elle me para des bijoux traditionnels des musulmans d'Hyderabad : un collier de sept rangs de perles et d'émeraudes qui pendait jusqu'à mon nombril, un tour de cou assorti et large comme mon poignet, des boucles d'oreilles en perles et brillants si lourdes que j'avais peur qu'elles ne déchirent mes lobes, des bagues avec des rubis et des émeraudes à chaque doigt, d'autres bagues en argent pour mes orteils, un rang de perles pour couvrir la raie de mes cheveux et, enfin, un immense anneau de nez, un modèle avec clip que Zeba avait commandé au joaillier spécialement pour moi. Ma belle-mère continua de me toucher avec la même fermeté et, à chaque geste de sa main, chaque joyau, chaque application d'huile, je commençai à croire en un processus de renaissance. Une jeune fille se transformant en femme, une fille en épouse, c'était magique.

Quand elle m'eut transformée en l'image parfaite de la mariée, elle se pencha sur moi, comme les femmes de ma famille l'avaient fait la veille pour me chuchoter leurs secrets. Elle me dit : « Je suis venue ici, ce soir, sans porter de bijoux car je n'en ai plus besoin. Je te remets tout ce que ma belle-mère m'a donné. Tu es maintenant mon unique bijou, le bijou de ma famille. »

Elle me baisa au front à travers le voile, puis pria Henna de rejoindre les miens contre le mur. Deux parentes de Samir se levèrent et se placèrent à mes côtés. Elles soulevèrent ensemble mon voile de brocart jaune et, à sa place, Zeba drapa autour de moi un voile rouge qui me tomba jusqu'aux pieds ; elle proclamait ainsi que cette jeune épouse lui appartenait désormais.

Henna déroula lentement son sari, le laissa tomber sur ses pieds, telle une couronne d'or chatoyant. Elle écarta les pans de l'épaisse moustiquaire, se glissa dans le lit et vint se blottir contre moi. Elle n'avait sur elle que son jupon et sa blouse ajustée ; son ventre nu se pressa contre la courbe de mes reins. La chambre était dans l'obscurité et le ventilateur au plafond immobile en cette nuit fraîche qui annonçait la mousson. Le lit de ma dot était poussé dans un coin, au-dessous de deux fenêtres ; les persiennes grandes ouvertes laissaient voir la cour intérieure. On n'entendait que l'agneau qui mâchonnait les feuilles du goyavier tombées au sol, il savourait son dernier plaisir avant d'être sacrifié. La pleine lune éclairait toute une fenêtre ; sa lumière argentée me fit penser au sari *walima* et je m'étonnai qu'après avoir désiré désespérément, à peine une semaine plus tôt, annuler ce mariage, je désirais à présent désespérément qu'il réussisse.

Henna commença par dégrafer l'arrière de ma blouse ; ses doigts se glissèrent à l'intérieur, écartant le tissu pour pénétrer jusqu'à ma poitrine. Elle passa une main sous mon soutien-gorge, prenant mes seins dans ses mains, son corps essayant de se recroqueviller, son nez enfoui dans ma nuque. Lorsqu'elle me parla, je sentis son haleine me chatouiller.

Elle murmura : « Je voudrais savoir ce qu'il a éprouvé lorsqu'il m'a touchée. »

Je pris sa main, la serrai, et la laissai tâter les contours de mon corps et ces parties dont on m'avait dit qu'elles devaient être cachées à tous les hommes sauf à mon époux. À quoi avais-je pensé en permettant à Nate de s'y glisser ? C'étaient deux mondes différents, et dans chacun d'eux j'étais une femme différente, méconnaissable même pour moi-même. J'étais comme les deux faces de la lune, la nouvelle et la pleine, l'une toujours dissimulée derrière l'autre.

Et aujourd'hui, enfin, je sentais s'éveiller en moi l'autre femme consciente de sa situation, qui prenait forme sous sa parure de mariée. C'était sous le toucher ferme de Zeba qu'elle était née. La seule place d'une fille était avec son mari, selon ce que l'on croyait ici. Et ce soir, porter les bijoux qu'avait portés Zeba m'avait fait comprendre que cela était réalisable.

Je me serrai encore davantage contre Henna, et lui demandai de me raconter sa nuit de noces.

Elle retira sa main de la mienne, la glissa tout le long de mon corps, puis elle prit mon poignet qu'elle encercla entre son pouce et son petit doigt. Elle maintint ma paume ouverte, la tourna vers le clair de lune. Et, du bout des doigts, elle caressa lentement les dessins *mehndi*.

« Mon mari a mis longtemps pour trouver ses initiales... mais je crois que c'était exprès. Je me rappelle ses doigts qui effleuraient la paume de ma main — si légèrement... » Elle imita cette caresse, et je pensai à Nate. Pas à la première fois où j'avais tenu sa main, mais à la première fois où j'avais prononcé son nom. Par respect, les femmes, ici, n'appelaient jamais un homme par son nom et c'était donc parce que Nate m'avait permis que je dise le sien en public ou dans le calme de mon lit, que je le crie, le murmure, le soupire, qu'il était devenu une partie de moi-même avant qu'il ne se glisse en moi.

« As-tu peur ? » demanda-t-elle.

Je pressai sa main contre mon ventre gonflé. « C'est à cause de ses lettres, dis-je. Pendant toute une année, il ne parlait que de ça. Comment il s'y prendrait pour... Des lettres pornographiques ! »

Je fus surprise de l'entendre rire ; elle m'attira contre elle. Une douleur me prit à l'estomac, mais je la supportai comme j'avais appris à le faire. « Mais, Layla, tu as grandi en Amérique, comment as-tu pu ignorer ces choses-là ? C'est un homme. Tu es la première femme qu'il peut approcher. À quoi crois-tu qu'il pense ? Et pendant une année entière ? C'est probablement la seule chose qui a occupé ses pensées pendant dix ans. Oh, Layla », murmura-t-elle en enfouissant son nez dans mes cheveux, riant toujours. « Layla, Layla, ne reste pas dans l'ombre, comme le veut ton nom. »

Elle avait raison évidemment, et tout en sentant que ma réaction avait été sotte, je ne pouvais nier que les mots, les descriptions de Samir m'avaient rebutée, dégoûtée. J'avais éprouvé le même sentiment les deux matins précédents quand j'étais entrée dans le salon et que j'avais vu la porte de Dad et Sabana encore close ; l'image de ce qu'ils faisaient tous les deux dans leur chambre flottait dans ma tête et m'avait fait fermer les yeux. Je ne voulais plus avoir affaire à Samir.

« On peut s'y prendre autrement pour séduire une femme », dis-je en me retournant. Henna étala sur l'oreiller de velours ses longs cheveux dont les mèches épaisses luisaient au clair de lune. Elle était belle, d'une beauté que je n'avais pas. Elle avait le teint clair, de lumineux yeux noirs, des lèvres du rouge de la grenade. J'avais toujours rêvé d'être comme elle et, même, enfin, d'être elle, ou en tout cas de ne faire qu'une avec elle. Comment son mari avait-il pu renoncer à Henna ? Mais c'était un sujet que je préférais ne pas explorer, n'ayant jamais interrogé ma propre mère. La seule vie à laquelle nous pouvions rêver maintenant, comme lorsque nous étions enfants, c'était la mienne. Et, bientôt, celle-là aussi serait finie.

Je reposai ma tête sur sa poitrine — au-dessous de ses seins, il y avait son bébé de sept mois. Je l'enserrai de mon bras, le revendiquant secrètement comme mien. Henna portait notre enfant, celui qu'il m'était interdit de porter.

Songeant à Nate, elle me dit : « Parle-moi de lui. En quoi était-il mieux ? »

Mieux ? Je ne connaissais pas assez bien Samir pour faire des comparaisons. Il y avait eu le regard de Nate, ferme et doux, qui avait éveillé quelque chose en moi — non pas un être différent, ce qu'avait fait Zeba, mais un sentiment. Il fallait que j'essaie de voir ce qu'était l'amour, juste une fois, avec l'homme que j'avais choisi, avant de...

Mais cette vie *était* déjà derrière moi. Dans deux nuits, lorsque la lune serait pleine, le quinzième jour du mois musulman de Shaw'wal, le jour qui, selon le Coran et l'astrologue, serait de bon augure, j'entrerais dans une phase différente de ma vie.

« Parle-moi de Samir, dis-je. Rappelle-moi ce que j'éprouvais pour lui », mais, tout en parlant, l'image de mon fiancé était présente dans ma tête. Son regard sombre, pénétrant et troublant, obscurément attirant. Il y avait un espace entre ses deux dents de devant, on y voyait sa langue s'agiter, provocante. « Oh, mon Dieu ! criai-je en me cachant le visage dans la tendre épaule d'Henna. Dieu fasse que je ne me sois pas trompée. »

Henna me caressa les cheveux, puis leva mon visage vers le sien. Et ils étaient là, ces yeux, qui m'offraient la rédemption. Mais que pouvais-je avouer, quelle part de ma vie, quel choix avaient été une erreur ?

« Layla », murmura-t-elle, d'une voix apeurée que je ne lui avais jamais connue. Quelle pensée lui était venue qui lui faisait perdre courage ? « Es-tu allée trop loin avec lui, Layla ? Ces saignements... Ton mari sera-t-il...

— Non », dis-je, regardant les cernes qu'elle avait sous les yeux. Si elle avait, comme Amme, porté seule son fardeau, je pouvais en faire autant. Devenir une femme, c'était peut-être cela.

Elle pressa la paume de sa main contre la mienne ; le tracé des *mehndi* racontait une autre histoire que celle qui avait prédit nos vies. Elle voulait la vérité.

« Non, répétai-je, non. »

Lorsque Henna fut endormie, je me dégageai doucement et m'enveloppai de mon long *dappatta* pour cacher mon dos nu et les agrafes défaites.

Je partis à la recherche de Raga-bi. Il était plus de minuit et je pensai que toute la maisonnée dormait mais, lorsque j'ouvris la porte de ma chambre en la faisant grincer, les noix de coco se balançant au-dessus de ma tête, je vis qu'Amme était debout dans la cour, près du robinet, pieds nus, son sari remonté sur ses mollets et son corps brillant au clair de lune. Elle récitait le *wazu*. Quand elle priait pour moi, elle ne le faisait jamais pendant le jour ou en public, comme Zeba, la veille au soir ; elle s'adressait à Dieu en privé. Le *salat* nocturne était tant apprécié par Allah, disait-on, que la récompense d'une prière récitée la nuit valait autant que mille ans de prières. Les cinq invocations qui ponctuaient chaque jour pouvaient être prononcées en cinq minutes. Le *salat* de nuit durait si longtemps qu'Amme resterait là jusqu'à l'aube.

Je me cachai derrière le rideau de la porte et l'observai passer ses mains fines au-dessus du bac, éclaboussant le rayon de lune. La main droite, puis la main gauche. La main de Dieu, la main du diable, disait-on. Mais en réalité, des mains ridées, fragiles, qui m'avaient portée autrefois. Elle se passait maintenant de l'eau sur le visage, la tête et enfin sur ses pieds nus ; chacun de ces gestes lui lavait l'esprit de la souillure de ce monde ; elle pouvait se tenir toute pure devant Allah. À l'observer ainsi, alors qu'elle se croyait seule et à l'abri des regards excepté celui de Dieu, elle me parut un ange, et la vraie souillure terrestre dont elle voulait se défaire afin de retourner à sa splendeur éthérée, c'était moi.

Le crépuscule. Le troisième jour de mon mariage, le *mehndi*.

Je reposais seule sur mon lit de noces ; les volets de bois étaient ouverts, la lune, croissante, était suspendue dans le cadre de la fenêtre. Le temps était mesuré à présent.

Les femmes de ma famille étaient déjà parties pour la maison de Samir ; tante Amira avait embarqué les musiciens et leurs instruments dans son Ambassador. À présent, c'était la cérémonie du marié. De même que sa famille était venue la veille chez Amme le soir précédent, en apportant mes vêtements de noce et m'en revêtant, ce soir, c'était au tour de la mienne de se rendre dans la maison de Samir avec des plateaux d'argent chargés de nos présents : des jeans, des pantalons en velours côtelé, des chemises et des polos, un rasoir électrique Gillette et trois tubes de crème à raser, un portefeuille en cuir et un flacon d'eau de Cologne Ralph Lauren, et, enfin, l'alliance en or qu'Henna glisserait à ma place sur le doigt de Samir.

Un peu plus tôt, mes tantes et mes cousines s'étaient réunies ici une fois de plus pour s'aider mutuellement à rectifier les plis de leurs saris, entrelacer des fleurs dans leurs tresses, chercher des idées pour taquiner le marié. À l'inverse de la cérémonie paisible et grave organisée par la famille de Samir, la mienne entendait célébrer le *mehndi* avec beaucoup de gaieté. Les femmes avaient exhumé de vieilles anecdotes sur la famille de mon mari qu'elles avaient tournées en plaisanterie et trouvé des idées pour mettre en valeur mes vertus. On avait recommandé plusieurs fois à Henna de ne pas glisser trop vite l'anneau au doigt du marié. Tout cela, c'était la coutume, un simulacre de bataille, un jeu, destiné à prouver à Samir que son épouse était digne de lui. Demain soir, finis les jeux, il découvrirait cela par lui-même.

La silhouette de Dad masqua un instant la lune croissante ; il était si sombre contre la lumière qu'il aurait pu être le démon surgi de mes cauchemars, la forme sans visage, sans parole. Il appelait Mounir pour qu'il donne à manger à l'agneau, non pour l'engraisser mais pour faire taire l'animal. Seulement Mounir était déjà parti. Ce soir, le dîner serait servi dans la maison de Samir et notre cuisinier en avait profité pour s'éclipser de bonne heure. Dad jeta à l'agneau trois goyaves qu'Ahmed avait cueillies sur l'arbre, puis il traversa la cour et franchit le portail en sifflotant. Il rapportait la motocyclette chez sa belle-mère. Comme il était injuste, me dis-je, que m'étant conduite comme mon père, ce soit moi qui sois punie. On me mariait à un homme, et j'avais choisi d'en aimer un autre. Selon les lois de la Vieille Ville, ce que mon père avait fait était normal et même prévu. L'islam approuvait qu'on ait quatre épouses, et approuvait également le divorce. C'était si facile pour un homme de se libérer : *talak*, *talak*, *talak*, ce seul mot prononcé trois fois peut démolir une vie entière.

C'était la coutume locale qui avait empêché Dad de nous abandonner complètement, quel qu'ait été le contrat qu'Amme lui avait fait signer après leur divorce. Ici, une jeune fille quittait la maison de son père pour celle de son époux, passant de la protection d'un homme à celle d'un autre. Une jeune fille élevée sans père, sans le nom d'un homme protégeant sa réputation, pouvait être une enfant de naissance illégitime ou une putain. Ce que j'étais devenue en fait, selon les mêmes lois locales, en couchant avec Nate. Et c'est ce qu'Amme avait tenté d'éviter en restant avec Dad même après leur divorce.

Talak, *talak*, *talak*, chaque mot se détachant aussi distinctement que les battements du cœur sur un électrocardiogramme. Cette année-là, il était revenu de deux semaines de congé à Hyderabad avec deux contrats. L'un mettant légalement fin à la vie d'Amme, et l'autre lui faisant don de cette maison. Sa tombe. Elle s'était enfermée dans la chambre de sa maison de banlieue, à l'étage au-dessus du mien, et avait pleuré pendant un mois. Dix jours de moins que les quarante prescrits par l'islam pour pleurer une mort. Car elle n'était pas tout à fait morte, et Dad n'était pas tout à fait mort pour elle. Simplement, un arrangement différent avait été conclu, qui n'avait jamais été exprimé ouvertement, ne m'avait jamais été révélé à moi leur fille, puisque le divorce lui-même était resté secret. Cet accord avait été rédigé par Amme ; elle l'avait glissé sous sa porte fermée à clé, et ce n'est que lorsqu'il l'avait signé qu'elle était sortie de sa chambre.

Amme était apparue sans un mot, épuisée ; les gémissement perçants que j'avais entendus pendant un mois, qui me parvenaient par les tuyaux d'aération, suintaient à travers les murs et le plafond, résonnaient en moi, devenant le terreau de mon terreau, mes os, ma chair. Le son d'une femme à l'agonie. Ce souvenir était vieux de dix ans, et pourtant ces gémissements m'étaient encore aussi présents que ma propre voix, et, comme ma voix, je les entendais résonner en moi et hors de moi. L'agneau geignant, les longues modulations du *shanai*, la brise qui agitait maintenant les feuilles du goyavier, étaient comme les échos de ces cris.

Nafiza entra en boitillant dans la pièce, fredonnant une chanson qu'elle avait inventée autrefois, où il était question d'une jeune fille qui finirait un jour par retrouver sa maison. Elle s'assit derrière moi, au bord du lit, et me caressa les cheveux. Le vol d'une roussette, aussi noire que mon nom, obscurcit un instant la lune.

« Henna est maintenant chez Samir, dis-je. Elle voit même avant moi mon futur foyer.

— Tu l'aimes trop, ma petite », répondit Nafiza, et je compris ce qu'elle voulait dire. Ma nounou n'appréciait pas que nous couchions toutes les deux dans le même lit, que nous nous touchions. Quelques années plus tôt, elle était allée se plaindre chez Amme pour lui demander de nous séparer. Ma mère s'était contentée de rire et avait accusé la vieille femme d'avoir l'esprit mal tourné, lui rappelant quelque chose qu'avait fait Nafiza à la ferme, du temps où elles étaient jeunes toutes les deux, et ma nounou n'avait plus jamais abordé le sujet. Je lisais cependant, comme une ombre sur son visage, sa désapprobation ; ses petits yeux plissés, elle imposait sa présence. « Tu as dit que tu me protégerais, Nafiza, comme lorsque j'étais petite. Que feras-tu s'il ne veut pas de moi pour épouse ? » Je savais, tout en lui demandant cela, qu'elle ne pourrait rien faire. Une femme, une domestique, quel pouvoir avait-elle ?

« Quand ta maman rentre ce soir, nous lui parlerons du garçon *gora*. Elle ne comprend pas pourquoi tu saignes. Ta maman pense seulement à Samir. Elle pense seulement à ton mariage. »

C'est ça, Nafiza, parle de Nate à ma mère, comme tu lui as parlé d'Henna. L'esprit mal tourné, le corps souillé, et elle, ma mère, l'ange qui éclabousse le rayon de lune, que pourrait-elle faire ? Quand mon père me battait, elle restait dans l'autre pièce, prêtant l'oreille au bruit des coups que je recevais. Un jour, j'avais quatre ans, je m'étais cachée dans la corbeille à linge ; les grosses chaussures de cuir de mon père faisaient trembler le sol au-dessous de moi, et ma mère s'était contentée de lui dire que s'il continuait à me chercher il serait en retard pour son tour de garde à l'hôpital. C'est uniquement pour cette raison qu'il était parti et que, pour une fois, je lui avais échappé.

À la vérité, Amme ne pouvait l'arrêter. Il ne lui était même pas permis de prononcer son nom, alors comment pouvait-elle oser exprimer un désaccord ?

L'unique ressource, c'était de prier Dieu, de prier toutes les puissances invisibles.

Raga-bi vint me réveiller deux heures avant l'appel à la prière qui annonçait le jour de mon mariage.

Sans m'avertir, elle me mit un couteau doré dans la main. « Vous êtes pas en sécurité à cette heure, chuchota-t-elle. Il y a plein de djinns et de choses qui dorment plus. Le démon de vos rêves est pas un vrai démon, alors même lui peut pas lutter avec ça. » Puis me tournant le dos, elle sortit de la chambre ; sa silhouette courbée passa sous la noix de coco oscillante.

Je me glissai hors de la moustiquaire en serrant fort le couteau contre mon ventre gonflé. Nafiza dormait par terre à côté de mon lit, tout son corps et même sa tête recouverts d'un drap ; c'était sa façon de se protéger des moustiques. Je l'enjambai précautionneusement et me glissai dehors.

Raga-bi était dans la cour, accroupie dans l'ombre que projetait le goyavier sous la clarté lunaire. Elle écrivait avec une brindille dans la poussière. L'agneau fit un bond, j'eus peur qu'il ne se mette à bêler, mais il tourna seulement autour du tronc de l'arbre et, se cachant de l'autre côté, se recoucha.

Les portes des chambres, sauf une, étaient ouvertes. Dad et sa famille dormaient chez la belle-mère. Henna et mes tantes étaient rentrées à la maison après la cérémonie chez le marié — elles habitaient tout près de chez Samir, dans le quartier de Vijayanagar. Amme était rentrée seule, suivie d'Ahmed chargé des plateaux d'argent vides. Son visage était rayonnant comme la pleine lune ; sa fille se mariait enfin. Comme elle l'avait annoncé au *munjay*, rien ne pouvait se mettre en travers. Et, pourtant, voilà qu'elle était de nouveau enfermée dans l'oratoire ; un filet de lumière était visible sous la porte, et des volutes de fumée d'encens s'en échappaient. Pourquoi ne dormait-elle pas, que savait-elle au juste ?

Je rejoignis Raga-bi dans la cour ; il faisait plus frais que je ne m'y attendais et je m'enveloppai de mon *dappatta*, serrant toujours le couteau contre moi. Sur le sol desséché, contre les pieds nus de Raga-bi, étaient inscrits des caractères que je n'avais jamais vus auparavant. Les *alims* (qui tirent leur nom du mot arabe qui veut dire omniscience) assuraient qu'ils tiraient leur pouvoir d'Allah, et leurs remèdes de Sa grâce. Raga-bi tenait ses connaissances des djinns, ces êtres qui coexistent avec nous, invisibles aux yeux humains. De même que les hommes furent façonnés avec de l'argile, les djinns furent créés à partir du feu. Alors que notre corps ne peut être modifié, eux peuvent changer de forme ; alors que notre vision est limitée, eux voient tout ce qui s'est passé, tout ce qui est encore à venir, tous les temps contenus en un seul instant. À présent, Raga-bi chantonnait doucement — ou communiquait-elle avec les djinns dans une langue qui m'était inconnue ? D'un rapide revers de main, elle effaça ce qu'elle avait écrit ; le rouge du henné donna l'illusion d'une flamme.

Elle se leva sans effort, si différente en cela de ma nounou affaiblie, et se dirigea vers l'escalier en spirale. Puis elle s'arrêta ; la lune projeta l'ombre de sa silhouette courbée jusqu'en haut des marches. Sans me montrer son visage, elle me dit : « *Bitea*, vous avez noué vos cheveux ?

— Oui », répondis-je en tâtant ma tresse à travers le *dappatta*. Malgré les lettres de Samir et ma résistance à ce mariage, j'avais laissé pousser mes cheveux pour que les fleurs nuptiales puissent être facilement entrelacées dans leurs mèches.

« Gardez-les noués, m'enjoignit Raga-bi. Il ne faut pas que le diable s'y niche. »

Nous nous faufilâmes jusqu'au deuxième étage, passant silencieusement devant le balcon où nous nous étions postées, Henna et moi, nous tenant par la taille, pour regarder les hommes en bas : son père, le mien, des hommes qui jamais ne paraissaient nous remarquer... jusqu'au moment où nous dépassions les limites. Ce que je faisais cette nuit-là avec Raga-bi, en me glissant dans l'obscurité, dans l'invisible, était tout à fait dans les limites autorisées à une femme ; ce n'était pas un acte répréhensible, mais un des deux moyens par lesquels elle pouvait agir, hors d'atteinte d'un homme, pour retrouver la maîtrise de son corps. Si les prières à Allah montaient au-dessus des murs de pierre du voisinage, les prières aux djinns s'enfonçaient sous la terre, comme des tunnels.

Au milieu du toit-terrasse, il y avait une jarre en terre, dont les bords étroits laissaient échapper des flammes. Devant, un sac de riz vide en grosse toile qu'elle avait sans doute mis là pour nous y asseoir ; sur le côté, une bassine plate et ronde aux rebords verticaux que je crus tout d'abord vide. Mais quand, une fois assise, j'y risquai un coup d'œil, je vis un liquide noir où se reflétait une lune presque parfaite. L'image était tantôt ridée, tantôt lisse, et je compris alors que le liquide bougeait.

Raga-bi ne s'assit pas auprès de moi, mais de l'autre côté du feu.

« Donnez-moi votre couteau », dit-elle en me tendant une paume rougie au henné.

Je le tirai de dessous mon *dappatta* et le lui tendis. Elle le posa sur l'orifice de la jarre et des flammes entourèrent la lame dans un jaillissement rouge et bleu. Raga-bi saisit la bassine, huma le liquide, fermant ses yeux bordés de khôl, puis elle la fit passer au-dessus des flammes pour la chauffer. La onzième fois, elle fit tourner le liquide qui crépita et grésilla comme de l'huile bouillante. Parlant de nouveau dans sa langue, elle souffla dessus ; lorsque le liquide s'immobilisa, elle déposa la bassine devant moi.

« Plongez dedans vos vingt ongles. D'abord les mains. Après les pieds. D'abord ceux de gauche et ensuite ceux de droite. Après, je les couperai. Surtout faites ce que je dis. »

Je me penchai sur la bassine. « Qu'est-ce que c'est ? » demandai-je.

Elle me lança un long regard ; les flammes captées dans ses yeux noirs semblaient en sortir. « Du sang de coq. Tout frais. » Puis elle ajouta : « C'est moi qui l'ai coupé. » Elle montra le couteau doré qui était entre nous.

Je tournai la tête. Notre toit était encore le plus élevé du voisinage et nous étions entourées par les lumières de toute la ville, sauf là où se dressaient les murailles de pierre telles les limites d'un ciel encerclant les étoiles ; elles disparaissaient alors brusquement, se repliant dans l'obscurité. Et comme avec les étoiles, je savais que, si je regardais les lumières assez longtemps, je ferais apparaître la forme du couteau, comme lorsque nous imaginons des formes dans les constellations — tâchant de donner un sens à ce que nous ne pouvons comprendre.

« Je sais ce que vous pensez, *Bitea*. Je sais que vous aimez pas ça. Mais c'est vous qui m'avez demandé, c'est vous qui êtes venue me voir, *Bitea*. » Elle se mit à rire et je voyais sa langue rougie de bétel. « Vous êtes plus comme votre *ayah* que vous croyez. Quand Nafiza avait votre âge, elle aussi est venue chez moi. Juste avant de se marier ! » Elle se pencha sur le feu et son visage fut illuminé. Elle avait les yeux écarquillés, et derrière les flammes emprisonnées je vis une forme sombre que je crus être moi-même. Je poussai un gémissement.

« Vous y croyez pas, alors demandez-lui ! »

Elle recula dans l'obscurité, et sa voix se fit encore plus grave, comme si quelque djinn habitait déjà en elle. « Vous décidez vite, vite, *Bitea*. Ça marche pas si vous croyez pas. Vous avez toujours été comme ça. Toujours avec une langue coupée en deux, vous dites deux choses différentes, vous croyez à deux choses différentes. Quand c'est que vous la recoudrez ? »

Recoudre ma langue, recoudre mon corps, les deux femmes en moi seraient dans une enveloppe qui ne se déchirerait plus — ne voyait-elle pas qu'avec l'aide du djinn elle pouvait maintenant tout voir, que c'était justement ce que je voulais ?

Elle jeta le couteau sur les flammes, et me demandant ce qu'elle projetait d'en faire, je repoussai cette pensée, tout comme j'avais repoussé le souvenir de Nate, de mon corps qui se contractait, qui saignait. Les yeux fermés, elle psalmodiait de nouveau et le khôl entourant ses paupières fermées ressemblait aux lignes qu'elle avait tracées sur la poussière. Son corps se balançait, les flammes montaient encore plus haut et il me sembla l'entendre prononcer le nom de Nate.

Dans la bassine, la lune grandissait, puis disparaissait. Nate et Samir, l'un qui était venu à moi dans l'obscurité de la nouvelle lune, l'autre qui se montrerait quand elle brillerait de tout son éclat, l'un qui n'existait pas, et l'unique qui existait.

Je fermai les yeux, moi aussi, et la lune devint le dôme illuminé de la Mecca Masjid, les flammes devinrent les minarets éclatants du Char Minar. Le sang était le passage souterrain, invisible. Au loin, une porte s'ouvrait, au cœur de la nuit, et l'envahisseur était invité à entrer. Les canons des ennemis avaient déjà percé un trou dans un mur, mais on avait peint une façade en papier recouvrant les dégâts, pour faire croire aux conquérants que la forteresse était restée intacte.

En regardant la vieille femme, je trempai mes doigts dans le sang chaud. « Fais-lui croire que je suis encore une jeune fille ! »

Elle retira brusquement le couteau des flammes et le laissa tomber dans la bassine. Le sang crépita en engloutissant la lame.

Dad brandissait la machette en l'air, dont la lame d'acier dégoulinait de pluie, et l'abattait, tout essoufflé. Il s'entraînait.

Qu'importait l'heure ? C'était le jour de mon mariage.

Le boucher était déjà venu une première fois ce matin, au dernier *azan* de la matinée ; sa grande et large silhouette emplissant le portail, il avait dû se baisser pour entrer ; le blanc éclatant de son T-shirt se détachait sur l'aube grise. Mounir, encore ensommeillé, remontant ses lunettes épaisses, l'avait fait entrer et ils avaient traversé la cour. Raga-bi et moi descendions justement l'escalier ; quand nous entendîmes le boucher annoncer son arrivée, nous nous cachâmes derrière la rampe en ciment. Les jambes flageolantes, je dus m'asseoir sur une marche. Le bonhomme fut renvoyé, Dad n'était pas encore rentré de chez sa belle-famille.

Lorsque Mounir retourna à sa cuisine, Raga-bi m'aida à me relever et, m'empoignant le bras, ses doigts me pinçant la peau, elle me guida jusque dans ma chambre. Nafiza était en train de retirer les draps du lit ; la couverture de velours et les oreillers étaient entassés sur le tabouret marron devant le grand miroir. Quand elle me vit avec Raga-bi, elle se redressa, ses petits yeux se firent encore plus petits et ses lèvres sombres se pincèrent. Elle n'alla pas jusqu'à dire ce qu'elle pensait, mais elle prit mon autre bras et renvoya la vieille servante. Puis elle regarda autour d'elle, se demandant où elle pourrait m'asseoir. On attendait les déménageurs qui devaient venir prendre les meubles. Finalement, elle m'emmena au salon et plaça un fauteuil sous le ventilateur, puis retourna dans ma chambre pour préparer mon départ chez Samir.

Je m'endormis sans doute sur ce fauteuil, et fus réveillée par des voix d'hommes. Ils s'interpellaient en télougou tandis qu'ils descendaient, avec les meubles, le perron de la véranda et passaient devant l'agneau. Un camion était entré à reculons dans la cour et deux minces planches avaient été disposées ; le bois se courbait chaque fois qu'on y posait un fardeau. Amme, debout à l'entrée du salon, leur criait de faire plus attention, les admonestait car la tête de mon lit avait glissé et était tombée sur les marches. Il pleuvait, le carrelage était glissant, les hommes avaient leurs cheveux collés sur le crâne, l'eau dégouttait de leurs cils, de leur nez, de leurs oreilles. L'un d'eux croisa mon regard. Je m'étirai et me massai une jambe, puis me retournai dans le profond fauteuil.

Quand j'ouvris de nouveau les yeux, il faisait encore sombre, comme si le jour refusait d'apparaître. Les hommes avaient disparu avec ma dot. L'agneau était plaqué contre l'arbre pour se protéger de la pluie qui tombait si fort qu'on avait l'impression d'entendre le claquement d'une semelle de cuir sur un corps. Nafiza était penchée au-dessus de moi.

« Dors, mon enfant, dit-elle sans me toucher. Il n'y a qu'en dormant que tu peux oublier.

— Tu es au courant, n'est-ce pas ? » lui dis-je.

Elle s'éloigna.

Puis vinrent les deux garçons, les fils de Dad qui, se dressant sur la pointe des pieds, agrippèrent de leurs petites mains le bras du fauteuil.

« Tu n'as pas l'air d'une mariée », dit Ziad, le plus jeune. Il était vêtu d'une soyeuse *kurta-pajama* filetée d'argent. Farzad portait la même tenue, mais filetée d'or. Tous les deux avaient des cils épais, recourbés, qui frôlaient leurs paupières.

Farzad me sourit ; ses lèvres étaient charnues comme celles de mon père, comme les miennes. « Ma mère dit qu'il pleut pour ton mariage parce que tu as léché les casseroles quand tu étais petite. »

Je le regardai en clignant des yeux, et me redressai dans le fauteuil. Que m'avait-elle fait, qu'avait-elle mis dans le sang du coq pour que je me sente si bizarre ? Je me mis à cogner sur une jambe comme je l'avais si souvent vu faire à Nafiza. « Qu'est-ce que ça veut dire ? » demandai-je.

Il resta sérieux un instant, puis me lança un sourire encore plus éclatant. Il lui manquait deux dents. « Ce n'est qu'un stupide dicton indien, dit-il. Mais je le trouvais amusant. »

Sabana les appela pour qu'ils assistent au sacrifice, et les deux garçons coururent la rejoindre, chacun se plaçant d'un côté de leur mère. Elle passa un bras dodu autour de ses fils, les pressant sur les flancs de son gros ventre. Ils étaient debout au bord de la véranda, là où Amme, protégée de la pluie, se trouvait ce matin même, occupée à surveiller les déménageurs. Dad était dans la cour, il levait et abaissait la machette. Le boucher était de retour.

Je me dressai dans le fauteuil. Derrière moi, j'entendis Amme de sa chambre qui disait à Nafiza qu'elle devait m'accompagner dans la maison de Samir, où elle serait à mon service jusqu'à ce que je retourne aux États-Unis avec mon mari. En lui remettant d'avance son salaire mensuel, elle lui dit de faire ses paquets.

Après une matinée d'abattage, le T-shirt blanc du boucher était maintenant couvert de taches brun, rougeâtre. Il alignait les couteaux sur le *takat* où, les trois jours précédents, étaient assis les musiciens. Il se baissa une seconde sous la bâche noire pour essuyer la pluie de son visage, puis en ressortit. Ses omoplates faisaient saillie sous son T-shirt humide plaqué sur son corps. Il fit signe à Dad.

Dad cria quelque chose vers la cuisine. Les jambes de son pantalon sombre claquaient sur ses mollets. Il avait pris position, tenant la machette de ses deux mains élégantes, ses chaussures de cuir enfoncées dans la boue. Sur ses cheveux épais et ondulés, il portait la casquette de base-ball de son fils aîné pour protéger ses yeux de la pluie. L'eau ruisselait de la visière.

Mounir et Ahmed sortirent précipitamment de la cuisine, leur pantalon retroussé laissant voir leurs maigres chevilles. Ahmed détacha l'agneau et le traîna par la corde de l'endroit où il s'était abrité. L'animal bêla, se débattit, courut sous les branches, aplatit son gros ventre contre le tronc de l'arbre. Ahmed se saisit de nouveau de la corde et, cette fois, le boucher se plaça derrière l'agneau qu'il poussa en avant à coups de pied. C'était son travail. Il avait à sacrifier un autre animal un peu plus tard.

Les lunettes de Mounir étaient pleines de buée, il les ôta et les glissa dans la poche de sa chemise. Le boucher enroula la corde autour des pattes avant de l'agneau, la fit passer le long de son dos où elle disparut dans la laine, puis réapparut à l'autre bout. Il lia ensemble les pattes arrière et les tendit à Mounir. Notre cuisinier-chauffeur traîna l'animal au milieu de la cour, où il n'y avait ni branches ni obstacles. Dad continuait à lever et baisser sa machette en souriant à ses fils de dessous sa casquette. Faisait-il seulement attention à moi, la mariée pour qui il offrait ce sacrifice ?

Quand l'animal, que les deux domestiques tenaient

encore fermement par les pattes et essayaient de maintenir immobile, fut dans la bonne position, Dad s'avança. Ziad se cacha le visage dans le giron de Sabana, mais elle lui redressa le menton.

« Regarde ton père, lui ordonna-t-elle. Il te montre comment faire. »

On leur enseignait ainsi, comme à moi-même, la façon de survivre dans cette ville.

Dad leva une dernière fois sa machette, puis l'abaissa, coupant le cou de l'agneau. La tête tomba en avant, les pattes s'affaissèrent, le sang jaillit du cou tranché, faisant sous la pauvre créature une flaque qui s'écoula avec la pluie comme un paisible ruisseau jusque dans les racines du goyavier.

Je me levai en titubant et sortis dans la cour, sous la pluie ; j'allai au robinet où, pendant la nuit, j'avais vu Amme accomplir le *wasu* — et je vomis.

Les lettres de Nate, que j'avais enveloppées dans ma tunique du premier jour des noces et qu'Henna avait glissées prestement dans le tiroir de la coiffeuse, étaient parties, avec ce qui constituait ma dot, pour la maison de mon époux.

La pluie martelait la terre.

J'étais debout, au milieu de la chambre d'Amme, avec d'un côté le lit, la coiffeuse et l'armoire de sa dot, et de l'autre, le mobilier de Sabana. Dad était assis dans le salon avec sa famille, autour du *dastar-khan*, l'étoffe rouge, et se régalait de foie d'agneau frais, cuit avec de l'ail et du gingembre. Ses fils se faisaient prier pour goûter à ce qu'ils appelaient leur animal de compagnie et Dad et Sabana insistaient pour qu'ils en mangent. La toison de laine pendait derrière eux, dans la cour, sur la corde à linge. Malgré la pluie, les mouches bourdonnaient au-dessus de la victime et la maison exhalait une odeur de sang et de mort.

Je tirai à fond le rideau fileté d'or suspendu devant la porte. Amme sortait le sari et les bijoux qu'elle comptait porter pour mon *nikkah*. Ce sari était d'un rouge encore plus éclatant que le mien ; il était de la même couleur que le henné dont j'étais peinte. En bougeant, son *pallow* tombait sans cesse de son épaule ; elle en fit une torsade qu'elle serra autour de sa poitrine, laissant voir ainsi la chair flasque de son ventre et la longue cicatrice de la césarienne qui avait été pratiquée à la naissance de mon frère.

« Vous saviez qu'Henna a été renvoyée ? » lui demandai-je.

Sans me répondre, elle déplia le nouveau sari, faisant mine d'en admirer les broderies en perles. Puis elle le mit de côté, s'assit sur son lit et contempla la paume de ses mains. « C'est pour cette raison, dit-elle, qu'elle n'a pas assisté à la cérémonie du *munjay*. Cela aurait porté malheur à une femme dans son état d'accomplir les rites qui devaient marquer le début de ton mariage. »

Une femme dans son état, qui avait été renvoyée, abandonnée... « Mais c'est vous qui avez accompli les rites », lui dis-je.

Elle leva la tête vers moi, clignant des yeux comme si elle se demandait qui j'étais. « Il est temps que tu fasses tes ablutions, dit-elle. J'ai demandé à Raga-bi d'aider Nafiza à te préparer. Ta tenue de mariée est compliquée. Et il y a d'autres rites pour te parfumer la peau. » Elle se leva et referma les écrins de bijoux recouverts de velours avec un bruit sec. « Allons, vas-y, mon enfant, va », me dit-elle en me tournant le dos.

J'appuyai mon pouce dans la paume de ma main pour essayer d'effacer les initiales de Samir. Je lui demandai : « Si on me renvoie, nous pourrons retourner ensemble aux États-Unis, n'est-ce pas ? »

Amme se raidit ; des cheveux s'échappaient de son chignon. Elle resta un instant immobile, puis se retourna subitement, passa devant moi, alla tordre le rideau de la porte comme elle avait tordu son *pallow* et le lança sur le chambranle. Au-dehors, encadré par l'embrasure de la porte, je voyais Dad, assis en tailleur sur le sol, qui mangeait et souriait en même temps, l'air satisfait de sa prouesse. Il avait troqué son pantalon contre un pyjama de coton dont la cordelière pendait entre ses jambes. Ses chaussures, couvertes de boue et de sang, étaient restées sur la véranda où la pluie les nettoyait. Au-delà des chevilles pâles de mon père, il y avait le sang de l'agneau.

Amme se servait de lui pour me menacer, m'avertir qu'il fallait que je me tienne tranquille, que je ne dépasse pas les limites. Il n'était pas question de retourner avec elle — chez elle.

« *Talak. Talak. Talak* », dis-je, sentant mes jambes fléchir ; je pouvais à peine me tenir debout. « J'étais dans ma chambre quand il vous a dit ça, j'ai tout entendu. »

Elle s'affairait, plia le sari, le déplia, puis le replia. « Aux États-Unis, dit-elle, on dit que vous perdez votre indépendance en vous mariant. Ce n'est pas vrai pour toi, Layla. Dès que tu seras mariée, tu seras libre. » Elle se tut un instant, puis ajouta : « Quoi qu'il fasse, il estime qu'il n'a jamais tort.

— Les lois sont différentes aux États-Unis, dis-je. Vous pourriez recevoir une pension alimentaire...

— Je ne veux pas de son argent, Layla. Qu'en ferais-je ? Je veux qu'on me rende ma vie. Peut-il me la rendre ? Lui ou un autre ? »

Jamais elle ne m'avait dit cela : le désir battait toujours dans ses veines. Nous nous regardâmes, conscientes de notre impuissance. Elle espérait me donner un foyer, moi j'espérais la laisser m'en donner un, chacune croyant que cela ferait le bonheur de l'autre et, pourtant, il semblait qu'à présent ce ne fût pas suffisant.

Je m'avançai vers elle, enfin capable de lui exprimer ce que j'avais depuis longtemps voulu lui dire. « Amme, je n'étais pas digne que vous renonciez à votre vie pour moi, je n'étais pas digne de vos sacrifices. Cette maison, rendez-la-lui, ou bien dites-lui de la quitter, lui et sa famille. Lorsque je ne serai plus là, ne vivez plus ainsi. Ne partagez plus cette chambre... »

Dad apparut sur le seuil ; sa silhouette était sombre à contre-jour.

« Qu'est-ce que j'entends ? demanda-t-il à voix basse. De quoi parliez-vous ? » Il s'avança, les yeux noirs de colère. Le démon qu'il avait en lui surgissait soudain.

« Qu'as-tu le front de dire à ta mère ? » Il progressait vers moi tout en cherchant des yeux un outil, une arme, quelque chose qu'il pourrait saisir rapidement, facilement. Son pyjama flottant n'avait plus de cordelière, ses chaussures étaient dehors sous la pluie. Il serra les poings. « Je t'ai envoyée ici chaque année pour que tu apprennes qui tu es et je te trouve en train d'inculquer à ta mère des idées..., des habitudes américaines. Randi ! C'est ta faute si elle me parle avec irrespect devant sa famille, devant les domestiques... »

Je tapai sur mes jambes. Inutiles, elles étaient inutiles. Il y avait longtemps que j'avais compris que je ne pouvais pas me sauver, échapper à Dad et à ses diktats.

« Cette maison est à moi », déclara-t-il, toujours à voix basse, sa bouche écumant de rage. Elle sera toujours à moi.

Crois-tu qu'il est important qu'elle soit au nom de ta mère ou au mien ? Me jeter dehors avec ma famille, me chasser de ma propre maison ! » Sa voix commença à monter, ses poings se serraient. « C'est *toi* que je vais jeter dehors et tu pourras te prostituer pour vivre. »

Mes jambes s'affaissèrent et je me roulai en boule par terre, cachant les parties de mon corps qu'il aimait frapper, je le savais : mon ventre et mes seins, mes cuisses, mon entre jambe, la femme que j'étais, qu'il voulait briser.

Il saisit un plateau d'argent sur la coiffeuse, un de ceux qui avaient servi à porter les cadeaux de noce à Samir, il le brandit, prêt à frapper. Je fermai les yeux. J'entendais la pluie fouetter le sol et ses deux fils qui jouaient dans le salon. Amme jeta sur moi son sari rouge pour me recouvrir, s'avança, s'interposa, l'arrêta enfin.

« Elle ne t'appartient plus, cria-t-elle en écartant les bras pour me protéger encore davantage. Tu n'as plus aucun droit sur elle. Elle est mariée. »

Il hésita, promena d'elle à moi un regard furieux, lança le plateau sur le lit d'Amme, puis tourna les talons avec un rictus haineux.

Elle y était arrivée enfin. Ma mère avait perdu un enfant, mais elle avait réussi à sauver l'autre.

Sus'ral

Dhak. Dhak. Dhak dhinak dhin. Dhak. Dhak.

J'étais nue. Une serviette dissimulait mon corps humide. Nafiza venait de me laver comme elle l'avait fait depuis que j'étais petite, elle avait effacé les impuretés de la nuit et les malaises du jour. Rafiza et Raga-bi tiraient à présent une bassine en terre cuite dans la chambre d'Amme ; j'étais assise sur le bord de son lit. Portes et fenêtres étaient verrouillées. On allait procéder aux rites intimes que l'on accomplit sur la fiancée.

Dhin dhin.

Le tonnerre grondait dans le lointain ; la pluie qui avait tourmenté la terre avait cessé. À sa place, le soleil brillait impitoyablement. Comment supporterais-je les superpositions de soie et de tulle et les bijoux quand ma peau se hérissait au seul contact d'une serviette de coton ? L'eau qui avait coulé sur mon cou et mes seins se transformait à présent en sueur. Les musiciens avaient été installés dans un coin abrité de la véranda pour les protéger d'une nouvelle averse ; le *shanai* atteignit à ce moment une note aiguë, monta encore plus haut, accompagné des battements réguliers du *dol*, puis se tut brusquement.

Dhinak dhin dhak.

Des tourbillons de vapeur sortaient d'une jarre que Raga-bi tenait par le col à bout de bras ; elle paraissait plus effrayée par cette cérémonie que par la magie qu'elle avait pratiquée pendant la nuit. Nafiza plaça la vaste bassine au milieu de la pièce, Raga-bi s'accroupit à côté et retourna au-dessus la jarre d'où tombèrent des charbons incandescents. Nafiza ajouta ce qui ressemblait à des petits cailloux noirs. Une vapeur parfumée s'éleva.

Les deux femmes étalèrent un drap blanc sur le sol, m'y allongèrent, plaçant ma tête près de la bassine. Elles séchèrent mes cheveux humides, mèche après mèche, au-dessus de la vapeur, pour les imprégner de parfums. Puis elles me firent asseoir et passer sur la bassine mes bras, mes épaules, mes cuisses, mes pieds. Elles me demandèrent ensuite d'ôter ma serviette et je dus me pencher ; mes seins pendaient, les mamelons étaient larges comme des quartiers de lune. Il fallut que je me mette debout et que je me tienne les jambes écartées au-dessus de la vapeur qui m'enveloppa et pénétra à l'intérieur de mon corps. Ce n'était pas l'odeur du jasmin, mais le parfum amer d'une toute nouvelle mariée.

Dhin, dhin, dhak.

Fracas et confusion d'un orchestre de cuivres. Musiciens affublés d'un uniforme rouge à boutons de métal, de chaussures brillantes noir et blanc, d'un turban à fils d'or rivalisant avec celui du marié. Deux ou trois hommes avalaient de l'essence, crachaient des flammes, les poumons en feu, puis noirs et desséchés. La musique m'entrait sous la peau, prenait racine en moi ; ces sons, je les porterais toujours en moi, comme le *dol* du mariage, comme le long gémissement d'Amme que j'avais entendu autrefois. Ils feraient autant partie de moi que les battements de mon cœur, que les gargouillements de mes entrailles. Tout ce bruit, juste pour conduire une mariée à son nouveau foyer.

La voiture nuptiale, une Chevrolet Impala rouge, était couverte, d'un pare-chocs à l'autre, de guirlandes de fleurs. On me poussa à l'intérieur, sur un siège ivoire, entre mon nouvel époux et ma belle-mère. Le père de Samir était assis à l'avant, ainsi que Feroz, son jeune frère et le chauffeur venu avec la voiture de location. Un jeune homme marchait avec l'orchestre, frôlant dangereusement un cracheur de feu. Il était le seul à porter un costume, qui était de la couleur de sa peau et dont la coupe mettait en valeur ses larges épaules et son fin visage. L'orchestre s'arrêta à un moment, comme il le faisait à peu près tous les cinquante pieds ; les musiciens prirent leurs instruments et cet homme dansa pour nous, les jeunes mariés, sur une musique qui n'était pas faite pour danser.

Ma belle-mère détourna la tête du spectacle et regarda par la fenêtre. Feroz applaudit. Samir me dévisageait à travers mon voile, me regardait observer cet homme. Furtivement, par respect pour sa mère, sa main serrait la mienne sous le *dappatta*, enfonçant mes bagues dans ma peau. Maintenant, l'homme dansait devant la Chevrolet, ses jambes cachées par le long capot. Son veston, dont un bouton avait sauté, flottait, révélant une taille mince et des hanches étroites. Les cracheurs de feu, à ses côtés, pliaient les genoux, renversaient la tête en arrière. Dans l'air brûlant, je le vis essayer de voir à travers le pare-brise, clignant des yeux, ébloui par les phares. Son visage était sombre et figé, mais il forçait son corps à bouger.

Zeba, le visage toujours détourné, resserra son *dappatta* autour de sa tête. C'était le voile qu'elle avait porté sur ses vêtements de fête pour le *nikkah* et le *sanchak*. Elle murmurait des malédictions pour éloigner le démon et se mit à réciter des prières coraniques.

La main de Samir se crispa sur la mienne, l'orchestre reprit sa marche lente et l'homme s'écarta sur le bord de la route. Il tira sur sa veste par le col pour la redresser, secoua plusieurs fois la tête. Puis il avança à la même allure que nous, contre la fenêtre de mon mari.

La maison de Samir était la dernière d'une impasse que jouxtait un terrain vague où de longues herbes se recroquevillaient sous la chaleur. C'était une construction sans étage, avec un toit en terrasse et éclairée ce soir-là de centaines de lampions de fête. Le vacarme de l'orchestre en marche avait alerté tout le monde et les femmes de la famille, aux saris de soie éclatants, aux longues tresses entrelacées de fleurs, se tenaient devant le portail, attendant que la voiture s'arrête ; les jeunes filles sautillaient d'excitation. Les voisins étaient sortis dans la rue : les musulmanes voilées à côté des femmes hindoues dont le *surma* rouge colorait la raie qui séparait leurs cheveux, ce que je n'avais jamais vu dans la Vieille Ville. Je reconnus ma nounou, qui se tenait à l'écart, contre le haut mur de clôture, les mains sur les hanches. Elle portait le sari qu'Amme lui avait acheté pour mon mariage ; son visage était fermé et contrastait avec la joie qui régnait autour d'elle. Elle ne savait pas que le *jadu* de Raga-bi avait arrêté les saignements.

Lorsque la voiture fut garée, l'orchestre joua encore plus fort, en un crescendo qui déchira le lourd ciel nocturne, cacophonie festive qui parvint sans doute jusqu'aux lointaines étoiles. Les portes s'ouvrirent et Samir bondit hors de l'auto ; le dos de sa longue tunique était froissé, les fleurs l'avaient taché de rouge. Il disparut dans la foule. Des bras couverts jusqu'aux coudes de bracelets de verre rouge se tendirent pour m'aider à sortir. On ajusta ma *kurta* et mon voile de soie, on les dégagea de mes hauts talons. Puis, courbée sous le poids des fleurs, je fus conduite dans ma nouvelle maison. Ibrahim, le père de Samir, debout sur le seuil de la porte, tint le Coran au-dessus de ma tête, bénissant mon entrée dans la maison.

Les femmes me guidèrent jusqu'à la chambre nuptiale. Le mobilier de ma dot avait été installé, le châle rouge à paillettes ôté du grand miroir, les guirlandes d'œillets d'Inde tendues de bout en bout sur la moustiquaire. Le bec du paon, ébréché pendant le transport, avait été peint d'un blanc qui ne s'accordait pas avec l'ivoire original. Au-dehors, les musiciens étaient sur le départ et le silence se fit peu à peu immense.

Les femmes fermèrent la porte et m'amenèrent devant le miroir. J'étais le portrait idéal de la jeune épouse : enveloppée dans mon *dappatta* de six pieds, le visage caché derrière deux voiles rouges me tombant jusqu'à la taille, avec, dessous, cinq livres de fleurs et dix livres d'or autour du cou. Mes tatouages au henné étaient du même rouge que ma tunique de mariée. Dans le tiroir devant moi, il y avait les lettres de Nate...

Les femmes commencèrent par dérouler le *dappatta* et ôter les épingles de mon voile et, de même qu'elles m'avaient parée deux jours plus tôt, elles me dépouillèrent de mes vêtements et de mes bijoux. Je n'eus plus sur moi que la jupe de soie et un haut ajusté qui n'allait que jusqu'au-dessous de mes seins et n'était attaché que par un fil d'or noué devant, prévu pour être facilement dénoué. On épongea la sueur sur mon visage, on me poudra, et on me drapa de nouveau dans mon voile rouge.

Zeba, qui était restée à l'écart, donnant ses instructions, détacha alors des clés accrochées au bout de son sari à un anneau d'argent. Elle ouvrit mon armoire et les femmes y rangèrent les bijoux et les vêtements pliés.

Les pans de la moustiquaire étaient écartés et le matelas couvert de la couverture en velours marron qu'Amme avait envoyée et des coussins dont les taies avaient été cousues par Nafiza. On rabattit la couverture ; des draps blancs apparurent où était disposée une petite pièce d'étoffe blanche. Les femmes, dont les bracelets tintaient doucement, me firent asseoir sur l'étoffe, drapèrent mon voile autour de moi. Puis elles se retirèrent et Zeba s'approcha. Je sentis qu'elle me regardait attentivement à travers le tulle.

« J'ai longtemps prié pour que vienne ce jour, dit-elle enfin, la voix tremblante d'émotion. Merci, Allah, d'avoir exaucé mon vœu. » Puis elle murmura : « *Beti* », et elle quitta la pièce. Les femmes la suivirent dans un doux frou-frou de saris ondoyants.

Elle n'avait certainement pas prié pour avoir une fille telle que moi.

Samir était allongé en travers au bout du lit, sur la couverture de velours que les femmes avaient rabattue. Ses longues jambes étaient repliées et sa tête reposait sur une main. Il me contempla à travers le voile nuptial ; son regard était si intense qu'à mon tour, comme lors de notre première rencontre, je jetai de rapides coups d'œil sur sa peau claire, son menton ferme, ses yeux sombres, ses cheveux ondulés, ses dents de devant écartées, sa langue entrant et sortant de sa bouche. Ce bel époux, qui m'était étranger tout en étant le plus proche. Et voilà que s'exerçait l'attirance que j'avais déjà ressentie, qui ouvrait quelque chose à l'intérieur de moi-même.

J'étais toujours assise sur l'étoffe blanche, le menton sur un genou, dans la position que les femmes m'avaient fait prendre. Pour un homme qui venait de se marier, il semblait calme, n'ayant rien du mari qui a découvert les lettres d'un ancien amant de son épouse.

Les femmes jouaient du *dol* dans le salon et chantaient une chanson populaire hindi : « *Ek, do, teen, char, panch...* » Elles comptaient : un, deux, trois, quatre, cinq, jusqu'à treize, puis : « *Voici comment j'ai compté les jours où je t'attendais.* »

Samir me dit : « Elles t'ont donc déshabillée, ôté les fleurs et les bijoux. Pour me faciliter les choses..., mais, regarde ce qu'elles ont oublié ! » D'une main il toucha mon gros orteil où brillait un anneau d'argent sous les dessins rouges du henné. « Pour quelle raison crois-tu qu'on l'a laissé, ce pauvre petit anneau ? » demanda-t-il en souriant. Les sucreries dont on nous avait bourrés toute la soirée avaient rougi le bout de sa langue. « Crois-tu que c'était pour que je te l'enlève ? » Il tira ma jambe vers lui, mit mon orteil dans sa bouche et le lécha. Puis levant la tête vers moi, il me dit : « Je le lubrifie. » Je ne pus m'empêcher de rire et je le repoussai du pied. Je ne m'étais pas attendue à prendre plaisir à cela, pas aussi vite, alors qu'est-ce qui s'emparait de moi, s'abandonnait enfin ?

Il saisit de nouveau mon pied, le tira brusquement, se redressa, abaissa l'encolure de sa fine *kurta* et dévoila sa poitrine lisse et ses muscles que je n'avais pas encore vus. Il leva ma jambe en l'air, me faisant tomber sur le dos, le voile rabattu sur mon visage, ouvrit l'anneau d'argent, le passa, en le resserrant, à un de ses doigts et lécha ma cheville.

« *Voici comment j'ai compté les jours où je t'attendais.* »

« Les invités ont admiré la cérémonie, chuchota-t-il en remontant ma jupe. Ils ont dit que c'était comme une scène raffinée d'un film hindi. Toi et moi, nous étions les stars. »

Je sentais ma poitrine se lever et s'abaisser ; le voile contre ma peau frémissait devant mes narines chaque fois que je respirais, et au-dessus de ma tête je voyais le baldaquin de fleurs jaunes à travers la vaporeuse soie vermillon. Puanteur suffocante des œillets d'Inde et de la sueur. Sa langue, que j'avais souvent vue se presser contre ses deux dents, je n'avais jamais imaginé qu'elle pénétrerait en moi.

« *J'ai compté les jours, un, deux, trois...* »

« Oh, mon Dieu !

— Qu'y a-t-il ?

— Oh, mon Dieu ! » Il se leva, se détournant de moi, les mains portées à son visage. Il chercha à tâtons l'ouverture de la moustiquaire et, ne la trouvant pas, il arracha le tulle du pied du lit et bondit dans la salle de bains voisine.

« Samir ! »

Seuls nous parvenaient le chant des femmes, le tintement des bracelets, les battements du *dol*. Au bout d'un moment, le chant s'arrêta et, pendant que les femmes reprenaient leur souffle, j'entendis que mon mari vomissait.

Samir était assis sur le tabouret recouvert de velours, arrivé avec la coiffeuse ; il avait les genoux presque à la hauteur de sa poitrine et ses mains tenaient serrée ma première *kurta*, la soie pâle dont Henna avait enveloppé les lettres de Nate.

Les femmes étaient allées dormir. La pluie frappait régulièrement les volets de la fenêtre. Mon cœur était d'un calme inaccoutumé, comme il l'était le soir où j'avais introduit Nate dans ma chambre — mon corps devenu docile, habitué à la soumission.

Entre mon nouvel époux et moi, le tulle épais de la moustiquaire, les guirlandes d'œillets d'Inde. C'était le sang — le mien, mêlé à sa salive — qui l'avait fait vomir. J'avais cru à tort que le *jadu* de Raga-bi avait arrêté mes saignements. Car il y avait bien là deux petites taches rouges sur le tissu blanc. Je lui expliquai que j'avais commencé à prendre la pilule le mauvais jour, que ce n'étaient que mes règles qui survenaient plus tôt que prévu ; je savais que ces choses-là, les hommes ne les comprennent pas vraiment.

« J'ai jeté les lettres », dit-il, la tête penchée, les épaules affaissées, les genoux contre son ventre. On aurait dit un enfant dont on avait surpris le secret, alors que c'était moi qui m'étais conduite déraisonnablement. « Mais je les ai lues. Je n'aurais pas dû, mais je l'ai fait quand même. » Il enroulait la *kurta* sur ses poignets. « Maintenant, elles me hantent..., il a pris possession de moi, ton ancien amant. Quand je t'ai touchée, c'était lui que je voyais te toucher. Dans ses lettres, il revient sans cesse à cette nuit où il venu vers toi. *Pouah* ! » lança-t-il, puis il se leva en titubant, resta immobile, recouvrant son visage aussi pâle que ma *kurta* de ses mains tremblantes. Je voyais sa poitrine se soulever à travers sa fine *kamiz*. « Tu t'es moquée de moi...

— Non !

— Si, tu t'es moquée de moi. Pendant que je t'écrivais, que je te disais à quel point je désirais te toucher, être avec toi, tu étais... avec lui. Tu le laissais entrer dans ta chambre, tu le laissais... *te baiser*. Toi, ma fiancée, ma femme ! Bon Dieu, je ne vois que ça, ce que *lui* a fait avec toi. Après avoir lu ces lettres, j'ai essayé de faire ce que lui... Je ne savais pas que j'éprouverais cette *répulsion* ! » Il laissa échapper un long soupir et retomba assis sur le tabouret.

« Désires-tu que je m'en aille ? Si tu veux..., renvoie-moi, appelle seulement Nafiza », dis-je d'une voix étranglée.

Il resta silencieux, tout en déroulant lentement la *kurta* de ses doigts. Je pliai l'étoffe blanche aussi soigneusement que les femmes avaient plié ma tenue de noces. Mes mains tremblaient. La pluie heurtait les volets de bois. Il s'approcha de la moustiquaire, écarta la fente qui servait d'entrée et s'assit à côté de moi. Il me prit une main ; son pouce fit le tour des dessins au henné jusqu'à ce qu'il trouvât ses initiales tracées au milieu. Il appuya très fort sur la feuille peinte.

« Désormais, tu m'appartiens, dit-il en détournant le regard. Combien de fois t'ai-je écrit que je ferais n'importe quoi pour que tu sois à moi ? Et maintenant, je ferais n'importe quoi pour te garder. » Il jeta l'étoffe blanche par terre. « C'est ma mère qui l'a posée sur le lit. Ces traditions sont importantes pour elle mais, je te l'ai déjà dit, je ne suis pas comme les autres, je n'ai pas les mêmes idées. Ils sont coincés dans un passé qui n'existe plus. Et il faut nous rappeler ça, Baby. » Ses doigts me caressèrent les cheveux et il m'attira contre lui, pressa son front contre le mien. Nos respirations se confondirent. « Ce qui s'est passé n'a plus d'importance. Nous n'en parlerons plus jamais. Je m'engage, en cette première nuit où nous sommes ensemble, à te pardonner et à ne plus te poser de questions. Mais tu dois en faire autant. Ne pas m'interroger sur mon passé. Ce qui importe, c'est l'homme qui est devant toi. Je te le jure, petite fille, je ferai de mon mieux pour être l'homme que tu souhaites — que *je* souhaite être. Donne-moi seulement un peu de temps pour que je me remette de... *ça*. Mon Dieu... », dit-il, en tirant sur le fil d'or de ma blouse ; l'anneau d'argent de mon orteil brillait sur son pouce. « ... comment te faire comprendre ? Il n'y a rien que je désire davantage que de pouvoir te toucher. »

Cette nuit-là, notre nuit de noces, il dormit les bras croisés sur sa poitrine. Le matin, lorsque Nafiza me réveilla pour m'habiller, il était déjà parti. Je ne m'étais pas attendue à ce qu'il me laisse seule le premier jour de notre mariage mais, bien sûr, j'avais fait des choses auxquelles il ne s'attendait pas. Lorsqu'on ouvrit les volets, je vis le mur gris de clôture et sentis l'odeur de terre mouillée et de fleurs fanées.

Nafiza fit ma toilette comme avant, en chantant la chanson qu'elle avait inventée autrefois, où il était question d'une fille qui trouverait un jour le chemin de sa maison. Il s'agissait de moi naturellement : âgée d'à peine un an, j'étais sortie dans la rue et m'étais perdue. Ma mère, qui faisait nos bagages avant notre départ pour les États-Unis — y mettant des vêtements tropicaux, du riz et du *ghee*, des noix de bétel, car qu'emporte-t-on dans un pays où l'on n'est jamais allé ? —, ne s'en était pas aperçue ou, en tout cas, pensait que Nafiza me surveillait, alors que ma nounou me croyait avec ma mère. Le temps que ma famille parte à ma recherche, je n'étais plus dans le voisinage. Ce n'est que le lendemain que quelqu'un m'amena au commissariat de police. Amme disait que Dad fut si soulagé qu'il avait donné une réception de quatre cents personnes, aussi importante que celle de mon mariage. Je n'en avais gardé aucun souvenir.

« Mais Nafiza, lui dis-je, n'ai-je pas trouvé le chemin de ma maison ? » Elle chanta encore plus fort pour couvrir ma voix, ce qui la fit tousser si violemment qu'elle dut se courber en deux et s'appuyer lourdement d'une main sur mon dos. Je la tapotai par-dessus mon épaule, mais elle s'écarta, encore fâchée, j'en étais sûre, de ce que j'avais fait avec Raga-bi. Je finis de me laver toute seule, tandis qu'elle allait me chercher une serviette.

Lorsque je revins dans la chambre enveloppée de cette serviette, j'eus la surprise d'y trouver ma belle-mère. Elle était debout au pied du lit ; le soleil qui entrait par la fenêtre ouverte révélait les rides profondes qu'elle avait sur le front, sous les yeux, autour des lèvres. Des larmes coulaient sur ses larges pommettes qu'elle n'essuyait pas. Elle portait encore son voile noir, et j'eus conscience d'être presque nue.

« L'islam dit que le paradis repose aux pieds de la mère, dit Zeba. Lui plaire, c'est entrer au paradis. Aujourd'hui, Layla... *Beti*... tu as gagné ta place au paradis. » Elle vint me prendre dans ses bras ; les pans de son châle noir me firent penser aux ailes d'un corbeau. Elle sentait la sueur, les épices et l'huile de jasmin dont elle avait sans doute massé ses cheveux. Elle recula et, voyant mon visage tout confus, ses lèvres s'arrondirent en un léger sourire. Je ne lui avais jamais vu l'air aussi heureux. « Ce matin, Samir m'a remis le tissu. Tu es une femme vertueuse, Layla. Ta venue dans cette maison est une bénédiction pour nous tous. » Elle me baisa au front comme elle l'avait fait à la cérémonie du *sanchak* et, cette fois, je sentis la douceur de ses lèvres et non le contact râpeux du brocart. « Habille-la en vert, ordonna-t-elle à Nafiza, sans me quitter des yeux. Je veux voir ma fille en vert toute la journée et pas uniquement pour le *walima*. Allah soit loué, ce ne sera pas seulement un spectacle. »

Lorsqu'elle fut partie, je m'habillai selon son vœu, choisissant un vert qui rappelait la plante de henné, puis je m'assis sur le tabouret devant le miroir. Nafiza, debout derrière moi, me tressa les cheveux.

« Ton papa, il a cru un jour que ta venue était une bénédiction. »

Je la regardai dans le grand miroir, mais elle concentrait son attention sur mes cheveux, qu'elle avait séparés en trois mèches ; elle les nattait en y entremêlant la guirlande de jasmin blanc que Feroz, le frère cadet de Samir, envoyé par Zeba, avait été acheter. Mon mari n'était toujours pas rentré.

Je lui dis : « Que je sois allée chercher de l'aide auprès de Raga-bi ou qu'Amme m'ait emmenée chez tous ces *alims*, c'est pareil. Nafiza, il n'y a pas de raison pour que tu...

— Le garçon, il t'a touchée ? » demanda-t-elle en se penchant au-dessus de moi.

J'observai son visage qui m'était aussi familier que celui de ma mère : la peau rugueuse de ses joues et de son front, ses lèvres fines, sombres comme le reste de son corps. Bien qu'elle m'eût en partie élevée, comment cette vieille servante pouvait-elle vraiment comprendre quoi que ce soit sur moi et ma vie ?

« Jette les œillets d'Inde, dis-je. Ils me donnent mal à la tête. Il y a peut-être une domestique qui peut t'aider. » Il n'y en avait pas, je le savais ; c'était une maison au train de vie modeste.

« Il faut jeter les fleurs. Jeter ces chiffons tachés. Tout pue ici », dit Nafiza, qui ajouta en pesant ses mots : « Elle pue aussi, l'étoffe blanche que le garçon a donnée à sa maman. »

Je fis semblant de n'avoir pas entendu.

« Un garçon qui touche sa femme, continua-t-elle, il s'en va pas dare-dare de chez lui. Y a pas encore de soleil dans le ciel et le voilà parti ! Pourquoi il garde une femme s'il la fuit ? À quoi elle lui sert ? » Elle secoua la tête. « L'étoffe avec le sang, c'est du *jadu* dont il s'est servi pour tromper les gens. Pour leur faire croire. Ma petite, tu le dis à sa maman...

— Le dire à sa mère, ou à la mienne, Nafiza, à quoi cela servirait ? » Ne lui laissant pas le temps de répondre, j'ajoutai : « Toi, tu es bien allée chez Raga-bi avant de te marier, tu avais un secret à cacher. Tu sais bien qu'il y a des circonstances où tout n'est pas bon à dire. »

D'un coup sec, elle tira une mèche de mes cheveux, cassant le fil qui retenait les fleurs. Des pétales blancs tombèrent sur mes genoux et sur le sol. Elle sortit une épingle à cheveux de son chignon gris, enfila dessus quelques fleurs qu'elle piqua dans ma tresse. Ses yeux, gros comme des pointes d'épingle, se firent encore plus petits. Elle restait sur ses positions.

« Il vaut mieux dire la vérité à sa maman, répéta-t-elle.

— Une seule nuit ne veut rien dire, Nafiza. Je n'en parlerai à personne. Le trahir, c'est me trahir moi-même. Tu ne comprends donc pas ?

— Tu lui parles pas de ce qui la regarde pas. Seulement de ce qui concerne son garçon. Il a pas fait ce qu'il dit qu'il a fait. » Elle soupira, et je sentis contre moi le poids de ses seins. « On sait pas ce que le garçon manigance. Il faut que tu te protèges. »

Me protéger de Samir ? C'était lui qui me protégeait. Et ma nounou, est-ce qu'elle ne m'avait pas offert de me protéger il y avait seulement trois jours de cela ?

« Nafiza, si tu veux vraiment me protéger, ne dis rien à sa mère, ne m'oblige pas à retourner dans cette maison, ce n'est pas un foyer pour moi, il n'y a que mon père. Il me tuera, peut-être pas cette fois, mais un jour il finira par me tuer. »

Elle pinça les lèvres, ses mains s'immobilisèrent. Puis elle me regarda soudain, avec un sourire qui découvrit ses dents jaunes ; il lui était venu une idée. « C'est l'œuvre d'Allah, pas de la magie, dit-elle. Tu vois pas, ma petite fille, que si tu rentres maintenant à la maison, il te tue pas. Le garçon dit qu'il t'a touchée, mais il t'a pas touchée. Tu rentres à la maison, et tu es sauvée. C'est seulement si le garçon t'a touchée et que tu retournes chez ton papa, qu'il te... » Elle s'interrompit, ne pouvant exprimer ce qu'il me ferait à moi, sa seconde fille.

« Je suis une vieille femme, Layla, dit-elle enfin, je sais pas lire et écrire, je suis pas allée dans des écoles étrangères comme toi. Toute ma vie, je l'ai passée dans la maison de ta maman. J'y ai grandi, je m'y suis mariée, et un jour je vais y mourir comme mon mari. Roshan, ma fille, je lui ai donné le même lait qu'à toi. Pas un lait différent. Pas d'amour différent. Maintenant Roshan donne du lait à son bébé. Mais toi, tu fais pas de lait, tu fais du sang. Que crois-tu que je vais devenir quand je vois ça ? »

Honteuse, je baissai la tête. Je n'avais pas pensé à elle.

Elle tira sur ma tresse, me forçant à lever la tête vers elle. « Mais je suis encore avec toi », dit-elle. Elle pinça ma *kurta*. « Enlève-la. Je t'apporte d'autres vêtements. Ma fille rentrera dignement à la maison.

— Non, Nafiza, ce n'est pas possible. Regarde... » Je passai les doigts sur le tiroir où Samir avait trouvé les lettres. « Il est trop tard. Samir est déjà au courant. Et grâce au *jadu* ou à Dieu, il me garde comme sa femme. Juste comme toi, il veut encore de moi. Mais c'est mon mari, Nafiza, il lui faut du temps pour se remettre de ça. C'est pourquoi il n'a pas pu me toucher la nuit dernière. »

Mécontente, elle fit une moue et grommela. Elle ne s'était

pas attendue à cela. Ni moi non plus. Des puissances mystérieuses étaient vraiment à l'œuvre.

Nafiza dit alors : « Peut-être qu'il se moque de toi ? Il profite de ce que tu as fait pour cacher quelque chose. » Mais elle ne semblait plus aussi sûre de ce qu'elle savait.

Je pris les pétales de jasmin tombés sur mes genoux et les glissai dans ma tresse. J'aperçus la paume de ma main dans le miroir ; la feuille dessinée en rouge commençait déjà à s'effacer.

Je me levai. « Il faut que j'aille saluer ma nouvelle famille. » J'aurais aimé appeler Zeba « Mère », mais ce n'était pas possible, je dis donc : « Tante Zeba m'attend sans doute. »

Nafiza se dirigea pesamment vers le lit, se donnant des coups sur la jambe qui lui faisait mal, et commença à arracher les guirlandes de fleurs. Comme d'habitude, elle portait un vieux sari d'Amme ; il me semblait que le fantôme de ma mère rôdait autour de nous. Elle me dit en soupirant : « Une nuit, il te touche pas, tu dis que ça t'est égal, alors pour moi aussi. Une nuit, ça veut peut-être rien dire. Mais Laylabibi... » Elle me regarda en face, son visage ouvert témoignant une affection aussi palpable qu'une caresse ; je sus alors que ce qu'elle me disait n'était pas une menace, mais le signe d'un amour maternel. « ... Si après une nuit, il y en deux, trois et quatre et cinq, si ça continue comme ça, je parlerai moi-même à sa maman. Je dirai la vérité. » Sa main se referma sur un œillet d'Inde et l'écrasa.

« C'est bien, Nafiza », dis-je, sans croire qu'on en viendrait là.

Walima, le dernier des cinq jours de la noce.

Plus de mille personnes étaient invitées au dîner organisé par les parents de Samir pour annoncer fièrement que le mariage de leur fils était consommé. Dans la salle de réception, où avaient étouffé quatre cents hôtes la nuit précédente lors de la cérémonie de *nikkah*, le gérant avait été obligé de disposer à intervalles réguliers des ventilateurs sur pied : l'air était irrespirable, il empestait la sueur, le bétel et les épices, les fleurs et la mauvaise haleine. Ces ventilateurs fonctionnaient à plein régime, mais ne parvenaient guère à faire bouger l'air stagnant.

Samir et moi étions assis sur une estrade carrée, surmontée d'un dais marron d'où pendaient, sur trois côtés, des guirlandes de jasmin blanc et de roses rouges. Par le quatrième côté nous regardions les invités, perchés sur les chaises à haut dossier commandées spécialement par la famille de Samir. En effet, mon mari ne pouvait pas plier normalement la jambe droite qui avait été fracturée et mal soignée, ni donc s'asseoir en tailleur sur une étoffe de velours, le *masnat*, comme le voulait la tradition.

Mais il n'y avait pas grand-chose de traditionnel ce soir-là, chez mon mari non plus, comme je commençais à m'en apercevoir. Au lieu de porter le lourd *sherwani* de brocart argenté au col à la Nehru, il avait choisi le costume Armani bleu qu'Amme lui avait envoyé sur un des plateaux d'argent. Et plutôt que des sandales recouvertes de soie bariolée, il avait mis les bottines noires à semelles épaisses qu'il portait la première fois que je l'avais rencontré et les trois fois où nous nous étions promenés, accompagnés de Nafiza — des chaussures orthopédiques. À ses côtés, j'étais l'image radieuse de l'épouse vertueuse, drapée dans un sari vert fileté d'argent; mes oreilles, mes doigts et mon cou resplendissaient d'émeraudes, j'avais des bracelets jusqu'aux coudes, de pesantes chaînes d'or aux chevilles, mais l'anneau d'argent manquait à mon orteil. Malgré la chaleur, j'avais gardé une des guirlandes de fleurs que sa mère nous avait mises autour du cou au début de la réception. Samir, lui, l'avait aussitôt ôtée et jetée à ses pieds.

La salle était d'un bout à l'autre encombrée de tables de taille différente. On avait dressé dans la cour une grande tente et disposé encore d'autres tables. Et, pourtant, quelques invités mangeaient debout. Les membres de sa famille et de la mienne allaient et venaient, saluaient les convives, ayant laissé leur place aux nouveaux arrivants. Il avait été décidé, étant donné le nombre des invités, que les proches parents, y compris les mariés, mangeraient plus tard. Après tout, ce banquet de fête était le seul rituel du *walima* : il n'était plus question d'huile, de curcuma, de sucreries qu'on vous fourrait dans la bouche. Notre mariage était désormais officiel.

Lorsque les invités eurent fini leur repas, ils vinrent nous féliciter par petits groupes hauts en couleur; Samir se levait et serrait la main des hommes, accueillant leurs vœux; quant à moi, je me courbais avec modestie encore plus bas tandis qu'on me tapotait maladroitement la tête, que des doigts m'effleuraient les joues, barbouillant mon maquillage qui dégoulinait déjà à cause de la chaleur. Cependant, les compliments commencèrent bientôt à s'accompagner d'une rumeur qui se répandit dans l'assemblée, chuchotée d'une table à l'autre, et finalement exprimée hardiment par des hommes auprès du marié : cette soirée leur semblait avoir été organisée à la va-vite, se plaignaient-ils, il n'y avait pas assez de tables, de chaises, pas même assez de nourriture. La plupart des hôtes avaient été invités le jour même par Feroz qui s'était élancé à bicyclette vers des maison de la Vieille Ville et de Vijayanagar pour annoncer que le *walima* aurait effectivement lieu, que l'épouse avait été acceptée. Les hommes demandèrent à Samir si lui-même et sa famille avaient eu des doutes sur le succès de cette union puisque la mariée était américaine.

Jusque-là, Samir avait paru seulement agacé, tapotant l'anneau d'argent sur le bras de son fauteuil, accueillant et raccompagnant rapidement chaque invité. Mais, à présent, d'avoir à défendre sans cesse mon honneur auprès des centaines de personnes qui venaient par petits groupes curieux et titillés parut l'accabler complètement. Lorsque les derniers invités bondirent sur l'estrade pour nous saluer avant de s'en aller, il ne se leva même plus et se contenta de hocher la tête en se massant le front, où s'étaient creusées trois rides profondes, de la main qui portait l'anneau. Et quand le photographe tenta de prendre une dernière photo, il détourna la tête. Nous restions muets.

Quand tous les invités furent partis, on mit bout à bout deux longues tables ; on plaça les ventilateurs autour de nous et les chaises à haut dossier face au centre d'une des tables. Les femmes de la famille de Samir s'assirent à ma droite, les hommes à sa gauche. L'homme qui avait dansé avec l'orchestre de cuivres, celui que Samir m'avait présenté comme un de ses plus proches amis, Navid, n'était pas là.

À l'autre table, il y avait ma famille. Sabana s'affairait auprès de ses enfants, remplissait leur assiette de *biryani* et de poulet *tikka*, de kebabs d'agneau, de yoghourts ; Dad, lui, riait à la suite de quelque remarque, la tête rejetée en arrière. Ses yeux clairs étaient fixés, au-dessus de son plus jeune fils, sur ma tante Amira, qui lui souriait timidement, la bouche en partie dissimulée par le pan de son sari. Ses joues maigres étaient empourprées ; je ne l'avais jamais vue ainsi ; la présence de Dad avait provoqué cet éclat que la maladie lui avait retiré. Mes deux oncles, penchés sur leur assiette, mangeaient rapidement — il était près de minuit. À côté d'eux, ma mère serrait sa sœur, tante Asma, dans ses bras et leur visage à toutes deux était rose de plaisir. Leurs saris étaient du même vert, ce qui donnait l'impression qu'elles n'étaient qu'une seule et même femme ; j'entrevis ce qu'elles avaient dû être petites filles, et j'essayai de me représenter à quoi nous ressemblerions, Henna et moi, quand l'enfant qu'elle portait à présent se marierait. Ma cousine s'éventait avec une serviette, une main posée sur son gros ventre. Elle croisa mon regard et me sourit.

Comment était-ce possible que je ne sois pas au milieu des miens et des drames que j'avais appris à connaître et à accepter ? Cette séparation physique d'avec eux, plus que le fait que mon mariage n'avait pas été effectivement consommé, rendait mon union avec Samir encore plus réelle. En vérité, je lui appartenais maintenant.

Je touchai sa cuisse sous la table. « Où est ton ami Navid ? » lui demandai-je, espérant détourner son esprit des mensonges de la soirée, du *walima*, de la déclaration solennelle d'une chaste union, puis de ce qu'il avait dit inlassablement aux hôtes invités au dernier moment : « Bien sûr, ma femme est vertueuse », avait-il répété, comme un mantra auquel je savais que lui-même voulait croire. « Les précautions de ma mère ne signifient pas que nous ayons jamais douté de Layla. »

Il haussa les épaules ; la sueur coulait sur ses tempes, luisait sur son cou. Il avait ôté sa veste et roulé ses manches de chemise, laissant voir ses larges poignets et ses bras hâlés. Je préférais ne pas imaginer l'état de ses pieds à l'intérieur de ses bottines de cuir.

« Il est peut-être venu et reparti, dit-il. C'est difficile de se rappeler, il y a eu tant de gens... » Il me lança alors le même regard que la veille au soir, quand il m'avait accusée de m'être moquée de lui et, au lieu de le voir assis sur cette chaise à haut dossier, je le revis sur le tabouret, tordant entre ses poings la soie pâle de ma *kurta*. Il pressa ma main contre sa cuisse blessée, et parlant entre ses dents comme il l'avait fait avec ses hôtes scandalisés, il me dit : « Une fois de plus, la prudence de maman m'a fait honte. »

Amme survint juste à ce moment et, se tenant derrière nous deux, elle agita quelques billets de cent roupies au-dessus de nos têtes, une fois, deux fois, sept fois, faisant le même geste que Raga-bi avec le sang du coq. Elle conjurait les esprits malfaisants, le mauvais œil. Après quoi, elle me tendit les billets en me disant de les donner à ceux qui étaient moins favorisés que nous, aux sans-logis.

Malgré le visage angoissé de Samir, je compris, en voyant ma mère reprendre sa place à la table de ma famille, que je ne pourrais jamais retourner à tout cela.

À Vijayanagar, l'aube était beaucoup plus paisible que dans la Vieille Ville où des hauts-parleurs installés sur chaque mosquée annonçaient le jour nouveau ; les *azan* se succédaient, parfois à plusieurs minutes d'intervalle, alors que le *fajr namaz* dans une autre mosquée était peut-être déjà terminé. Entendre tant d'appels à la prière, chaque vague d'adoration se croisant avec une autre, était déconcertant ; cette cacophonie, ce chaos au-dessus de nos têtes reflétaient le chaos de la vie qui se déroulait en bas. C'était comme si les imams se défiaient dans le ciel, l'un élevant la voix, l'autre l'élevant encore plus haut, chacun invitant les fidèles à venir prier dans sa mosquée.

Le premier vendredi que je passai à Vijayanagar, je m'éveillai juste avant l'aube ; je m'étais déjà habituée à ces réveils matinaux, ainsi qu'au changement d'heure et de calendrier, le matin en Amérique et le soir en Inde, le mois de juillet là-bas et *Ze'qad* ici. Nous nous étions mariés le quatre juillet et ce n'est que des semaines plus tard, lorsque nous nous trouvions au consulat américain à Madras, que l'idée me vint que le feu d'artifice étincelant au-dessus de la salle de mariage aurait pu être un écho des célébrations qui explosaient d'un bout à l'autre des États-Unis.

En haut, trois tapotements sur un micro, un léger raclement de gorge, puis la montée progressive d'une voix qui ne ressemblait pas à celles que j'avais appris à reconnaître. Il n'y avait que cette voix, du début à la fin, si bien que je pouvais suivre le rythme de la langue arabe et saisir les mots qui invitaient discrètement les fidèles à sortir du lit : « Allah est grand », « Il n'y a de dieu que Dieu », « C'est le temps des bonnes actions », « C'est le temps de prier ».

Quand ce fut terminé, on frappa doucement à la porte de la chambre. Samir dormait encore, me tournant le dos, si près du bord du lit qu'il avait la figure enfouie dans le tulle épais de la moustiquaire. Je me levai, m'enveloppai la tête d'un *dappatta* comme me l'avait demandé Zeba — même dans la maison — et j'ouvris la porte. C'était Feroz, le fils cadet, en *pajama-kamiz* flottant : sa tenue de nuit. Les trois petits boutons dorés de sa *kamiz* étaient déboutonnés et dévoilaient une cicatrice sur sa poitrine, striée et plus sombre que sa peau : spectacle habituel dans la Vieille Ville. Les hommes avaient des marques tout le long de leur dos, sur leurs épaules, ou comme celle-là, sur la poitrine. Ils s'infligeaient ces blessures lorsqu'ils se flagellaient pendant le mois de deuil [1] afin d'exprimer leur ardent amour pour Allah et nos saints. Ce courage, je le respectais tout en ne le comprenant pas. À la vue de la cicatrice de Feroz, je sus qu'il s'était coupé avec une lame de rasoir.

« Maman souhaite que Samir *Bhai* vienne prier », dit-il de sa voix nasale et haut perchée. Ses yeux étaient bridés comme ceux de sa mère et bordés du khôl noir que s'appliquaient certains hommes pour la prière.

Je m'écartai pour qu'il réveille lui-même Samir. Il hésita, puis passa rapidement devant moi. Par la porte ouverte, je vis alors Ibrahim, le père de Samir, assis sur le *takat*, les jambes pendantes, qui massait sa tête chauve ; il venait de se réveiller et son visage et ses vêtements étaient tout fripés. Il avait autour de lui des coussins et des draps. Zeba était déjà dans l'oratoire, enveloppée de son châle noir, et brûlait de l'encens. Je ne m'étais pas rendu compte que mes beaux-parents couchaient dans la grande pièce, dans laquelle donnait notre chambre. Je le saluai et me retirai, respectant son intimité.

Feroz secouait le pied de Samir, qu'il avait attrapé à travers la moustiquaire. « Viens, dépêche-toi, dit-il. Maman dit que c'est le premier vendredi de votre mariage. Au moins ce jour-là, tu devrais prier ! »

Samir dégagea son pied, replia ses longues jambes sur sa poitrine et enfouit sa tête sous l'oreiller. « Répète-lui, répondit-il d'une voix assourdie, ce que le mollah a dit au *nikkah*. Rien qu'en me mariant, j'ai rempli à moitié mes devoirs envers Allah. C'est tout ce que je suis disposé à faire pour l'apaiser... elle ou son dieu. »

1. Période où l'on commémore la mort d'Ali, le gendre du Prophète. *(N.d.T.)*

Feroz insista, mais Samir se couvrit les oreilles avec l'oreiller, les coudes écartés. Son frère se dirigea vers la porte en grommelant.

« Bhabhi, cela ferait plaisir à maman s'il venait prier », me dit-il, avec l'appellation cérémonieuse d'usage pour une belle-sœur, alors que j'avais appris à ma grande surprise que nous avions le même âge. À voir Feroz se dépêcher chaque matin de se préparer pour aller à l'université pendant que Zeba lui donnait la becquée, j'avais pensé qu'il avait au moins quatre ans de moins que moi.

« Désire-t-elle que je vienne aussi ? » demandai-je.

Il eut un sourire ironique, presque condescendant. « Comme l'a montré votre époux, c'est à vous de décider. Allah nous a donné le libre arbitre. »

Lorsqu'il fut parti, Samir tendit une main à travers la fente de la moustiquaire et attrapa la mienne. C'était la première fois qu'il me touchait depuis notre nuit de noces, il y avait de cela trois nuits. Je savais que Nafiza comptait les jours.

« Ne me quitte pas », implora-t-il, portant ma main à sa bouche. Il avait au doigt l'anneau d'argent de mon orteil. Il lécha le métal.

Le vendredi matin, son père restait à la maison ; il n'allait travailler qu'après les prières de midi. Avec le dimanche, c'étaient ses seuls moments de liberté. Quand il revenait le soir, vers huit heures, après avoir dû changer quatre fois d'autobus pour se rendre de Vijayanagar à Hyderabad et traverser ensuite la jetée pour gagner Secunderabad, la ville jumelle, il était fatigué et silencieux. Zeba nous éloignait pour s'occuper de lui, chauffer l'eau de ses ablutions, lui préparer ses vêtements, lui servir son dîner. Elle nous faisait manger à sept heures afin d'être disponible pour son mari dès qu'il passait le seuil de la porte. Pendant qu'il dînait, penché sur son assiette, debout derrière lui, elle l'éventait avec le journal du jour. Il dînait toujours seul, demandait poliment à sa femme comment s'était passée sa journée, s'enquérait de ses fils, et même de moi à présent. C'était lui, et non Samir, qui m'apportait tous les soirs de l'eau en bouteille.

Le matin, lorsque je venais prendre mon petit déjeuner, Ibrahim était déjà levé et parti. Les trajets en autobus duraient plus d'une heure et son visage vieillissant, la peau flasque de ses mains, les taches brunes sur son crâne chauve, témoignaient d'une grande lassitude. Il était ingénieur des chemins de fer, et Samir m'avait dit qu'il serait à la retraite dans quatre ans, mais qu'il espérait la prendre deux ans plus tôt.

Ce premier vendredi matin dans ma nouvelle maison, ce fut sa voix qui me tira du lit où je m'étais recouchée auprès de Samir. Mon mari ne m'avait retenue que pour se rendormir ; c'était le premier matin où il n'avait pas disparu. Je me dégageai de son étreinte ensommeillée et, de nouveau enveloppée de mon *dappatta*, je sortis de la chambre. Je trouvai Ibrahim assis tout seul à table, vêtu d'un *pajama-kamiz* de coton, fraîchement repassé, son journal ouvert devant lui. Zeba et Nafiza étaient dans la cuisine et préparaient le repas. Je sentais l'odeur du *kitcherie* qu'elles confectionnaient et j'entendais le grésillement des œufs frits. Les quatre fenêtres de la pièce principale, qui donnaient sur le terrain vague, étaient grandes ouvertes ; les hautes herbes folles jaunissaient et ployaient, écrasées par la chaleur. Le *takat* était débarrassé des couvertures et oreillers et recouvert de nouveau de l'épais tapis pakistanais dont les couleurs vives se fanaient à la lumière impitoyable du soleil.

Ibrahim plia son journal et le posa sur la table. Il me regarda par-dessus son épaule, ses lunettes aux gros verres ovales abaissées sur son nez. Il me sourit, tira la chaise qui était à côté de lui, la faisant grincer sur le sol.

« J'espérais que tu viendrais, *Beta* », dit-il en enlevant ses lunettes. Il allait les glisser dans une poche, comme il le faisait avec la chemise boutonnée qu'il avait pour aller travailler puis, se rappelant qu'il portait une *kamiz*, il les reposa sur la table.

J'allai m'asseoir à côté de lui. Je ne l'avais jamais approché de si près, et je voyais les petites taches brunes qui mouchetaient son large front et le dos de ses mains. Des taches dues à une maladie de foie peut-être, mais pas au soleil.

Derrière lui, j'avais vue sur la maison entière. Personne ne s'était encore soucié de me la faire visiter, et en fait il n'y avait pas grand-chose à voir. C'était un cube au toit plat, une construction plus moderne que celle de la maison d'Amme dans la Vieille Ville. Elle était partagée en deux : d'un côté, il y avait le *divan* et la chambre à coucher des maîtres de maison (la mienne), et de l'autre, la pièce principale servant de salle à manger. Le *divan*, où dormaient Ibrahim et Zeba, s'ouvrait sur une pièce plus petite qu'ils avaient installée en oratoire et qui, la nuit, devenait la chambre de Feroz. La salle à manger donnait sur la cuisine et, derrière moi, sur la salle de bains.

« Pourquoi tante Zeba et vous-même ne prenez-vous pas ma chambre ? » proposai-je à Ibrahim. À présent, je comprenais qu'ils n'avaient pas de chambre à eux, mais comme je venais de maisons plus vides qu'occupées, je ne m'en étais pas encore aperçue.

Ibrahim sourit, plissant lentement ses lèvres dont la couleur brun-rouge rappelait les taches qu'il avait sur sa peau. Il écarta brusquement les branches de ses lunettes, puis les referma. On entendait Feroz, dans la salle de bains, qui chantait la comptine de la soirée de noces, et Zeba, dans la cuisine, qui demandait à Nafiza de goûter le chutney de mangue que je lui avais vu préparer toute la semaine ; elle avait fait sécher les tranches au soleil, avant de les mettre à mariner dans de l'huile épicée.

« Tu es aussi innocente qu'était ma sœur », dit Ibrahim, les yeux fixés sur ses lunettes devant lui. À travers leurs verres, la nappe rouge semblait plus grande, plus large. « Quand je te regarde, je pense à elle. Tu as le même visage rond, les mêmes yeux, le même regard innocent. Elle aussi disait des choses comme ça.

— Elle disait ? »

Les coins de sa bouche s'abaissèrent. « Elle est morte depuis longtemps, *Beta*. Nous n'étions que des enfants, alors. Tuberculose du cerveau. » Après un silence, il reprit : « Ta présence dans ma maison me paraît familière, naturelle, comme si tu avais toujours été ici. Ton mari a hâte d'aller aux États-Unis, dit-il en faisant un geste vers la chambre. Je lui ai demandé d'attendre un peu, de ne pas t'enlever à moi si vite, mais il me dit qu'il ne peut pas attendre. Partir, partir, partir. Cet enfant a toujours été ainsi, pressé d'aller d'une chose à une autre. Il était même sur le point d'abandonner son poste de répétiteur afin de pouvoir se précipiter cette semaine à Madras pour faire sa demande de visa, mais je l'ai persuadé de rester. Ses élèves dépendent de lui pour réussir à leur examen d'entrée. Ce ne serait pas bien de les laisser tomber en s'en allant. Je lui ai dit : il faut que tu prennes tes responsabilités et que tu achèves ce que tu as commencé. »

Il était donc répétiteur. Quoi d'étonnant à ce que sa mère n'ait pas été étonnée, comme je l'avais craint, de le voir partir tôt le matin et disparaître toute la journée.

« Et, *Beta* », poursuivit Ibrahim en inclinant la tête pour me regarder comme s'il avait encore ses lunettes sur le nez, « ... quoi qu'on en dise, ce n'est jamais bien de se pousser en avant en délaissant les autres ou, pire, en leur causant de la peine. Tu es de mon avis, j'espère.

— C'est pour cela que je trouve que, tous les deux, vous devriez prendre la chambre. Ce matin, vous n'aviez pas l'air très à l'aise.

— Plus que ne le serait ton mari si je le privais de son intimité. Il vient de se marier, après tout. Ne lui en parle pas, me confia-t-il en baissant la voix, j'ai acheté vos billets — deux billets de première classe —, avec une réservation pour la fin du mois. Dès que ses fonctions d'enseignement prendront fin, vous pourrez partir tous les deux. Je dois avouer, dit-il en remettant ses lunettes et ouvrant de nouveau son journal, que c'est en partie pour pouvoir te garder un mois ici que j'ai fait tout ce que j'ai pu pour le convaincre de rester. Et ensuite, *Beta*, tu retourneras aux États-Unis avec ton mari. Quand te reverrai-je ? Laisse-moi jouir un peu de la présence de ma fille. »

Après le petit déjeuner, Zeba me demanda de les rejoindre dans l'oratoire, elle et Feroz, pour réciter le Coran. Chaque vendredi, depuis onze ans, ils le lisaient ensemble ; c'était une tradition familiale qu'elle souhaitait que je partage. Je me sentis trop gênée pour lui avouer que je ne savais pas lire le Coran, que mes parents ne me l'avaient jamais enseigné, eux-mêmes ne sachant pas l'arabe. Il leur avait suffi que

que je retienne les quelques sourates qu'il fallait prononcer pendant les prières. L'islam, chez eux, ne consistait guère qu'à réciter les prières prescrites les jours de fêtes importantes, ou lorsque Amme avait besoin de réconfort. Mes parents ne m'avaient jamais réveillée à l'aube pour prier, et les seules fois qu'ils se levaient tôt, c'était durant le Ramadan, car il fallait qu'ils mangent avant le lever du soleil. D'ailleurs, lorsque Dad commença à vivre avec Sabana, Amme trouva qu'il lui était difficile d'accomplir ce rite toute seule et, plutôt que de m'encourager à jeûner avec elle, elle m'en dissuadait, disant que la faim et la soif détourneraient mon attention de mes études. Je n'avais jamais jeûné plus de quatre jours sur les trente jours exigés. Ni lu le Coran, comme faisaient les autres quand ils observaient les prescriptions du Ramadan.

Ibrahim avait sans doute deviné mon embarras car il nous envoya aussitôt nous promener, Samir et moi, et gronda sa femme de m'avoir demandé de penser à Dieu, alors qu'une jeune mariée n'était capable que de penser à son époux. « Laisse-les se découvrir, Zeba, avant de t'emparer d'elle. »

Zeba émit un grognement de désapprobation lorsque nous quittâmes la maison. Nafiza, la mine renfrognée, vint au portail en boitant, dans le dos de Samir. Le ciel était uniformément gris, les nuages bas, la chaleur oppressante.

« Quand tu crois que le ciel va s'éclaircir ? demanda-t-elle. Il y a déjà beaucoup de jours de passés. » Je savais ce qu'elle voulait dire. Elle était prête à parler à Zeba.

J'attendis que Samir fût suffisamment loin, puis faisant mine d'aider Nafiza à fermer le portail, je lui glissai : « Il ne me fuit pas, Nafiza, il enseigne toute la journée. » Je pensais que la nouvelle lui ferait plaisir, mais elle me jeta un regard désappointé. « Quand tu es allée voir Amme à propos de

Henna et de moi, à quoi cela a servi ? Elle t'a seulement accusée d'avoir l'esprit mal tourné — Zeba aussi était à la ferme, elle pourrait penser la même chose. »

Elle parut déconcertée, puis s'éloigna du portail, que je refermai.

Au-dehors, les rues étaient d'un calme auquel je n'étais pas habituée. Pas de chiens errants reniflant, pas de chèvres se précipitant dans la cour pour manger les goyaves tombées au sol, pas de petits marchands poussant des charrettes remplies de bananes et de fruits tropicaux, de paniers d'oignons pas plus gros que des gousses d'ail, de tortillons de gingembre. Lorsque nous sortîmes de l'impasse qui menait à la route, du plus loin que je puisse voir, s'alignaient régulièrement des murs de clôture jaunes plus hauts que moi, des amandiers et des ashokas dont la luxuriante végétation assurait aux maisons basses, construites en retrait, encore plus de tranquillité. Les trottoirs étaient faits de dalles de pierre rectangulaires, cimentées, dont le bord était peint de raies horizontales noir et or signalant aux voitures l'interdiction de s'y garer. Les réverbères couleur de rouille avaient à leur base de l'herbe verte et des fleurs qu'un grillage métallique protégeait des chèvres. Ici et là, devant un portail, étaient dessinés à la craie sur le trottoir un swastika ou un triangle divisé en losanges, symboles hindous de paix, de prospérité, de chance. Au loin, je vis déambuler deux vaches, chacune d'un côté de la route ; leurs cornes blanches étaient recourbées en croissant de lune, leurs queues s'agitaient pour chasser les mouches.

Samir me cogna de côté, d'un geste que j'avais vu faire à Dad avec Amme, la démonstration la plus affectueuse qu'un époux pouvait se permettre en public avec sa femme. « Ne te fais pas de souci au sujet de maman, dit-il. Il faut que tu résistes si elle te demande quelque chose que tu n'as pas envie de faire. Tu as entendu, ce matin ? Je lui ai dit que je ne voulais pas prier. Elle n'est tout de même pas de la police religieuse ! » Il ramassa une pierre, visa un poteau téléphonique et le rata. Un peu plus loin, un groupe d'enfants portant l'uniforme bleu de leur école et des cartables plus gros qu'eux traversaient lentement la route, échangeant des sucreries.

« Je l'aurais bien rejointe, seulement... je ne sais pas lire le Coran. »

Penché pour prendre un autre caillou, il leva les yeux vers moi ; la lumière le faisait cligner. Il portait le T-shirt blanc et le jean qu'Amme lui avait envoyés sur les plateaux d'argent, et ces horribles chaussures noires. J'eus un instant l'illusion que j'étais aux États-Unis à cause de son apparence, et aussi parce que nous marchions librement sur la route. Jamais auparavant, lorsque j'étais en Inde, je ne m'étais promenée ; j'étais toujours en voiture, avec un chauffeur et une *ayah*, toujours conduite d'une maison à une autre. Cette liberté dont je jouirais une fois mariée, comme me l'avait promis Amme, paraissait réelle.

« Tu apprenais des choses plus importantes aux États-Unis. Moi, je suis pour ainsi dire un musulman hérétique.

— Un hérétique ! » m'écriai-je en riant.

Il me jeta un regard grave, et je me couvris la bouche. Il lança le caillou sur le poteau et, cette fois, le heurta avec un tintement clair.

« Excuse-moi, dis-je en le cognant de côté à mon tour, mais que veux-tu dire ?

— Je voulais dire que je crois à des choses plus importantes.

— Lesquelles, par exemple ? »

Il haussa les épaules, puis tâta les muscles de son bras avant de choisir une autre pierre. Un scooter où s'entassaient trois hommes passa devant nous à grand bruit. Samir avisa une noix de coco sur un palmier qui avait pris racine dans un mur de clôture. Il fit sauter le caillou dans sa main comme pour le soupeser, puis changea d'avis et le jeta de côté.

Il regarda sa montre. « Tu veux rentrer ? »

Rentrer ? Nous n'avions pas même dépassé le pâté de maisons ! « Il faut que tu ailles quelque part ? demandai-je. Tu as des cours même aujourd'hui ? »

Surpris, il leva ses épais sourcils. « Non, seulement du lundi au jeudi. » Puis ses épaules s'affaissèrent. Je me rappelai alors combien il m'avait paru frêle au moment de nos fiançailles. « Écoute, Layla, reprit-il, je regrette de ne pas te l'avoir dit. J'étais gêné. Mes parents n'ont pas les moyens, comme les tiens, de financer notre voyage à Madras... J'ai travaillé, j'ai économisé pour ça. Si j'étais seul, je serais descendu dans un foyer, mais avec toi... » Il détourna la tête.

J'aurais voulu lui prendre la main mais, en public, je ne le pouvais pas. Quelle liberté avais-je ici réellement avec mon mari, sinon de l'appeler par son nom — et cela, parce que Samir l'avait exigé ? « À ton âge, Samir, mon père travaillait et économisait lui aussi. Il est parti aux États-Unis avec cinquante dollars en poche.

— Et maintenant il roule dans une voiture à cinquante mille dollars ! » dit Samir qui secoua la tête, écœuré par les faibles revenus de son père. « Ma maison est si... Elle n'est pas ce à quoi tu es habituée. Les toilettes à la turque et... Je t'ai entendu parler à papa de la pièce où ils dorment. La vérité, c'est qu'ils nous ont donné leur chambre et ils ne la reprendront que lorsque nous serons partis aux États-Unis.

N'aie pas mauvaise conscience, tu n'y peux rien. Maman réserve toute une pièce pour la prière, pourquoi n'en font-ils pas leur chambre ; Feroz pourrait très bien dormir dans le *divan*, n'importe où, ce n'est qu'un gamin ! » Il regarda les maisons autour de lui, puis dit d'une voix sourde : « Papa approche de la retraite et il est encore locataire ! Je ne serai pas comme lui, Layla ! Je m'en tirerai. Mais pas ici, un homme comme moi ne peut pas réussir ici, seulement là-bas ! » Il écarquillait les yeux, comme s'il percevait déjà, devant ces portails et ces murs, toutes les possibilités qui s'offriraient à lui en Amérique. Il se dérida et il me sembla qu'il souriait légèrement lorsqu'il se tourna et repartit sur la route, balançant son bras comme s'il lançait des cailloux. Je le suivis, ne sachant que dire et ne le connaissant pas assez bien pour lui faire partager ma confiance.

Il s'arrêta enfin et m'attendit, les mains dans les poches. Quand je le rattrapai, il me demanda : « Ta Nafiza, que voulait-elle ?

— Simplement m'aider à fermer la grille. »

Il me regarda, observant mon voile et mon *salwar-kamiz* comme s'il les voyait pour la première fois ; ses cils étaient si épais qu'ils semblaient ourler ses paupières. Il se demandait si je disais la vérité. Je le pris par le coude.

« Allons chez Henna, je sais que, chez elle, on ne sera pas en train de prier », dis-je en plaisantant.

Il ne bougea pas. « Elle habite trop loin.

— Pour venir ici, la voiture du mariage est passée par sa rue. Je l'ai bien vu. »

Les mains derrière le dos, il poussa un long soupir et baissa la tête. « Je ne suis pas encore prêt à voir ta famille. On nous demandera si nous sommes heureux, contents d'être mariés, et je ne saurai pas quoi dire. Ça me rappellerait seulement... » Il parut sur le point de prononcer le nom de Nate, puis se ravisa, « ... que nous ne sommes pas vraiment ensemble. Le dîner de *walima*, ça m'a suffi. »

J'étais de son avis. Henna, elle-même, m'avait confié qu'elle n'aimait pas qu'on lui pose des questions sur Hanif. Et n'avais-je pas vu l'expression douloureuse de Samir au *walima*, la façon dont il avait fermé les yeux et s'était détourné des photographes de vidéo, et avait demandé à Zeba, qui d'ailleurs n'approuvait pas les caméras, de les renvoyer ?

« N'aie pas l'air si triste, Baby, dit-il en redressant délicatement mon voile. Je te le dis, pas encore. Il n'y a que trois ou quatre jours de passés, je serai bientôt prêt, je te le promets. Ce ne serait pas une bonne idée d'aller tout de suite voir ta famille, crois-moi », dit-il en me prenant le menton et levant mon visage vers le sien comme j'avais vu cent fois au cinéma les héros lever le visage de leur nouvelle épouse lors de ces nuits de noces de rêve qui me paraissaient maintenant plus réelles que la mienne. « Je crois aux choses que je peux voir, toucher, sentir, dit-il. Quand je t'ai à mes côtés, pourquoi devrais-je croire en Dieu ? Tu me donneras tout ce dont j'ai besoin. *Razzaq* » : Celui qui pourvoit, l'un des noms d'Allah.

Le samedi soir, je grimpai à l'arrière de sa motocyclette et nous partîmes, filant dans des rues que j'avais seulement entrevues de la fenêtre de la Fiat. L'air qui nous fouettait le visage était lourd, opaque, chargé de vapeurs de diesel. Je gardais mon voile serré autour de la tête pour ne pas être décoiffée. J'étais assise en amazone, un bras autour de mon mari et je sentais, comme jamais auparavant, le contact de sa poitrine ferme. Il était légèrement penché en avant, ses doigts recourbés sur les poignées, mon anneau brillant sur son pouce, changeant de vitesse, emballant son moteur. Nous accélérions et ralentissions tour à tour, dépassions les véhicules, les camions, les autobus qui roulaient trop vite dans ces rues encombrées ; il y avait plus de bicyclettes, de scooters, de piétons, que de gens se déplaçant en sécurité dans leur voiture. Mais quelle sensation que d'être au grand air, de rouler ainsi à la nuit tombante ! Secouée par la trépidation de la moto, j'avais ma joue appuyée sur le dos de Samir, et je sentais que je commençais à faire partie de ce pays comme jamais auparavant.

Nous nous dirigions vers le Tank Bund, la jetée longue d'un mile et demi qui reliait les deux villes, Hyderabad et Secunderabad, le rendez-vous favori des couples. Il longeait Hussein Sagar, le lac de barrage alimenté par la rivière qui coulait dans la Vieille Ville, près de la maison d'Amme. Ce plan d'eau, peut-être aussi vaste que le lac Calhoun à Minneapolis, séparait les deux villes, que reliait cette jetée. Lorsque le Sagar avait été construit, sous le règne d'un roi de la dynastie Qutub Shahi, il fournissait les habitants en eau potable ; à présent, l'eau était trop polluée pour s'y baigner.

Pendant des années, chaque fois que j'arrivais en Inde et que j'en repartais, je devais passer par là pour aller à l'aéroport ou en revenir. Souvent, la première chose que faisait Dad, c'était d'arrêter le taxi auprès d'une échoppe où il commandait du lait de noix de coco tout frais. Le vendeur décapitait le sommet de la noix avec une machette, y glissait une fine paille rose, et la tendait à Dad par la fenêtre. Dad passait les fruits, un par un, à Amme, puis à moi. Lorsque nous avions fini, les coques repartaient comme elles étaient arrivées. Lorsque mon père se remaria et cessa de revenir en

Inde avec nous, ma mère continua à arrêter le taxi sur le Bund, mais, cette fois, c'était le chauffeur qui nous passait la noix de coco. C'est ainsi que, durant ces courts moments où je regardais au-dehors à travers les vitres teintées, j'avais fait connaissance avec cette jetée, dans un état de folle excitation, lors des arrivées et des départs, des nouveaux commencements, ici ou là-bas.

Les voitures se garaient tout le long d'un terre-plein central en ciment au-delà duquel il y avait une large promenade d'où des marches descendaient, à intervalles réguliers, jusqu'à une pelouse au bord de l'eau. Samir s'arrêta, et nous sautâmes de la moto ; l'air chaud brassé par la circulation faisait flotter ma longue *kurta*. Samir enroula les lanières de son casque autour du guidon et nous nous faufilâmes à travers les voitures garées vers l'autre côté du terre-plein. La nuit tombait ; à ma gauche, les lumières jaunes d'Hyderabad clignotaient faiblement tandis qu'à ma droite flamboyait Secunderabad. Un grand hôtel cinq étoiles avait surgi l'an passé, et l'inscription VICEROY d'un blanc agressif s'y étalait, ternissant l'éclat des étoiles. Ces deux villes jumelles étaient sur le haut plateau du Deccan qui s'inclinait en pente vers Madras au sud et vers la baie du Bengale à l'est. Le paysage que j'avais sous les yeux était presque aussi plat que le Midwest américain, si ce n'est qu'un piton rocheux se détachait çà et là à l'horizon. Au sommet de l'un d'eux, le plus haut, resplendissait somptueusement la Birla Masjid, dont le marbre blanc était plus brillant, même de loin, que les inscriptions de l'hôtel moderne juste derrière moi. Le long de la promenade, tous les cinquante pieds, était érigée la statue d'un Indien célèbre, Nehru, le Mahatma Gandhi, Bouddha, et tout au bout, près de Secunderabad, le tombeau d'un inconnu, dont on disait que c'était celle d'un saint soufi qui protégeait le Tank Bund. L'hindouisme, l'islam, le bouddhisme — ces religions qui avaient fait Hyderabad.

Samir glissa sa main dans la mienne et m'attira contre la balustrade d'où l'on avait vue sur le lac. Maintenant, l'eau était aussi noire que le liquide de la bassine de Raga-bi, et ne faisait aucun bruit qui aurait pu me rappeler les vagues tumultueuses que j'entendais près des lacs. Les lumières de la ville se reflétaient sur son pourtour.

Sans un mot, mon mari glissa ses doigts sous mon tchador, juste sous mon menton, et le dégrafa. Le tissu tomba, il le saisit et l'enleva tout entier. « S'il ne tenait qu'à moi, dit-il, tu serais en jean. C'est pour faire plaisir à maman. » Il enleva mon voile, en fit une boule dans ses poings ; cela me rappela la *kurta* qu'il y avait serrée lors de notre nuit de noces. « Je vais le mettre dans mon casque », dit-il, et il partit en courant.

Je l'observai se frayer un chemin à travers la foule : sa haute silhouette vêtue d'un pantalon de velours brun et d'une chemise bleue qu'il laissait flotter. Si familier pour moi maintenant dans ces vêtements qu'avait rapportés Amme. Il sauta par-dessus le terre-plein central, attirant le regard curieux des jeunes femmes aux longues tresses qui passaient, marchant à quelques pas derrière leur époux.

Ce mot d'*époux* m'était étranger, et pourtant il était apparu dans ma vie bien avant Samir : le mari dont rêvait Amme était en moi, fantôme de mon avenir. « *Ton mari sera médecin ou ingénieur. Il sera d'une bonne famille. Il sera musulman. Il sera indien.* » Il était là, à présent, exactement comme elle l'avait décrit, et pourtant si différent de ce que j'attendais. Qu'est-ce qui m'avait poussée vers Nate ? Y avait-il eu quelque chose chez Samir au moment de nos fiançailles, ou quelque chose chez moi — mes doutes, l'autre partie de moi-même qui était convaincue que l'amour ne survenait pas après le mariage. Ce samedi soir, sur le Tank Bund, avec au-dessous de nous le Sagar silencieux entre les deux villes, commençait à m'apparaître comme le premier rendez-vous que j'avais imaginé.

Samir revint d'un pas nonchalant avec une guirlande de fleurs qu'il avait achetée à un petit vendeur. Sans me demander de me retourner, il passa ses bras autour de mes épaules et la fixa sur mes cheveux. Du jasmin. Du jasmin et de la sueur.

Nous restâmes ainsi un instant, sans nous soucier des regards scandalisés que nous attirions sans doute des passants. Son cœur battait contre mon oreille. Lorsqu'un groupe d'hommes commença à brailler et à siffler, Samir s'écarta enfin et s'accouda à la balustrade. Au-dessus de nos têtes, déchirant le ciel, un avion à réaction, aux ailes clignotant de lumières rouges, se dirigeait vers Madras.

« Est-ce qu'il y a une jetée entre St. Paul et Minneapolis ? me demanda-t-il. Je n'ai pas trouvé beaucoup d'informations sur ces deux villes. Sur New York, Chicago, la Californie, oui, mais pas sur Minneapolis. La plupart de mes amis n'en ont jamais entendu parler.

— Mais c'est petit, comme Hyderabad. Et la ville est reliée à St. Paul par des autoroutes. » Comment lui expliquer ? « Des routes comme sur Tank Bund, où les voitures roulent très vite et où il n'y a pas de feux de circulation.

— Tu parles de routes à un ingénieur, Baby, dit-il en souriant.

— Excuse-moi. » Comment pouvais-je lui dire que je ne le connaissais pas encore bien ?

Il me jeta un long regard, la bouche légèrement ouverte, sa langue bougeant derrière ses dents supérieures, se glissant entre elles. « Des villes jumelles, dit-il enfin. Tu vas d'une ville jumelle à une autre. Des jumelles comme toi.

— Comme moi ?

— Oui, toi, l'Américaine, toi, l'Indienne. Le même visage, deux personnes. Alors, où es-tu chez toi ? »

Je tournai les yeux vers l'extrémité du Sagar, puis le long de ses rebords vers Secunderabad. Quelque part, là-bas, se trouvait l'aéroport où j'arrivais deux fois par an.

« J'étais censée habiter l'Amérique sans être habitée par elle — c'est ce que souhaitaient mes parents.

— Mais tu es une femme moderne. Tu sais sûrement que ce n'est pas possible. Regarde autour de toi, Baby, ton Amérique est arrivée jusqu'ici, la région la plus arriérée de l'Inde. La pizza tandouri, le hamburger d'agneau. Écoute la musique des films hindis, il n'y a plus que du disco, des synthétiseurs. La prochaine fois que nous viendrons ici, il y aura peut-être une statue du président américain ! Pourquoi pas ? Rien ne reste intact... pas même toi. »

Non, pas même moi. Et le souvenir de Nate, de ses lettres, dut lui passer aussi par l'esprit, car son regard vacilla devant la femme qui était en face de lui, devant l'image qu'il revoyait soudain ; il baissa les yeux, sa tête s'affaissa dans ses épaules et la bague sur son pouce se mit à résonner contre la rampe métallique.

« La plupart des Américains, reprit-il, n'ont sans doute jamais entendu parler d'Hyderabad, ils ne savent même pas où se trouve notre ville, et pourtant l'Amérique est présente. Aujourd'hui, elle n'est qu'une mode, un signe extérieur de réussite, quelque chose que l'on mange, que l'on porte, mais, demain, qui sait ce que cela signifiera d'être indien ? Peut-être plus rien du tout. Toi qui habites là-bas — et c'est ce que je voulais dire — comment pourrais-tu rester... je veux dire, il ne te serait pas possible de rester... intacte. » Il poussa un profond soupir et, secouant la tête, s'affala encore un peu plus sur le parapet. Je compris qu'il se sentait vaincu, que ses paroles, sans le vouloir, tournaient autour de Nate, de ce que j'avais fait et, de ses propres lèvres, comment ma conduite pouvait même être pardonnée, expliquée. J'étais possédée, en fait, par l'homme qui avait pénétré en moi. Samir ne pouvait plus exprimer des généralités sur une invasion culturelle sans penser en particulier à mon corps.

Je passai la main sur sa tête, sentant au toucher sa forme et ses contours, ses cheveux soyeux et ondulés. Mes doigts glissèrent sur son cou, sous le col de sa chemise, sur une vertèbre, contre l'étiquette rugueuse du fabricant de sa chemise. Il avait les yeux fermés, les lèvres retroussées en une moue mécontente, mais il ne recula pas. Je suivis le contour de son oreille, de son menton, apprenant enfin à connaître mon mari, qui m'était à la fois étrange et familier.

Je murmurai : « Toi et moi, Samir, nous sommes semblables. De la même couleur, de la même race, avec la même langue. Tu comprends des aspects de mon être qu'aucun Américain ne comprendra jamais. Je n'ai pas besoin de t'expliquer ce que veut dire *tchador* ni de te... traduire mes sentiments, je ne risque pas de me sentir mal comprise. Tu fais davantage partie de moi-même que... je ne m'en étais rendu compte. » J'ouvris ma main pour lui montrer ses initiales mais, à la faible lumière du réverbère, je vis que le henné n'était plus qu'une vilaine tache orange, les motifs, les lettres de son nom s'étaient déjà infiltrés dans ma peau et mon sang.

Cette nuit-là, il dormit presque au milieu du lit, plus près de moi, mais, le matin, il était de nouveau parti avant que je m'éveille ; les hommes de la maison avaient quitté notre impasse, me laissant seule avec Zeba et Nafiza. La semaine précédente, la présence de Samir ne m'était pas assez proche pour me manquer. Maintenant, après trois jours passés avec lui, je fus surprise de me trouver dans la situation de Zeba, à attendre avec impatience le retour de mon mari.

Un peu plus tard dans la matinée, je rejoignis ma belle-mère ; je me glissai sur le *takat* où elle avait dormi la nuit. C'était là, appuyée contre trois coussins qu'elle avait brodés elle-même, qu'elle commençait à préparer le dîner du soir. Elle avait devant elle une casserole en inox débordant de haricots verts ; je n'avais jamais vu Amme en utiliser autant pour un curry, mais Zeba était habituée à nourrir trois hommes. Elle cassait les extrémités des haricots qu'elle jetait ensuite sur le sol en ciment ; son *dappatta* montait et descendait avec sa lourde respiration.

Comme je tendais la main vers la casserole, elle fit un geste pour m'arrêter, faisant glisser son châle noir. « Tu es bien pressée de commencer à travailler... Combien de fois dois-je te répéter que le henné de ton mariage n'est pas complètement effacé. Tu es encore une jeune mariée. Tu n'as pas besoin de te hâter. *Inch'Allah*, tu as toute la vie devant toi pour faire la cuisine et le ménage pour ton mari. À présent, tu te reposes. Ton *ayah* est ici pour faire ton travail. » Elle fit de la tête un geste vers la cuisine où se trouvait Nafiza, qui lavait la vaisselle de mon petit déjeuner ; au bruit de l'eau qui coulait et de la vaisselle entrechoquée se mêlait parfois une petite toux.

« J'en ai assez de me reposer, dis-je en m'emparant de quelques haricots verts.

— Tu es déjà impatiente quand il n'est pas là », dit-elle sans me regarder.

Je cassais net le bout des haricots qui s'empilèrent à côté de moi et nous restâmes un moment sans parler. Je réalisai soudain que Zeba était la mère de Samir, qu'il avait son front large, les mêmes épais sourcils ; les rides gravées sur le visage de Zeba apparaissaient déjà sur le sien.

« Que faisais-tu chez toi ? demanda-t-elle. Tu aidais ton amme ? »

Si je l'aidais ! Il me semblait qu'après le départ de Dad j'avais passé ma vie à l'aider. À donner les coups de téléphone pour régler les moindres détails, à payer les factures, à faire réparer un appareil électrique ou à remettre le chauffage en marche. À l'accompagner chez les médecins, même chez le gynécologue, pour être sûre qu'elle comprenait — moi, je comprenais — ses problèmes de santé, sa dépression qui survenait comme une colère. À modifier mon emploi du temps, à laisser de côté mon travail, à la faire passer toujours avant tout le reste. Elle, ma mère, qui était devenue mon enfant.

« Amme, dis-je, était souvent seule, surtout le soir après que mon père a... parce qu'il restait souvent à l'hôpital. Elle avait besoin de moi. Elle ne s'est jamais habituée à vivre en Amérique. Elle n'a même jamais appris l'anglais ! »

Zeba tourna les yeux vers ma chambre où, à travers la porte ouverte, elle pouvait voir mon lit ivoire, si grand qu'on avait à peine la place de se déplacer dans la pièce. Comparé à leur mobilier très simple, il était ostentatoire et voyant. Zeba eut un murmure d'assentiment ; ses mains étaient toujours actives. « Ton amme et moi-même, nous avons eu des vies bien différentes. T'a-t-elle dit que nous sommes amies d'enfance ?

— Elle m'a raconté que vous alliez à l'école ensemble, au village.

— Ma famille était locataire de la sienne. Pendant sept

générations, nous avons vécu ainsi à Miryalgurda, toujours comme vos locataires et vous, toujours comme nos propriétaires. Bien sûr, quand nous étions enfants, cela n'avait aucune importance. Seuls les jeux nous intéressaient. Il n'y avait personne d'autre dans ce village. Quelquefois, ton amme et moi, nous étions si lasses l'une de l'autre que nous demandions à ton grand-père d'ordonner aux enfants des domestiques de jouer avec nous. Nous pesions de la terre et nous la leur vendions en leur disant que c'étaient du riz et du grain que faisait pousser ton *nana*. Ta Nafiza avait horreur d'être forcée de rester avec nous. Elle voulait courir dans la jungle avec les garçons. Elle avait toujours des problèmes. »

Des problèmes, comme celui qui l'avait sans doute amenée à demander de l'aide à Raga-bi. Mais il était impossible d'interroger Zeba à ce propos.

« Amme me raconte des histoires sur la jungle. Elle dit qu'il y avait des ours et des tigres, et même une espèce de cobra royal là où vous jouiez à cache-cache. Et des scorpions qui se glissaient dans son lit et la piquaient. Elle m'a dit que quelqu'un avait donné un jour à oncle Mamou un couple de singes apprivoisés. » Fantastiques, ces histoires qu'elle me racontait, ou du moins c'est ainsi qu'elles me paraissaient toujours : des contes pour s'endormir aussi distrayants et improbables que les films de Bollywood qu'elle aimait tant.

D'un coup sec, Zeba coupa un haricot. « Nous jouions surtout dehors, dans les champs de ton *nana* et dans la jungle. Ta *nani* n'aimait pas nous avoir dans la maison, qui était immense, elle disait que les bruits y résonnaient trop. » Elle poussa un profond soupir; son voile était froissé et enroulé autour d'elle. « Elle a souffert si longtemps de cette tumeur au cerveau. *Allah-rahim*... » Dieu, aie pitié de nous.

Nafiza arriva en boitillant et s'assit par terre à côté de

nous en s'appuyant d'un bras sur le *takat* pour pouvoir plier ses jambes ; elle avait encore mal aux genoux. Zeba lui donna une poignée de haricots ; ma nounou les mit sur ses genoux et commença à les couper, deux à la fois.

« Eh bien, nous voilà de nouveau ensemble, Nafiza, comme lorsque nous étions enfants. Qui aurait pu imaginer cela, hein ? »

Nafiza ne répondit pas.

Je me hâtai de demander : « Qu'est-il arrivé pour que vous vous soyez perdus de vue ? »

Zeba se tourna vers moi et me regarda avec surprise. « La Partition, *Beti* ! Personne ne savait où étaient les uns et les autres. Certains disaient que votre *nana* avait emmené sa famille au Pakistan. D'autres, que le *haveli* avait été attaqué et que ta famille avait été..., dit-elle en secouant la tête. J'avais entendu dire qu'ils avaient tous été tués. C'est grâce à l'aide secrète d'Allah que nous avons loué cette maison ici, près de ta famille. Si ton oncle Mamou et mon mari ne s'étaient pas rencontrés par hasard, nous n'aurions jamais entendu parler de toi.

— *Kismet* », dis-je, me rappelant le verset du Coran qu'on avait appliqué à mon mariage. C'était mieux, était-il prédit. Mieux pour moi de me marier. C'était déjà mieux que la vie que j'avais eue jusqu'alors.

« Assez parlé du passé, dit Zeba en arrangeant les coussins derrière elle. Mon sujet préféré à l'école, c'était l'histoire, alors méfie-toi de moi. Dis-moi, *Beti*, comment vit ton amme à présent aux États-Unis ? «

Qu'y avait-il à dire ? Zeba ne possédait peut-être pas sa maison, mais au moins possédait-elle un mari. « Elle fait ce que vous faites. La cuisine, le ménage. » Je ne lui dis pas qu'au lieu de prier Amme regardait des films hindis.

« Elle fait la cuisine et le ménage ? Et la domestique...
— Nous n'avons pas de domestique.
— Pas de domestique ! Ta mère fait la cuisine !
— Oui. »
Elle eut de nouveau ce sourire, cette petite crispation au coin des lèvres, un peu incurvées comme ses yeux.

« *Hai*, Allah ! Elle est allée jusqu'en Amérique pour avoir une vie comme la mienne. Qu'en penserait ton grand-père ? Tu sais, il ne la laissait jamais approcher de la cuisine. »

Nafiza leva soudain la tête ; le pan de son sari recouvrant ses cheveux ne rendait pas ses traits plus amènes (Zeba insistait pour que nous ayons la tête couverte). « On faisait la cuisine dans la jungle avec du bois. Qu'est-ce qu'y avait comme fumée ! Il voulait pas que la petite attrape de l'asthme.

— Allons, Nafiza, c'est qu'il était fier. Rappelle-toi ce qui s'est passé quand le corniaud du village s'est accouplé avec son *alshishan* [1] ? Il a pris son fusil et il l'a tué. » Elle grommela, dégagea son voile de son visage et s'en servit pour éponger la sueur qui lui coulait sur le front. « Il était bien avancé ! Rosy a eu sept chiots de lui. Ton *nana* les a enterrés vivants, ajouta-t-elle en se tournant vers moi. J'entends encore Rosy hurler de chagrin, enchaînée au...

— Je ne suis jamais allée à Miryalgurda, lançai-je.

— Il n'y a plus rien à voir, dit Nafiza. Tout est parti, toute la terre de ton *nana*. Il n'y a plus rien. Même le *haveli* a brûlé — *ils* l'ont brûlé. » Elle retourna aux haricots, maudissant tout bas les envahisseurs.

« Ton amme ne s'est jamais plu là-bas, *Beti*. Elle avait toujours peur. La maison était immense et sombre. Il n'y avait pas l'électricité, seulement des lanternes. Et toute la nuit ta

1. Berger « alsacien ». *(N.d.T.)*

grand-mère criait de douleur. À la fin, elle a commencé à avoir des hallucinations, elle voyait des *shaitan*, elle leur parlait même. Le plus souvent, ton amme venait dormir chez nous, dans mon lit. » Ses mains s'immobilisèrent enfin. « Et maintenant, c'est sa fille qu'elle a envoyée dans ma maison », dit-elle en me regardant avec une tendresse que je ne voyais pas souvent sur le visage de ma propre mère, la tendresse qu'elle m'avait montrée le lendemain du mariage lorsqu'elle m'avait appelée sa vertueuse fille. « Samir me dit que tu ne sais pas lire le Coran, dit-elle. N'aie pas l'air si étonnée, *Beti*. Ton mari ne voulait pas te trahir, mais il ne souhaitait pas que... je t'embarrasse de nouveau en te demandant de le réciter avec moi. Si un enfant ne connaît pas le Coran, ce n'est pas de sa faute, mais celle de sa mère, alors tu ne dois pas avoir honte. C'est le devoir d'une mère d'enseigner la religion. Le domaine de l'homme est à l'extérieur, et la femme gouverne la maison. Sans cet équilibre, les enfants seraient perdus. » Tandis que je me demandais si elle blâmait Amme, elle me dit : « Je ne négligerai pas mon devoir, je t'instruirai. Tu trouveras du réconfort dans les paroles d'Allah, *Beti*. Et les longues heures où tu attendras le retour de ton mari passeront plus vite. »

Mais, même si je le désirais, je ne pouvais réciter le Coran ou prier avec elle à cause de mes saignements. Comment pouvais-je le lui dire ?

« La petite n'est pas pure, dit Nafiza, ses règles ont commencé. »

Zeba regarda mes cheveux encore humides ; son large visage se rétrécit et prit une expression solennelle. Elle continuait à croire que Samir et moi faisions l'amour, et trouvait donc naturel que je vienne prendre mon petit déjeuner seulement après m'être lavée pour me purifier. Or je m'étais douchée chaque matin depuis mon arrivée. Elle dit enfin : « Dans cette maison, il y a la prière, pas de péché, Allah et pas de *shaitan*. Mon fils devrait savoir qu'il ne doit pas aller vers toi quand tu saignes. Cela cause des infections, des maladies. Je lui parlerai ce soir et, s'il ne peut pas me promettre de se contrôler, tu viendras dormir à côté de moi, *Beti*. »

Toute la semaine, mon mari dormit avec son père ; ils se partagèrent le *takat* dans la grande pièce. Il était plus étroit que notre lit, si bien que le père et le fils dormaient plus près l'un de l'autre que Samir et moi n'avions jamais dormi.

Et Zeba coucha avec moi dans la chambre, nos corps enfermés sous l'épaisse moustiquaire. Elle ronflait très fort dans son sommeil, s'étouffait souvent et se réveillait alors en sursaut. Au bout de quelques nuits, j'appris à m'agiter dans le lit, à taper sur le matelas avec mes jambes pour la réveiller. Pendant les brèves accalmies, j'essayai désespérément de me rendormir. Mais, à la vérité, ce n'étaient pas tant ses ronflements qui m'empêchaient de dormir que mes propres pensées.

Au bout de cette semaine, je commençai à me rendre compte que c'était justement les nuits où j'avais dormi à côté de mon mari, sans que nous nous touchions pourtant, qui m'attiraient vers lui. Le poids de son corps auprès de moi, sa respiration régulière, le fait qu'il me tenait à distance. Pas aussi totalement que mon père, mais suffisamment pour que je désire par-dessus tout un signe de sa part.

À présent, il était encore plus loin de moi, à peine visible à cause de la lourde moustiquaire, de l'obscurité qui régnait dans la maison, de la lune décroissante. La nouvelle lune.

Nate était venu à moi à la nouvelle lune, s'était introduit par la porte de derrière, puis glissé dans mon lit, en moi. Couchée auprès de la mère de Samir, je me prenais à penser à mon amant dont l'étreinte devenait celle de mon mari ; quand je m'endormais enfin, le démon sans visage qui continuait à me visiter en rêve prenait l'apparence attirante de Samir. Au cœur de la nuit, nous faisions l'amour.

Si Zeba avait pu connaître les rêves de sa belle-fille, elle aurait su que le *shaitan* était déjà dans la maison.

On était de nouveau un vendredi. Le premier appel à la prière.

Dans la pièce à côté, Zeba, penchée au-dessus de Samir, le secouait pour le réveiller, il grognait, protestait. Elle lui pinçait l'oreille, essayant de le tirer du lit.

« Tu prends le prétexte de ta jambe pour ne plus aller prier, lui dit-elle. Mais, pour une fois, tu peux supporter la douleur — comme je supporte celle de ton manque de foi. Lève-toi, maintenant ! »

Il protesta encore, mais il fut bientôt auprès d'elle, récitant les prières de l'aube avec le reste de sa famille. Elle lui demanda ensuite de réciter deux autres prières, l'une pour remercier Allah de notre heureuse union, et l'autre pour demander pardon d'être venu à moi alors que je saignais.

Comme j'étais impure, ils ne me demandèrent pas de me joindre à eux, et pendant ce temps j'allai me doucher, projetant de dire à Zeba que c'était pour me purifier à la fin de mes règles et que Samir devrait être autorisé à revenir dans notre chambre.

Quand je sortis de la salle de bains, Samir était debout au pied du lit, sa malle de vêtements ouverte devant lui. Son *pajama* était d'un coton si fin que, à contre-jour, je voyais ses jambes et ses cuisses. Il n'avait pas de chemise ; sa large poitrine était lisse et ne portait pas de cicatrices. Il n'était pas du genre à s'écorcher poussé par une ardeur religieuse. Quand il me vit, drapée dans une serviette, il se redressa, humecta sa lèvre supérieure et me regarda de haut en bas, me contemplant comme Nate n'avait pu le faire dans l'obscurité. Si je voyais la nudité de mon mari pour la première fois, il voyait aussi la mienne.

Il alla fermer la porte. Il avait sur la tête son calot blanc, brodé du même motif que les coussins où s'appuyait Zeba. Ses yeux sombres brillaient d'un éclat que Dieu ne devrait jamais voir. Il vint vers moi et, sans un mot, m'attira contre lui, aspirant l'humidité restée dans le creux de mon cou.

Je fermai les yeux. Il ne me suffisait plus à présent de n'être approchée qu'en rêve.

« Pourquoi as-tu dit à ta mère que tu me faisais l'amour pendant mes règles ? Pourquoi as-tu menti ? C'est pour me garder à distance ?

— Menti ? Je n'ai pas menti. Il n'y a rien que je désire plus que de faire l'amour avec toi. »

La porte de la chambre s'ouvrit et elle entra, tel un fantôme noir sur fond de murs blancs. Ayant le dos tourné, il ne s'en aperçut pas ; ses mains se glissèrent sous ma serviette de bain. J'essayai de l'en empêcher, mais il coinça mes bras dans mon dos, faisant tomber la serviette.

« Arrête ! » lui criai-je.

Il recula, avec une expression qui passa de la surprise à la colère. « Donc, finalement, je ne suis pas l'homme que tu souhaitais.

— Samir ! » C'était sa mère.

Il se retourna et je resserrai la serviette autour de moi. La mère et le fils s'affrontèrent un instant du regard, mais ce fut Zeba qui baissa les yeux, comme si c'était elle qui avait honte.

« *Beta*, il y a quelques minutes seulement tu te prosternais devant Allah. Et maintenant tu cèdes à *shaitan*. C'est comme s'il y avait deux hommes en toi. »

Samir respira à fond, carrant les épaules. « Je n'y crois pas, dit-il, à vos textes sacrés. À toutes ces contraintes que vous m'imposez. » Il se pencha brusquement en avant, saisit ses chaussures et les secoua devant elle. « Regardez ce que vous avez fait à votre fils ! »

Elle ferma les yeux.

« Je ne suis pas croyant », hurla-t-il en arrachant son calot de prière, qu'il chiffonna et jeta aux pieds de sa mère.

Zeba, tremblante, haussa le menton, pinça les lèvres.

Il attrapa un T-shirt, le prit sous son bras avec ses chaussures et sortit de la pièce. Quelques secondes plus tard, nous entendîmes sa motocyclette pétarader dans la rue.

Zeba ne bougea pas. Je ramassai le calot et le lissai sur la paume de ma main. Elle s'en empara brusquement et la broderie m'égratigna.

« S'il se conduit de cette façon ici, que sera-ce quand tu l'emmèneras en Amérique ? »

Les voisins musulmans souhaitèrent rencontrer la jeune mariée.

Il y avait trois autres familles musulmanes dans notre pâté de maisons. L'une juste en face de nous et deux au bout de l'impasse, que je ne situais pas exactement.

Les femmes vinrent seules, toutes voilées de longs *dappattas* comme Zeba, le visage non maquillé. La journée était encore étouffante et Feroz et Ibrahim, avant de partir pour la prière à la mosquée (et ensuite pour le bureau ou pour l'université), sortirent sept chaises du *divan* et les disposèrent en cercle dans la cour. J'étais assise à l'ombre d'un mince ashoka ; quelques longues feuilles pointues, devenues jaunes et cassantes, étaient éparses sur le sol. Zeba était à côté de moi, animée au milieu de ces femmes comme je ne l'avais jamais vue — mais, lorsque passait une moto ou un scooter, ses yeux se tournaient, aussi vite que les miens, vers le portail. Toutes deux, nous attendions le retour de Samir. Audessus de nous, les koëls s'appelaient d'une branche à l'autre.

Nafiza apporta du thé, des biscuits et des fruits frais, puis alla s'asseoir sur les marches du perron. J'aurais préféré être seule dans la maison.

La femme d'en face prit une tasse de thé et la cogna contre la soucoupe. Elle avait les yeux baissés et un sourire timide sur les lèvres. « Le mariage de mon fils est fixé », annonça-t-elle, levant soudain la tête vers moi, jaugeant l'autre jeune mariée que j'étais. Ses paupières étaient aussi sombres que celles d'Amme. Je me détournai. « Il se marie à la fin de *Zil'hij.* »

Une autre voisine avait amené avec elle ses deux filles, adolescentes, qui se regardèrent et, pensant à leur propre mariage, baissèrent modestement la tête. Leur voile gracieusement drapé autour de leur visage clair laissait voir leurs épaisses tresses nattées avec des rubans assortis qui retombaient sur leurs seins : signe éclatant et osé, destiné à attirer le regard des hommes. Comme nous avions été différentes, Henna et moi !

« *Mubarak, mubarak*, Zehra ! » s'écrièrent les trois amies qui la félicitèrent.

La voisine boulotte, celle qui était venue avec ses filles, fit la moue. « *Ar're*, dit-elle, je ne savais même pas que tu cherchais à le marier. Pourquoi as-tu fait des cachotteries, hein ? Tu m'avais dit que tu voulais attendre qu'il ait fini à l'université ? »

Zehra ne répondit pas. Les jeunes filles n'eurent nullement l'air découragé, elles ne semblaient pas avoir soupiré après ce jeune homme.

« La fin du *Zil-hij* ? dit Zeba. Mais c'est juste avant le *Moharram*, le mois du deuil. Zehra, as-tu réfléchi que tu devras faire dormir séparément les deux époux pendant tout ce mois ? » Jetant un coup d'œil à la grille, elle ajouta : « Ton fils pourrait... t'en vouloir. Il sera à peine marié, après tout. Il vaudrait peut-être mieux pour tout le monde que le mariage ait lieu après le *Moharram*. »

Zehra avait les yeux fixés sur moi. « Ils ont le reste de leur vie pour s'amuser, dit-elle. Il est préférable de célébrer la cérémonie dès que le mariage est fixé. Aujourd'hui, les contrats sont rompus si facilement... *Ar're*, ce n'est plus comme du temps où nous étions jeunes. Tes parents trouvaient quelqu'un, tu te mariais et on apprenait à vivre ensemble. Maintenant... » Elle hocha la tête avec une moue méprisante.

Sa voisine gloussa. Elle était grande et frêle, et avait les paupières couvertes de grains de beauté. « Par les temps qui courent, dit-elle, je bénis Allah de ne pas m'avoir accordé d'enfants.

— Mes filles épouseront l'homme que je leur dirai d'épouser », déclara la mère en regardant sévèrement ses deux filles, qui gardèrent la tête baissée. L'une, dont les ongles étaient peints d'un vernis violet, remuait sa sandale d'avant en arrière sur le sol. « Ce sont des filles vertueuses, reprit leur mère. Personne ne peut rien dire contre elles. »

Zehra se tourna vers elle. « Lubna, pour dire la vérité, cela aurait été mon grand *kismet* d'accueillir une de tes filles, seulement tu sais... » La voix lui manqua. Elle essaya de boire une gorgée de thé, mais sa main tremblait trop. Elle reposa lourdement la tasse sur la table, la faisant déborder. Nafiza se leva péniblement des marches du perron et vint essuyer le thé avec un chiffon.

Lubna, se penchant devant la grande voisine, saisit la main de Zehra. Une feuille de l'ashoka voleta jusque sur mes genoux, je la pressai entre mes paumes. « Allah compatissant ! Que se passe-t-il, Zehra ? » dit-elle.

Zehra se plia en deux, se cachant le visage d'une main, le dos secoué de sanglots. Les trois autres femmes échangèrent des regards et les deux jeunes filles, un sourire — un adulte qui perd le contrôle de soi-même est toujours un spectacle réjouissant pour les jeunes. Pour ces femmes, j'étais aussi invisible que Nafiza, et mon rôle dans ce drame était vague ; je n'étais plus une jeune fille, mais je n'appartenais pas encore au cercle des femmes.

Zehra retira brusquement sa main et leva son visage baigné de larmes vers Zeba. C'est à ma belle-mère qu'elle s'adressa : « Il veut épouser une étudiante de l'université. » Elle humecta ses lèvres avant d'ajouter : « Une hindoue ! Il en est tombé amoureux. »

Lubna s'agita aussitôt sur sa chaise. Elle fixa ses filles d'un air solennel, mais inexpressif.

Zeba hocha la tête, ne témoignant aucune surprise.

La frêle voisine dit lentement : « Ce sont les films hindis qui leur donnent ces idées. Avec tous nos héros musulmans qui jouent des rôles d'hindous ! Ils ne jouent jamais de rôles de musulmans et les héroïnes sont toutes hindoues. Et, en plus, ils les épousent pour de bon, oubliant leur origine à force de jouer ces rôles ! Quels modèles ils offrent ! Comment pouvons-nous blâmer nos enfants ? »

Il y eut un silence. On entendait la toux rauque de Nafiza, la brise qui agitait les fines branches de l'arbre et promenait une caresse chaude sur mon cou. Je déchirai la feuille en petits morceaux.

« Tu as rencontré cette jeune fille ? demanda Zeba. Elle est peut-être disposée à se convertir.

— Ces hindous ne se convertissent jamais ! Et je n'ai aucune raison de la rencontrer. »

Zeba, débarrassant ma main des petits bouts de feuille, y posa un biscuit. Je n'avais pas eu le temps de prendre mon petit déjeuner après le départ de Samir. « L'islam coule dans les veines de l'homme, reprit-elle. S'il est musulman, ses enfants le seront aussi. L'important, c'est que *lui* soit musulman...

— Ses enfants ! Mais, Zeba, j'ai arrangé son mariage avec quelqu'un d'autre, une cousine éloignée. Il est jeune, il ne connaît rien à la vie. L'autre jour, il m'a même dit que c'est lui qui doit vivre avec elle et pas moi. *Ar're,* nous aurions tous à vivre ensemble, la famille de la fille et la nôtre, comment serait-ce possible ? »

La maigrichonne approuva en hochant la tête. « Tu as bien fait, Zehra. Nous sommes tous indiens, c'est vrai, mais leur culture, leur manière de vivre sont si différentes de la nôtre. On ne peut pas vivre ensemble. C'est déjà suffisant d'avoir à habiter dans le même quartier. On doit se saluer quand on se rencontre, mais c'est tout, ça ne peut pas aller plus loin que cette... amitié. »

Zehra se pencha devant elle et dit à Lubna : « Il pourrait faire du mal à la jeune fille, et je ne voulais pas... Toi et moi, nous sommes amies et voisines...

— Non, non, dit Lubna, agitant en l'air une main potelée. Tu n'as pas besoin de... Je comprends très bien. » Elle était soulagée pour ses filles et, leur faisant signe, elle se leva pour partir.

Arrivée au portail, l'aînée se retourna, passant nerveusement un doigt dans ses cheveux. « Tante Zeba », dit-elle en souriant timidement, et je remarquai qu'un fard transparent brillait sur ses lèvres. « Je n'ai pas vu Samir *Bhai* aujourd'hui. Je croyais qu'il avait congé le vendredi. »

Il ne revint qu'à deux heures du matin.

Zeba dormait encore dans mon lit. Lorsque je lui avais dit que mes règles étaient finies, j'avais vu le doute dans ses yeux en amande, avant même qu'elle ne me déclare qu'elle souhaitait qu'on attende, pour plus de sûreté, que sept jours pleins soient passés. Malgré ses ronflements, j'entendis la motocyclette tourner au coin de notre rue : le seul bruit au-dehors hormis les languissants aboiements d'un chien. Il éteignit le moteur avant d'arriver à la maison, et avança en roue libre le reste du chemin. Le portail grinça en s'ouvrant, ainsi que la porte d'entrée. Zeba ne l'avait pas verrouillée en pensant à lui, sans redouter comme d'habitude les intrus.

J'allais me lever du lit pour l'accueillir lorsque je le vis se laisser tomber sur le *takat*. Les quatre fenêtres de la pièce étaient ouvertes et, dans la pénombre, je le distinguais à peine. Il était assis, penché en avant, le visage dans ses mains, et il se balançait d'avant en arrière comme Zeba et Feroz quand ils récitaient le Coran. Je restai immobile. On ne pouvait savoir s'il priait ou pleurait — ses sanglots auraient été de toutes façons recouverts par les ronflements de sa mère. Il baissa un peu plus la tête, ses doigts fourrageant dans ses cheveux, les tirant. Il resta ainsi recroquevillé un moment, puis se redressa soudain et regarda dans ma direction. J'étais restée assise sur le lit ; la chambre était obscure et la moustiquaire épaisse, et il est probable qu'il ne me vit pas. Il ôta ses chaussures et son T-shirt, puis se glissa à côté de son père.

Le matin, avant l'appel à la prière, il était déjà parti.

J'étais assise, à l'ombre de l'ashoka, sur une des chaises restées dans la cour, lorsque Nafiza vint s'accroupir par terre, à mes pieds. Elle portait le même sari depuis presque une semaine — il était du même vert profond que les feuilles de l'ashoka, avec une bordure marron et des impressions de mangues. Et de même que je ne m'étais pas demandé où dormaient Zeba et Ibrahim, je ne m'étais pas souciée jusqu'à maintenant de l'endroit où Nafiza pouvait se laver. Il n'y avait que deux salles de bains, l'une communiquant avec ma chambre et l'autre donnant dans la grande pièce où se tenaient les parents et le frère de Samir. C'était une construction moderne, où les salles de bains étaient dans la maison, alors que les demeures traditionnelles avaient une cour intérieure où se trouvaient, adossés au mur arrière de clôture, des appentis en maçonnerie, au toit de tôle ondulée, chacun d'une pièce, qui étaient les logements des domestiques, où ils dormaient et mangeaient ; à côté, il y avait leur hammam. Ici, Nafiza dormait dans la cuisine.

« Nafiza, pourquoi ne vas-tu pas te laver dans ma salle de bains ? Je vais rester ici un moment. Je profite de ce calme, il me semble que c'est la première fois que je me trouve seule depuis que je suis à Hyderabad. »

Elle garda la tête baissée, soutenant son menton sur un

genou ; elle écrasait une fourmi de ses pieds nus. Son chignon juché au sommet de son crâne, négligé, abondamment huilé, était presque entièrement gris, le henné qu'elle y avait appliqué lors de mon mariage ayant disparu.

« Ma petite, même si le garçon est ici, sa maman le laisse pas t'approcher, pas la nuit, pas le jour. Elle croit que son garçon est *mast-mast*. Rien l'empêche de te réclamer. » *Mast*, c'était le mot, ici, qui désignait les animaux en chaleur.

« Je n'ai pas envie de revenir là-dessus, Nafiza. C'est de ta faute si on l'a sorti de mon lit. Et puis tu as vu ce qui s'est passé quand il a essayé de m'approcher.

— Je ne suis pas venue pour ça, ma petite. Je suis venue pour autre chose. Demain dimanche, je vais voir ma fille. Quand j'aurai fini d'aider ta belle-mère, je prendrai le bus pour aller chez elle. Elle me manque, et ma petite-fille aussi. Lundi matin, la clinique à côté de l'appartement de Roshan est ouverte. Je verrai le docteur pour ma toux. Ça dure depuis trop longtemps. Rien n'a marché.

— Qu'est-ce que tu as pris ?

— Des herbes. »

Des herbes, sans doute de celles que procurait Raga-bi. Comme ces femmes qui amenaient leur bébé à l'*alim* aveugle, espérant un miracle, au lieu de recourir à un médecin. Mais j'en avais fait autant moi-même. Tous, nous nous détournions des médecins, nous nous détournions de ce que nous préférions ne pas savoir.

Je me levai et allai dans ma chambre ouvrir mon armoire. Je pris cinquante roupies puis, réflexion faite, j'en pris cinquante autres. C'était un beau cadeau, trop beau en fait — peut-être voulais-je l'acheter pour que ma nounou reste de mon côté ? Son affection, sa loyauté envers moi, achetées et payées. Si nous continuions à faire comme si rien n'était changé entre nous, eh bien c'était simplement parce que cette manière de faire, on nous l'avait inculquée, nous nous comportions comme on nous l'avait appris.

J'allai me rasseoir dans la cour. Nafiza n'avait pas bougé, son menton était toujours appuyé sur son genou affaibli.

« Achète un jouet pour ta petite-fille », lui dis-je en lui tendant l'argent. Si elle fut surprise par l'importance de la somme, elle ne le montra pas. Elle compta seulement les billets, puis les fourra dans sa blouse, contre un de ses seins volumineux.

Ce soir-là, Ibrahim frappa doucement à ma porte pour me demander de venir dîner avec lui. Bien qu'il n'ait rien dit, je pensai que Zeba avait mentionné le fait que je n'avais guère mangé depuis que Samir était parti. Comment l'aurais-je pu ? Une semaine plus tôt, le samedi soir, j'étais sortie avec lui, transportée de joie comme si j'allais à un premier rendez-vous, et ce soir, après le dîner, je dormirais à côté de ma belle-mère — comme j'avais dormi auprès de ma propre mère durant des années. En quoi était-ce une vertu ?

Je m'assis à table en face d'Ibrahim, sur la chaise où j'avais coutume de m'asseoir pour les repas familiaux, le vendredi matin et le dimanche. J'avais une assiette devant moi et une bouteille d'eau filtrée qu'Ibrahim m'avait rapportée. Zeba était debout à côté de son mari, elle l'éventait avec son journal : les rides d'Ibrahim semblaient s'être creusées depuis la veille. La lumière était allumée dans l'oratoire, Feroz y étudiait. Nafiza était déjà partie.

Ibrahim avait l'air fatigué, c'était la fin d'une semaine de travail. Ses joues étaient maigres, ses bajoues pendaient, sa chemise était tachée de graisse. Il y avait près de son assiette deux flacons de médicaments pour soigner son ulcère.

Il prit une cuiller en bois et remplit mon assiette, alors que la sienne était encore vide. J'essayai de l'arrêter, mais en vain.

« Il n'y a pas de honte à s'occuper de sa fille, seulement de la joie. Ce souvenir me restera de nombreux mois et, à Dieu ne plaise, peut-être même des années, quand toi et ton mari serez aux États-Unis. Je t'en prie, laisse-moi ce plaisir. » Il me sourit, et je vis qu'il avait le même sourire que Samir, la même courbe sensuelle des lèvres. Tandis qu'il versait du curry sur le riz, Zeba lui recommandait à mi-voix de me donner davantage de viande, disant que cela me donnerait des forces. Cela fait, il se rassit et Zeba lui servit à manger et à boire.

Il leva son verre contre le mien, les sourcils arqués, la peau flasque de son front plissé masquant les taches brunes. Il avait un œil rouge et irrité. « À ta santé », dit-il en buvant une gorgée d'eau.

Nous mangeâmes en silence ; le refuge de nos pensées intimes n'était pas une menace pour les autres, et il me semblait que je n'avais pas connu d'autre père. Quand j'eus fini de manger, il me fit un signe d'approbation, et secoua ses flacons de médicaments devant moi comme des hochets où s'entrechoquaient les pilules.

« Quoi qu'il se passe au-dehors, *Beta*, il ne faut rien laisser s'infiltrer dans ta chair. Ne punis pas ton corps pour ce qu'il ne peut pas contrôler. »

Nafiza étant partie, je décidai d'aider Zeba à la cuisine

lorsqu'elle prépara le petit déjeuner spécial du dimanche, l'un des deux matins où la famille était réunie. Elle était debout devant la cuisinière et ne souhaitait pas que je m'approche du kérosène, sachant que j'étais habituée aux fourneaux électriques.

Lui tournant le dos, je me mis à couper des oignons sur le buffet noir avec un couteau émoussé. Il n'y avait qu'une seule fenêtre pour aérer la cuisine et les vapeurs de cuisson, les épices, les oignons, me firent bientôt larmoyer.

Je m'essuyai la figure avec mon *dappatta* et je dis à Zeba : « Il est rentré au milieu de la nuit, vers deux heures. Il n'a pas complètement disparu. »

Elle resta un moment silencieuse et je me demandai si elle m'avait entendue malgré le bruit de l'huile qui grésillait. Elle me répondit enfin : « Ce garçon a toujours une raison pour s'échapper. Pendant une semaine, deux semaines ; il a disparu une fois pendant tout un mois. Je le croyais mort. Pense donc, le cœur d'une mère ! Quand il partira avec toi aux États-Unis, je sais qu'il ne reviendra pas... »

Nous ne reviendrions pas ? J'avais de la peine à l'imaginer. Je passais six mois ici, chaque année, mes migrations avaient-elles donc pris fin ? Oui, bien sûr, sans que je m'en sois rendu compte, ces allées et venues avaient réalisé exactement ce qu'espéraient mes parents : me lancer dans ce mariage, dans ma seule et unique famille véritable, celle de mon mari.

« Où va-t-il, alors ? dis-je. Vous le lui avez demandé ? »

Elle vint prendre d'une main l'oignon haché et le jeta dans l'huile qui crépita ; elle recula, se couvrant le visage de son voile noir.

Lorsque je l'interrogeai de nouveau, elle me dit : « *Beti*, j'ai fait mon devoir de mère. Maintenant, c'est votre affaire à tous les deux. Étant sa femme, tu as plus de pouvoir sur lui que je n'en ai jamais eu. N'oublie pas cela. L'islam place très haut le rôle de l'épouse. Il te donne le droit d'exiger beaucoup de Samir si, d'une façon ou d'une autre, tu trouves qu'il manque à ses devoirs. »

Dans la pièce à côté, on entendit Feroz pousser des cris de joie et applaudir comme il l'avait fait, lors du mariage, quand Navid avait dansé si étrangement devant nous. Nous nous regardâmes, Zeba et moi, et sortîmes de la cuisine. Le père et le fils étaient assis à table, ils avaient mis de côté le journal dont ils se partageaient les feuilles et étaient tournés vers la porte d'entrée : Samir se tenait sur le seuil, l'air harassé. Ce retour, était-ce une victoire ou une capitulation ? Je n'aurais su le dire. Ses vêtements étaient froissés, son visage aussi las que celui d'Ibrahim la veille au soir, et assombri par une barbe de plusieurs jours. Son regard croisa le mien par-dessus la tête de son père, et une lueur soudaine apparut, comme lorsqu'il m'avait attirée contre lui. Ce souvenir surgit entre nous deux, la réalité actuelle remplaçant enfin ce qu'il avait imaginé après avoir lu les lettres de Nate.

Feroz accueillit son frère, et Samir, clignant des yeux, se dirigea vers la chambre à coucher. Il baissa la tête sous l'embrasure de la porte qu'il ne ferma pas entièrement derrière lui. Je m'apprêtai à le suivre, mais Zeba, saisissant mon bras, m'arrêta.

« Il t'est revenu. C'est assez pour le moment. Laisse-le dormir. »

Le lundi soir, elle le laissa revenir dans mon lit.

Avant qu'il n'entre dans la chambre, j'avais revêtu la chemise de nuit en soie filetée d'argent qu'Amme m'avait achetée et que j'avais pensé ne plus jamais porter. Je me préparai pour lui à peu près de la même façon que lui, pendant l'année écoulée, s'était préparé pour moi. Puis je m'installai sur le lit, entourée du lourd rideau de tulle, habitée d'une nervosité que je n'avais pas éprouvée lors de notre nuit de noces... ni la nuit où Nate s'était glissé chez moi.

Il entra sans dire un mot, baissa la lumière, alla à la fenêtre pour fermer les lourds volets ; il n'y avait pas un souffle d'air. Il enleva sa chemise et la jeta sur sa malle de vêtements. Il fit grincer le lit en y posant son genou, puis il s'y glissa. Pendant un moment, nous ne fîmes que nous dévisager — nous ne pouvions rien faire d'autre : la chair, interdite pendant une semaine, était devenue pour ainsi dire plus attirante.

Nous restâmes face à face, comme nous l'avions été Henna et moi deux jours avant mon mariage, et je saisis soudain que je ne savais pas quoi faire. Ces quelques heures, presque deux mois auparavant, m'avaient peu appris sur les hommes, sur la manière dont ils désiraient — devraient — être touchés. Nate n'avait rien attendu de moi, qui étais vierge, hormis un total abandon. Samir, lui, attendait que je le satisfasse, *razzaq*.

J'avançai la main et pressai ma paume contre la sienne. Déconcerté, il fronça ses épais sourcils. Mon geste était maladroit, il appartenait à une autre vie, à mes relations avec Henna, et ne convenait pas en ce moment, avec lui. Je dénouai la cordelière de son large pyjama qui s'ouvrit, dévoilant ses hanches nues. Et pourtant, il ne bougea pas ; je m'agenouillai et me mis entre ses cuisses, me pressant contre lui. Son visage était enfoui dans mon cou. Il se mit à rire et, d'un mouvement rapide, me mit à plat ventre, il se glissa sur mon dos, pesant de tout son poids sur moi.

« Tu n'as pas lu les lettres que je t'ai envoyées ? » chuchota-t-il dans mon oreille.

Nous étions allongés à plat sur le lit, ses jambes pendant par l'ouverture de la moustiquaire. Il fit tomber avec son nez l'épaulette de ma chemise de nuit.

« Bien sûr que je les ai lues. » Oui, mais rien de ce qu'il avait décrit qu'il me ferait, aucune de ces saletés, ne ressemblait à cela.

« Ma femme, te rappelles-tu ce que je désire, ce que je t'ai demandé ? » Il m'enleva ma chemise, prit mes jambes qu'il écarta doucement. Il guida mes doigts de pied jusque dans les ailes recourbées du paon. Ce n'étaient pas les gestes maladroits d'un amant candide. D'ailleurs, s'il s'était attendu à ce que je sois innocente, j'en avais attendu autant de lui.

Il se pressa contre mes fesses ; c'était la première fois que je le sentais contre moi. Il faisait si chaud que sa peau collait à la mienne. Je me raidis. Lui était détendu ; il glissa au fond du lit et promena sa langue sur le bas de mon dos et sa salive me donna une impression de fraîcheur, accrue par le ventilateur tournant au-dessus de nous. Il dégagea ses chevilles de son pyjama. Je me roulai sur le lit pour me cacher.

« Montre-moi comment te toucher. »

Il leva les yeux vers moi, le bout de sa langue apparaissait à travers ses dents. Il porta son pouce à ses lèvres et mit tout entier l'anneau d'argent de mon orteil dans sa bouche, le suça et le rejeta lentement avec un bruit de succion qui résonna comme un baiser.

Le lendemain après-midi, Zeba commença à m'enseigner l'arabe. Le livre qu'elle avait trouvé avait appartenu à Samir, son nom était griffonné d'une écriture enfantine sur la couverture. Sur toutes les pages, les espaces où il devait copier des lettres arabes étaient remplis. L'alphabet était semblable à celui de l'ourdou que j'avais appris depuis mon enfance, mais il était plus court et comportait des accents vocaliques : c'était comme si je l'avais toujours porté en moi comme un écho de ma langue maternelle. Zeba était contente et nous étions bientôt assises par terre dans l'oratoire, enveloppées toutes deux d'un épais *dappatta*, avec un Coran ouvert devant nous. Je me sentais coupable de le lire alors que je saignais encore un peu, mais il est vrai que j'avais commis des péchés pires que celui-là.

De l'encens brûlait, remplissant la petite pièce d'une fumée grise qui me rappelait les vapeurs qui étaient montées en moi le jour du mariage, donnant une nouvelle forme à mon être. Le fantôme que j'étais avait pris corps dans cette nouvelle vie.

« *Alif, lam, ra.* »

Les lettres arabes surgissaient, s'entremêlaient, et j'avais de la peine à distinguer où l'une se terminait et l'autre commençait et, même, quelle était la lettre que je déchiffrais — ou tentais de déchiffrer. En anglais, chaque lettre se suffit à elle-même, elle est reconnaissable, même manuscrite. Si la culture était le langage, c'est ainsi qu'elle apparaîtrait.

« *Voici les versets du Livre Sacré. Nous avons révélé le Coran dans la langue arabe afin que vous puissiez le comprendre.* »

La présentation de ce Coran était merveilleuse, chaque page était de couleur crème, avec une bordure verte et une calligraphie en lettres dorées. Le haut de chaque feuillet était décoré d'un motif de feuilles entrelacées et une vigne courait jusqu'au bord et continuait sur la page suivante. En bas, à droite, se trouvait la traduction en ourdou de ce que nous venions de réciter : le chapitre sur Joseph.

« *En révélant ce Coran, Nous te contons les plus beaux contes, bien qu'avant cela tu aies négligé Nos signes.* »

Quand le bâtonnet d'encens fut consumé, Zeba en alluma un autre et, quand celui-ci ne fut plus qu'un petit tas de cendres sur la coupe de cuivre, elle referma le livre. Nous nous levâmes et récitâmes le *salat* du crépuscule.

Après quoi, elle se tourna vers moi et me dit : « Ma grand-mère comprenait et parlait l'arabe. Moi je lis l'arabe mais j'ai besoin d'une traduction en ourdou. Demain, il faudra à tes enfants une traduction en anglais. Nous nous éloignons chaque jour davantage de nos racines. »

Il était allongé sur le dos, les bras sous sa tête, les yeux fixés sur le ventilateur qui tournait. Il avait de nouveau fermé les volets ; le sommet de la moustiquaire ployait sous la pression de l'air brassé qui ne nous parvenait guère. J'étais couchée sur le côté, la tête appuyée sur une main, et j'étudiais ce corps auquel je n'étais pas encore habituée. Sa peau était de différentes nuances de brun : son ventre, sa poitrine, les muscles ronds de ses bras avaient presque la même couleur que ceux de Nate, tandis que ses avant-bras, son cou, son visage — les parties de son corps exposées au soleil — avaient la couleur ambrée du miel que sa mère faisait avaler à Ibrahim. Deux pilules pour l'ulcère et une cuillerée de miel, la panacée, selon l'islam, pour toutes les maladies.

J'avais décidé de demander à Samir ce qu'il y avait entre lui et sa mère, mais je devais m'y prendre prudemment, sachant qu'il pouvait se renfermer en lui-même, s'isoler.

« Ta mère, lui dis-je, a commencé aujourd'hui à m'enseigner le Coran. Nous nous sommes servies d'un de tes vieux livres d'école. »

Il inspira profondément et je vis ses côtes dures soulever sa peau. Je promenai un doigt sur la courbe de l'une d'elles.

« Tu n'es pas d'accord ? »

Il fit une moue montrant qu'il ne désapprouvait pas, mais, en me répondant, je sentis à la raideur de sa voix qu'il était tendu. « Pourquoi ne serais-je pas d'accord ? Nous avons tous nos convictions. Ce qui est important, c'est de ne pas les imposer aux autres.

— Elle ne m'a rien imposé. Elle m'éduque, car elle dit que c'est son devoir de mère, de même qu'elle t'a éduqué... et essaie encore.

— Elle essaie encore, répliqua-t-il avec dureté, cette fois tout à fait en colère. Mais je ne suis plus le gamin qui gribouillait dans ce livre en arabe, n'est-ce pas ? J'ai vingt-quatre ans. Je suis diplômé. Merde ! Je suis marié ! Elle n'a plus de devoirs envers moi, Layla. Même son islam dit que les parents doivent enseigner les principes religieux à leurs enfants mais que, si l'un d'eux fait un choix différent, les péchés ne retombent que sur lui. Si l'Allah qu'elle vénère m'a accordé un libre arbitre et une responsabilité personnelle, pourquoi n'en fait-elle pas autant ? Demande-lui ça la prochaine fois qu'elle te donnera une leçon ! » Il ébaucha un mouvement de repli, mais je le retins et posai ma tête sur son épaule pour le garder à mes côtés. Il avait les yeux fermés, les bras raides le long du corps, refusant mon contact. Il pensait sans doute que j'avais pris le parti de sa mère contre lui. « Layla, ne fais pas peser sur moi le fardeau de ta religion. Ne deviens pas... intolérante. »

Intolérante ? Et Zeba avait pourtant conseillé à sa voisine de laisser son fils épouser une hindoue.

« Il y a autre chose que la religion entre vous, n'est-ce pas, Samir ? Qu'a-t-elle fait de si intolérant ? »

Il resta silencieux ; je sentais contre ma joue se contracter un muscle de son épaule. Au-dessus de nous, le ventilateur tournait en grinçant et on entendait, venant de la pièce voisine, les ronflements stridents de sa mère. Il prit enfin ma main et la posa sur son pyjama, qu'il dénoua. « Regarde par toi-même ce qu'elle m'a fait. La lumière est allumée. Regarde bien ton mari. » Sa voix avait un ton douloureux, gêné, que je n'avais même pas perçu le soir où il m'avait confrontée à propos de Nate.

Je m'assis près de lui. Il continuait à fixer le ventilateur, le menton rigide et les bras de nouveau sous sa tête. Je commençai à tirer sur le pyjama et il se souleva pour me permettre de le faire glisser sous lui ; je réalisai alors que je ne l'avais jamais vu auparavant complètement nu. Même la nuit précédente, la chambre était si obscure que nous n'étions que les ombres de nous-mêmes.

Je compris, lorsque j'eus ôté son pyjama, avant qu'il ne tapote sa jambe droite, qu'il me montrait sa blessure. Il n'y avait ni cicatrice visible ni protubérance, mais la cuisse tout entière était atrophiée et maigre, deux fois moins large que l'autre qui était musclée, dure, souple et nerveuse, alors que la jambe blessée n'était que chair molle.

Il me fixait des yeux ; je tentai de dissimuler mon inquiétude.

« Je ne comprends pas. Comment a-t-elle pu...

— Que sais-tu au sujet de mon accident de bicyclette ?

— Qu'à dix-huit ans tu t'étais blessé. Rien de plus. »

Il regarda à nouveau le plafond. « Je rentrais à la maison, et il y a avait ce foutu char à bœufs devant moi qui avançait si lentement que j'ai cru que je pouvais le dépasser sur la gauche. Je n'ai pas vu l'Ambassador qui venait dans l'autre sens. J'ai vacillé... » Il s'interrompit, s'humecta les lèvres.

« Non, j'ai perdu le contrôle de ma bicyclette. J'en ai perdu le contrôle », répéta-t-il, comme si c'était là le véritable accident. Puis il me montra le ventilateur dont il imita la rotation d'un geste. « Il y avait un gros boulon au centre de la roue de la charrette, il m'a percé la cuisse et la roue a continué à tourner. J'ai été traîné au-delà de la voiture et je suis tombé sur un tas d'ordures. Il y avait là un marchand de *paan* qui m'a mis dans un moto-rickshaw et envoyé à l'hôpital Osmania. J'avais les muscles écrabouillés, le fémur brisé, mais on aurait pu remettre tout ça d'aplomb sauf que maman... sauf qu'elle... » Il rentra les lèvres comme si les mots refusaient de sortir. « Elle a refusé de payer quoi que ce soit, lança-t-il enfin. C'est un hôpital public à la con, et ça n'aurait pas coûté cher... » Il s'interrompit.

« Je ne comprends pas. »

Il eut un sourire ironique. « La religion, Baby. Sa religion. Elle a dit que j'étais devenu un infidèle et que Dieu punit les infidèles. Cette jambe me rappellerait toujours ce que j'étais devenu. »

« *Ceux que tu sers à côté de Lui sont des noms inventés par toi et tes pères et, pour ceux-là, Allah n'a révélé aucun châtiment. Le jugement repose en Allah seul... Voici ce qu'est la vraie foi : cependant nombreux sont les hommes qui l'ignorent.* »

C'était justement ce que Zeba et moi avions lu cet après-midi-là. Le châtiment, le jugement appartiennent à Allah seul. Comment une femme qui, en toutes circonstances, m'avait montré qu'elle était une vraie croyante, avait-elle pu commettre une telle erreur avec son propre enfant ? Une fidèle qui se transformait en dieu, une servante douée du pouvoir de juger, cela n'avait aucun sens. Pourtant il en était ainsi ; tout comme Amme était restée avec Dad après qu'il eut divorcé d'elle. En tout cas, toutes les deux avaient péché.

Je couvris de baisers la cuisse de Samir ; il commença par gémir de honte, s'efforça de me repousser, mais attira enfin ma bouche contre lui, soupirant, s'abandonnant.

Nafiza réapparut enfin le mercredi, deux jours plus tard que prévu.

Elle revint vêtue d'un nouveau sari, ses cheveux gris serrés dans un haut chignon qui n'était plus lissé d'huile de noix de coco. Zeba et moi venions de finir notre petit déjeuner et je me dis que ma nounou était venue à temps pour aider à préparer le repas du soir. J'entendis alors qu'une voiture s'arrêtait au portail ; le ronflement du moteur était plus grave que celui de la Fiat d'Amme, mais tout aussi familier. Une grosse Ambassador, comme celle qui avait causé l'accident de Samir. C'étaient oncle Mamou et sa femme.

« J'apporte du thé pour les invités », dit Nafiza, évitant mon regard ; elle fila à la cuisine d'un air triomphant. Elle leur avait donc demandé de venir, sans doute pour qu'ils m'interrogent sur Samir. Il n'y avait maintenant aucun moyen de leur échapper.

Zeba me prit par le bras et m'emmena à la grille pour les accueillir. Tante Amira était encore assise à la place du chauffeur, la tête couverte du pan de son sari dont elle tenait le bout entre ses dents. Oncle Mamou faisait les cent pas dans l'impasse, fumant et regardant le terrain vague. Le matin, de bonne heure, lorsque l'imam avait tapoté sur le haut-parleur, on entendait aussi le crépitement de la pluie, mais il n'en était pas tombé assez pour sauver les herbes, qui se couchaient. Il se retourna, la cigarette à la bouche et nous aperçut Zeba et moi.

« *Ar're* ! » dit-il, les yeux écarquillés d'étonnement, les mains tendues. Il s'empressa d'éteindre sa cigarette et vint vers nous, passant les doigts dans son épaisse chevelure. « Nous n'avons même pas frappé et vous saviez que nous étions là ! C'est un miracle ! »

Tante Amira, dont le dos était trempé de sueur, émergea de la voiture. « J'ai dit à mes étudiantes que mon taux de sucre faisait des siennes, annonça-t-elle. Je voulais me libérer pour venir voir ma nièce préférée. » Elle m'embrassa ; sa peau et ses vêtements sentaient la naphtaline qu'elle mettait dans son armoire. « Tu es mariée depuis trois semaines et tu n'es pas encore venue une seule fois nous voir. Tu nous a oubliés ? » me reprocha-t-elle, mais je savais qu'elle comprenait pourquoi je n'étais pas venue. Elle se détourna pour embrasser Zeba, sans me quitter des yeux ; son regard tomba sur le *dappatta* que j'avais pris l'habitude de porter. « Eh bien, la vie conjugale t'a matée », dit-elle avec un clin d'œil et en tirant sur le pan de son sari.

Zeba fit entrer le couple dans la maison et, alors que j'avais pensé qu'elle les amènerait dans la grande chambre et les ferait asseoir sur le *takat* comme nous le faisions dans la journée, elle les introduisit dans le *divan*, la pièce d'apparat. Ma belle-mère et mon oncle se connaissaient depuis leur enfance, et je compris que c'était moi qui étais la cause de cet accueil cérémonieux. Tous deux n'étaient plus de vieux amis, mais des beaux-parents.

Nafiza servit le thé, puis s'assit par terre, près de la porte, hors de ma vue, mais je savais qu'elle était tout ouïe. Des cafards, voilà ce qu'étaient les domestiques, longeant les murs, vivant de la boue de nos vies. Elle ne comprenait donc pas qu'elle me détruisait.

Tante Amira se pencha pour jeter un coup d'œil sur la pièce principale, sur le *takat* où couchaient mes beaux-parents, puis elle me lança ce sourire affecté qu'elle avait eu pour Dad au dîner de *walima*. Je remarquai qu'elle avait du rose aux lèvres. « Où est ton mari ? me demanda-t-elle. Je ne l'ai pas vu depuis ton mariage. Il était si élégant dans son *shamla* que j'étais étonnée moi-même de ne pas l'avoir remarqué avant. » Elle s'éclaircit la gorge. « De ne pas l'avoir remarqué, lui, je veux dire. »

Oncle Mamou tapotait impatiemment sur sa tasse et regardait déjà par la fenêtre. Il avait envie de partir. *Ces problèmes sont l'affaire des femmes de la maison,* avait-il dit autrefois, lorsque je m'étais enfermée dans leur chambre à coucher pour protester contre ce mariage. Allais-je de nouveau faire une scène ?

« Il enseigne tous les jours », dis-je.

Elle porta une main frêle à sa poitrine. « Par exemple ! Mais sait-il que j'enseigne, moi aussi ? Il faudra un jour que nous parlions ensemble de cela. Aujourd'hui, les étudiants peuvent être si difficiles. Il y a chez eux cet étrange... manque d'intérêt.

— Mais pourquoi devraient-ils faire des études ? grommela oncle Mamou, les yeux toujours fixés sur la fenêtre. Où cela les mène-t-il ? Les hindous obtiennent tous les postes, toutes les places à l'université. Même un *harijan* a plus de valeur qu'un musulman. Ce pays essaie de nous liquider. »

Tante Amira lui tapota doucement le bras. « Rappelle-toi pourquoi nous sommes venus », murmura-t-elle.

Zeba reposa sa tasse de thé sur la table en disant : « *Bhai*, physiquement tu ressembles à ton père, mais tu ne pourrais pas être plus différent. Que dirait-il s'il t'entendait parler ainsi ? »

Oncle Mamou se tourna vers elle, s'échauffant de plus en plus. « Mon père a commis une grave erreur en n'emmenant pas sa famille au Pakistan. Notre situation y aurait été bien meilleure. Regarde-nous maintenant. Les élections approchent et, quel que soit le parti élu, crois-tu que cela aura la moindre importance ? Aucun ne se souciera de nous. Nous sommes invisibles. » Il chuchota quelque chose à l'oreille de sa femme, arrangea sa chemise et sortit. Je le vis par la fenêtre qui nous tournait le dos, debout près du portail, et fumant de nouveau.

« Les partis au pouvoir gouvernent dans leur intérêt propre, dit Zeba en s'adressant à tante Amira. Ils ne se préoccupent pas du peuple, ils se contentent d'escroquer autant d'argent que possible pendant les cinq ans de leur mandat — du moins, c'est ce que dit mon mari. Corruption et pots-de-vin. » Elle lissa son *dappatta* et leva les yeux vers la seule chose qui ornait cette pièce, une plaque ronde où était gravée au centre l'inscription « Allah Mohammed ». Dieu, c'était la seule chose dont elle était véritablement sûre à l'extérieur de ces murs.

Tante Amira posa sa tasse et fit signe à Nafiza de venir débarrasser. Nafiza ne bougea pas. « Il faut que tu pardonnes à mon mari, dit ma tante. Il vient de rentrer de Nagarjuna Sagar. Il est toujours comme ça chaque fois qu'il y va. »

Oncle Mamou passa la tête par la fenêtre et s'exprima avec une violence que je ne lui avais jamais connue. « Voilà huit ans que je me bats. C'est la terre de mon père, ma terre. *Ar're,* ils se mettent à construire cet immense barrage là-bas, on dirait qu'un coin de ciel est tombé dans la Krishna. Et il y a tous ces touristes qui pique-niquent sur un terrain qui m'appartient légalement... Vous savez combien on m'en offre ? Deux *lakhs*. Deux *lakhs* pour cinq cents acres de terre ! La maison que nous possédons à Vijayanagar vaut deux fois autant. Le terrain vague, à côté de votre maison, qui est loin d'être une forêt luxuriante, vaut plus cher. Ils me prennent pour un imbécile !

— Je lui dis qu'il devrait les accepter », dit tante Amira. Tournée vers son mari, elle s'exprimait en articulant lentement, comme j'imaginai qu'elle le faisait devant sa classe, frappant de sa main le bras du fauteuil. « Ce n'est pas l'argent qui importe. C'est le fait qu'ils ont reconnu que cette terre vous appartient. C'est cela qui est capital. »

Oncle Mamou fit une grimace, retira sa tête de la fenêtre. « Je rentre à pied », déclara-t-il, en nous faisant des signes d'adieu par-dessus l'épaule; il ouvrait déjà le portail. « C'est le plus grand barrage du monde », clama-t-il, singeant le quidam à qui il avait eu affaire. Il continua à grommeler, ce qu'Amme faisait aussi. « *Ar're*, ce n'est pas un barrage. C'est la Partition. C'est à ça que ressemble la Partition. » Sa voix faiblissait à mesure qu'il s'éloignait de la maison; un bougonnement allant en diminuant comme le bruit de la moto lorsque Samir démarrait.

« Tu y es déjà allée? me demanda tante Amira. Il y a des cottages pour jeunes mariés. Ça aiderait Samir à se détendre. »

Et voilà que se révélait la raison de sa venue, comme le cobra royal que mon oncle rencontrait justement dans sa jungle, pointant sa tête au-dessus de racines enchevêtrées.

Zeba secoua la tête « Ma fille retournerait comme touriste à sa terre ancestrale? Son grand-père ne serait pas d'accord!

— Mais, à Hyderabad, c'est une touriste. Elle n'est pas venue ici pour rester. »

Zeba leva le menton comme le jour où Samir avait jeté par terre son calot de prière. « Cette fois, elle restera peut-être, dit-elle. Maintenant qu'elle a un foyer. »

Tante Amira me demanda de l'accompagner à sa voiture.

Quand elle vit que Nafiza nous suivait, elle l'arrêta dans la cour. « Nafiza, il n'y a aucune raison que tu viennes, dit-elle. Nous avons déjà causé toutes les deux.

— Memsahib... », dit Nafiza très surprise, et même à l'ombre des arbres je vis que son visage s'empourprait. « Vous ne l'emmenez pas avec vous ? »

Tante Amira lui fit un clin d'œil de ses cils courts et pointus. « Rentre dans la maison, Nafiza. Fais le travail pour lequel tu as été envoyée ici, rien de plus.

— Oui, Memsahib », dit ma nounou de son ton le plus cérémonieux. Mais dès que tante Amira se dirigea vers la grille, elle me prit par le coude et me dit à voix basse : « J'ai pas parlé de toi, Layla-bibi, seulement du garçon. Je t'ai pas trahie. »

Tante Amira la renvoya et m'emmena dans la rue, fermant le portail derrière nous. Elle s'appuya contre la voiture, les bras croisés sur sa frêle poitrine. Bien qu'elle fût malade, c'était une des seules femmes que j'avais vues conduire dans cette ville. « Avant de venir, dit-elle, je ne savais pas dans quel état je te trouverais. Je me demandais si c'était toi qui m'avais envoyé Nafiza pour nous dire que tu voulais rentrer à la maison. Maintenant, j'ai le cœur soulagé. Tu parais heureuse ici... malgré tout. »

Heureuse... Le mot était faible pour ce que j'éprouvais. Il y avait si longtemps que j'étais indésirable auprès d'Amme, que j'étais un *shaitan* qu'il fallait exorciser. À présent, j'étais une fille que l'on voyait, que l'on touchait, que l'on suppliait de rester. Je leur manquais déjà. Pourquoi retournerais-je à ma situation de fille malchanceuse ?

« Mes beaux-parents, dis-je, ne m'appellent pas *bahu*, belle-fille. Ils disent *beti*, fille. Feroz m'appelle *bhabhi*. Et, bien sûr, je suis la *bevi* de Samir. J'ai une place dans cette maison, je fais partie de la famille.

— Une *bevi* », répéta-t-elle, en prenant par la fenêtre ouverte ses lunettes de soleil, vastes, épaisses et rouges, qui firent paraître son visage encore plus menu. « Je suis contente que tu saches qu'il n'y a pas qu'*un seul* devoir lorsqu'on est une femme mariée. Je vois avec plaisir que tu ne te comportes plus comme une enfant, Layla. Tu comprendras mieux la décision que nous avons prise, tu verras que c'était pour ton bien. Après la visite de Nafiza, ton oncle Mamou et moi sommes allés chez ton oncle Abou et ta tante Asma. Tous les quatre, nous avons convenu que tu avais bien fait de rester avec Samir — bien que nous regrettions que tu n'aies pas dit la vérité à Zeba. Mais nous avons décidé de ne rien dire non plus à ton *amme*, elle a déjà tant de... chagrins. Et elle pourrait ne pas bien comprendre, étant mariée à un homme comme ton père. » Son regard vacilla, elle s'éclaircit la gorge et je crus voir de nouveau le sang lui monter au visage au souvenir des yeux clairs que mon père avait posés sur elle lors du dîner de *walima*,

Elle triturait les plis de son sari. « Rappelle-toi ce que je t'ai dit à la cérémonie de *munjay*, Layla. Il faut que tu aides Samir, et le temps qu'il apprenne, tu dois être patiente. Ces jeunes gens de chez nous, ils ont beau avoir l'air solide, à l'intérieur, ils sont terrifiés. Nous ne sommes pas en Amérique, où un garçon et une fille se voient, sortent ensemble, font tout avant le mariage, et puis se lassent l'un de l'autre dès qu'ils sont mariés. Ici, nous marions deux jeunes gens et nous espérons qu'un sentiment naîtra aussitôt entre eux. Ce que personne ne vous dit, c'est que ça prend du temps. Je ne vais pas te faire un cours de biologie, Layla, comme si tu étais une de mes innocentes étudiantes, mais je t'assure que, même pour les hommes, c'est parfois une question de sensibilité. *Beta*, il n'a probablement jamais été avec quelqu'un d'autre. Pour lui, tu es une Américaine. Il pense probablement qu'il lui faut être... un Rambo! Tu comprends pourquoi il est nerveux, même effrayé? » Elle se pencha vers moi — je voyais dans ses lunettes mon visage et mon buste, minuscules. « Dis-moi, il ne s'est pas du tout approché de toi? »

Il avait fait des tentatives, qui n'étaient pas si inexpérimentées que ça, ni inquiètes ni nerveuses. En fait, si nous n'avions pas eu de rapports les dernières nuits, c'était simplement que, après l'avoir mis dans ma bouche, il était trop détendu — mais comment expliquer à ma tante le moyen que j'avais trouvé pour décontracter lentement mon mari, l'attirer à moi jour après jour? De même qu'on prend lentement possession d'une jeune mariée les cinq premiers jours, je prenais petit à petit possession de mon époux.

Tante Amira tourna les yeux vers le portail pour s'assurer qu'il n'y avait personne, puis elle me dit à voix basse : « Quand tu iras à Madras, arrange-toi pour qu'il se soûle. Ne ris pas, Layla, c'est un grave problème pour les hommes. Ton oncle Abou disait que, quand il s'est marié, il a mis deux mois pour approcher ta tante! Deux mois! Finalement, elle a fait apporter du *todi* par une servante. » Elle sourit, sans même se cacher derrière son *pallow*; c'était la première fois que je la voyais rayonner de gaieté. Elle en parut même moins souffreteuse. « Après ça, il ne l'a jamais laissée seule. Le goût de notre corps, ça leur suffit. »

Un goût, oui, mais pas un goût de sang.

Elle me tapota l'épaule, entra dans la voiture, mit le moteur en marche. Je reculai pour permettre à la grosse machine de tourner, mais elle me fit signe de m'approcher. Je me penchai à sa vitre, assaillie par une forte odeur de vinyle.

« L'*alim* aveugle a dit à ton oncle que sa jambe est mutilée jusqu'à la hanche, c'est vrai ? »

Je fis un signe affirmatif. « Sa jambe est... plus faible que l'autre », dis-je, ressentant en quelque sorte la même honte que Samir.

Elle se mordit la lèvre inférieure. « *Beta*... » Son ton était celui qu'elle avait lorsqu'elle me donnait des leçons d'ourdou. Il signifiait qu'il y avait une façon de lire correctement ce que nous avions devant nous. « ... si rien ne change à Madras, nous pensons tous qu'il faut l'amener chez un médecin. Ton oncle Abou se demande..., enfin, tu comprends, la blessure est si près de son..., tu vois ce que je veux dire. Cela l'a peut-être rendu... inapte avec les femmes. » Elle frappa ses paumes l'une contre l'autre avec le geste circulaire que faisaient les *hijras*, les eunuques.

Le lendemain après-midi, Zeba et moi étions agenouillées côte à côte dans l'oratoire, chacune sur un petit tapis de velours. La fumée de l'encens me brûlait les yeux et les faisait pleurer. Je devais en tenir un fermé tout en essayant de déchiffrer le Coran. Elle me laissait lire toute seule, n'intervenant que lorsque je confondais une lettre avec une autre — *kaf* pour *ghaf*, *ra* pour *zha*, un trait ici, un point là, faisait toute la différence pour le sens du mot. C'était un professeur beaucoup plus patient que ne l'avait été tante Amira.

J'étais encore en train de peiner sur la sourate consacrée à Joseph.

« *Quand ils eurent emmené Joseph, ils décidèrent de le jeter dans un puits profond. Nous lui révélâmes : "Tu leur diras tout ceci alors qu'ils ne te reconnaîtront pas."*

Ils revinrent le soir à leur père en pleurant. Ils dirent : "Nous étions partis pour lutter à la course et avions laissé Joseph avec les marchandises et le loup l'a dévoré..."

Et une caravane passa, ils dépêchèrent au puits celui chargé de la corvée d'eau. Il jeta son seau et cria : "Bonne nouvelle ! Voici un garçon !"

Ils emmenèrent Joseph, le cachèrent parmi leurs marchandises. Mais Allah savait ce qu'ils avaient fait. Ils le vendirent à vil prix, pour quelques pièces d'argent. Ils ne tenaient pas à le garder.

L'Égyptien le ramena chez lui et dit à sa femme : "Fais-lui bon accueil. Peut-être nous sera-t-il utile ou l'adopterons-nous comme notre fils." »

Zeba m'arrêta, posant une main sur la mienne. Elle lut à haute voix la traduction ourdoue, puis me dit : « Que faire pour te garder ici, dans ma maison ? »

Elle avait les yeux fixés sur le mur devant elle où étaient accrochées, l'une au-dessus de l'autre, trois plaques pieuses. Dans ses rides et le long de ses larges pommettes des larmes brillaient. Elle paraissait plus absorbée par sa prière silencieuse qu'engagée dans une conversation avec moi, et je voyais à l'immobilité de sa lourde poitrine, à sa respiration contrôlée que, pour elle, être exaucée serait un miracle.

Je lui dis : « Toute mon enfance, j'ai été perturbée par les allées et venues d'un pays à l'autre. J'allais à l'école et tous les gosses me montraient du doigt en disant : "Regardez, la fille indienne est revenue." Puis on me mettait soudain dans une autre école et les élèves disaient : "L'Américaine est de retour." Je ne pouvais jamais m'intégrer, me faire des amies — j'étais trop différente des autres, et je partais au bout de six mois. Qui avait envie de se lier avec moi ? Je demandais à Amme de me laisser rester ici. Je lui disais que, si elle devait retourner aux États-Unis, je pouvais aller habiter chez Henna. Maman... », dis-je, la première surprise. Zeba ne cilla pas, mais nos relations, pour elle, quelle que fût la façon dont je l'appelais, restaient les mêmes. « ... Maman, maintenant, l'Amérique me paraît bien loin. Je serais heureuse de vivre ici. »

Elle ne détacha pas son regard des plaques. « Mais c'est ton mari qu'il faut convaincre. On dit, *Beti*, que seule l'épouse a le pouvoir de tirer son mari du sommeil pour la prière de l'aube, c'est elle qui repose à son côté. Je crains que ce ne soit à toi maintenant de l'éveiller. » Elle ferma les yeux ; ses paupières, ainsi que celles de Samir, étaient comme des pétales de rose. « J'ai fait un rêve inquiétant la semaine où j'ai dormi dans ton lit, *Beti*. Maintenant, quand je ferme les yeux, j'y pense de nouveau, il ne me laisse pas en paix. »

Elle avait donc rencontré mon démon, finalement.

« J'ai rêvé que tu étais enceinte, *Beti*, d'un tout petit garçon clair de peau, aux yeux gris-bleu, il avait l'air américain. Il pleurait. Le fluide qui l'entourait n'était pas limpide, mais rouge, comme du sang. Il était en train de mourir. » Elle ouvrit les yeux et murmura des incantations pour chasser l'esprit mauvais, puis elle porta le Coran à son visage, pressa son front contre les prières qui n'avaient jamais changé.

« Il n'y a pas d'avenir en Amérique, *Beti*. Ton grand-père avait raison : notre place est ici. »

Cette nuit-là, alors qu'il était étendu paisiblement à côté de moi, sa respiration se faisant plus profonde, plus régulière, je lui parlai du divorce de mes parents.

J'étais couchée en travers du lit, ma tête reposait sur son ventre que je sentais se soulever et s'abaisser doucement. Tandis que je parlais, le grincement du ventilateur au plafond, les ronflements de Zeba et même le souffle apaisé de mon mari disparaissaient dans le silence intolérable de la maison de banlieue américaine de ma mère. Trois niveaux, six chambres à coucher, quatre salles de bains pour elle et moi seulement, depuis qu'il nous avait quittées.

« Quand il est parti, dis-je, j'ai pris la relève. J'ai essayé d'être une compagne pour elle. Je l'emmenais au cinéma, au restaurant, nous allions dîner ensemble chez ses amis. J'observais alors qu'elle restait assise toute seule, ne parlant quasiment à personne. Après, elle me disait que ces gens n'avaient rien d'intéressant à dire. Mais, avec moi aussi, elle était comme ça. Je rentrais à la maison après mes cours pour que nous dînions ensemble, mais elle choisissait un film hindi et nous mangions devant la télé. Je crois qu'elle avait constamment en tête le visage de Sabana. Elle ne parlait que de cela, de Sabana et de mon futur mariage. Elle voulait me donner ce qu'elle n'avait pas elle-même, un foyer. »

Il poussa un petit grognement, lissa d'une main mes cheveux, mais resta muet, n'exprimant ni surprise ni mépris.

« Samir, dis-je, pendant un mois, elle n'est pas sortie de sa chambre. Jusqu'à ce qu'il signe ce fichu accord qu'elle avait rédigé. J'avais dix ans, et ils croient que je n'en ai aucun souvenir. Ils me prennent... ils m'ont toujours prise pour un fantôme. »

Je m'assis et pressai mon pouce sur ses initiales tracées en rouge au henné sur la paume de ma main. « Dis quelque chose, dis-moi — *promets-moi* — que tu me donneras un foyer. Tu as dit le soir du mariage que je t'appartiens, ce n'est pas assez. Il faut que *toi*, tu m'appartiennes aussi. »

Il se souleva sur un coude, et me regarda avec la surprise que j'attendais. « Layla », murmura-t-il, enfouissant sa main dans mes cheveux ; ses doigts se pressèrent sur ma nuque, et il attira mon visage vers le sien. Je sentais son souffle. « Je croyais que tu avais compris. Quand je suis revenu à la maison l'autre jour, c'était pour toi. Plus rien n'a le pouvoir de m'éloigner de toi. Tu habites en moi. » Il posa ma main sur son cœur. « Je te le jure, rien — ni personne — ne prendra ta place. Ton foyer est avec moi où que nous soyons, il est avec moi, tu y seras en sécurité, je te le jure. »

La fille de Nafiza vint en visite.

Je ne sus pas où la faire asseoir, non parce qu'elle était, comme mon oncle et ma tante, une ancienne et une nouvelle relation à la fois, mais parce que je l'avais connue en tant que domestique et qu'elle s'asseyait toujours par terre comme Nafiza. Or, à seize ans, Roshan était tombée amoureuse et avait épousé un homme qui possédait un petit café, ce qui l'avait sortie de la condition de servante. Maintenant, au lieu d'habiter chez mon oncle, dans un des logements des domestiques, elle louait un appartement avec son mari, qui pensais-je n'était pas beaucoup plus petit que le nôtre.

Je l'emmenai dans le *divan*, lui montrant ainsi qu'elle pouvait s'asseoir où elle voulait. C'était à elle de décider et non à moi, maintenant qu'elle avait le choix. Elle s'assit sur une chaise près de la table de bambou, mais quand je lui offris du thé, elle le refusa. Était-elle mal à l'aise d'être servie par sa mère, ou gênée devant moi d'occuper à présent un rang plus élevé (depuis sept ans déjà), je l'ignorais. Je m'assis en face d'elle, me demandant ce qu'elle était venue me dire. Elle aussi avait certainement été convoquée ici par sa mère, ma nounou.

Elle portait un sari d'un rouge éclatant qui faisait paraître sa peau encore plus sombre ; son épaisse tresse se balançait jusqu'à sa taille. Ses lunettes correctrices lui avaient sans doute été données par tante Amira.

« Où est ta fille ? lui demandai-je.

— Mon mari va la garder jusqu'à ce qu'il aille rouvrir son café à trois heures et demie. Il rentre déjeuner tous les jours. » Ma tante avait appris à Roshan à bien parler, mieux que sa mère, mais elle n'avait pas encore l'habitude de s'asseoir sur une chaise. Elle se tenait au bord, les mains jointes entre ses genoux, si bien que les plis de son sari plongaient entre ses cuisses. Sa position était peu gracieuse.

Nafiza apporta du thé, tenant une tasse dans chaque main. Pour toute autre visiteuse elle aurait pris un plateau, ainsi qu'elle l'avait fait pour mon oncle et ma tante. Elle posa ma tasse, qui tintait sur la soucoupe, sur la table, devant moi. Je remarquai que celle qu'elle tendit à Roshan était légèrement ébréchée, c'était la tasse qu'elle s'était réservée dans cette maison et qui n'avait pas de soucoupe. Roshan la prit, hochant la tête de droite à gauche [1] ; la mère et la fille n'avaient eu aucun autre échange entre elles.

Nafiza quitta la pièce sans me regarder. Depuis la visite de ma tante, la veille, elle était brusque avec moi comme si c'était moi qui étais allée en secret dans ma famille, et l'avais montée contre elle.

Roshan s'éclaircit la gorge et posa sa tasse sur ses genoux « Ma mère se fait du souci pour toi », dit-elle en lançant un coup d'œil vers la porte qui s'était refermée sur Nafiza. La voix des deux femmes nous parvint bientôt, mais la cuisine était trop éloignée pour qu'elles puissent nous entendre. « Amme a peur que ton mari ne se moque de toi. Elle t'a élevée autant que moi. Quand elle te voit..., tu es sans doute

1. En Inde, signe d'assentiment. *(N.d.T.)*

pour elle comme ma petite fille de quatre ans, elle veut te protéger.

— Oui, je sais, mais j'ignore de quoi elle veut me protéger. Toi, le sais-tu ? Et le sait-elle elle-même ? »

Roshan baissa la tête, ses lunettes glissèrent sur son nez. « C'est pour savoir ce qu'il te cache peut-être qu'elle a demandé à mon mari de le suivre.

— De suivre Samir ?

— Oui, bibi, pour savoir où il va chaque jour. »

Bibi. Elle reprenait son ancien rôle et m'appelait « madame », me montrant ainsi, que je sois d'accord ou non, qu'ils se donnaient de la peine pour me rendre service tant était grande leur fidélité.

« Il va donner des cours, je le sais.

— Il enseigne de onze heures à quatre heures. L'université est très loin, dans les collines de Banjara, à une heure d'ici à moto. Mon mari...

— Alors, où est-il, le matin ? ne pus-je m'empêcher de lui demander. Il part d'ici vers six heures.

— Il va au parc.

— Quel parc ?

— Il y a un parc dans la Vieille Ville, tout près de la maison de ta mère. C'est là qu'il va s'entraîner. Il court, il soulève des poids très lourds.

— C'est tout ?

— C'est tout. Après, il va à l'université. »

Qu'avait-elle en tête, alors ? Avait-elle fait tout ce chemin en bus pour me parler de l'emploi du temps de Samir ? Ou me dire que, finalement, sa mère se trompait, que Samir ne me cachait rien ?

« Roshan, je ne m'explique pas pourquoi tu es venue aujourd'hui. Tu m'as inutilement inquiétée. »

Elle reposa sa tasse sur la table entre nous, sans avoir bu une gorgée de thé, et remonta ses lunettes. « Ma mère est comme votre mère, et votre mère est aussi la mienne. Elle m'a toujours montré de l'affection, elle me donnait de l'argent, des vêtements. C'est elle qui a payé pour mon accouchement. Layla... bibi. Je suis au courant pour le *gora* et tes saignements. Il y a une dame docteur dans ma maison, c'est elle qui a mis Bisma au monde. Elle est très bien. Son cabinet est ouvert le lundi et le mercredi. Je pourrais t'accompagner... quand ton mari ne sera pas là. Layla... bibi, nous avons bu le même lait, il n'y a rien de mal à partager un secret, nous sommes comme des sœurs. »

Quand Nafiza alla préparer ma chambre pour la nuit, je me glissai derrière elle et refermai la porte. Elle était courbée et cherchait à attraper avec sa balayette un œillet d'Inde desséché qui avait roulé sous le lit.

« Petite, pourquoi tu as dit non à ma fille ? Elle t'emmène chez le docteur. Le docteur te nettoie à l'intérieur. Et tu es mieux quand tu rentres à la maison.

— Rentrer à la maison ? Nafiza, après tout ce que tu as fait, tu as de la chance que je ne t'y renvoie pas. Je t'en prie, ne m'oblige pas à te rappeler ce que tu es.

— Je ne l'oublie pas, Layla-bibi, c'est ton mari qui oublie qui il est. Regarde-le ! Chaque jour, il a des nouveaux habits *umrican,* et il est tout beau. La voisine, elle m'a dit aujourd'hui que ton mari a l'air *umrican*, mais que toi, avec ton *dappatta*, tu as l'air d'être d'ici. Je lui ai dit : non, non, moi ça m'est égal de quoi elle a l'air, moi j'oublie pas ce qu'elle est vraiment. Elle oublie, lui oublie, mais pas moi. »

Elle toussa, la tête penchée sur son épaule, d'une toux qui me parut plus caverneuse qu'avant.

« Est-ce que tu as seulement couru partout pour raconter tous mes problèmes, ou es-tu allée voir un docteur pour ta santé ? » Ma voix, à la fois fâchée et inquiète, ressemblait à celle d'Amme.

« Moi, petite, je ne m'en fais pas pour ma santé. Ma vie a été bien remplie. Quand ce sera le moment, Allah viendra me prendre, aucun médicament, aucun docteur peut L'arrêter. Mais je m'en fais pour toi. Tu es jeune, belle, plus belle que lui. Pourquoi tu gâches ta vie avec un homme comme ça ?

— La situation a changé entre nous, Nafiza, c'est ce que je suis venue te dire. Tu n'as plus de raison d'aller parler à Zeba, comme tu l'as fait avec tous les autres.

— Rien a changé, Layla-bibi. Je fais ton lit chaque matin, je le vois bien. Tu crois que, parce que tu te mets un *dappatta* autour de la figure et que tu pries avec sa maman, tout a changé. Rien n'a changé entre toi et ton mari. Lui est pas encore un vrai homme. Et toi, pas une vraie femme. Cette famille, c'est pas une vraie famille pour toi, ma petite. Pouah ! » Elle lança un crachat pour montrer son dégoût, et le balaya aussitôt avec la poussière.

L'imam tapotait le haut-parleur, prêt à proclamer l'*azan*. Je mordis l'oreille de Samir. Il bougea, sourit sans ouvrir les yeux, et m'attira contre lui. Je passai ma main sur ses cuisses, puis la glissai entre elles et je le sentis se durcir. Ce n'était sûrement pas ce que Zeba avait voulu dire lorsqu'elle m'avait expliqué, la veille, que seule une épouse avait le pouvoir d'éveiller son mari.

« Tout à l'heure, je te le promets, si tu viens prier maintenant. » Ses yeux s'ouvrirent brusquement. « Quoi ? Merde alors ! Layla, je savais bien que ça allait arriver. » Il me tourna le dos, enfouit sa tête dans son oreiller. Je mis son pouce dans ma bouche et le suçai, comme il me l'avait montré, en aspirant et repoussant de mes lèvres chaudes l'anneau d'argent. Il poussa un grognement, et d'un bras me prit la taille, me fit passer par-dessus lui, m'aplatit contre le mur, et se frotta contre mes fesses.

« C'est pour toi que j'y vais, dit-il, pas pour elle ni pour son dieu. »

J'obtins ainsi qu'il s'habille, et nous rejoignîmes les autres dans l'oratoire. Personne n'avait cogné à notre porte pour nous réveiller, si bien que lorsque Zeba vit que Samir était avec moi, ses lèvres esquissèrent un petit sourire ; les rides autour de sa bouche et les plis de ses paupières se plissèrent, son visage s'éclaira. Elle me tendit le calot de prière de Samir, délicatement brodé ; je le posai sur la tête de mon mari. Elle me transmettait ainsi ce qu'elle avait considéré jusque-là comme de sa responsabilité. Elle se libérait de son fils.

Nous nous alignâmes dans la petite pièce : Samir devant moi, Ibrahim devant Zeba avec Feroz à son côté. La prière des musulmans est un rite personnel, sans sermons bruyants, sans imam intervenant entre Dieu et le croyant pour lui dire comment L'approcher, Le lire, comment être pardonné, sauvé. On est seul, avec toutes ses actions passées et la miséricorde de Dieu.

Je demandai à être pardonnée pour Nate, qui d'homme était devenu sang, vomi hors de la bouche de mon mari. Le désir avait fait place à la répulsion — c'était le mot prononcé par Samir lors de notre nuit de noces. Je l'avais dégoûté de moi, de mon corps, du bébé flottant dans mon sang qui s'écoulait. À présent, chaque nuit, je le mettais dans ma bouche pour qu'il se décontracte, oui, mais aussi pour l'empêcher d'enfoncer en moi ses doigts, sa langue, son pénis, pour l'empêcher d'être dégoûté de mon corps qui brûlait pourtant de s'ouvrir à lui. Punition d'un mois à cause d'une seule nuit.

Je me tins donc devant Allah pleine de repentir, m'inclinant, me prosternant, murmurant des prières ; mes paroles se croisaient avec celles de Samir, les siennes avec les miennes, y gagnant de la force, sans nous défier, mais en profonde union.

Allah le Compatissant.

Au petit déjeuner, Ibrahim remit à Samir nos billets de chemin de fer pour Madras. Notre départ était fixé au vendredi suivant, le lendemain du jour où les fonctions d'enseignement de son fils prenaient fin.

Samir se leva et, contournant son frère assis au bout de la table, alla embrasser son père. Zeba me regarda. J'avais désormais la responsabilité de l'avenir de son fils, celui qui avait hérité de son beau visage. Et ici, il n'y avait pas d'avenir.

Samir, penchant la tête contre celle de son père, exprima ce qu'il espérait d'un pays qu'il n'avait jamais vu. « Quand je serai là-bas, papa, je vous enverrai assez d'argent pour que vous puissiez prendre votre retraite dans deux ans. Il faut avoir soin de votre santé ! »

Ibrahim lui tapota le dos : « Prends d'abord soin de toi et de ta femme. Et tu penseras après à t'occuper des autres.

— Dès que je le pourrai, je ferai venir Feroz. Ne vous

faites plus de souci pour lui. Je m'occuperai de lui. » En retournant s'asseoir, il tapota la tête de son frère avec les billets. « Continue à étudier, hein ? Ça peut te sembler inutile maintenant, mais aux États-Unis tu auras besoin d'un diplôme. Autrement, on n'avance pas. »

Feroz grimaça un sourire en hochant la tête de droite à gauche, la bouche pleine de *paratha* et les yeux luisant de khôl. Je n'avais jamais pensé qu'il désirait aller en Amérique.

Quand Samir fut de nouveau à côté de moi, il serra ma main sous la table, puis se pencha pour m'embrasser devant sa famille. Je ne l'écartai pas.

Zeba ne me quittait pas du regard ; mon comportement la troublait, lui faisait voir un autre aspect de moi-même, ma jumelle comme avait dit Samir. En effet, si elle avait confié son fils à une femme qui avait pu entraîner celui-ci dans l'oratoire, cette femme était aussi celle qui, grâce à son passeport américain, pouvait l'emmener aux États-Unis. « Les élections sont pour bientôt, dit-elle. Un jeune couple musulman voyageant seul... On entend des histoires... Des viols, des meurtres. Vous devriez peut-être attendre que cela passe. »

Samir se redressa sur sa chaise, se raidit, son visage se ferma. « Attendre que quoi passe ? répondit-il avec lenteur.

— La tension entre hindous et musulmans.

— Cela veut dire que je ne pourrai jamais partir. »

Zeba se tourna vers lui. « Les limites que tu m'accuses de t'imposer n'avaient pour but que de te protéger, te sauver. »

Ibrahim prit la main de Zeba dans les siennes, dans un geste d'affection que je n'avais jamais vu auparavant entre époux.

« Moi non plus, Zeba, je ne souhaite pas que nos enfants nous quittent, mais ce n'est pas à nous de décider. Nous ne sommes là que pour faciliter leurs rêves. » Il se tourna vers Samir et moi ; il avait un œil rouge, irrité, comme lorsqu'il rentrait de son travail. « Madras n'est que la première étape du voyage que vous ferez ensemble toute votre vie. Autant votre mère et moi-même sommes contents pour vous deux, autant nous nous tourmentons, il faut que vous le compreniez. Nous souhaitons que vous soyez heureux, mais aussi que vous ne fassiez pas d'erreurs. » Il soupira, regarda Zeba qui l'approuva du chef, l'engageant à poursuivre.

« Il y a longtemps, Samir, que tu parles d'aller en Amérique. Tu as travaillé dur à l'école, non pour trouver un emploi ici, mais décidé à faire ton chemin là-bas. Samir, l'Amérique est un grand pays et, *Inch' Allah*, il t'apportera tout ce qui, selon toi, manque chez nous. Mais là-bas, ces facilités t'exposeront à beaucoup de nouvelles libertés. Tu seras tenté, je le sais, tu risques même de mal te conduire..., de te perdre. »

Il s'interrompit, les yeux fixés sur la table ; les taches sur son crâne étaient de la couleur de sa *kurta*. « Toi et moi nous avons toujours eu des conceptions différentes de la vie. Tu t'es opposé à moi en bien des occasions, par exemple en insistant pour que j'accepte des *rishwat*, ce qui me permettrait d'acheter une maison, d'y mettre tout ce qui, d'après toi, rend la vie plus agréable, une télé en couleur, une chaîne stéréo, un téléphone, une voiture devant notre grille. Mais rappelle-toi, *Beta*, que toute possession se paie. Pense aux politiciens dont on parle sans cesse dans le journal. Ils prennent de l'argent au peuple mais aujourd'hui encore nous n'avons pas d'eau potable et jour après jour il y a tant de pollution que pendant mes deux heures de trajet, entre la maison et le bureau, je dois me couvrir la figure de mon mouchoir. Et regarde mon œil, il est toujours enflammé, et ce qui arrive à ma peau, ces taches... Aucun docteur ne peut me les expliquer. Vois-tu, qui est-ce qui souffre ? C'est nous. Qui sont les profiteurs ? Une poignée de gens. C'est pourquoi il ne faut pas que tu places ton intérêt au-dessus du bien-être de ta famille. Travaille dur, oui, avance dans la vie, continue à porter ces vêtements américains tape-à-l'œil, mais n'oublie pas qui tu es intérieurement. De tout ce que tu laisseras en Inde, que ce ne soit pas la personne que ta mère et moi avons forgée ; tu peux être entraîné par des impulsions et devenir un homme que son propre père ne pourra reconnaître... ou sa propre épouse ! »

Samir baissa la tête, ses épaules s'affaissèrent et il laissa échapper un soupir. Il avait les lèvres serrées, et je compris que, ne voulant pas s'opposer à son père, il s'interdisait de parler. Sa main lâcha les billets.

Ibrahim les posa sur la table, puis joignit la main de Samir à la mienne. « Où que vous soyez, menez toujours une vie simple — c'est tout ce que j'ai à dire. Rappelez-vous, l'homme riche n'est pas celui qui possède le plus, mais celui qui a le moins de besoins. »

Zeba me demanda si j'étais toujours disposée à les rejoindre dans l'oratoire, elle et Feroz, pour réciter le Coran avec eux comme ils le faisaient chaque vendredi depuis onze ans. Nous en avions parlé toute la semaine, depuis qu'elle avait commencé ses leçons et qu'elle voyait combien de lettres arabes je pouvais déchiffrer et relier les unes aux autres. J'émettais des sons gutturaux, un bourdonnement d'arrière-gorge, qui n'avait aucun sens pour moi, sauf que c'était non verbal, non humain.

Elle n'avait pas invité celle qui avait prié avec elle toute la semaine, mais celle qui possédait un passeport américain, qui avait ouvertement embrassé son mari à la table du petit déjeuner. Elle avait été aveugle jusque-là et la vérité lui apparaissait à présent : la fille qui communiquait avec sa mère en ourdou était la même qui parlait en anglais à son mari. La fille qui se couvrait d'un *dappatta* comme sa mère était la fille qui sortait tête nue avec son mari. Elle comprenait tout maintenant : ce à quoi j'avais été exposée et ce à quoi j'exposerais son fils quand nous aurions quitté sa maison. Ses limites avaient elles-mêmes des limites.

Bien sûr, j'irais prier avec elle, comme il en avait été question toute la semaine — comme je l'avais espéré. De traditions familiales, il n'y en avait aucune chez nous, excepté quelques rites anciens dont nous avions hérité, une culture transmise avec les os noueux de notre colonne vertébrale, qui construisait notre existence : à dix jours, on m'avait rasé la tête de même que le Prophète avait rasé la tête de ses enfants ; à quatre ans, il y avait eu la cérémonie de *bismillah* me proclamant musulmane ; à douze ans, on avait célébré l'arrivée de mes règles avec un feu d'artifice et une réception de cent personnes auxquelles j'avais été présentée comme en âge d'être mariée ; à dix-neuf ans, mon mariage. Et j'avais suivi aussi d'autres traditions, pas forcément avec ma famille : mon permis de conduire, ma première cuite, mon premier joint, mon baccalauréat, mon entrée à l'université, la perte de ma virginité. Ce par quoi passent la plupart des jeunes musulmanes et des jeunes Américaines ici et là-bas. Mais ce que faisaient Zeba et Feroz chaque vendredi, en mêlant leurs voix, en se balançant, avec des chants, des lamentations, n'avait pas de rapport avec ce qu'eux-mêmes étaient à l'extérieur, faisant partie d'une communauté plus vaste ; alors qu'à l'intérieur, ils étaient réunis, la mère et le fils. Et maintenant la mère et la fille, la sœur et le frère. La famille.

Oui, je les rejoindrais si ma prononciation hésitante ne les gênait pas.

Je trouvai Samir dans la cour. Il était affalé dans un fauteuil, ses longues jambes étendues devant lui, la tête en arrière, les yeux fermés à cause du soleil. Je me penchai au-dessus de lui, j'effleurai ses lèvres des miennes, laissant tomber mon voile sur son visage. Il se redressa, m'attira sur ses genoux, m'entoura de ses bras. Je reposai ma tête contre sa poitrine, déboutonnai sa chemise et glissai ma main à l'intérieur ; j'avais appris que ses mamelons étaient aussi sensibles que les miens.

« Après notre récitation du Coran, j'ai parlé à ton frère. Il est très intelligent. Tu savais qu'après ses cours d'ingénierie il va suivre d'autres cours en informatique ? Quelque chose qui s'appelle CADD et Dbase III. Il m'a dit que tu lui enverrais de l'argent pour continuer à étudier. Il se prépare vraiment à émigrer. »

Il avait de nouveau le visage tourné vers le soleil, la nuque renversée sur le dossier du fauteuil, ce qui faisait apparaître les contours anguleux de sa mâchoire. Il fit une moue dubitative. « Il faudra des années pour le faire venir en Amérique. Il pourrait aller au Moyen-Orient, je vais lui en parler.

— Mais tu lui as promis, et aussi à ton père...

— Le moment venu, Baby, le moment venu. » Il m'embrassa sur le front. « Ne me dis pas qu'ils ont fait croire à ma propre femme que je suis corrompu. » Je sentis à sa voix qu'il était blessé de ce que son père lui avait dit.

« Pardonne-moi. J'aurais préféré qu'il te remette simplement les billets.

— Papa ne fait rien sans donner des conseils, maugréa-t-il. Il n'y a pas un repas sans qu'il fasse la morale, et rien de ce qu'il recommande n'est réalisable. Ce pays marche au *rishwat,* et il pense que, parce que j'ai une fois accepté de l'argent d'un élève, il doit me sauver de moi-même. Même la corruption, Baby, c'est une question de perspective.

— Tu as accepté de l'argent ? Pour quelle raison ?

— Je n'ai fait de tort à personne comme il l'imagine. Un de mes étudiants m'avait dit qu'il allait se marier et qu'il souhaitait désespérément être embauché dans un foutu village au diable, dont je n'avais même jamais entendu parler. Il fallait qu'il ait les meilleures notes pour qu'on songe à lui. Je les lui ai donc données. C'était absurde puisqu'il n'avait aucune chance d'obtenir ce poste. Quand il y a deux candidats, un hindou et un musulman, même si tous les deux sont également qualifiés, c'est l'hindou qui sera choisi. C'est ça, notre discrimination positive, Baby. Il faut que les classes dominantes continuent à dominer.

— Qu'as-tu fait de l'argent ?

— J'ai acheté cette moto », dit-il, les yeux toujours clos, faisant un geste vers la cour, vers la Honda bleue. « Il m'en fallait une après mon accident. »

Oui, ces grandes Portes de Dabir Pura... Je commençais à comprendre leur utilité. Pendant les émeutes, les désordres, on pouvait les fermer et protéger ceux qui étaient à l'intérieur. « Tout ce qu'on raconte à propos des hindous et des musulmans... Tu sais, j'ai toujours habité dans la Vieille Ville et tu n'entends que l'appel à la prière dix fois par jour ! Samir, est-ce dangereux pour nous d'aller tout seuls à Madras ?

— N'écoute pas ma mère, Layla, c'est sa manière à elle d'essayer de nous garder ici. »

Je promenai un doigt sur sa mâchoire, puis le long de sa gorge, j'embrassai sa pomme d'Adam. Comment lui demander cela ? « Ce serait terrible pour toi de rester ici ?

— Ce ne le serait pas pour toi ? »

Je ne répondis pas.

Il se redressa brusquement dans son fauteuil, et son regard sombre se posa sur moi comme s'il ne me connaissait pas, le regard qu'avait Dad quand il allait me battre. Il attrapa mon voile. « Ne me dis pas, Layla, que c'est la vie que tu souhaites, d'être bloquée à la maison sans rien d'autre à faire que prier, faire la cuisine, le ménage. De m'attendre toute la journée, de chauffer l'eau de mon bain. Je n'ai pas protesté jusqu'à maintenant parce que tu n'as rien d'autre à faire ici. Ça te fait passer le temps. Mais ce n'est pas une vie, Layla, pas celle que je souhaite pour nous. Et la femme que tu es ici, ce n'est pas elle que je souhaite non plus. Celle que j'ai épousée va à l'université. Elle prépare un diplôme. Elle porte des bikinis et elle... » Il passa sa langue sur ses lèvres, hésita, puis dit : « Elle prend certaines libertés. »

Le lendemain matin, je fus réveillée par une discussion entre Samir et Zeba.

« Je ne te laisserai pas la garder avec toi aujourd'hui, disait-il. Je me fiche de ce que tu penses, ou de ce que tu trouves important. C'est ma femme...

— Laisse ta femme décider de ce qu'elle veut faire de sa journée. Pourquoi déciderais-tu pour elle ? Laisse-moi lui demander, quand elle se réveillera, ce qu'elle aimerait...

— Je te l'ai dit, c'est ma femme et elle fera ce que je lui dirai de faire.

— Tu m'étonnes, Samir. Tu as beau porter des jeans, ne

parler qu'anglais avec ta femme, quand l'occasion se présente tu es comme tous les hommes musulmans que je connais.

— Je parle avec toi la seule langue que tu comprennes. Je te le répète, je ne veux plus que Layla reste avec toi dans la cuisine. Je ne veux plus, quand je rentre, la trouver en sueur, empestant l'oignon et l'ail. Sa mère nous a envoyé Nafiza, utilise-la. Ma femme n'est ni ta servante... ni la mienne.

— Mais lui apprendre à s'occuper de son mari, ce n'est pas...

— Et plus de leçons de Coran... Je regrette de n'avoir pas mis fin à ça dès le jour où elle m'en a parlé. Papa a obtenu que je continue mon travail, que je termine ce que j'ai commencé, et regarde ce qui se passe quand je ne suis pas là ! Voilà que, subitement, Layla désire rester ici, en Inde ! Elle ne connaît rien de l'Inde. Elle n'a aucune idée de ce qu'elle demande. C'est vous qui lui bourrez le crâne avec vos idées folles, qui profitez de ce qu'elle est seule ici, qu'elle n'a personne d'autre. Quel genre de vie croyez-vous que nous aurions ici, hein ? Cette vie-ci, votre vie ! Encore quatre jours, maman, quatre jours d'enseignement, et nous partons pour Madras. Le souvenir que nous garderons de vous dépend de vous. De la façon dont se passeront ces quelques jours. »

Après un silence, j'entendis Zeba dire : « N'est-ce pas assez que tu t'en ailles, faut-il à présent que tu t'engages à faire venir Feroz. En le faisant venir là-bas pour le corrompre comme toi, tu as été corrompu...

— Maman, ce sont les Indiens qui m'ont corrompu, les Indiens. »

Il me demanda de mettre mon jean, disant qu'il voulait

m'emmener déjeuner, manger une pizza tandouri. Je n'avais jamais porté de vêtements américains en Inde, ils faisaient partie de ce que j'abandonnais chaque fois que j'arrivais ici. Ce n'était pas seulement pour me fondre dans le pays, avoir un sentiment d'appartenance, mais aussi pour respecter les convenances.

Voyant que j'hésitais, le regard tourné vers la porte, il me dit : « Mets ton tchador, elle ne saura pas ce que tu as dessous. » Comme je ne bougeais pas, il s'écria : « Allons, viens, Baby ! Fais-moi confiance, je ne t'emmène pas dans la Vieille Ville. Là où nous allons, personne n'aura même un regard pour tes vêtements. »

Pendant que je me changeais, il était assis au bord du lit, les coudes sur ses cuisses, ses deux mains fourrageant dans ses cheveux. C'était dans cette position qu'il s'était assis sur le *takat* la semaine où il avait dormi auprès de son père. Je m'agenouillai devant lui, lui pris les mains et les embrassai, comme j'avais voulu le faire ce soir-là.

« Pourquoi parle-t-on tant de corruption ? Où vas-tu quand tu n'es pas ici ?

— Je ne te cache rien, Layla, si c'est ça qui te préoccupe. »

C'était vrai. Roshan me l'avait déjà confirmé. « Ta mère m'a dit qu'une fois tu étais parti pendant un mois. Il faut...

— C'est le passé, Layla. Tu m'as promis de ne pas mentionner le passé. L'homme que je veux que tu connaisses, c'est celui qui est devant toi... et toi tu es la femme qui est devant moi. »

La femme qui était devant lui était, bien sûr, celle qu'il ne désirait pas connaître. Alors que la femme qu'il voulait, il ne l'avait jamais vue ni rencontrée.

« Écoute, dit-il, maman doit aller à la mosquée

aujourd'hui. Si tu veux aller avec elle..., eh bien, je ne t'en empêche pas. À toi de choisir. »

Je lui demandai d'aller chercher un cyclo-rickshaw pour sa mère pendant que je finissais de m'habiller. Le jean était devenu plus étroit après des semaines où je n'avais pas bougé de la maison — ou n'était-ce qu'une impression, mon corps s'étant habitué à porter de larges *salwars* ? Comme la mémoire du corps est fragile, comme le corps s'adapte, ou peut être contraint facilement... ! J'en vins à me demander si mon mari avait raison, si j'étais en train d'oublier ce que j'étais vraiment. Comme il était étrange de penser que pendant des années je me rappelais, et on me le rappelait, qu'en réalité j'étais avant tout une Indienne musulmane.

Lorsque j'entendis la moto de Samir s'arrêter, je m'enveloppai de mon tchador et j'accompagnai Zeba jusqu'au rickshaw pour l'aider à y monter. Samir était resté sur sa moto et, impatient, faisait tourner bruyamment son moteur.

« Je vais à la mosquée, me dit Zeba. Je veux prier à cause du rêve que j'ai fait. Il me hante encore. » Elle me regarda un instant de ses yeux en amande, la seule chose visible derrière son *dappatta*. Elle m'invitait silencieusement à l'accompagner.

« J'ai demandé à Nafiza, dis-je, de préparer le dîner pour que vous n'ayez pas besoin de vous presser de rentrer. »

Sa poitrine se souleva en un profond soupir, à la manière d'Amme ; elle n'était pas déçue, c'était pire, elle voulait dire qu'elle s'y attendait. Puis elle se retourna, indiqua au conducteur de rickshaw où il devait aller, remonta la capote et disparut dessous.

Je grimpai à l'arrière de la moto et nous partîmes en doublant aussitôt Zeba qui avait détourné le visage. Au bout de l'impasse, je vis les deux filles de la voisine musulmane debout devant leur portail ; elles avaient encore leurs tresses au-dessus de leur voile, leur rouge à lèvres assorti ; elles sourirent avec affectation à mon mari.

La pizzeria était proche de son université, à environ une heure de la maison. Il nous fallait traverser la Vieille Ville et je ne pus m'empêcher de chercher des yeux la Fiat d'Amme. Près d'un mois s'était passé et elle n'était pas encore venue me voir.

À mesure que nous nous approchions des nouveaux quartiers de la ville, les rues devenaient plus larges et moins cahotantes, le trafic était plus discipliné que le chaos que nous avions quitté. Il y avait même des feux de circulation qu'on respectait à ma grande surprise. Mais tout le reste était pareil : les mêmes maisons couleur pastel, les mêmes hauts murs de clôture et les grilles en fer forgé. La même cohue humaine. Des nuages se formaient au-dessus de nos têtes, mais cela ne voulait rien dire. Chaque jour, ils arrivaient, chaque jour ils se dissipaient, le ciel nous taquinait.

Au restaurant, nous nous assîmes près d'une fenêtre, sur des chaises à haut dossier, recouvertes de velours, qui me rappelèrent celles de la *walima*. Le restaurant faisait partie d'un hôtel et nous avions vue sur la piscine. J'y remarquai avec étonnement une femme étendue sur un transat, au soleil couchant, en maillot de bain, alors qu'en Amérique (j'étais alors en révolte contre mon prochain mariage) je m'étais trouvée très hardie d'en faire autant. Les enfants et le mari de cette femme s'ébattaient dans l'eau.

Quant à la pizzeria, elle aurait pu aussi bien se trouver sur le campus de mon université ; elle était pleine d'étudiants de mon âge, filles et garçons mélangés, riant et plaisantant, avec de lourdes sacoches de livres à leurs pieds. Tous portaient des vêtements occidentaux, passaient de l'ourdou à l'anglais aussi facilement que moi ; les femmes avaient des cheveux jusqu'aux épaules, beaucoup plus courts que les miens. Je n'avais jamais vu l'Inde sous cet aspect et, alors que j'étais moi-même en jean, je me sentais plus contrainte, plus enfermée qu'eux tous.

Samir commanda une pizza, puis sortit un paquet de cigarettes. Il m'en offrit une en disant : « Tu peux, ici. Tout est permis. »

C'était vrai, même les femmes autour de moi fumaient et bien que j'aie fumé avec Nate, j'étais choquée à l'idée de le faire à Hyderabad, avec mon mari. L'air presque déçu par mon refus, il alluma sa cigarette, souffla la fumée par la fenêtre, puis contempla la femme en bikini, éveillant en moi une sourde jalousie. Pour la première fois, j'entrevoyais ce qu'il avait sans doute éprouvé en lisant les lettres de Nate et je compris aussitôt que je ne serais pas comme Amme, que je ne pourrais pas partager mon époux avec quelqu'un d'autre.

Pour ramener son attention sur moi, je fis tourner l'anneau d'argent sur son pouce. « Pendant notre nuit de noces, lui dis-je, tu m'as dit que tu avais fait tout ton possible pour m'avoir. Que voulais-tu dire ? »

Il me regarda avec surprise. « À cause de maman, bien sûr ! Elle était d'accord pour le mariage, mais dès que tu es retournée aux États-Unis elle s'est inquiétée. Chaque jour, pendant toute l'année, elle trouvait un nouveau prétexte : "Elle est américaine, seul Allah sait quelle sorte de caractère elle a." Ou bien : "Quand elle t'emmènera là-bas, elle te fera habiter dans un sous-sol. J'ai entendu dire que ces maisons américaines ont des étages en sous-sol! Comment mon fils pourra-t-il vivre sans lumière!" Et, bien entendu, elle se préoccupait de ce que j'aurais à manger. Quand on pense à ce qu'est la vie ici, imagine-toi qu'elle craignait que je ne puisse rien manger en Amérique! » Écœuré, il secouait la tête. « Maman a fait tout ce qu'elle a pu pour me persuader que tu n'étais pas la femme qu'il me fallait. » Il s'interrompit, tira une bouffée de sa cigarette. « Elle a même essayé, reprit-il, de me marier avec une des filles au bout de la rue.

— Une des deux sœurs?

— Tu les as vues, hein? » dit-il en tendant la main pardessus la table pour me toucher le visage, et la fumée de sa cigarette m'irrita les yeux. « Ne prends pas ça tellement au sérieux. Tu sais que maman t'a tout à fait acceptée. Elle ne regrette pas du tout notre mariage. Je suis son seul regret. Sa *honte* », dit-il en insistant sur le mot, tout en souriant pour me montrer qu'il se moquait de ce que sa mère pensait de lui. Quant à moi, j'étais engagée dans la vie qu'Amme m'avait destinée.

La pizza arriva, plus petite que je ne m'y attendais, débordant de sauce tomate. Elle était épicée, presque un curry sur une *naan*. Mais à quoi bon le lui dire, il voulait me montrer l'Amérique qu'il connaissait.

Il regarda de nouveau par la fenêtre. « Comment ça s'est passé pour ton père quand il est arrivé aux États-Unis? »

C'était donc cela qu'il avait en tête, les possibilités qui étaient maintenant presque à sa portée, et pas du tout la femme en maillot de bain. Comment lui expliquer que ce ne serait pas aussi facile qu'il le croyait. « Mes parents ont émigré au début des années soixante-dix, en plein exode des cerveaux, il y avait donc beaucoup d'Indiens de professions libérales qui partaient, et qui ont pu constituer une communauté, même à Minneapolis. Mon père disait qu'à son hôpital on le prenait pour un juif : Khan, Kahn, les noms se ressemblent. Dans mon enfance, je me rappelle que j'étais invitée à des fêtes juives chez ses collègues, et mes parents leur laissaient croire que nous étions des juifs indiens. »

Comme je m'y attendais, Samir ne vit pas ce qu'il y avait d'ironique là-dedans. Il hocha simplement la tête. « Il n'aurait pas eu son poste si on avait su qu'il était musulman.

— Non, mon père affirmait que c'était la première fois que son nom ne jouait pas contre lui. Samir, dis-je en lui prenant de nouveau la main, c'est la couleur de peau qui compte là-bas plus que la religion. Tu n'échapperas pas à la discrimination. Tu entreras seulement dans un système différent. »

Ses yeux prirent la même expression que la veille : sa femme était une étrangère ; il ne comprenait pas ou ne voulait pas comprendre ce que je lui disais.

Je m'efforçai de lui expliquer. « À l'école, j'étais la seule fille à la peau brune. J'étais une curiosité pour les autres enfants, ils se moquaient toujours de moi, et il y en avait qui m'appelaient “lèvres de nègre”. Partout où je vais, on me demande d'où je suis. “Du Nigeria ? Du Mexique ? D'Égypte ?” Quand je dis que je suis indienne, on s'écrie : “Oh, oui, ça s'entend à ton accent !” Samir, mon seul accent, c'est celui du Midwest. À mon premier semestre à l'université, un bonhomme m'a accostée en m'accusant de prendre la place d'un étudiant blanc. Il a crié après moi, disant que par ma faute un étudiant serait plus tard privé d'emploi. C'est comme cela qu'on te considérera là-bas, comme quelqu'un qui prend une place appartenant de droit à quelqu'un d'autre. *Qui es-tu? Que vaux-tu?* Même le rêve américain a conservé des distinctions.

« Samir, les gens vont remarquer ton accent, ta couleur de peau, tes cheveux et tes yeux sombres. Quels que soient tes vêtements, ton instruction, la qualité de ton anglais, on te regardera comme différent, et non comme ce que tu es réellement. »

Il retira sa main, prit une autre cigarette, contempla la salle, les autres étudiants, sa vie passée, tout ce qu'il laissait derrière lui ; rien de tout cela, même teinté d'occidentalisation, ne le préparait à ce qu'il affronterait prochainement. S'en rendait-il compte ? Il fit une moue. « J'y arriverai, Layla. Je réussirai en Amérique aussi bien que ton père. Rien ne peut me retenir, ni maman, ni la religion, ni... » Il fit un geste pour chasser la fumée qui flottait devant son visage.

Tandis que nous nous dirigions vers les grandes Portes de Dabi Pura, avançant en zigzag le long des ruelles étroites, la pluie commença à tomber ; l'air qui empestait les gaz d'échappement, l'urine, la poussière, se rafraîchit enfin. Assise derrière Samir, je me recouvris la figure de mon tchador, essayant de me protéger de la pluie. Samir accéléra, espérant rentrer à temps à la maison. Mais nous avions à peine dépassé la prison de Vijayanagar et atteint la colline qui descendait en pente vers notre quartier que l'averse devint torrentielle : une pluie oblique, des gouttes lourdes et denses qui nous fouettaient la peau. Nous pouvions à peine garder les yeux ouverts. La roue arrière dérapait et, me rappelant son accident, je lui demandai de s'arrêter. Nous sortîmes de la route et entrâmes dans un fourré. Nous nous réfugiâmes contre un tronc d'arbre ; la moto était appuyée contre un autre arbre, de l'eau dégouttait du siège et de la vapeur montait du moteur encore chaud. Les vêtements de Samir étaient trempés et collés sur lui. Il frissonnait. J'ouvris mon tchador et nous nous blottîmes dessous tous les deux. Nous restâmes à regarder devant nous le rideau de pluie.

Cette portion de la route était pratiquement inhabitée ; il y avait en face de nous un vieux bâtiment qui, d'aussi loin que je m'en souvienne, était abandonné. J'avais souvent pensé qu'une famille sans logis aurait pu s'y installer. Il n'y avait pas non plus de cabanes dans les bois alentour. Un chemin sablonneux s'enfonçait dans les arbres derrière moi, mais semblait ne conduire nulle part.

Je levai les yeux vers Samir ; de l'eau dégoulinait du bout de son nez et ses cils noirs étaient collés entre eux. Depuis que je lui avais parlé de mes expériences de l'Amérique, il avait pris un air solennel et distant, comme si j'étais devenue sa mère, celle qui imposait des limites.

J'écartai ses cheveux de son visage au large front, à la mâchoire ferme. Tout en lui me plaisait, même cette maudite jambe. « Je serai là avec toi, lui dis-je, je t'aiderai à naviguer. Tu n'es pas tout seul. Tu ne l'es plus. » Ces mots, j'aurais souhaité les entendre moi-même.

Il me regarda, soulagé : sa froideur s'évanouit aussitôt et il pressa son front contre le mien. Je me dressai sur la pointe des pieds, enfonçant mes sandales dans la terre mouillée, et je glissai ma langue entre ses deux dents. C'était ce que je désirais maintenant, je ne me contentais pas de ce que nous avions fait jusque-là ; peu importait ce qu'il trouverait, peu importait sa réaction.

Il comprit et, me plaquant contre le tronc d'arbre, s'agenouilla devant moi et, caché sous le tchador, il posa la bouche sur mon nombril.

« Pas comme ça, pas ici, tu es fou ! »

Il continua, ma voix était couverte par le bruit de la pluie.

Je tâchai de me dégager. « Samir, nous sommes presque chez nous. La maison est vide. » Il y avait Nafiza, bien sûr, mais ma nourrice ne serait-elle pas rassurée ?

« Quoi ?

— Pas ici, pas comme ça, je t'en prie. »

Il parut presque surpris par mes protestations, puis se leva et retira le tchador, qui n'était plus qu'un chiffon mouillé.

« Attends », dit-il, et il courut vers un cocotier ; d'un bond, il arracha une de ses longues palmes, revint en la traînant derrière lui et me la mit sur tête, tel un parapluie tropical.

Nous sautâmes sur la moto et, cette fois, je m'assis à califourchon, serrée contre lui. Au bout d'un moment, je laissai le vent emporter la palme. Je passai mes bras autour de Samir, puis une main dans sa chemise, je la déboutonnai, je la sortis de son jean, dénudant ainsi son dos que je léchai ; il avait le goût de sueur et de pluie. Des hommes nous dépassèrent en braillant et se moquant, mais je ne pouvais m'arrêter, et Samir ne m'arrêta pas. J'étais la femme qu'il avait épousée. Les limites, c'était terminé.

Quand il stoppa devant le portail, nous sautâmes à terre, riant aux éclats. Il me traita de traînée à cause de ma conduite, mais il avança vers moi, les doigts dans mon jean, et moi je reculai et essayai d'ouvrir le sien. Je trébuchai sur les marches et faillis tomber mais il me rattrapa, m'attira contre lui. Nous nous embrassâmes, et je réussis à lui ôter sa chemise. Rien, rien, ne nous retiendrait aujourd'hui.

J'entendis alors des applaudissements, puis une voix d'homme. Feroz n'était donc pas à l'université ?

« Ouah ! ouah ! Je n'ai jamais vu une aussi belle scène

d'amour au cinéma ! Les réalisateurs devraient vous demander conseil à tous les deux. » C'était Navid, assis dans le *divan*, qui attendait sans doute son ami. Quel spectacle nous avions donné... Il avait une cigarette aux lèvres et des lunettes de soleil relevées dans sa masse de cheveux. Il applaudit de nouveau.

Samir ramassa sa chemise et l'enroula autour de moi. « Va te changer », dit-il, ses yeux sombres fixés sur son ami. Il n'avait pas fait un pas pour saluer Navid, mais restait immobile, essayant d'enfoncer ses mains dans ses poches mouillées. Sa peau luisait.

Je fis un rapide *salaam* à Navid et, tandis que je me retirais à l'intérieur de la maison, j'entendis Samir s'écrier : « Bon Dieu, mais qu'est-ce que tu fous ici ? » Je me doutais qu'il était furieux comme moi d'avoir été ainsi interrompu.

« *Ar're*, je ne t'ai pas vu depuis le mariage et c'est comme ça que tu m'accueilles ? Je croyais que j'étais ton meilleur ami ! Si je n'étais pas persuadé du contraire, je croirais que tu m'évites, que tu n'as pas envie que ta belle épouse rencontre ton *yaar*. » Il se mit à rire et applaudit de nouveau. « C'était un beau spectacle... comme au dîner de *walima*. »

Nous étions assis autour de la table de bambou, les deux amis à ma droite et à ma gauche. Nafiza nous avait servi du thé et des goyaves coupées en deux, dont la chair rose assaisonnée de jus de citron et de poivre piquait la langue.

« Tu vois, c'est ça que je ne comprends pas, Bhabhi... », me dit Navid, me donnant le nom de belle-sœur, comme Feroz. Il poussa un morceau de goyave dans sa bouche, qui gonfla ses joues minces et parlait tout en mastiquant. « Vous êtes très belle, je le vois maintenant. Je veux dire, vous sembliez très belle aussi le jour du mariage mais, vous savez, avec ces fleurs, ces voiles traditionnels, eh bien, on ne voit fichtrement rien. Mais, maintenant, je comprends pourquoi Samir ne s'est pas montré pendant tout un mois. » D'un clin d'œil, il montra la porte ouverte. La pluie tombait avec fureur, inondant les dalles de pierre sur le seuil, les flaques d'eau grandissaient dans la cour. Le peu de ciel que l'on pouvait apercevoir était aussi sombre que la terre humide. Se penchant vers moi, il me dit en baissant la voix : « Dites-moi, Bhabhi, ç'a été toujours aussi passionné que ça depuis qu'il vous a épousée ? »

Samir lui donna un coup de pied sous la table. Il portait encore son jean mouillé ; malgré mon insistance, il avait refusé d'aller se changer. Finalement, j'avais été chercher dans sa malle une chemise bleue que j'admirais toujours sur lui. À présent, les rides qu'il avait héritées de sa mère se creusèrent sur son front, c'était un signe de tension que j'avais appris à reconnaître, mais il était souriant. « Fais attention, dit-il à Navid, ou tu devras marcher jusqu'à la route des voleurs pour prendre un moto-rickshaw... » Il voulait dire la route qui était près de la prison.

« *Ar're*, Layla est américaine, elle peut entendre des propos sexy, protesta Navid, mais n'en parlons plus. D'ailleurs, tu as raison, je m'égarais. Voici ce que je voulais vous demander, Bhabhi : vous êtes américaine, vous avez un passeport américain, une éducation américaine, alors pourquoi êtes-vous revenue pour un mariage pareil ? Vous comprenez, un mariage *arrangé*. C'est si arriéré. Samir et moi nous parlions de ça à l'université. Et nous disions toujours : "Non, non, pas nous. Nous n'accepterons jamais que nos parents organisent notre mariage. Nous épouserons celle qui nous plaira, hindoue, musulmane, sikh, qu'importe, pourvu que nous ayons choisi nous-mêmes." Bien sûr, nous sommes en Inde, et avec une mère comme celle de Samir, ce n'est pas toujours possible de faire ce qu'on veut. Mais vous, Layla, vous êtes américaine. Vous ne trouvez pas que ce système ressemble à... à... *ar're, yaar*, comment nous l'appelions ? » Il fourragea dans ses cheveux, faisant tomber ses lunettes qui tintèrent contre le sol.

« Un sacrifice païen, dit Samir.

— Exactement ! Un sacrifice humain. » Il ramassa ses lunettes et les pointa vers Samir. « Tu as toujours été le plus intelligent, *yaar*, même dans des cours où tu ne fichais rien.

— Vous avez aussi fait des études d'ingénieur ? lui demandai-je. C'est là que vous vous êtes rencontrés ? »

Navid avala son thé, tout en observant Samir par-dessus le bord de sa tasse avec un regard que je ne pouvais déchiffrer. Des cernes bleus assombrissaient ses yeux clairs, tachetés d'or, comme je n'en avais jamais vu.

« Dans le parc, dit enfin Samir. Nous nous sommes rencontrés dans le parc où je vais m'entraîner. Il y a longtemps, hein, Navid ? Sept, huit ans.

— Sept ans, dit Navid. Je me rappelle encore le jour exact. »

Ils se regardèrent tous les deux un moment. Puis Samir prit ma main, la porta à ses lèvres. « Nous partons pour Madras, dit-il, vendredi prochain. Et, après, pour les États-Unis. Une autre vie pour moi, Navid, une vie que je choisis. »

Navid se mit à rire. « C'est ça, un arrangement moderne. Le passeport contre le diplôme. Permets-moi te dire, *yaar*, que l'Inde est en train de changer, tu n'as plus de raison de t'enfuir. Pense seulement à ces rites de mariage, ils reflètent exactement l'Inde actuelle. Autrefois, les époux étaient réunis selon des composantes communes, la religion, le statut familial, la fortune... » Il comptait sur les phalanges de son petit doigt. « Maintenant, toutes ces idées sont dépassées, remplacées par les passeports et les diplômes, la dot se trouve dans un porte feuille ou une poche. Qui se soucie de ce que tu es, ou de ce que tu étais, voyons seulement en quoi tu peux te changer ! Je te le dis, *yaar*, l'influence de l'Amérique est là. D'ici peu de temps, l'idée même de mariage sera périmée. Ou alors, si le mariage subsiste, qui épouse qui sera sans importance. » Il aspira profondément avant d'insister : « Écoute-moi, *yaar*, il n'y a pas de raison que tu t'enfuies en Amérique puisque l'Amérique vient à ta porte. »

Nafiza entra dans la pièce pour demander si Navid resterait dîner. Elle paraissait particulièrement fatiguée ; son cou et son menton avaient la couleur jaunâtre que j'avais parfois remarquée chez les gens d'ici, une jaunisse due à l'eau et à la nourriture. Il fallait que je la force à aller chez le docteur autant qu'elle-même essayait de m'y forcer.

Samir se leva d'un bond, détacha son jean mouillé de sa cuisse faible, la dissimulant sous l'épais tissu. Si Navid n'avait pas été là, je serais allée prendre ses mains dans les miennes pour qu'il ne se sente pas humilié.

Il libéra Nafiza en lui disant : « Navid doit retourner à son atelier de réparations. » Elle sortit en boitant et il se tourna vers moi : « Je sors, je l'emmène juste pour lui trouver un moto-rickshaw. »

Mon regard se porta involontairement sur sa jambe blessée. Je criai : « Avec cette pluie ! Non, non, non, je ne te laisse pas y aller. » Des limites pour le protéger, avait dit Zeba : même celle-ci, une jambe droite cassée et pas convenablement soignée pour empêcher son fils de s'aventurer trop loin. La responsabilité de Samir avait été transmise de sa mère à son épouse, avec apparemment la même crainte qu'il ne rentre pas à la maison. « Ta moto dérapait, Samir, je t'en prie, ne sors pas ! »

Agrippant les bras de mon fauteuil, il se pencha sur moi pour me murmurer à l'oreille : « Tu m'avais fait perdre mon sang-froid, Baby.

— Demain, c'est dimanche, dit Navid. L'atelier est fermé. Laissez-moi vous emmener quelque part tous les deux, ce sera mon cadeau de mariage. Un film hindi ? Vous savez, *Chandni* fait un tabac en ce moment. *Ah-ha*, quelle actrice, cette Shri Devi ! »

Samir effleurait ma nuque de ses lèvres, sans répondre. Sa chemise ouverte laissait voir sa poitrine lisse.

« *Ar're*, *yaar*, arrête de te donner en spectacle. Tu me dis de ne pas parler de ce genre de chose à ta femme et toi-même, tu... Bhabhi, Samir est mon meilleur ami, Bhabhi, vous n'avez aucune idée à quel point il est important pour moi. Je vous en supplie, s'il vous plaît, ne l'emmenez pas aussi loin sans le laisser passer une dernière journée avec moi ! S'il vous plaît, juste une journée. Vous l'aurez pour le reste de votre vie. »

Navid suggéra que nous allions au fort de Golconde, un trajet de deux heures. Bien que sentant la réticence de mon mari, j'acceptai aussitôt : cette excursion serait le moyen de voir Henna, ma meilleure amie, celle avec qui *moi aussi*, je souhaitais passer une journée avant de retourner aux États-Unis. La route jusqu'au fort était étroite, les camions doublaient les camions, doublaient tous les véhicules, les chauffeurs étaient imprudents et ivres ; Samir refusa donc de m'emmener sur sa moto. Comme nous n'avions pas d'auto, il sembla un moment qu'il faille renoncer à ce projet. Navid dit alors qu'il louerait une voiture avec le peu d'argent qu'il avait sans doute gagné à son atelier de réparations de téléviseurs. Samir n'offrit pas de participer : c'était un cadeau de mariage.

De bonne heure le dimanche matin, Navid apparut dans une Maruti d'un rouge tapageur qui me rappela la Golf WV raffinée et dernier cri, arrivée dernièrement sur le marché indien des lourdes Fiat et Ambassador : un nouveau pas du pays vers l'Occident. La Maruti avait des vitres teintées et un lecteur de cassettes qui répandait si bruyamment la musique de *Chandni* que je n'entendais pas ce que se disaient les deux amis assis à l'avant. Je baissai ma vitre et me sentis perdue dans le brouhaha entre les moto-rickshaws qui pétaradaient et la chanteuse de la cassette qui s'égosillait sur ses malheurs — « non, elle ne quitterait pas la maison de ses parents pour aller dans sa belle-famille... » Quelle lamentation démodée !

Nous prîmes Henna en chemin ; tout de suite, je sus que quelque chose n'allait pas. Je ne l'avais pas vue depuis le mariage et, me glissant contre elle, je lui pris la main. En moins d'un mois, son ventre était devenu si gros que je distinguais son nombril à travers sa *kurta* tendue contre sa peau.

Nous repartîmes et, sous les flots de musique, je lui demandai ce qui se passait. Elle secoua la tête, me montrant les deux hommes du regard et je compris qu'elle désirait attendre que nous soyons seules. Je mis ma paume contre la sienne pour lui faire comprendre que nous étions unies.

Nous restâmes sans parler, incapables de plaisanter comme les deux amis, devant nous. Au bout d'une heure, Samir se retourna et prit mon autre main. Il me regarda avec cette façon qu'il avait d'essayer de percevoir ce que je voyais.

Il ne dit rien, mais je pus lire dans ses yeux cette question : Pourquoi es-tu tellement silencieuse alors que c'est toi qui as insisté pour que nous nous lancions dans cette aventure ?

Il y eut alors un moment où, serrant sa main et celle d'Henna, je me sentis submergée par une vague de bonheur que je n'avais jamais éprouvée auparavant, et je souris à Samir.

Henna s'écria : « Samir *Bhai*, vous portez un anneau de doigt d'orteil ! Pourquoi avez-vous enlevé votre bracelet d'or ? » — celui que, me représentant au mariage, elle lui avait mis au poignet.

Samir porta son regard sur mon corps, passant sa langue entre ses dents, nullement gêné par ce qu'il révélait. Ce n'était plus l'homme qui refusait d'affronter ma famille, ou d'être confronté à elle.

Henna libéra ma main et commença à triturer sa *kurta*. Je compris qu'elle avait l'impression d'être en tiers entre des époux, mais je posai ma tête sur sa douce épaule et repris sa main sans lâcher celle de Samir.

Nous étions à l'intérieur des grandes murailles du fort de Golconde sur une sorte de terrasse en pierre, tout en haut, dominant la citadelle. Le fort avait été construit sur une colline de granit. Nous nous étions garés sur un emplacement rempli d'autocars et de voitures à l'endroit même où les armées mogholes avaient campé durant huit mois et fait le siège de ce fort imprenable. La porte qui leur avait été enfin ouverte, qui avait permis à l'ennemi de s'introduire facilement, je ne parvins pas à la trouver. Mais en montant jusqu'à la terrasse, après avoir gravi des centaines de hautes marches en pierre, nous étions passés devant un vieux puits et j'avais entendu un guide dire que les femmes du harem, les femmes de la famille Qutub Shahi, s'y étaient jetées, se refusant à ce que leur corps soit également envahi. Voilà l'héritage que je portais en moi.

Au loin, au-delà des murailles sinueuses de maçonnerie, des prairies vallonnées où affleuraient des pierres çà et là menaient aux mausolées de la dynastie. Je ne voyais, d'où nous étions, que sept dômes majestueux sur treize peut-être, chacun entouré d'arbres au feuillage dense et touffu, d'une luxuriance qu'on ne trouvait pas ailleurs sur ce haut plateau. La brise était fraîche contre ma peau, pure de toute pollution et offrant un répit à la moiteur de la ville. Le soleil était féroce, la terre avait avalé goulûment les averses de la veille.

Samir me demanda de l'accompagner jusqu'au sommet du Darbar. C'était une structure de deux étages, avec de hautes arcades, où se trouvait le trône en pierre. Les marches qui y montaient étaient étroites et en spirale et grouillaient de visiteurs. Henna, ayant déjà eu de la peine à grimper, je restai en bas, saisissant l'occasion de me trouver enfin seule avec elle. Navid et Samir partirent ensemble et allumèrent une cigarette dès qu'ils nous eurent quittées. Navid portait un jean ample à la taille et aux cuisses comme s'il avait été taillé pour quelqu'un d'autre. Derrière les verres de ses grosses lunettes de soleil, je ne pouvais voir ses yeux tachetés d'or qui m'avaient tant frappée. Samir était, comme toujours, vêtu des vêtements qu'Amme lui avait rapportés ; ses lourdes chaussures claquaient sur les dalles de pierre et des guides s'empressaient autour de lui, lui touchant le bras, prononçant les quelques mots d'anglais qu'ils connaissaient dans l'idée qu'il avait des dollars. Henna et moi étant vêtues comme des Indiennes, on nous laissait tranquilles.

Dès que les deux amis eurent disparu à l'intérieur de l'édifice, Henna me saisit la main. « Hanif rentre à la maison, dit-elle. Il me revient, Layla.

— Quoi ! Henna, alors pourquoi as-tu l'air si triste ? » Je ne pus m'empêcher de prendre entre mes mains son visage potelé, baigné de larmes. Je me mis à rire tant j'étais soulagée, alors qu'elle pleurait. « Mon Dieu, Henna ; tu ne veux plus de ton mari ? »

Elle hocha la tête ; ses larmes étaient chaudes contre ma peau. « Je ne priais que pour cela. Il s'est arrangé pour arriver avant mon accouchement, Layla. » Elle parlait à voix basse, jetant des regards autour d'elle. Mais qui pouvait l'entendre, en dehors du vent et des fantômes qui occupaient la forteresse ? « Il ne l'a pas encore dit à ses parents, ni à personne de sa famille. Il quitte son travail. Eux ne le laisseraient pas faire, tu comprends. Mais nous ne pouvions plus être séparés. Il va vivre avec moi. Mes parents préparent notre chambre. Ils sont si contents !

— Et toi, pourquoi n'es-tu pas heureuse ? »

Elle voulut s'écarter, mais je la retins. Le khôl lui faisait des traces noires au coin des yeux. Les cernes que j'avais remarqués chez elle au moment de mon mariage s'étaient creusés. « Je n'y comprends rien moi-même, dit-elle. Tout ce temps, je ne désirais que cela, qu'il soit ici avec moi. Je vais avoir son bébé ! » Elle tenait son ventre entre ses deux bras comme si elle serrait déjà l'enfant contre elle. « Mais maintenant qu'il va venir... je n'aime pas que ce soit de cette façon. Qu'il revienne en catimini, comme s'il était invisible. Ça me donne l'impression que ça va tourner mal, non, que ça *tourne* mal. J'ai peur, Layla, j'ai si peur qu'il arrive un malheur, à lui, à moi, au bébé, je ne sais pas à qui, mais je ne dors plus. Je ne pense plus qu'à ça. » Elle s'essuya la figure avec son *dappatta*. Les visiteurs qui passaient nous jetaient des regards curieux, s'approchant toujours si près qu'ils nous frôlaient. Il y a trop de gens en Inde, trop de différences de culture.

Je voulus l'emmener ailleurs mais, à ce moment, Samir m'appela d'en haut. Je vis qu'il était debout sur la corniche du premier étage du Darbar, encadré par une arcade, et qu'il me faisait de grands signes. Navid était invisible.

« Je t'aime ! » cria-t-il soudain à ma grande surprise, et sa voix résonna entre les murailles. Les personnes à côté de lui baissèrent la tête pour me regarder. Un guide, derrière lui, frappait dans ses mains pour montrer aux visiteurs que le son allait droit, à travers le Grand Portique, jusqu'au devant du fort sans être entendu ailleurs ; l'acoustique avait été merveilleusement étudiée pour envoyer des signaux. Comme je n'avais pas réagi, Samir cria de nouveau ces mots que nous ne nous étions pas encore dits l'un à l'autre, « je t'aime ! » Une fois de plus, l'écho sembla réveiller les ruines qui m'entouraient, et je pouvais imaginer la vie d'autrefois, les écuries, les palais, les jardins. Ce n'était pas seulement une survivance, mais un mode d'existence, c'était possible ici.

Un groupe de jeunes gens tirèrent Samir de la corniche ; j'éclatai de rire et entraînai Henna loin de la vue des mausolées. Je me sentais coupable d'être heureuse alors qu'elle était si triste, mais ses craintes, ses pressentiments n'étaient sans doute rien de plus qu'une excitation déguisée. Je le lui dis ; c'était à son tour de se confier, et au mien de lui donner du courage.

« Henna, quand on désire une chose depuis très longtemps et qu'elle se réalise enfin, on éprouve... ce que tu éprouves pour ce bébé. Un cadeau que tu ne veux pas perdre, qui te paraît fragile, mais il ne l'est pas, il a une force en lui qui nous dépasse. Je te le jure, nous resterons tous sains et saufs, et heureux. Tout va bien se passer. Henna, notre vie ne fait que commencer !

— Ah, vous voilà ! » cria Samir, bondissant vers moi. Navid arrivait sans se presser, les mains enfoncées dans ses poches, sifflotant la chanson de *Chandni*. Lâchant la main d'Henna, je passai la mienne dans celle de mon mari pour lui faire comprendre que je retournerais avec lui à la voiture. Qu'il fût ou non de la famille, Navid pouvait escorter ma cousine.

Quand nous eûmes descendu les marches en spirale et que nous approchâmes de l'imposant portail de Balahisar, haut de vingt-cinq pieds et couvert de pointes pour empêcher les éléphants de charger, j'entendis, derrière moi, la voix de Navid. « Hé, hé, Henna *Apa*, c'est une idée splendide ! *Ar're, yaar* ! » cria-t-il. Nous nous mîmes de côté, Samir et moi, laissant passer les autres et attendant qu'ils nous rejoignent. Dans les lunettes noires de Navid, je voyais notre reflet, l'image d'un couple nouvellement marié, souriant et heureux. « Henna *Apa* a raison, déclara-t-il. Avec les élections qui approchent, ce n'est pas prudent pour vous deux de voyager seuls jusqu'à Madras. Il vaut mieux que je vous accompagne. »

Cette nuit-là, lorsque nous fûmes couchés, je dis à Samir que moi aussi je l'aimais. Les mots vinrent facilement, avec soulagement même ; je ne les avais encore jamais dits à personne. Et je compris, en les prononçant à haute voix, qu'il y avait longtemps que j'attendais ce moment, cette sensation aussi forte qu'un démon, et je priais qu'elle ne soit pas aussi inconstante, qu'elle me possède pour toujours.

J'étais étendue, la tête sur sa poitrine ; avec ma main à plat sur son ventre, je sentais sa respiration régulière contre mes doigts et mes tempes, elle avait le même rythme que la mienne. Autour de nous, les parois brunes de la moustiquaire, le ronronnement du ventilateur au plafond, et au loin les ronflements de Zeba. Je ne pouvais imaginer une autre vie pour moi. Comment le lui faire comprendre ? Par petites étapes, peut-être.

« Je n'ai pas pu assister au mariage d'Henna, lui dis-je, mais j'aimerais être là pour son accouchement. Elle m'a annoncé aujourd'hui qu'Hanif allait revenir. Il va vivre avec elle. Ils habitent si près de chez nous, Samir, nous faisons déjà partie d'une petite communauté, et toi, tu as Navid. Il t'est très attaché. La location de cette voiture a dû lui coûter très cher. C'est pour toi qu'il l'a fait. »

Samir aspira profondément, puis souffla sur mes cheveux qui me chatouillèrent le visage. « Tu as demandé à ta cousine d'inviter Navid à Madras ?

— Pendant notre lune de miel ? Bien sûr que non. C'est seulement qu'Henna a peur, comme ta mère. Je pense que c'est à cause de son état. D'ailleurs, Navid a bien réagi, il a compris, il ne vient pas. »

Samir resta silencieux, songeant avec inquiétude à ce qui était devenu pour lui une situation inconfortable : refuser de la part d'un ami proche ce qui serait considéré ici, où les lunes de miel (autre importation de l'Occident) n'étaient pas encore vraiment la coutume, comme une offre généreuse.

« Écoute, Samir, dis-je en glissant une main sous son pyjama, le temps que nous recevions le visa et que nous arrivions à Minneapolis, on sera en novembre, juste au moment où il commence à faire froid. Quand le vent souffle, il peut faire vingt degrés au-dessous de zéro, tu ne te rends pas compte de ce que c'est. Et il fait alors de plus en plus froid. Si nous attendions six mois — je me suis bien habituée à être ici, tu le sais — nous arriverions au printemps. Si nous partons maintenant, tu ne trouveras pas d'emploi et mon semestre universitaire sera déjà commencé. Mon père dit qu'il faudra même que tu suives de nouveau des cours d'ingénierie. Et tant que tu n'auras pas de salaire, nous serons forcés d'habiter chez ma mère. » Retourner à la maison où j'avais toujours été... Là, il n'y avait aucun avenir, Zeba avait raison.

Il repoussa ma main et se retourna, face au mur. Je me collai contre son dos. Tu peux t'éloigner, te refermer, mais cette fois je te parlerai quand même.

« Il ne peut pas être uniquement question d'aller de l'avant, d'édifier une carrière, Samir. Tu parles toujours de mon père, Mais en quoi tout l'argent qu'il gagne a-t-il bénéficié à ma famille ? Ce que vous avez ici est tellement mieux. Ton père n'a peut-être pas acheté de maison à ta mère, mais il lui a donné une existence. Si seulement tu m'avais connue là-bas, tu verrais comme je suis différente à présent, ici, avec vous, en Inde, dans votre foyer. Samir, tu m'as donné ce que tu m'avais promis, je t'en prie, ne me l'enlève pas si tôt...

— Tu ne sais pas ce que tu me demandes...

— Si, je le sais, Samir, je connais mieux l'Inde que tu ne crois. J'y ai passé la moitié de ma vie. C'est là que je me suis toujours sentie le plus à l'aise. Je fais partie de quelque chose ici, je ne suis pas simplement spectatrice. » Je me remis sur le dos, les yeux levés vers le dais de la moustiquaire que la brise du ventilateur arrivait à peine à traverser. Je sentais sur mes lèvres le goût de sel de ma sueur. « Que connais-tu des États-Unis, Samir ? Je veux dire, à part ce que tu as lu ou vu au cinéma ? Que sais-tu réellement de ce que tu en attends, *toi* ? »

Il se leva, tâtonna pour sortir de la moustiquaire, et enfila une chemise. Il prit son paquet de cigarettes dans le tiroir de la coiffeuse, le fourra dans sa poche et, sans me regarder, me dit : « J'ai promis, Layla, de te donner un foyer, et je le ferai, *là-bas*. Je trouverai du travail, n'importe lequel, et nous ne resterons chez ta mère que deux ou trois semaines, c'est tout. Nous commencerons une nouvelle vie tous les deux, loin de ton passé, loin du mien. » Il s'arrêta, baissa la tête comme s'il s'en voulait pour ce qu'il s'apprêtait à me dire : il avait le droit d'exercer son pouvoir sur moi, sa femme. « Nous allons vendredi à Madras... seuls ! Dès que j'aurai mon visa, nous partons aux États-Unis. C'est comme ça. Ne me parle plus de ça. »

Grâce à son intuition, à un léger frémissement dans l'air, Zeba savait que son fils avait de nouveau disparu, mais elle ne posa pas de question, ne m'offrit aucun réconfort comme je l'avais espéré. Elle n'avait plus de devoirs envers son fils. C'était une affaire entre nous, mari et femme.

Après le petit déjeuner, quand je m'assis à ma place habituelle sur le *takat*, appuyée sur un de ses oreillers brodés, afin de l'aider dans les préparatifs du dîner, elle m'arrêta d'une voix cassante que je ne lui connaissais pas. C'était l'interdiction de son fils, pas la sienne ; elle souhaitait autant que moi que j'aie ma place dans sa maison. Je me gardai d'insister : il importait peu que Samir ne suive pas les instructions de sa mère, mais Zeba devait suivre celles de son fils car, avant tout, il était un homme. Au moment où je descendais du *takat*, on entendit la voix d'une femme à la porte d'entrée qui demandait s'il y avait quelqu'un dans la maison. À son ourdou hésitant, je compris que ce n'était pas sa langue maternelle.

« C'est la blanchisseuse, dit Zeba, laissant de côté le gingembre qu'elle était en train d'éplucher et ajustant son *dappatta* autour de sa lourde poitrine. Peux-tu la faire entrer ? »

Cette blanchisseuse était une *lambarni* [1] qui habitait dans les bois, à l'écart de la grand-route — là où Samir et moi avions été surpris par la pluie. Le chemin désert que j'avais entrevu menait sans doute à son village, à sa cabane. Elle portait une jupe large et un haut ajusté couvrant son buste, mais laissant découverts son ventre dont la peau était tendue et son dos ; la jupe rouge, marron et violet, était brodée de minuscules miroirs qui projetaient sur les murs des cercles lumineux. Elle tenait en équilibre sur la tête un gros paquet de linge, enveloppé dans un vieux *lungi* à carreaux. Elle se pencha devant le *takat*, son vaste derrière cambré comme s'il avait été moulé à force de prendre cette position.

Zeba sortit un carnet de son armoire et, au fur et à mesure que la femme lui présentait chemises, pantalons, blouses, saris, soutiens-gorge et sous-vêtements, elle les rayait sur sa liste méticuleusement dressée de sa fine écriture. Il n'y avait aucune erreur, rien ne manquait. Quand elles eurent fini, Zeba remit à la blanchisseuse le linge de la semaine, qu'elle compta et nota soigneusement. Sans mot dire, je pris le linge propre de Samir, je l'emportai dans la chambre, fermant la porte derrière moi.

Où allait-il quand il s'enfuyait ainsi de la maison ? C'est pour chercher une réponse à cette question que je me mis à fouiller dans sa malle, en écartant les vêtements, glissant la main dans les coins et empilant par terre avec soin chemises et pantalons à côté de moi. Je ne savais pas ce que j'espérais trouver — une photographie, une lettre (comme celle

1. Sous-caste indienne. *(N.d.T.)*

qu'Amme avait découverte avant que Dad ne l'abandonne ?) —, mais je ne m'attendais pas à ce que je découvris alors.

Un sac en plastique crissant et froissé, frais contre mes doigts, alors que tout le contenu de la malle était mou. Il était caché entre des vêtements qu'il ne portait plus, des chemises et des pantalons en coton-polyester faits sur mesure, de style local, comme ceux qu'il avait sur lui lorsqu'il était venu faire sa demande en mariage. C'était en voyant ce jeune homme habillé de façon si peu seyante qu'Amme avait eu l'idée de lui acheter tous ces vêtements. Ayant arrangé ce mariage, elle avait voulu au moins que Samir soit assez séduisant, selon elle, pour que je consente à l'épouser.

Je trouvai dans ce sac une liasse épaisse d'articles découpés dans des magazines. Sans les avoir vus, les mots m'étaient familiers, c'étaient ceux qui remplissaient toutes ses lettres comme s'ils étaient de lui, des fantasmes sexuels qui étaient en réalité de la pornographie. Il n'avait, en les recopiant, que changé les noms typiquement américains — Jeff, John, Sylvia, Jen, qui étaient devenus Samir, Layla. Comment avait-il pu croire que sa fiancée, qu'il connaissait à peine, apprécierait ce langage et ces descriptions si vulgaires venant de son futur époux ? Comment n'avait-il pas deviné que cela m'avilirait, m'éloignerait de lui, me donnerait l'impression que j'étais une putain ?

Et elles étaient là aussi, ces lettres qu'il m'avait dit avoir jetées, celles de Nate, dans le même paquet que les articles, comme si, pour lui, il n'y avait pas de différence puisqu'il s'agissait de la même chose. Tout d'abord, je ne vis moi-même aucune différence tant j'avais refoulé profondément le souvenir de cette lointaine nuit, en la regrettant, en en ayant honte, en m'en repentant. Puis les mots disparurent, devinrent des images, et les images, des sons, des sentiments. La nuit sans lune, le parfum du jasmin, l'odeur amère de sa peau. Non, m'écrivait-il, il n'avait pas pris à la légère le don que je lui avais fait de ma virginité ; il avait été conscient de son acte, de ce qu'il signifierait pour moi, avant d'accepter de se glisser par la porte, de s'introduire chez moi. Cette déclaration d'amour arrivait trop tard.

La porte s'ouvrit et j'aperçus ses chaussures lacées sous son pantalon blanc ; il revenait sans doute pour se changer avant de partir donner ses cours. Je n'eus pas besoin de lever la tête vers lui pour sentir le regard lourd qu'il posait sur moi. Sa malle était ouverte, ses vêtements fraîchement repassés étaient empilés sur le sol et, éparpillées autour de moi, les lettres de Nate et les articles qui avaient inspiré les siennes.

Il n'y eut ni colère, ni jurons, ni hurlements, juste un retrait complet. Un silence que j'avais appris à connaître avec Dad.

Il se borna à choisir un pantalon propre dans la pile posée par terre, l'enfila et partit pour ses cours de l'après-midi. Le soir, au dîner, il s'assit en face de moi à la place qu'occupait son père le vendredi et le dimanche matin quand la famille était réunie pour le repas. Feroz et Zeba se regardèrent, mais ne dirent mot. À huit heures, lorsque Zeba nous fit sortir afin de servir le dîner qu'elle avait réchauffé pour son mari épuisé de fatigue, et de l'éventer avec un journal, Samir ne partit pas comme je m'y attendais. Il me suivit dans la chambre et s'allongea sur le lit, se glissant tout au fond, contre le mur, et me tournant le dos. De la même façon que tout avait commencé.

Il espérait peut-être que je lui offre une explication, des excuses, mais j'en étais incapable. J'avais la tête pleine de mots, anglais et ourdous, les lettres se heurtaient, de droite à gauche et de gauche à droite.

Lorsque Nafiza vint balayer avant la nuit, Samir ne se leva pas, et moi, ne pouvant lui confier ce que j'avais trouvé, je m'écroulai sur le tabouret de velours, la tête entre mes mains. Nafiza poussa un profond soupir avant de balayer autour de moi.

Au milieu de la nuit, il me parla dans l'obscurité. « Comme tu étais américaine, je ne savais pas que te dire, que t'écrire, il faut que tu comprennes. Tu avais tant de liberté, et tu connaissais tant de choses, *là-bas*... C'était seulement pour t'impressionner, pour que tu m'appartiennes. »

Oui, cet homme avait fait tout ce qu'il pouvait pour conquérir sa fiancée.

« Tes mots ne t'ont pas rendu plus proche de moi », murmurai-je. J'étais dégoûtée. Comme lui l'avait été, par mon sang.

Il gémit, s'approcha de moi en faisant grincer le lit, posa sa tête sur mon nombril. Ses joues étaient humides. « Je suis idiot, dit-il, sacrément idiot. Tu me pardonnes ?

— Pourquoi as-tu gardé... tout ?

— Je les jetterai, je te le jure, Baby, dès que je me lèverai demain matin. Nous avons déjà fait tant de chemin ensemble, il ne faut pas... Le passé, c'est le passé. » Il enfouit sa tête sur mon ventre, m'encercla de ses bras.

Le lendemain, il se leva plus tôt que d'habitude et je le vis à travers l'épaisse moustiquaire sortir de la malle le paquet de lettres et les articles. Il les fourra dans le sac de toile avec les livres d'ingénierie. Avant de partir, il vint s'asseoir sur le lit, entre les deux pans de tulle. Il avait un œil rouge et larmoyant, comme son père à la fin de la journée. Il croisa les mains sur ses genoux et les contempla.

« As-tu eu envie de retourner là-bas quand tu as lu... Tu as voulu rentrer ? Nate est peut-être plus digne... Tu penses peut-être qu'il est mieux que moi... » Sa voix se voila.

« Je t'ai dit que je t'aimais », lui dis-je. À vrai dire, ces mots ne vinrent pas aussi facilement que l'autre soir. Mais si mon mari s'était mal conduit, ne m'étais-je pas conduite encore plus mal ? Et il avait été capable de me pardonner.

Lorsque faiblit dans la ruelle le bruit de sa motocyclette, Nafiza entra dans la chambre avec Zeba. Avant même que je me lève et écarte la moustiquaire, rien qu'à la façon dont elle se tenait immobile, je sus que Zeba pleurait. Les volets étaient fermés, la pièce était dans la pénombre, je voyais néanmoins les larmes couler le long de ses pommettes saillantes et s'arrêter dans le creux de ses rides avant de tomber. Son *dappatta* noir avait glissé de sa tête, dévoilant des cheveux gris et clairsemés ; la raie, au milieu, était teinte au henné.

Sans se recouvrir, elle dit : « *Beti* ? » « Ma fille », c'était une question, ce mot résumait toutes celles qu'elle voulait me poser. Elle jeta un regard vers le lit, derrière moi, et je lus dans ses yeux en amande qu'elle pensait au linge taché que Samir lui avait apporté, au dîner de *walima*, à l'ordre qu'elle avait donné à Nafiza de me vêtir en vert.

Ce n'est pas un spectacle, avait-elle dit, Allah soit loué, ce n'était pas seulement un spectacle.

J'ordonnai à ma nourrice de quitter la maison.

« Tu as dépassé les limites, lui dis-je d'une voix étonnamment calme. Que tu m'aies nourrie au sein ou non, tu seras toujours ma servante, rien de plus. »

Ce mot fit tressaillir Nafiza, mais son visage ne se ferma

pas. Zeba s'était enfermée dans l'oratoire pour prier. J'espérais obtenir de ma nourrice qu'elle s'en aille avant qu'elle en sorte afin que les deux femmes n'aient plus l'occasion de se parler.

Nafiza essaya de me prendre la main, mais je la repoussai. J'ouvris mon armoire. Quelle compensation donnait-on aux domestiques que l'on mettait à la porte ?

Je l'entendais derrière moi qui tapait sur sa jambe douloureuse. « Il a rien fait avec toi, Layla-bibi. C'est un diable, pas un homme. Il se fait tout beau pour que tu voies pas qui il est. Ce *jadou* est plus mauvais que celui de Raga-bi, elle te fait rester ici, avec lui, mais cette maison est pas bonne pour toi.

— Qu'est-ce qu'une bonne maison pour moi, Nafiza, celle de Dad ? »

Elle continua comme si elle ne m'avait pas entendue. « Je suis ta maman, tu peux dire ce que tu veux, je suis pas ta servante. Je t'ai donné mon lait, je t'ai baignée, je t'ai portée avec mes deux mains. Tu es mon enfant. Je veux pas te voir malheureuse. J'ai rien dit quand j'ai su que tu allais avec l'Américain. J'ai dit, c'est mon enfant, elle fait ce qu'elle veut. »

Je lui tendis le salaire d'un mois entier, tout en sachant qu'elle irait simplement chez Amme, puis chez mon oncle après le départ de ma mère pour les États-Unis.

Elle fit un geste de refus.

« Bien sûr, lui dis-je, tu ne m'as pas rejetée après ce que j'avais fait. Mais tu n'avais pas le choix, quelle autorité as-tu sur moi ?

— Tu es mon enfant, comme Roshan...

— Prends l'argent, Nafiza, et va-t'en. »

Jamais auparavant je n'avais vu ses yeux se remplir de

larmes. Refusant de pleurer devant moi, elle les refoula aussitôt. « Écoute, ma petite, dit-elle en s'éclaircissant la voix. Je sais que tu vois pas clair. Il a fait du *jadou* avec sa belle figure, ses belles paroles. Quand tu verras clair, tu me reviendras. Aie pas honte de ce que tu fais aujourd'hui. Je te pardonne. » Elle serra le pan de son sari autour de ses épaules, enfonça le bout dans sa blouse. C'était le même sari bleu qu'elle portait le jour où elle était revenue de chez elle une semaine plus tôt. Ses cheveux étaient de nouveau huileux, des mèches se dressaient au sommet de sa tête et s'échappaient de son chignon. Elle exhalait l'odeur aigre de la maladie, et malgré ma décision de la forcer à aller chez le docteur, je ne dis rien.

Pendant qu'elle rassemblait ses affaires et sa boîte à bétel, les empaquetait dans un vieux sari déchiré à la manière de la blanchisseuse qui avait apporté ainsi notre linge, je l'entendis fredonner cette chanson de mon enfance où il était question d'une fille qui s'était perdue, mais qui retrouvait un jour le chemin de sa maison.

Amme arriva le lendemain matin.

J'étais avec Zeba dans la cuisine, appuyée contre le buffet noir ; ma belle-mère lavait la vaisselle du petit déjeuner, tâche habituellement dévolue à Nafiza, mais elle ne voulait pas que je l'aide. Debout derrière elle, je voyais ses épaules se soulever et s'abaisser, son *dappatta* noir s'étirer puis se froncer tandis qu'elle poussait soupir sur soupir. Quand elle eut fini, elle chauffa du lait pour le thé. Elle ne me regardait pas, faisant comme si je n'étais pas dans la cuisine en train de désobéir à son fils.

Je lui dis enfin : « J'ai essayé de persuader Samir de rester ici encore quelques mois, comme nous en avions parlé toutes les deux. »

Elle me regarda d'un air dubitatif, semblant ne pas douter de mes efforts, mais plutôt de l'emprise que je pouvais avoir sur Samir.

Puis elle me dit : « Ta mère est là », et ce n'est qu'à ce moment que je perçus le grondement familier du moteur de la Fiat. Zeba regarda la pendule. « Elle est ponctuelle. C'était l'heure à laquelle ton *nana* venait chaque mois chez mes parents pour toucher le loyer. »

Zeba avança un fauteuil pour Amme à l'entrée du living-room, du côté opposé au *takat*. Ma mère n'était pas tout à fait une étrangère, mais pas non plus un membre de la maisonnée.

Amme ne s'assit pas tout de suite, elle resta dans l'embrasure de la porte, enveloppée dans son tchador chatoyant. Elle inspectait la pièce de ses yeux en amande : le mobilier très simple, le petit réfrigérateur, le tapis du Pakistan sur lequel Zeba et moi nous nous asseyions, les trois tasses de thé fumant sur le plateau d'argent posé à côté de nous. Ma mère détournait son regard de mon visage, et cela me rappelait ce qu'avait été mon existence de fille malchanceuse. Je désirais pourtant ardemment qu'elle me voie, ne serait-ce que pour constater qu'en m'imposant mon mariage elle m'avait enfin amenée à la vie.

« C'est bien différent depuis la dernière fois que je suis venue ici pour le *sanchak* de ton fils. Il y avait beaucoup de rires, de chants ce soir-là... beaucoup d'espoir. »

Zeba offrit une tasse de thé à Amme. « Il y a toujours de l'espoir, dit-elle, quand on place sa confiance en Allah. »

Amme refusa le thé, expliquant qu'elle venait de prendre du *paan*. Je compris ce qu'elle voulait dire ; ce n'était pas une visite de politesse qu'elle faisait.

Elle se dégagea de son tchador et un sari jaune bordé de noir, à trame cramoisie, apparut. Elle portait des sandales dorées à hauts talons. On aurait dit qu'elle s'était habillée justement pour le *sanchak*. Mais, à la vérité, elle s'habillait toujours comme pour une occasion spéciale et, malgré ses cernes noirs, elle avait fière allure, alors que Zeba, devant elle, paraissait vieille, pauvrement vêtue, marquée de rides qui révélaient des épreuves bien différentes de celles qu'avait vécues ma mère. Locataires et propriétaires, toute leur histoire était claire comme le jour.

Amme drapa son tchador sur le dossier du fauteuil, puis s'assit enfin. Elle contempla la paume de ses mains dont les lignes montraient les décisions qu'elle avait prises. Elle s'apprêtait à annoncer la raison de sa visite.

Zeba avait sans doute aussi reconnu ce geste, car elle dit aussitôt : « J'ai appris que la sœur de ton époux vient de se marier. Pour la seconde fois. *Mubarak* ! Plaise à Allah que ce mariage soit durable. Le divorce est toujours plus difficile pour les femmes. Quelles que soient les circonstances, le blâme tombe sur elles. Les hommes continuent à mener leur vie, se remarient une deuxième, une troisième, une quatrième fois et personne ne compte le nombre des femmes avec lesquelles ils ont vécu. Ce sont elles qui en font les frais. Une fois que le nom d'une femme est lié à celui d'un homme, on la considère comme impure. » Elle s'interrompit pour boire une gorgée de thé, puis ajouta : « Votre belle-sœur a un bon *kismet*. La plupart des épouses divorcées doivent rester seules jusqu'à la fin de leur vie. »

Amme tortillait une boucle d'oreille en or, en forme de rose, attendant avec impatience que Zeba ait fini de parler. Elle put enfin dire : « Mon mari et moi partons dans deux jours pour les États-Unis. Il aimerait... » Elle hésita, s'éclaircit la voix. « Il aimerait voir sa fille avant notre départ. » C'était un mensonge, naturellement. Elle se servait de Dad, d'un homme, pour justifier une affaire entre femmes. Zeba ne s'en apercevait pas, mais ma mère avait un plan en tête.

« Ton mari ? s'écria Zeba, faisant tinter la tasse sur sa soucoupe. Nous nous sommes vues grandir, et maintenant nous nous regardons vieillir. Je connais ta situation, je suis au courant des sacrifices que tu as faits pour ta fille. Tu n'as pas besoin de me cacher la vérité. »

Elle faisait allusion au divorce de ma mère, et il me fallut constater que Samir, me trahissant une fois de plus, avait tout raconté à Zeba. Pourrais-je lui pardonner cela ?

Amme ne broncha pas, son visage resta impassible, comme je l'avais souvent déjà vu tant elle était habituée à ces sorties soudaines, à ces trahisons. Si elle pensait que c'était moi, sa fille, qui avais dévoilé son secret, elle ne le montra pas, et elle continua à m'ignorer.

Zeba se pencha et tapota la main d'Amme, qui la retira, cachant ses deux mains sous les plis de son sari.

« Il ne faut pas avoir honte, dit Zeba. Tu as fait preuve de beaucoup de courage et de résolution. Une mère doit faire tout ce qu'elle peut pour protéger son enfant. Si tu n'étais pas restée dans la maison de ton mari, sous sa protection, où seriez-vous à présent, toi et Layla ? Dans ce monde, la seule chose que possède une femme, c'est sa réputation, et tu as gardé la tienne. » Elle passa sa main sur ma tête, avec un geste dont je ne me souvenais pas qu'Amme l'ait jamais eu. « Ta fille est maintenant ma fille. Elle a un foyer ici. Si elle a renvoyé Nafiza, il faut que tu comprennes que c'est sa façon de vous dire qu'elle aussi aimerait faire de cette maison son foyer... quelle que soit la situation actuelle. Il y a seulement un mois de passé. Allah te récompensera pour les sacrifices que tu as faits pour elle. Il y veillera. » Elle leva devant sa poitrine ses mains recouvertes du *dappatta*, une mendiante implorant l'immense compassion d'Allah.

Amme se tourna enfin vers moi, remarqua le voile que j'avais autour de la tête et mes poignets et mon cou aussi dépourvus de bijoux que ceux de Zeba. « C'est vrai ce que tu dis. La petite paraît avoir trouvé sa place ici, dit-elle. Mais il faut pourtant que je l'emmène pour la journée, son père l'attend. Je te la ramènerai, je te le promets. »

Zeba parut mal à l'aise. « J'étais surprise, dit-elle, que tu m'aies envoyé Nafiza. Je savais qu'elle créerait des problèmes. Tu ne te rappelles pas tous les ennuis qu'elle a causés quand nous étions enfants ? Ton père l'avait prise chez lui, l'a élevée avec soin, et qu'est-ce qu'elle a fait ? Elle a séduit ton propre frère. Elle le poursuivait dans les bois, nageait avec lui dans la rivière. Toi et moi avons le même âge ; souviens-toi des adultes qui en parlaient tout bas entre eux. C'est ainsi que nous avons été pour la première fois au courant... » Elle jeta un regard dans ma direction. « ... des rapports intimes qui existent entre un homme et une femme. Quel choc pour nous, à qui on avait dit que ces choses-là n'arrivent pas chez les musulmans ! Et elles se passaient sous le toit de votre maison. Ton père a eu la présence d'esprit de la marier à Mousa, son chauffeur. Comment savoir jusqu'où elle serait allée, ce qu'elle aurait pu faire, pour devenir sa fille légitime ? »

C'était donc ça, la raison qu'avait eue ma nourrice de recourir à l'aide de Raga-bi et, sans doute aussi une des raisons de continuer à me considérer comme sa fille. Avec son lait, ma nourrice m'avait apparemment transmis quelque chose véritablement d'elle-même.

« Je vois que tu as toujours plaisir à parler du passé, dit Amme. Je t'assure que Nafiza a tiré la leçon de ses erreurs.

Elle est très dévouée à Layla et souhaite seulement que la petite ait un vrai foyer. » Là-dessus elle se leva, s'enveloppa de nouveau de son tchador et me fit signe, du menton, d'aller dans ma chambre me changer. Quand je me levai, Zeba agrippa ma main, avec une expression de désespoir que je ne lui avais jamais vue. C'était elle, la vraie mère, qui voulait que sa fille lui revienne.

« Il y a sept générations, dit-elle, que ta famille et la mienne se connaissent. Tu n'as pas eu besoin de faire une enquête sur le caractère de Samir, sa conduite, son passé, comme font les autres lorsqu'ils marient leurs enfants. Moi-même, je n'ai pas cherché à m'informer sur Layla, sur sa vie aux États-Unis. Nous avons conclu ce mariage en toute bonne foi, Marium... » C'était le prénom de ma mère, que personne ne prononçait plus. Comme moi, elle était une *bevi*, une épouse, une *bhabhi*, une belle-sœur, et aussi une *apa*, une sœur, une *amme*, et même une *sauken*, l'autre femme. Elle était désignée, comme la plupart des femmes dans cette ville, en fonction des liens de parenté qu'elle avait avec les autres, sans avoir de nom à elle, sa dépendance étant évidente même dans la langue.

« ... Marium, quoi que tu penses de mon fils, il a donné un foyer à Layla. Si tu l'emmènes, elle n'aura même pas cela... Rappelle-toi, il y a eu le dîner de *walima* qui annonçait une union réussie. Aucun homme ne l'épousera maintenant, à moins qu'il ne la prenne comme deuxième ou troisième épouse. As-tu sacrifié ta vie pour qu'elle devienne une femme ne valant guère mieux que celle qui t'a volé ton mari ? Je t'en prie, laisse-leur une chance. Ils finiront par s'unir, *Inch' Allah.* »

Ma mère m'emmena chez la gynécologue, à côté de la maison de Roshan ; elle écoutait enfin l'*alim* qui avait conseillé de me faire soigner.

Pendant le trajet, elle resta collée contre la portière de la voiture, le visage tourné vers la fenêtre. Seuls ses yeux apparaissaient sous le tchador, mais sans leur vivacité habituelle.

La Fiat, après être sortie de l'impasse, n'avait pas tourné à gauche, en direction de la Vieille Ville, mais à droite, vers les faubourgs de Vijayanagar, et je sus alors quelle était notre destination. Amme n'avait donné aucun ordre à Ahmed, et lui n'avait pas demandé où nous devions aller. Il conduisait simplement, tout avait été planifié à l'avance.

Plus nous nous éloignions du centre de la ville, plus la route devenait large, bien qu'il y eût moins d'automobiles et de bus. Les pétarades des moto-rickshaws firent bientôt place au grincement des roues de chars à bœufs. Chacun transportait un haut chargement de foin et, au sommet, était assis le paysan, un fouet à la main. Les constructions se firent rares, il n'y avait plus guère que de vastes champs en friche. De petits étangs, désertés par les oiseaux, brillaient sous le soleil de midi comme des plaques de verre. L'air empestait la bouse de vache. Je savais qu'Ahmed, nerveux et clignant des yeux, me regardait dans le rétroviseur. Cette fois, il ne racontait pas d'histoires, comme dans la ruelle de l'Éléphant, pour proposer une morale à ce qui se passait.

Au loin, des constructions modernes surgirent des terres infertiles ; le soleil teintait leurs murs d'un jaune criard. Ahmed sortit son bras par la fenêtre, agita ses doigts pour indiquer que nous nous arrêtions. Nous nous trouvions devant un bâtiment à deux étages dont le rez-de-chaussée était occupé par des boutiques : des éventaires de légumes, une pharmacie et le cabinet de gynécologie, tout ce qu'il faut à une femme au même endroit.

Le nom de la doctoresse était inscrit en lettres capitales de couleur bleue sur une pancarte au-dessus de l'entrée du cabinet médical. Il y était indiqué qu'elle avait été formée ici et en Angleterre, ce qui me donna l'impression que j'étais venue à la bonne adresse : enfin quelqu'un qui comprendrait ma situation. La porte était ouverte pour laisser passer un semblant d'air, et j'aperçus des patientes assises sur des chaises pliantes en aluminium, toutes dissimulées sous leur *burkha*; on ne pouvait donc guère savoir si elles étaient enceintes ou non. Une porte intérieure, couverte d'un épais rideau, menait à la salle d'examen.

Amme ne faisait pas mine de sortir de la voiture. Elle gardait son tchador serré contre sa bouche et, sous le voile, roulait ses phalanges contre ses cuisses.

Je jetai un coup d'œil à Ahmed, ne sachant ce que je devrais — ou pourrais — dire, mais Amme me parla avec la même franchise que le jour de mon mariage.

« Si tu devais faire quelque chose, mon enfant, pourquoi n'es-tu pas venue me trouver? Tu sais bien qu'il ne faut pas faire confiance au *jadou*. *Ar're*, si cela marchait, ne serais-je pas déjà morte? Crois-moi, Sabana a souvent essayé de me tuer. » Elle grommela : « Me voler mon mari ne lui a pas suffi, à cette femme.

— Amme, je vous avais parlé de mes saignements; et vous m'avez menée chez cet *alim* aveugle... »

Elle me lança un regard irrité. « Comment pouvais-je deviner tes... problèmes internes? Ma fille... » dit-elle en me regardant de haut en bas avec mépris, me sembla-t-il. Elle se rapprocha encore davantage de la portière pour s'éloigner un peu plus de moi, rassemblant les plis de son tchador sur ses genoux. « ... quand Nafiza m'a dit que tu... », elle s'interrompit, la bouche ouverte, incapable de prononcer l'inimaginable, puis secoua la tête. « Malgré tout ce que j'ai fait pour toi, tu as suivi les traces de ton père.

— Je n'ai pas parlé à tante Zeba de votre divorce », dis-je, évitant soigneusement, devant Amme, de désigner Zeba comme ma mère.

Le regard d'Amme se tourna vers le dos d'Ahmed, puis au-dehors. Notre chauffeur avait replié sa haute silhouette le plus possible, enfonçant sa tête dans ses épaules, au niveau du volant.

Devant la fenêtre d'Amme passait un cyclo-rickshaw chargé d'écoliers en uniforme bleu ; les petites filles avaient chacune deux tresses, relevées en boucles.

« Quand vous êtes restée enfermée dans votre chambre, lui dis-je, il n'y a eu personne pour s'occuper de moi. J'allais à l'école, et j'ai fait comme si vous ne pleuriez pas, comme si Dad ne partait pas à l'hôpital, comme s'il n'avait rien fait, rien changé. Tous les soirs, je me commandais une pizza. Quand vous êtes enfin sortie, vous avez fait comme si de rien n'était, sans jamais me demander comment j'avais survécu pendant tout un mois, ni me montrer que vous étiez fière de moi. Amme, je n'avais que dix ans. »

Ses doigts cessèrent de s'agiter, mais elle ne répondit pas.

M'adressant toujours à son visage détourné, je poursuivis : « Il y a un mois que je suis chez mon mari, vous ne souhaitez pas savoir comment cela s'est passé pour moi ? Apprendre comment je m'en suis tirée ?

— Tu t'en es tirée comme nous toutes », dit-elle en se tournant pour rencontrer mon regard, et je lus dans le sien le même vide que lorsqu'elle était sortie de sa chambre fermée à clé. « Quel choix avons-nous, sinon de nous débrouiller ? »

Ses yeux se posèrent sur mon ventre, puis elle les ferma, aspira profondément, ce qui plaqua son voile sur ses narines. « Si j'ai fait une erreur en t'imposant ce mariage, Layla, c'est que je croyais agir pour le mieux. Qu'au moins un de mes deux enfants ait une vie, un foyer. Pense à Abbas, mon pauvre petit garçon, tu ne peux pas imaginer ce que cela a été de le sentir s'agiter au-dedans de moi, avoir le hoquet quand je mangeais du curry... Et, lorsque j'ai pu enfin le tenir dans mes bras, il ne bougeait pas. » Ses yeux se remplirent de larmes ; je ne l'avais pas vue pleurer depuis que Dad avait divorcé ; je tendis les mains vers elle, mais elle eut un mouvement de recul, s'enveloppa encore davantage de son tchador.

Elle s'essuya les yeux avec un coin de son voile. « Ta bellemère a raison. Personne ne voudra t'épouser maintenant, ici ou dans la Vieille Ville. Cet homme qui a épousé la sœur de ton père, c'est un vieux Saoudien, et elle est sa quatrième femme. Seul Allah sait le genre de vie qui l'attend. Mais ce n'est pas pour toi, Layla. Et tu ne peux revenir avec moi chez ton père. Je t'en ai sortie, je t'ai donné une vie — ne vois-tu pas comme tu as de la chance ? Nafiza dit que ton mari sait ce que tu as fait, et il te garde pourtant chez lui. Il t'a donné de la dignité. S'il était comme ton père, il t'aurait tuée pendant la nuit de noce, et personne ne l'en aurait empêché, ni mis en prison, pas ici. On aurait dit qu'il était dans son droit. » Elle me fixa du regard jusqu'à ce que je baisse la tête, me rendant à ses raisons. « Quand ton oncle l'a interrogé à propos de sa jambe, Samir a reconnu son infirmité, il n'avait aucune intention de nous tromper. Je ne crois pas qu'il cache quelque chose maintenant, qu'en penses-tu ?

— Non », dis-je, songeant aux lettres de Nate et aux articles de journaux. « Plus maintenant.

— En tout cas, continua-t-elle sans m'écouter, ce garçon a agi très honorablement, il nous a épargné la honte. » Là-dessus, elle tira de son sac un épais paquet de roupies encore agrafées, venant tout droit de la banque. Une gratification, comme celle que j'avais voulu donner à Nafiza quand je l'avais mise à la porte. Apparemment, je ne reverrais plus ma mère.

« Et vous ? demandai-je, qu'allez-vous devenir maintenant que je ne serai plus là ? Vous retournez pour de bon aux États-Unis avec Dad ? »

Elle poussa un long soupir de lassitude, comme si elle exhalait son dernier souffle... ou s'embarquait-elle dans une nouvelle existence ? « Ton père m'a demandé de l'accompagner, dit-elle en inspectant la paume de ses mains. Sabana reste ici jusqu'à son huitième mois, elle veut être avec sa mère. Les enfants doivent retourner à l'école, et il faut quelqu'un pour les surveiller. Ton père est très occupé à son hôpital. »

Ainsi se dévoilait la vie qu'elle avait acceptée, le rôle d'épouse et de mère se réduisant à un rôle, inférieur, d'employée de maison. Elle, fille de *nawab*, ne connaissait pas un sort plus enviable que celui de ma nourrice. Si j'avais échoué comme fille, peut-être même comme femme, elle aussi, finalement.

« *Chalu* », dit-elle, se penchant pour taper sur l'épaule d'Ahmed. Il bondit hors de la Fiat pour lui ouvrir la portière.

Je rejoignis ma mère sur les marches du cabinet médical et je lui pris la main une dernière fois. Elle serra brièvement la mienne avant de la lâcher.

LUNE DE MIEL À MADRAS

Aysh

Il fumait, assis sur la couchette en face de la mienne, et semblait regarder par la fenêtre, mais je sentais que ses yeux fixaient mon reflet sur la vitre. Nous étions dans un wagon climatisé du Madras Express ; il serpentait à travers les rizières qui s'étendaient à perte de vue sous un ciel qui s'assombrissait. Il n'était pas encore quatre heures, mais nous dûmes allumer les lumières au-dessus de nos têtes, et la fenêtre nous renvoyait notre image, si bien que nous voyions nos silhouettes plus nettement que le paysage qui défilait au-dehors. Le wagon climatisé, d'une classe au-dessus de la première, avait toutes ses fenêtres verrouillées pour conserver l'air frais, artificiel. La lumière naturelle faiblissant, au moindre de mes mouvements, je voyais le monde extérieur se superposer à mon visage, ce qui me donnait l'impression d'en être coupée encore davantage. Et la sensation que j'avais éprouvée en roulant sur la motocyclette derrière Samir, me fondant dans le chaos et la vie autour de moi, avait disparu ; il me semblait être à présent sur le siège arrière de la Fiat, observant tout de loin. L'Inde était mon père, Samir et moi étions faits de la même argile, le même sang coulait dans nos veines, nous étions pourtant détachés l'un de l'autre.

Et j'étais enfin détachée de Nate, de la forme qu'il avait prise en moi, dans mon sang, dans mon ventre gonflé, crispé. La doctoresse ne m'avait posé aucune question, alors que j'étais prête à tout lui avouer. Après un rapide examen interne, elle avait procédé à une IVG, qui avait été moins douloureuse, moins agressive que je ne l'avais imaginé. J'avais néanmoins quitté son cabinet en me sentant à la fois propre et sale, comme si elle m'avait retournée à l'envers.

Rentrée à la maison, j'avais gardé mes distances avec Samir. Ce corps purifié, pensais-je, qui aurait dû me rapprocher de lui, était finalement devenu une nouvelle trahison. C'était moi, cette fois, qui étais distante, fermée. *Tu es juste comme ton père*, avait dit Amme en me déposant devant la maison de mon mari : ç'avaient été ses dernières paroles, *juste comme ton père*.

Dans la vitre, le visage de Samir ressemblait au démon qui continuait à me visiter en rêve, une esquisse au fusain, aux traits indécis. Hormis ses yeux sombres, vigilants comme toujours, qui tentaient de me percer le crâne pour voir à quoi je pensais. Je les évitai et regardai les rizières verdoyantes où des buffles paissaient çà et là. Dans le lointain, les arbres paraissaient petits et rabougris, les collines, des nuages bas. Au milieu d'un champ, un groupe de paysans, aux *lungis* remontés en haut des cuisses, étaient enfoncés dans la boue jusqu'aux genoux. Ils faisaient la récolte, liant les longs épis de riz en petits paquets qu'ils laissaient derrière eux à mesure qu'ils avançaient sans ordre apparent vers le bord du champ. Un des hommes avait la poitrine, les bras, le cou, le visage couverts de boue, on ne voyait que le blanc de ses yeux. Il tirait un buffle avec une courte corde. Personne ne leva la tête lorsque siffla le train qui n'était, dans ce pays, qu'un serpent de plus.

Samir éteignit sa cigarette contre l'épais talon de ses bottines et se pencha en avant, les coudes sur les genoux, les yeux fixés sur mon visage. Il ne possédait pas de vêtements chauds et portait encore un T-shirt blanc ; faisant jouer les muscles de ses bras, il joignit les mains et pressa ses doigts contre ses lèvres. Alors que nous nous attendions à un confort luxueux, nous étions en réalité transis et je m'étais enveloppée dans le tchador qu'il n'aimait pas me voir revêtir ; je ne lui offris pas, comme je l'avais fait le jour où nous avions été surpris par la pluie, de l'abriter dans ses plis. Les rides, sur son front, semblaient sculptées dans sa chair.

« Layla, je me réjouissais depuis longtemps d'aller avec toi à Madras. Mais je n'imaginais pas que je serais... si malheureux. Tout va mal depuis que tu as découvert ces lettres. Qu'est-ce qui t'éloigne de moi ? Maman dit que tu as renvoyé Nafiza parce qu'elle... » Son regard vacilla, « ... savait que... notre mariage n'était pas consommé... pas encore... » Il tapa deux fois du pied sur le sol pour insister sur le fait que ce n'était qu'une question de temps, rien de plus. Il me regarda de nouveau. « Quand je suis rentré l'autre jour et que tu n'étais pas là — avant, tu ne partais jamais, tu m'attendais toujours —, j'ai compris à quel point j'avais besoin de toi, Layla. Quand maman m'a dit que ta mère t'avait emmenée, j'ai pensé que tu ne me reviendrais pas, mais tu es revenue... jusqu'à un certain point. Maintenant, tu ne me laisses pas te toucher. C'est à cause de ces lettres ? Tu penses à lui, quand il te touchait... ?

— Non, je te l'ai dit, je ne veux plus de lui. Je suis venue en Inde, je t'ai épousé. J'aurais pu me sauver avec lui, rester là-bas. Tu as lu toi-même ce qu'il m'a écrit. Il était étonné que je l'aie quitté. Il croyait que je resterais. »

Il se renversa en arrière sur la couchette, la tête contre la fraîche paroi métallique ; sa pomme d'Adam montait et s'abaissait. Une semaine auparavant, jour pour jour, je l'avais trouvé dans la cour allongé au soleil sur une chaise longue. J'étais allée lui embrasser le cou. *Je suis plus proche de toi que ta veine jugulaire*, avais-je lu dans le Coran le matin même ; Allah nous parlait, à nous ses fidèles, et c'était ce que j'avais ressenti pour mon époux dont je me sentais plus proche que je n'avais jamais été avec qui que ce fût d'autre. Peu importait que nous n'ayons pas fait l'amour... *pas encore*.

Néanmoins, ce qui avait, au début, semblé sans importance, nos trahisons (lorsqu'il avait menti à sa mère à propos du linge blanc, et moi à lui sur mes saignements) étaient comme les fêlures risquant d'apparaître dans le grand barrage qui indisposait tant mon oncle Mamou, celui qui avait été construit près de nos terres ancestrales dans le lointain Nagarjuna Sagar. Chaque fêlure en faisait surgir une nouvelle et affaiblissait l'édifice entier. En vérité, il n'était pas si facile d'oublier le passé. Mais mon mari pourrait-il le comprendre quand je lui avouerais la vérité ?

« C'est exprès que tu essaies de me blesser en rappelant ce que... ton *amant* t'a écrit ? » Il avait les yeux fermés, le visage tourné vers le plafond et les tubes fluorescents. « Ne crois-tu pas que tes paroles résonnent dans mes oreilles ? » Le mouvement du train faisait rebondir sa tête contre la paroi avec un bruit sourd.

Il avait raison, je le punissais, car je n'aimais pas l'image que me renvoyait la vitre, ce visage rond qui me venait de mon père. Je me levai pour le prendre dans mes bras. Il me saisit une jambe, la mit sur ses genoux, si bien que j'étais à califourchon sur lui. Je pressai ma figure dans son cou en pleurant.

« Tu as parlé à ta mère du divorce de mes parents, or je

t'avais dit de ne pas le faire. Comment as-tu pu me trahir ? Je pensais qu'on pouvait se faire confiance l'un à l'autre, qu'on ne serait pas comme eux.

— De quoi parles-tu ? Baby, nous ne sommes pas comme eux...

— Nous le sommes si nous faisons des choses en cachette. Tu ne comprends donc pas ? Je me fiche de ces sacrées lettres à présent, je me fiche de ce que me disait Nate. Ce qui m'importe, c'est toi, tu es mon mari ; ne me dis plus que tu voudrais devenir comme mon père. Il nous a abandonnées ma mère et moi, il a continué à construire sa vie sur des mensonges. Tu veux vraiment lui ressembler ?

— Mon Dieu, Layla, pas du tout. Il faut que tu comprennes que je n'en ai justement pas envie. C'est parce que je ne veux pas continuer à vivre un mensonge que je souhaite désespérément partir avec toi aux États-Unis. » Il prit mon visage entre ses mains. « Écoute-moi, Layla, écoute-moi bien. Je ne peux pas être ici ce que je suis. En Inde, à Hyderabad, je suis le fils aîné, un musulman, même si je ne suis pas croyant, et maintenant je suis marié et on attend de moi qu'un jour je sois un père. J'ai des responsabilités envers tout le monde, sauf envers moi. Chaque visage que j'ai devant moi me rappelle ce que je devrais être et ce qui ne pourra jamais être, ici. Et c'est cela le mensonge, pour moi, c'est cela. Parfois je me dis que j'ai travaillé si dur et réalisé tant de choses à l'université car je ne me sentais jamais à la hauteur. Baby, je ne crois pas être capable de ce qu'on attend de moi. »

C'était un rôle trop important, trop inconfortable, comme un vêtement trop grand. Qui d'autre que moi pouvait mieux le comprendre ? Je le serrai dans mes bras. « Avec moi, lui dis-je, tu peux te montrer comme tu es, Samir. Je n'attends de toi, comme époux, rien d'autre que la sincérité. Nous allons à Madras, nous partons bientôt aux États-Unis, je t'en prie, disons-nous tout l'un à l'autre et prenons un nouveau départ...

— Oui, nous prendrons un nouveau départ là-bas, je ne désire que ça. Ce sera comme si je recomposais mon image. Tu m'as donné ça, Layla. Tu m'as libéré. » Il s'empara de mon visage et le couvrit de baisers. « Je ne suis pas ton père, Layla, je ne t'abandonnerai jamais. » Il me remit sur ma couchette, s'accroupit par terre devant moi et tenta d'ôter mon tchador. Le train commença à être ébranlé d'une série de secousses, puis s'arrêta. Je voyais par la fenêtre les premiers wagons dans un tournant, des bras et des jambes sortir des vitres baissées et ce qui avait l'air d'être un homme assis sur le toit de la locomotive, enveloppé d'un châle. Il commençait à pleuvoir et de fines gouttes glissaient le long de la vitre. Je me dégageai et allai à la porte. Il me regarda, surpris, peiné même.

« Layla, qu'as-tu ?... C'est encore à propos de ta mère ? Tu m'en veux encore ? Écoute, Baby... » Il se leva, vint vers moi et m'emprisonna de ses deux bras. Le train mugit. Un petit garçon accroupi à côté des rails déféquait, tournant le dos au train. Honteux, il baissait la tête. « Quand tu as découvert les lettres, chuchota-t-il, je me suis senti comme mis à nu, j'ai cru que tu me haïssais. Mais je me haïssais moi-même de les avoir gardées. » Soulevant ma *kurta*, il se pressa contre moi.

Le train s'arrêta une nouvelle fois dans un village dont le nom était griffonné en noir sur le mur en ciment qui tenait lieu de gare. L'inscription n'était pas en hindi, langue à laquelle j'étais habituée, mais en tamoul. Les gens sautèrent du train pour s'étirer, fumer, boire du thé qu'un vendeur versait dans de petites tasses en argile qu'on se passait de l'un à l'autre. Une grande femme, en *burkha* noire trop courte pour elle, le visage entièrement voilé, allait et venait toute seule, se baissant derrière les voyageurs comme si elle cherchait quelqu'un, un enfant perdu, un ancien amoureux, des choses qu'il lui fallait retrouver à tout prix.

Je murmurai : « Ma mère m'a emmenée chez une doctoresse. Une gynécologue. Les saignements, pendant la nuit de noces, toutes ces nuits où je t'ai mis dans ma bouche... Je te dis ça pour que nous puissions prendre un nouveau départ, pour qu'il n'y ait plus de mensonges entre nous... J'ai fait cela dans ton dos et maintenant je me sens pleine de honte. J'aurais dû t'en parler tout de suite, dès la première nuit, mais j'avais trop peur. Et, à présent, c'est fini... »

Il recula, essayant de déchiffrer mon visage, secouant la tête. Il savait ce que j'avais à lui dire. « De quoi parles-tu, Layla, de quoi *parles-tu* ?

— J'aurais dû prendre la pilule pendant un mois... je ne l'ai prise que pendant deux ou trois semaines, peut-être moins...

— Ne me dis plus rien. Je ne veux plus rien entendre...

— J'avais commencé en prévision de notre nuit de noces, pas...

— Je te dis de te taire !

— J'étais enceinte, Samir, oh, mon Dieu ! j'étais enceinte. »

Il ferma les yeux, Son corps s'affaissa, s'immobilisa. Au bout d'un moment, il me parla, mais si bas que je l'entendis à peine ; sa voix était couverte par les rires et les bruits extérieurs. « Et tout le temps, tu le savais, tu vivais dans ma maison, tu dormais dans mon lit ?

— Oui, oui. »

Il n'y avait plus rien à dire.

Cette nuit-là, il dormit seul sur la couchette en face de la mienne, refusant tout contact, tout geste de réconciliation, toute demande de pardon même. Que pouvais-je lui offrir d'autre ?

Au lever du jour, lorsque le train entra dans la gare centrale, la pluie était drue et le ciel si sombre qu'il semblait n'y avoir aucune différence entre la nuit que nous venions de passer si inconfortablement et cette nouvelle journée qui ne nous promettait aucun soulagement. Ici, pas d'appels à la prière, du moins que je puisse entendre avec le bruit de ferraille du train, puis son grincement final quand il s'arrêta complètement, tel un animal s'affaissant sur le ventre pour se reposer.

Samir s'était habillé pendant la nuit, tandis que je dormais. Qu'il crie après moi, me maudisse, me frappe même, j'y étais habituée. Dad, qui avait commencé à me battre à l'âge de deux ans et s'était arrêté seulement le jour de mon mariage, m'y avait habituée. Sans le savoir, Samir m'avait libérée moi aussi.

Pourtant, je préférais les coups au silence. Ils étaient comme les intervalles entre les arrêts du train ; je ne savais jamais quand ils tomberaient soudain sur moi, je ne pouvais jamais être tout à fait tranquille. De plus, quand il me battait, je savais au moins qu'il me voyait, que j'étais vivante. J'étais soumise, non pas à Allah, mais à Dad, il ne connaissait que cette façon-là de me toucher. L'amour, dans ma tête, avait alors le visage de la haine.

Lorsque je sortis des vêtements frais pour me changer, Samir se posta devant la vitre, regardant au-dehors comme s'il voulait me dissimuler à la vue des gens sur le quai, mais je savais qu'en réalité il se détournait du corps qui l'avait trompé si longtemps. Il avait raison : lors de notre nuit de noces, je m'étais moquée de mon mari.

Le train était entré dans le souterrain de la gare et nous dûmes nous frayer un chemin dans la cohue des voyageurs qui se ruaient vers l'escalier. Samir portait nos sacs en bandoulière, dont celui qui contenait ses papiers d'immigration et nos passeports, et notre valise tantôt d'une main tantôt de l'autre. Il avançait, fendant la foule avec une énergie que je n'avais pas encore; j'étais toujours trop polie et craintive. Il me dépassa bientôt, se faisant vite remarquer par ses vêtements, sa peau claire et sa haute taille. Les Tamouls avaient la peau plus sombre, le visage mince et lisse; le ventre des femmes n'était pas flasque comme celui de tante Asma ou des femmes que je voyais dans la Vieille Ville qui vivaient cloîtrées et dont le seul exercice physique consistait à aller et venir dans leur intérieur. Et voici qu'apparut de nouveau cette grande personne à la *burkha* trop courte, au *salwar* vague et brillant, aux sandales masculines. Je ne savais pas que des femmes pouvaient voyager seules dans ce pays; celle-ci n'avait apparemment pas retrouvé l'enfant ou l'amoureux qu'elle cherchait dans la petite gare du village. Elle marchait à la même allure que Samir, comme si l'épouse c'était elle et non moi. Et lui, dans sa hâte de fuir la gare, de me fuir, ne la remarqua pas.

Une fois au-dehors, il posa notre valise sous un auvent en ciment et alluma une cigarette en m'attendant. L'air était lourd et humide, alors qu'il était si sec à Hyderabad, située sur un haut plateau. Nous étions descendus jusqu'à la baie du Bengale et nous avions sur nos lèvres le goût du sel apporté par la pluie. Si Samir m'avait laissée baiser sa peau, je l'aurais trouvée sans doute également salée. Son T-shirt était plaqué contre son corps.

Quand je le rejoignis, il me dit : « Reste avec les bagages. Je cours chercher un taxi. » Il contempla un instant la pluie, cette pluie torrentielle qui n'était pas encore parvenue à Hyderabad, la mousson montant du sud. Les taxis étaient alignés le long du trottoir, à quelque distance de nous ; nous n'avions pas apporté de parapluie, n'ayant en tête que les démarches à faire au consulat.

Je posai ma main sur son dos et la glissai le long de sa colonne vertébrale ; il se retourna et me lança le même regard que lorsque je lui avais suggéré de rester en Inde. Je n'étais plus rien pour lui..

« Samir, je t'en prie... », mais il partit brusquement. Je le vis patauger avec ses bottines dans les flaques d'eau, puis passer la tête à l'intérieur d'un taxi, ses vêtements et ses cheveux dégouttant de pluie. Au moment où il allait s'asseoir sur le siège arrière, la femme à la *burkha* vint lui demander quelque chose, il fit un signe vers la file des taxis avant de sauter dans le sien. Elle prit le suivant. Notre taxi s'arrêta aussi près de moi que possible ; Samir et le chauffeur, un petit homme, recouvert d'une sorte de sac en plastique noir avec un rond découpé pour son visage, vinrent en courant saisir nos bagages et je me hâtai de les suivre jusqu'à la voiture.

L'hôtel était près de Mount Road, un large boulevard où roulait un flot d'autos et de taxis. Ici, il n'y avait pas de cyclo-rickshaws, tout semblait plus propre, plus net, plus ordonné. Les feux de circulation étaient respectés, il y avait une séparation au milieu de la voie entre nous et les véhicules venant en sens inverse et aussi des passages souterrains. On voyait des étrangers faisant de l'auto-stop, chargés d'énormes sacs à dos, vêtus de parkas au capuchon serré sous leur menton; je fus saisie par la blancheur de leur peau et Nate me parut plus étranger encore. Le taxi s'engagea sur l'allée en forme de *U* menant à l'hôtel *Shri Lanka*, et nous déposa juste devant la porte; le portier, en uniforme rouge, la tête rasée peut-être en signe de pénitence, courut à la voiture prendre nos bagages. Au moment d'entrer dans l'hôtel, je vis passer une procession de moines vêtus de robes de couleur ocre, la tête rasée comme celle du portier. Chacun tenait un bol en cuivre; des vapeurs odorantes s'élevaient autour d'eux, ainsi qu'un doux tintement de clochettes. Ils ne paraissaient pas remarquer la pluie.

La chambre, située au deuxième étage, n'était pas ce que j'attendais, elle n'avait rien d'une suite pour lune de miel : deux lits jumeaux poussés l'un contre l'autre pour en faire un grand, des toilettes à la turque, un chauffe-eau dans la salle de bains et un épais rideau à motifs floraux qui arrêtait le peu de lumière qu'il y avait au-dehors. Le portier le tira et ouvrit la porte-fenêtre qui donnait sur un étroit balcon, faisant entrer la pluie qui vint mouiller la moquette. J'aperçus des cocotiers et le toit de tuiles en terre cuite du bâtiment voisin. Dans la ruelle en bas de l'hôtel, un homme lisait le journal sur le seuil de ce qui avait l'air d'être son appartement. Il était assis en tailleur sur une marche, à l'abri des rafales de pluie. Il lui manquait les avant-bras et il léchait un moignon pour tourner les pages.

Après le départ du portier, Samir, debout devant moi, retira son T-shirt dont il se servit pour éponger sa poitrine, puis me dit qu'il allait prendre un bain. Quand il entra dans la salle de bains, je l'entendis qui fermait la porte à clé.

Que pouvions-nous faire avec cette pluie ? Où pouvions-nous aller ?

Il y avait un café, de l'autre côté de la rue, qui offrait d'immenses *masala-dosas* ; nous y commandâmes un petit déjeuner ; Samir donna de l'argent au portier pour qu'il aille nous le chercher. Puis il s'assit à la table ronde, près de la porte, devant les formulaires d'immigration que j'avais rapportés des États-Unis. Je le vis passer et repasser sa plume sur la même question, sans la comprendre. Finalement, il enfouit son visage dans ses mains.

Quand arrivèrent les *dosas*, je lui donnai à manger, comme Nafiza le faisait pour moi. Tout en mâchant, il me regardait avec des yeux humides, peinés. *Je suis plus proche de toi que ta veine jugulaire*, comment ne s'en apercevait-il pas ?

Je reposai le plat sur la table, m'accroupis devant lui, prenant ses mains dans les miennes ; l'anneau d'argent enserrait toujours son pouce. J'y déposai un baiser. « Je voudrais que tu fasses l'amour avec moi. »

Il me regarda en clignant des yeux, sans répondre.

« Samir, je voudrais que tu fasses l'amour avec moi, répétai-je. Je ne veux plus attendre. Je suis propre maintenant, je suis entièrement à toi. »

Il écarta sa chaise de moi, se leva, portant une main à son front. « On dirait, Layla, que nous vivons dans deux mondes différents. Il me semble me rappeler que tu es allée voir, plusieurs jours avant notre voyage de noces, un salaud de médecin pour te débarrasser des saletés d'un autre homme... » Je ne l'avais jamais entendu élever autant la voix, de la salive coulait de sa bouche.

Je m'avançai vers lui, il se déroba, se réfugia à l'autre bout de la pièce, trébuchant sur la valise. Puis il se précipita soudain vers la porte, mais je m'interposai. Il s'arrêta, furieux.

« Je t'aime, Samir. Je t'ai dit ça parce que je t'aime. Crois-tu que je l'aie dit à quelqu'un d'autre ? Pas même à lui ! » Tout en prononçant ces mots, je saisis à quel point ils devaient lui apparaître absurdes. C'était pourtant la vérité. Je m'étais confessée à lui, ne lui révélant pas seulement ce que j'avais fait, mais qui j'étais, mes erreurs, mes fautes. En échange, je souhaitais son pardon, je souhaitais qu'il m'accepte. « Je désire que tu répondes à mon amour, Samir. Je voudrais que tu fasses l'amour avec moi.

— Tu es folle ! Tu délires ! » Il se frappait le front. « Faire l'amour avec toi ? Tu crois que je ne suis que... je ne sais pas... qu'une foutue machine, qui peut se dresser sur commande, te baiser, coucher avec toi, toi qui as couché dans mon lit, qui m'as menti, qui m'as baisé. Non, je ne peux pas et je ne veux pas ! je ne te toucherai pas... pas maintenant.

— Pas maintenant, pas maintenant ! » l'imitai-je, sentant la colère monter en moi ; je reprenais de l'assurance, j'éprouvais une intensité d'émotion que je n'avais jamais connue, me sentant possédée d'un démon plus fort que le désir ou l'amour : je saisis un cendrier sur la table, prête à le frapper ; il me regardait, les bras croisés, sa langue apparaissant entre ses dents, me défiant comme moi j'avais parfois défié Dad, dépourvue alors de toute émotion, n'étant que douleur physique. C'était le contraire de la prière où l'esprit s'élève au-dessus de la prison de notre corps ; lorsque Dad me frappait, je me cachais à l'intérieur de ma chair, contre les battements accélérés de mon cœur, et plus rien ne m'atteignait.

Je reposai le cendrier en murmurant : « C'est notre lune de miel.

— Oui, en effet », dit-il en sortant sur le balcon pour allumer une cigarette. Par cette journée sombre, sa silhouette était plus sombre encore.

Ainsi, dans ce paradis tropical où l'air était imprégné de l'odeur de la baie, nous restâmes tout le jour dans la chambre. J'imaginais que d'autres couples en voyage de noces choisissaient, même si la chaleur était étouffante et incitait à sortir, de rester dans leur chambre, goûtant ensemble des plaisirs que nul spectacle extérieur, quelque attrayant qu'il fût, ne pouvait égaler. À présent, j'étais sur une chaise près de la porte, à côté de la table ronde, empêchant mon mari de sortir.

Il était couché sur le couvre-lit, les bras croisés derrière sa tête, les yeux fixés sur le plafond. Il n'y avait pas de ventilateur, seule la brise de l'océan nous parvenait par la porte-fenêtre coulissante, le même genre de porte que Nate avait poussée pour se glisser chez nous. La pluie avait mouillé le rideau à fleurs qui était à moitié tiré pour éviter une inondation ; des gouttes d'eau tombaient sur la moquette et faisaient une tache sombre comme si quelqu'un avait uriné. Je fumais ses cigarettes, le cendrier était presque plein. Le jour et la nuit se confondaient ici, se succédant impitoyablement. Je n'avais rien vu de Madras, mais je détestais déjà cette ville.

« Aurais-tu préféré que je ne te parle pas ? »

Il se coucha sur le côté, me tournant le dos. « Je t'en prie, laisse-moi un peu tranquille.

— J'ai réfléchi ces derniers jours — depuis que j'ai découvert ces articles, je crois. Comme c'est étrange... tu sais, on aurait dit que tu me préparais pour une incroyable aventure sexuelle — et en réalité tu ne m'as rien donné. Je sais, oui, que je t'ai pris dans ma bouche, mais tu n'étais pas prêt à en faire plus, même à ce moment-là, quand tu ne savais rien... de ce qui se passait dans mon corps. Pendant tout un mois, tu n'as jamais pris d'initiative. Je veux dire, ce n'est pas comme si je t'en avais empêché, comme si tu avais voulu faire l'amour et que... je te retenais. Tu t'es montré parfaitement satisfait de la situation. Mais moi, j'en veux davantage. Tu pourrais continuer ainsi, n'est-ce pas? Sincèrement — et nous sommes sincères l'un envers l'autre depuis que nous sommes montés dans ce maudit train —, nous l'avons été, alors, Samir, mais quelle différence entre ce que tu fais et ce que décrivaient ces articles! Parce que, réellement, *sincèrement,* tu es resté passif, je veux dire, tu ne m'as pas touchée une seule fois, pas vraiment, par exemple tu n'as pas une seule fois touché mes seins. Je croyais... bon, je croyais que les hommes aimaient ça. » Je tirai sur ma cigarette et remarquai que ma main tremblait. Il y avait dans la pièce une odeur d'océan, de moisi et de tabac froid.

Il rabattit l'oreiller sur sa tête. J'étais maintenant le bruit qu'il ne voulait pas laisser entrer dans son cerveau, s'introduire de force dans tout ce à quoi il croyait. « À propos de lettres, Baby, il y a celles que tu m'écrivais, hein? Rappelle-toi ce que tu me disais de ton amme, qui parlait, parlait toujours, et te rendait folle? C'est ce que tu fais maintenant, tu tournes en rond, tu me rends fou, moi aussi. Tu ne peux pas me dire ce que tu as fait, et puis t'attendre à ce que je... oh, merde! Je ne sais même plus ce que tu attends de moi. »

J'éteignis ma cigarette et j'allai vers lui; mon genou glissa dans l'interstice entre les deux matelas. Je le libérai et me mis à califourchon sur ses hanches, le faisant retomber sur son dos. Je commençai à défaire sa ceinture. Comment pouvait-il ignorer ce que j'attendais quand je le lui avais avoué de la façon la plus brutale?

« Je t'en prie, faisons l'amour, juste une fois », suppliai-je.

Il écarta mes mains. « Layla, je te préviens, je me contrôle à peine. Ne fais pas ça, ne me pousse pas à bout. »

Je tirai la glissière de son pantalon. « C'est à moi que tu parles, Samir ? Tu ne me trouves pas séduisante ? Est-ce à cause de ma figure ronde, de ma peau sombre ? Au mariage, ils murmuraient tous que le marié était plus beau que la mariée. Suis-je trop laide pour être baisée ? »

Il se souleva, coinça mes mains dans mon dos, me regarda avec étonnement, et enfin eut l'air de me reconnaître. « Il ne s'agit pas de moi, Layla. Mais de toi et de ton foutu père ! Je te l'ai déjà dit, je ne suis pas ton père. Je me moque de ce qu'il t'a dit sur ton physique et des réflexions de ces imbéciles au mariage. En Inde, c'est la couleur de la peau qui importe, voilà tout. Si tu étais comme moi, on dirait que tu es ravissante, mais personne ne te regarde *toi*, personne ne te voit, ici...

— C'est vrai, Samir, personne ne me voit, pas même toi. Mais en quelque sorte je ne te suffis pas, n'est-ce pas ? Que trouves-tu *vraiment* en moi... de repoussant ? »

Le mot qu'il avait prononcé lorsqu'il m'avait goûtée pendant notre nuit de noces résonnait encore en moi, ainsi que les gémissements d'Amme de l'autre côté de sa porte verrouillée. Elle avait été rejetée, renvoyée, pas seulement elle, mais toute sa féminité avait été humiliée, repoussée. N'étant plus bonne à rien pour le seul homme qui pouvait être son amant en ce monde.

Samir, honteux de ce qu'il avait dit, ferma les yeux, baissa la tête et desserra mes poignets. Je passai mes doigts dans ses épais cheveux et l'embrassai. Nous nous renversâmes sur le lit ; j'avais le dos sur l'espace qui avait tendance à s'élargir entre les deux matelas. Il tâtonna ma *kurta*, la souleva, passa une main dessous, tâta un sein, mais je savais qu'il n'était que l'époux consciencieux, qui avait des responsabilités envers tous, sauf envers lui-même.

Je me dégageai de lui à regret ; au bout d'un moment, sentant que mon corps restait immobile, il vint mettre sa tête dans mon cou. Qui de nous deux était vaincu ?

« Écoute, Layla, faire l'amour, c'est communiquer, se rejoindre. Quand mon cœur éprouvera de l'amour pour toi, quand ma bouche te le dira, alors mon corps suivra. Ce sera une nouvelle langue avec laquelle toi et moi nous pourrons nous parler, un autre moyen de nous unir. Mais il faut d'abord que j'entende cet amour dans mon cœur... Autrement — eh bien, puisque tu m'as demandé d'être sincère, je ne peux pas bander. Je ne sais pas ce que le sexe est pour toi, mais pour moi c'est comme ça. On ne peut pas exprimer un amour qu'on n'a pas.

— Tu veux dire que tu ne m'aimes pas ? »

Il se remit sur le dos en soupirant et ferma son pantalon. « Je te dis que je ne sais vraiment plus où j'en suis. Ce que tu as fait m'a réellement blessé. Tu ne parais pas comprendre combien j'ai dû prendre sur moi pour pardonner ton... infidélité. Tu t'es toujours impatientée, sans jamais t'excuser, mais me demandant seulement d'agir comme si rien ne s'était passé. Et maintenant tu fais la même chose, mais c'est pire. Pense à ce que tu me réclames. On dirait que tu es devenue soudain une petite fille déraisonnable. Tu ne te rends plus compte de ce que tu es. »

Il sortit de la valise la chemise bleue qui lui allait si bien.

« Laisse-moi venir avec toi, dis-je. Je t'en prie, ne me quitte pas. »

Il se changea en me tournant le dos, comme s'il voulait se cacher. « Ce n'est pas de bon cœur que je sors sans toi,

Layla, crois-moi. Tout le mois, je me suis réjoui de ce voyage, tu le sais. J'ai horreur de la maison de mes parents, horreur qu'ils soient juste derrière notre porte, qu'ils puissent entendre tout ce que nous faisons. Je voulais par-dessus tout en sortir, venir ici avec toi. Bon sang! J'ai travaillé jusqu'au dernier moment pour économiser l'argent nécessaire! Et, toi non plus, tu ne me laisses pas en paix.

— Je ne te demanderai plus rien, c'est promis. »

Il s'immobilisa un instant, se gratta la tête des deux mains. Son front était barré de rides. « Baby, il vaut mieux que je m'en aille. Je te l'ai dit, je ne me domine presque plus. »

Il chercha sur la table son paquet de cigarettes, qui était vide. Il le froissa et le jeta par terre. « Je rentrerai bientôt. »

L'aube, l'heure à laquelle je me levais habituellement. Mon heure favorite en Inde, quand les rues sont vides et silencieuses et le ciel plein de promesses. Une brise languissante agitait le lourd rideau, les nuages se dissipaient, le lever du jour se drapait d'ombres gris-bleu. Dans le lointain sonnaient les cloches en bois des temples, et plus loin encore des cloches métalliques, dont le son était aussi réconfortant que l'*azan* qui réveillait les fidèles d'Hyderabad. Samir n'était pas encore rentré.

La nuit, j'avais de nouveau été visitée par le démon, dont le contact m'éloignait encore davantage de mon mari. Dissimulant toujours son visage, cette fois, il m'avait parlé : « *Il ne te touchera jamais*, m'avait-il dit en riant, *ce garçon ne te touchera jamais.* »

Ce garçon, comme si lui-même était plus âgé, un ancien amant, dont le ton familier revendiquait des droits sur moi, comme personne d'autre auparavant, ni Nate ni Samir. Et je me souvenais de ce qu'Amme avait dit à l'*alim* aveugle en décrivant mes rêves : une fois qu'un démon a un penchant pour une femme, il ne laissera jamais aucun homme l'approcher, pas même son époux.

Trois garçons jouaient dans les vagues ; tous minces, les cheveux bouclés, le torse nu. Deux avaient encore leur pantalon, trempé et plaqué sur leurs jambes fines ; sur l'un, il était tombé si bas que l'on voyait son pubis ; à une cordelette noire nouée autour de sa taille fine pendait une amulette en argent destinée à éloigner les mauvais esprits — justement la protection dont j'avais besoin. Au loin, au-delà du troisième garçon en caleçon blanc, deux formes se détachaient sur l'horizon, deux bateaux entrant ou sortant de la baie. Le ciel était d'un bleu plus sombre que le bleu de la mer.

Samir était revenu depuis peu de temps et, sans me dire un mot, il était allé aussitôt prendre une douche. Il y avait eu de nouveau le cliquetis métallique de la serrure. Quand il était sorti de la salle de bains, il avait la taille entourée d'une serviette blanche, les cheveux collés sur son crâne et son front. Ses pieds humides avaient laissé des traces sur la moquette. Il s'accroupit devant la valise et y fourragea. Quand je vis qu'il essayait de mettre mon jean, je le lui pris pour l'enfiler moi-même. Je lui dis que je désirais qu'il m'emmène à Marina Beach.

La plage était assez proche pour y aller à pied ; sur l'avenue qui descendait jusqu'à la mer, des baraques de fortune vendaient toutes sortes d'objets en coquillages ; boucles d'oreilles, bracelets, colliers de couleur vive enfilés sur un fil d'argent ; grandes conques transformées en cendriers et plumiers, presse-papiers portant, inscrits à l'encre, le nom d'Allah, de Ganesh ou de Shiva ; boîtes ornées de coquillages de teinte cuivrée. L'air empestait le poisson mais, quand nous arrivâmes sur le rivage, les seuls bateaux que nous vîmes n'étaient que des barques aux carcasses en bois déformées et fendues ; on voyait qu'elles n'avaient pas servi depuis quelque temps. Les vrais bateaux de pêche étaient probablement partis à l'aube, au moment où je m'étais tout juste réveillée.

Je pris un bout de bois qui traînait et je gribouillai le nom de Samir sur le sable, ce qui me rappela, malgré moi, le soir où Raga-bi avait écrit sur la poussière avant de m'emmener sur le toit. Samir n'avait toujours pas dit un mot. Il gardait ses mains enfouies dans ses poches, la tête baissée, les yeux détournés. C'était comme si je me promenais toute seule.

« Tu connais quelqu'un à Madras ? » lui demandai-je en effaçant son nom.

Surpris, il se tourna enfin vers moi. « Qu'est-ce que tu racontes ?

— Tu es resté dehors toute la nuit. Ce n'est pas comme à Hyderabad où tu as partout de la famille et des amis. Où es-tu allé ?

— Il n'y a pas d'autre femme, Layla, je t'assure. Tu n'as pas besoin d'avoir peur que j'aie des aventures, je te le jure.

— Oui, tu m'as déjà dit ça... » et Roshan l'avait confirmé : le parc, la fac, la maison, ç'avait été toute sa trajectoire. « ... mais je ne peux pas m'empêcher de me demander...

— Écoute-moi... », dit-il en s'abritant derrière moi pour allumer une autre cigarette. Il avait fumé sans arrêt depuis que nous avions quitté l'hôtel et également pendant le petit déjeuner ; il n'avait d'ailleurs pas touché à son *dosa*. « Quand j'ai quitté la chambre hier soir, je voulais juste m'acheter des cigarettes, et peut-être faire un tour. Mais j'ai rencontré un ami... Je ne savais pas qu'il était à Madras. J'ai voulu savoir ce qu'il faisait ici. Il était tard, j'ai à peine dormi dans le train et j'étais fatigué, nous nous sommes tellement disputés ! Je me suis endormi chez lui, avec lui. » Au bout d'un instant, il ajouta : « Tu vois, Baby, que tu n'as aucune raison de t'en faire. » Il m'embrassa sur le front et s'éloigna avant que j'aie eu le temps de lui poser aucune question ; ses bottines noires faisaient clapoter les vagues, le sable se collait contre leurs épaisses semelles. Les mouettes se lançaient des appels au-dessus de lui, le suivaient, descendaient en piqué pour picorer le mégot qu'il avait jeté dans l'eau.

Je portais mes sandales à la main, j'avais roulé mon jean jusqu'aux genoux ; jamais je n'avais été aussi libre en Inde. Je commençais à me lasser d'être enfermée dans des limites, surtout quand il s'agissait de mon mari. Je lançai le bout de bois dans les vagues et le vis disparaître, puis revenir à la surface ; les mouettes crièrent et s'envolèrent. Un avion laissait une traînée blanche dans le ciel pâle et je pensai à mes parents qui, dix-huit ans plus tôt, étaient venus ici avec moi pour obtenir leur visa, et tous les deux faisaient des projets d'avenir. S'ils étaient restés en Inde, mon père aurait peut-être pris une deuxième épouse, mais n'aurait jamais pensé à divorcer de ma mère. Je me trouvais à présent là où ils s'étaient probablement promenés ; l'eau m'effleurait les pieds mais, alors, j'étais sans doute dans leurs bras. J'entrevis ces longues années comme si elles étaient concentrées dans la ligne droite de l'horizon devant moi, et je sentis peser le poids des espoirs abandonnés, des vies vécues d'une façon que nous n'avions jamais imaginées pour nous-mêmes.

Je sentis le regard qu'il posa sur moi avant de me rejoindre. La fumée de sa cigarette se mêla à l'odeur de sel et de poisson.

« Ma mère, lui dis-je, est retournée aux États-Unis avec mon père. Le jour de notre arrivée ici. Avec moi, elle refuse d'admettre qu'elle voudrait reconquérir son mari, mais c'est à cela seulement qu'elle aspire. Maintenant, elle va surveiller les fils de Dad. Mère et épouse de substitution — sans Sabana, sans *moi* —, elle va enfin vivre l'idée qu'elle se fait de ce qu'aurait dû être sa famille. » J'eus un petit sourire ironique : « Je ne peux pas croire qu'elle l'aime encore. »

Il se tenait tout près, me faisant face comme j'avais fait face à l'océan, sa poitrine appuyée contre mon bras. « Comment savais-tu que tu n'aimais pas Nate ? Tu es partie... même après votre nuit passée ensemble. Il a raison, pourquoi n'es-tu pas restée avec lui. Nom d'un chien, tu lui as fait cadeau de ta virginité ! Ce n'est pas peu de chose pour une musulmane ! » Nerveux, il avait élevé la voix, mais il s'interrompit et souffla la fumée de sa cigarette au-dessus de ma tête, y appuya son front ; ses lèvres effleurèrent mon oreille. « Tu l'as quitté seulement parce qu'étant américain il t'était interdit, ou bien tu savais que tu ne l'aimais pas ? Mais *comment* le savais-tu ? »

Parce qu'il ne pouvait pas m'offrir ce dont j'avais besoin, une vie. Mais maintenant le peu que Nate m'avait offert durant cette nuit semblait mettre un point final à celle que j'avais désespérément tenté d'avoir avec mon mari.

« Plus tu restes distant, Samir, plus je pense à cette nuit. Elle commence à prendre un sens qu'elle n'avait pas... *Il est* le seul qui m'ait jamais touchée. »

Samir jeta sa cigarette, m'attira contre lui, enfonça son pouce à l'intérieur de la ceinture de mon jean. « Rentrons vite à l'hôtel. Je voudrais... *j'ai besoin* de faire l'amour avec toi, Layla, tout de suite. »

Il était couché sur moi et pleurait.

Les rideaux étaient à moitié tirés, aujourd'hui non pas contre la pluie, mais contre le soleil brûlant. Il avait essayé de forcer son corps à fonctionner, presque comme Navid avait essayé de danser sur la musique de l'orchestre de cuivres qui n'était pas faite pour danser. Des attouchements froids, mécaniques, qui me firent penser aux articles pornographiques qu'il m'avait envoyés, recopiés de sa main. Faisant fonctionner son corps et non son cœur, il me répétait qu'il m'aimait, qu'il ferait tout pour me garder. Finalement, il n'avait pu accomplir la seule chose que je désirais.

Il s'écarta de moi, s'assit sur le bord du lit, ses mains fourrageant dans ses cheveux. Penché en avant, les arêtes osseuses de sa colonne vertébrale me faisaient penser à un serpent emprisonné dans sa chair. « Il faut que tu saches que ce n'est pas de ta faute, me dit-il d'une voix étouffée. Je ne peux pas te dire à quel point c'était important pour moi de faire l'amour avec toi aujourd'hui. Nom de Dieu, pour *moi*! Tu ne dois pas avoir honte, ni l'impression qu'il te manque quelque chose. C'est moi qui manque cruellement de quelque chose, du moins je commence à le penser. » Il leva la tête vers le plafond, ses joues ruisselaient de larmes. Sa voix tremblait. « J'ai peur de ne pas pouvoir continuer à être ton mari. »

Je m'assis moi aussi, les yeux fixés sur son dos. Quand j'avais dit que je l'aimais, je voulais dire qu'à mon idée l'argile qui avait servi à le façonner avait été fendue au milieu pour me façonner, moi, sa femme. « Qu'est-ce que tu dis, Samir ? Tu m'as promis que tu ne m'abandonnerais jamais. »

Il n'avait pas bougé, le dos voûté, la tête levée, et, comme sa mère, n'essayant pas de retenir ses larmes. « J'ai essayé de faire l'amour avec toi, oui, vraiment. Mais lorsque je te touche... », il leva ses mains devant lui, les regarda comme si elles ne faisaient pas partie de son corps. « ... il y a quelque chose qui me retient, quelque chose que je ne peux pas repousser, une sorte de mur invisible entre nous. Je voudrais pouvoir t'expliquer... ou me l'expliquer à moi-même. » Vaincu, il courbait la tête. « Je souhaite plus que tout d'être capable de te faire l'amour, Layla... même maintenant. Je t'en prie, comprends que, bien qu'étant un homme sans foi, j'avais pourtant foi en notre mariage. Foi en ma capacité de te rendre heureuse. »

Je l'enlaçai et me pressai contre lui. « C'est ma faute, Samir. Je n'aurais pas dû insister, pas juste après t'avoir dit que j'étais enceinte. Je pensais que, peut-être, si tu me faisais l'amour tu montrerais que tu me pardonnes. Je ne pensais pas que tu... Je regrette... Je t'en prie... »

Il se leva brusquement, se tenant nu devant moi, se labourant la tête de ses ongles. « Non, Layla, tu ne m'as pas compris. Je te dis que ça n'a rien à voir avec toi. Il y a ce mur entre nous que tu ne peux pas voir — que je ne voyais pas jusqu'ici. Tu es si belle, Layla. Tu es... tu as lu toi-même ce qu'en pensait Nate. Tu attires les hommes, mais moi..., j'ai peur de ce qui se passe ici. Je ne peux pas encore le croire... mais autrement comment expliquer... » Il tomba à genoux devant moi, et repliant les bras il prit mon visage entre ses mains. Jamais je ne lui avais vu ce regard égaré, décentré, cette perte de maîtrise qu'il craignait tant. En parlant, de la salive coulait de sa bouche. « Regarde-moi, Layla, regarde-moi. Je ne te parais pas être un homme ? Je ne te parais pas capable de satisfaire... *qui* je veux ? Dis-moi donc pourquoi je ne peux pas te toucher — qu'est-ce qui m'en empêche, Layla ? Dis-le-moi. »

De nouveau ces petites ruelles, mais, cette fois, c'était avec mon mari que je les parcourais d'un pas précipité.

Tout était pareil. La venelle, si étroite que le taxi n'avait pu y entrer, et moi, dissimulée sous un voile noir, sans le regard perçant de ma mère fixé sur moi, mais celui de Samir.

J'étais étonnée qu'il ait consenti à s'embarquer dans cette expédition, mais peut-être se disait-il qu'on n'avait plus rien à perdre. C'était pourtant le même homme qui était agacé par Allah et le Coran et ce qu'ils attendent de nous. Mais sans Allah il n'y a pas de démon, de même qu'il n'y a pas d'obscurité sans lumière. *Alim*, ce mot arabe signifiant « omniscient », l'un des quatre-vingt-dix-neuf noms d'Allah. Partir à la recherche d'un *alim* pendant notre lune de miel, c'était comme aller consulter un conseiller conjugal. Des conseils, de la clairvoyance, une guérison, c'était cela que nous souhaitions, mais pas d'exorcisme. Avec le désespoir qui vous incite à faire confiance à un étranger, quoi qu'il arrive.

Samir s'arrêta devant une petite porte, vérifia le numéro gribouillé à l'encre bleue sur la paume de sa main. Un *mollana* de la mosquée aux Mille Lumières nous avait indiqué où le trouver. L'*alim* se nommait Zakir, et dès le moment où son nom avait été prononcé, ce fut comme si je n'avais jamais connu le nom d'un autre *alim*.

Samir me prit les bras et me fixa de ses yeux inquisiteurs. « Es-tu sûre d'avoir eu ces rêves ? Es-tu sûre qu'il t'a dit qu'il ne me laisserait jamais te toucher ? »

Je me dressai sur la pointe des pieds pour caresser son beau visage. « Tu ne comprends pas que mon seul désir est que nous soyons heureux ? »

Il soupira, frappa à la porte, qui s'ouvrit aussitôt. Une frêle petite fille apparut devant nous. Elle était habillée à l'occidentale, l'ourlet de sa robe lui arrivait aux genoux, et on voyait ses chevilles, aussi fines que ses poignets.

Samir regarda derrière elle, mais il n'y avait personne d'autre dans la petite cour dallée de pierre ; il s'accroupit alors devant la petite et lui dit avec douceur : « Nous sommes venus voir l'*alim*. »

Elle parut n'avoir pas entendu et me dévisageait d'un air apeuré, comme si j'étais une sorte de démon ; j'écartai mon tchador de mon visage et je lui souris.

On entendit une voix de femme venant de l'intérieur de la maison. « Sadia, je t'avais dit de ne pas ouvrir la porte ? Tu sais, je vois ce que tu fais d'où je suis, où que tu sois, je te vois. »

L'enfant ne bougea pas. « C'est une femme qui cherche Bhabha.

— Une autre femme ? Écoute, je t'avais dit de ne pas ouvrir la porte. *Aie*, depuis que tu es née, je n'ai pas eu de paix, fille maudite ! »

Sadia baissa la tête.

Je reculai dans la ruelle. Il me semblait entrer dans mon propre passé.

La fillette me saisit par la main et me tira à l'intérieur. « Amma, je dois la faire entrer ?

— Maintenant que tu as ouvert la porte, Sadia, il faut qu'elle entre, bien sûr. Dis-lui d'attendre dans l'*angan* pendant que ton bhabha finit de dire ses prières. Ne la fais pas entrer dans la maison, Sadia. Dis-lui que je peux entendre ses pas et que je saurais donc si elle essayait de se glisser là où elle n'est pas autorisée à venir. Attention, Sadia, ne les fais pas entrer, autrement ils deviendraient réels. »

La petite fille lâcha ma main et avança au milieu de la courette. Samir ferma la porte derrière nous et me rejoignit. Il y avait deux portes couvertes de rideaux verts et, à ma droite, un escalier tournant qui menait au premier étage. Sadia était sur une des dalles de pierre, ses deux pieds serrés l'un contre l'autre. Ses cheveux étaient séparés par une raie au milieu et tressés en deux nattes relevées en boucle. Elle avait autour du cou un mince collier d'or, avec un petit pendentif, mais sans le nom d'Allah comme c'était l'habitude. Cette fine chaîne dorée aurait pu n'être qu'une mince mèche de cheveux.

« Amma dit que vous devez attendre ici jusqu'à ce que Bhabha ait fini ses prières. Elle dit qu'elle est heureuse de votre venue parce que nous n'avons pas eu de visiteurs depuis des mois, depuis qu'elle a changé le numéro de la maison pour tromper les démons. » Elle se pencha vers nous, ses petits pieds toujours serrés l'un contre l'autre et nous dit tout bas : « Mais les démons sont à l'intérieur. » Elle se tapa le front avant de disparaître dans une des pièces.

Il était plus jeune que je ne m'y attendais. Il n'avait guère plus de trente ans, mais on ne pouvait en être sûr à cause de sa grosse barbe.

Il ne nous invita pas à pénétrer à l'intérieur de la maison ni dans la pièce du premier étage d'où il venait de sortir. Il nous garda debout dans le vestibule aux dalles de pierre, tout en restant lui-même assis sur la dernière marche de l'escalier, sa longue *kurta* drapée sur ses genoux, repliés contre sa large poitrine. Du fond de la maison j'entendais Sadia, tantôt criant, tantôt riant, et la mère qui chantait indéfiniment la même ritournelle.

« Quelle sorte d'aide êtes-vous venus chercher ? » demanda-t-il en peignant sa barbe de ses doigts.

Samir m'interrogea du regard. Je secouai la tête. J'avais toujours eu du mal à me confier à un *alim*.

Au bout d'un instant, Samir s'approcha de Zakir, se pencha vers lui, puis se redressa et dit enfin : « Nous avons des difficultés dans nos rapports intimes. J'ai beau le désirer, je ne peux pas me rapprocher de ma femme, il y a un mur entre nous. » Ses mains se levèrent en un geste expressif, puis se nouèrent, incapable d'en dire plus. « Ce que je veux dire, Zakir Sahib, c'est que j'ai besoin de votre aide, il faut nous montrer comment sortir de... cette situation difficile. »

Et voilà, nos problèmes étaient dévoilés sans détours et sans les hésitations, les réticences, les atermoiements auxquels j'étais tellement habituée. Cet aveu abrupt m'embarrassa encore davantage et, attendant la réaction de l'*alim*, je contemplai les bottines de Samir. De toute évidence, il souhaiterait maintenant connaître le rôle que je jouais dans tout ceci, ce que j'avais fait pour repousser mon mari — pour lui inspirer de la *répulsion*.

Mais Zakir resta silencieux ; au bout d'un instant, je levai les yeux et rencontrai involontairement son regard, qu'il ne détourna pas. Il y avait quelque chose dans sa façon de m'observer qui me parut familier ; ce n'était pas le regard pénétrant, magnétique de mon mari, mais une expression que j'attendais avidement depuis quelque temps. Le regard empreint de tendresse qu'avait Nate et qui m'avait attirée vers lui. Je me couvris le visage de mon voile.

Zakir leva les paumes de ses mains, tout en gardant les yeux fixés sur les miens, et récita des prières en arabe que je n'avais jamais entendues auparavant. Quand il eut fini, il respira profondément comme s'il allait continuer à prier, mais il soupira seulement, secoua la tête, fit une moue de regret. « Je regrette que vous ayez fait tout ce chemin, mais votre cas n'est pas... » Il s'interrompit et se tourna vers Samir. « Il dépasse mes pouvoirs, je pense que vous le savez. »

Samir resta muet un moment, la tête baissée, se massant le front comme pour lisser ses rides, puis dit enfin : « Allons nous-en, Layla. »

Je fis un pas vers l'*alim*, mes yeux plongeant dans les siens aussi intensément qu'autrefois dans ceux de Nate. « Aidez-nous, je vous en prie, c'est notre lune de miel. » Je me souvins alors de l'argent que ma mère m'avait tendu au cabinet médical et dont j'avais apporté une partie avec moi, et j'ajoutai : « Je vous donnerai tout ce que vous voudrez. »

Le même soir, il vint à notre hôtel, à l'heure précise qu'il nous avait fixée. Au-dehors, les ondées avaient fait place à une nouvelle averse torrentielle ; il arriva cependant tout à fait sec, sans même un parapluie. Autant que je sache, il avait peut-être attendu des heures dans le hall.

Moi aussi, j'avais attendu son arrivée avec impatience, celle que j'éprouvais lorsque j'attendais Nate, en me demandant pourquoi il mettait si longtemps à me rejoindre dans le bus ou dans ma chambre. Lorsque j'étais sûre qu'il allait venir, je m'habillais pour lui, je choisissais mes vêtements avec le même soin que ce soir-là pour Zakir. Qu'était-ce que cette impression étrange d'un temps aboli ? D'un retour au passé, en effet, à la nuit que j'avais si longtemps voulu chasser de ma mémoire. Le moment était venu pour moi de faire face à mon démon, de *le* chasser aussi.

Zakir se présenta complètement rasé, le teint éclatant ; je

dissimulai un sourire sous mon *dappatta*. Ainsi, lui aussi s'était pomponné pour cette rencontre. Maintenant, il paraissait même plus jeune que je ne l'avais pensé, il approchait peut-être à peine de la trentaine, il avait un an ou deux de plus que Nate.

Sans me regarder, il déposa un sac vert sur la table et me demanda où j'avais vu le démon pour la dernière fois. J'étais assise sur le lit, face à son dos, à sa nuque et ne souhaitant rien de plus que de voir ses yeux, leur tendresse.

« Je crois que vous avez mal compris, Zakir Sahib », dit Samir dans son ourdou le plus cérémonieux. Il était resté près de la porte du balcon, lâchant des volutes de fumée dans la nuit moite, et je ne pus m'empêcher de penser qu'il se tenait aussi loin que possible de l'*alim*, se demandant sans doute comment celui-ci se laisserait convaincre par moi. « Le démon que voit Layla, poursuivit-il, est psychique — et peut-être même un produit de son imagination. Il ne la visite qu'en rêve. »

Zakir se tourna vers lui, les bras croisés. Sa *kurta* était déboutonnée jusqu'au milieu de sa poitrine et laissait voir des poils sombres. Nate avait aussi des poils sur le torse, j'y avais passé mes doigts pour me souvenir de notre première et dernière nuit ensemble. « Les démons ne surgissent pas de nulle part, dit l'*alim*, n'est-ce pas, Samir *Bhai* ? »

Le regard de Samir vacilla, il secoua la cendre de sa cigarette sur le balcon. On n'entendait pas le tonnerre, mais seulement le martèlement de la pluie. « Non, vous avez raison », dit-il enfin. Derrière lui, le réverbère répandait une lumière d'un jaune maladif qui me rappelait Nafiza et la jaunisse qui envahissait sa peau.

« Avant notre venue à Madras, dis-je, je suis allée voir une doctoresse. Je pensais que cela ferait disparaître ces rêves, mais... » Je m'interrompis et secouai la tête avec une moue de découragement. « Quand il est venu dans cette chambre, c'était par cette porte. » Je désignai celle qui donnait sur le palier, derrière Zakir.

Celui-ci alla poser ses mains à plat sur le bois, leur imprimant des mouvements circulaires ; la brise fraîche de la nuit faisait bouger doucement le bas de sa longue *kurta*. Je l'observai tâter la porte, se baissant et se haussant jusqu'au-dessus de l'encadrement. Il cognait le bois, écoutait, grognait, comme s'il entendait quelque étrange histoire. Puis il se retourna et regarda les bottines de Samir. « Les djinns, dit-il, ils révèlent tout. »

Samir mit ses mains dans les poches de son pantalon, secoua le tissu et je compris que, se sentant observé, il tentait de dissimuler sa cuisse invalide. J'allai auprès de lui, je sortis ses mains de ses poches et les pris dans les miennes.

« Baby, je ne crois pas trop à ça, chuchota-t-il en anglais. Je suis un homme rationnel, et c'est...

— Mes rêves ont commencé cette nuit-là », dis-je. Puis j'ajoutai, dans l'idée que cela lui paraîtrait sensé, une façon raisonnable d'envisager le problème : « J'ai lu que lorsqu'une expérience secoue réellement le corps, celui-ci aspire à revenir en arrière et à s'expliquer ce qu'il s'est passé. Si je pouvais commencer à accepter que cette nuit faisait partie de moi, même ici, alors, peut-être que... »

L'*alim* m'interrompit, élevant la voix. « Si vous n'avez pas d'objections, Layla, je vais demander à votre mari de quitter la pièce. » Au bout d'un instant, il ajouta : « Et, Samir *Bhai*, il me faut aussi votre permission. Sinon, je ne peux pas toucher votre femme.

— Quoi ! » Samir le regarda, éberlué ; je passai mon pouce sur son front, lissant ses rides.

« Tout va bien, le rassurai-je. Je suis passée mille fois par là. »

En effet, mille fois, et avec chaque nouvel *alim* il y avait de nouveaux rites. Une seule chose restait constante, la foi dans leur pouvoir de réparer le corps.

Dès que la porte se referma, Zakir changea complètement ; il plongea son regard dans le mien avec une telle intensité que je dus me détourner. Je me sentis soudain mal à l'aise dans mon corps, ne sachant qu'en faire — et j'allai m'asseoir de nouveau sur le lit.

Quand il s'approcha de moi, sa *kurta* frémissait sous la brise saline venant du balcon ; les longues fentes de la chemise s'écartaient et laissaient voir la ligne ferme de ses cuisses sous son pyjama. Le tissu avait la couleur de sa peau si bien qu'il me semblait voir tout son corps. Je fus surprise de le voir s'asseoir à mes côtés ; le matelas s'enfonça sous notre poids, mais je ne bougeai pas. Tourné vers moi, il examina mon visage avec attention, et je me laissai faire.

« Ainsi, vous êtes allée voir une doctoresse, et pourtant votre mari ne vous a pas touchée ?

— Oui.

— Et les cauchemars ont commencé...

— Il y a deux mois. » Je tournai mon regard vers la porte-fenêtre. « Ils sont devenus plus intenses. L'autre nuit, il m'a même parlé.

— Le démon vous a parlé ? » Il parut étonné. « Qu'a-t-il dit ?

— Que mon mari ne me toucherait jamais. Ma mère pense que, lorsqu'un démon a un penchant pour une femme, il ne laisse désormais aucun homme l'approcher. C'est vrai ?

— C'est ce que nous allons voir bientôt », dit-il en penchant la tête pour me regarder bien en face. La lumière du plafond éclairait son nez, laissant dans l'obscurité ses traits que je recomposai. Ses cheveux étaient juste assez longs pour passer une main à travers et y enfouir les doigts, ce que je n'osai faire. Ils grisonnaient déjà. Lui aussi avait des cheveux gris. « Dites-moi, Layla, que savez-vous sur votre mari ?

— Pendant notre nuit de noces, nous avons fait le vœu de ne jamais évoquer le passé. Vous savez, j'ai fait des choses que je regrette maintenant, des choses qui repousseraient tout homme.

— Pardonnez-moi, je ne voulais pas vous blesser.

— Et moi je ne voulais pas blesser mon mari. Je voudrais que ça aille mieux, que... ce démon s'en aille. » Je le regardai dans les yeux. « Je croyais que les djinns vous disaient tout.

— Layla, dit-il en souriant, croyez-vous vraiment que vous êtes possédée ? »

Je sentis la pression de son corps contre le mien et je me penchai pour regarder son poignet, sa peau hâlée par le soleil, ses cheveux sombres. C'était son poignet qui m'attirait le plus. Sa main. Ses doigts si habiles à manipuler, à caresser ou frapper, à exprimer de l'émotion. « Je peux me convaincre de n'importe quoi. »

Cette fois, il ne parut pas surpris par mes propos. Il continuait seulement à m'observer paisiblement, puis il me dit : « Je ne rencontre pas très souvent un cas comme le vôtre. Mais de temps à autre... Comme c'est triste. Il y a toujours tant d'angoisse sur le visage de l'épouse. Le chagrin et la confusion sont toujours les mêmes. Les femmes sont prêtes à se faire des reproches. C'est parce qu'elles ne savent que faire. Toute leur vie, elles ont été protégées. Et vous, Layla, vous avez été protégée ? »

Personne ne m'avait jamais demandé cela, pas même lui. « J'étais gardée. Je n'avais pas la liberté de mes mouvements. C'est cela que vous entendez par protection ? »

Il poussa un long soupir, exhalant la vie qui était en lui, et que j'aspirai. Nous restâmes un moment assis, l'un et l'autre à aspirer, à expirer, mêlant nos respirations. J'étais sur le point de l'appeler par son nom lorsque l'*alim* se leva, fit le tour du lit, et tapota l'oreiller.

« Je voudrais que vous vous étendiez ici. »

Je regardai l'oreiller et sa main posée dessus. Je me glissai sur le matelas et m'allongeai sur la couverture, les mains jointes sur mon ventre. Il alla fourrager dans son sac. J'étais curieuse de savoir ce qu'il pourrait en tirer, mais il n'en sortit que trois bougies et trois bâtonnets d'encens. « Trois, c'est un nombre islamique, dit-il. Ainsi que cinq, sept et onze. » Puis il fit le tour de la chambre en allumant les bougies. Il en plaça une sur la coiffeuse, mais, quand il vit qu'elle se reflétait dans le miroir, il l'ôta, en chauffa de nouveau le bout et la posa dans un coin. Il en plaça une autre par terre près du balcon, puis ferma la porte-fenêtre. Comme il faisait noir dehors, la vitre capta ce qui était à l'intérieur, un peu de ce que je savais et un peu de ce que je ne savais pas. La lune décroissante était cachée derrière les nuages, et la nuit était aussi sombre qu'à la nouvelle lune. Il tira le store pour masquer la lumière du réverbère.

Puis il revint près du lit avec la troisième bougie, abritant la faible flamme d'une main protectrice ; il la posa sur la table de nuit à côté de moi. Se penchant sous l'abat-jour, il éteignit la lampe. La pièce fut plongée dans l'obscurité et je sentis l'odeur aigre de sa sueur.

Debout, au-dessus de moi, il me dit : « C'est pour recréer le moment où il vient vers vous. Comme je l'ai dit à votre mari, les démons ne surgissent pas de nulle part. Il nous faut les extirper. » Il gratta une allumette et, d'une main tremblante, alluma un bâtonnet d'encens au jasmin. « J'ai besoin que vous releviez votre *kurta*. »

Je me soulevai et la tirai sur mon ventre.

« Plus haut. »

Je la tirai jusqu'au-dessous de mes seins.

Il s'assit près de moi. Le matelas s'enfonça et je sentis que je glissais contre lui.

Il posa une main sur mon thorax. Un doigt mince sur une côte mince. Un accord parfait. Il suivit mes vertèbres jusqu'à mon sein gauche. Sa main se ferma, devint un poing. Les jointures se pressèrent sur le sein tandis que du pouce il écartait l'armature du soutien-gorge. « Ça peut faire mal.

— J'ai vu pire », dis-je, pensant aux corrections de Dad. Mais pourquoi voulais-je qu'il en soit averti ?

D'ailleurs, peut-être l'était-il déjà — avec ces djinns qui lui disaient tout —, car il ne me demanda pas d'explication. Il baissa seulement le bout incandescent du bâtonnet, l'enfonça dans la chair souple de mon sein. Je serrai les dents. La pression qu'il exerçait se relâcha. Il psalmodiait. Puis il souffla sur la brûlure, m'adressa des paroles apaisantes.

« Quand il vient dans vos rêves, il vous touche partout ?

— Quand il est venu cette nuit-là, oui, partout. »

Il retira sa main, mais me laissa la sensation de son toucher.

Une nouvelle allumette. Je suivis des yeux la flamme dirigée sur l'encens, tentant de distinguer son visage. Comme s'il m'avait prise sur le fait, il baissa l'allumette, l'approcha de mon menton. Il m'observait tout en restant caché à ma vue. Il aimait faire cela. M'observer à mon insu, sans que je sache où il était. Il me dit que c'était ainsi qu'il avait obtenu ses meilleures photographies, lorsque personne ne voyait ce qu'il faisait. Personne ne l'avait jamais vu avec moi. Il aurait pu n'avoir jamais été là.

Quand il parlait, son souffle faisait vaciller la flamme de l'allumette. « Vous êtes belle, Layla. Quel dommage que vous soyez mariée à cet homme, quel gâchis. »

L'allumette étant presque entièrement consumée, il la secoua et continua à me parler à la faible lumière de la bougie, allant et venant, tantôt éclairé, tantôt dans l'ombre. « Quand ma femme avait votre âge, elle était très jolie aussi. J'étais ensorcelé par sa beauté. C'est mon faible. En y réfléchissant, je pense que je l'ai épousée dans un état de transe. Maintenant, elle ne se préoccupe que de notre fille. J'ai parfois l'impression que j'ai disparu. » Après un temps, il ajouta : « Sadia est malade.

— Je sais ce que c'est que de disparaître, murmurai-je. D'être pour sa famille un fantôme ou un démon.

— Moi, je vous vois. »

Oui, il me voyait, depuis le début, même avant que je n'aie remarqué ses yeux gris-bleu, dans lesquels je prenais corps.

Il alluma une nouvelle allumette dont la flamme se mêla, une seconde, à celle de l'encens. Il les éteignit d'un souffle. Il posa sa main à plat à l'endroit où il venait de me brûler, et je crus qu'il allait me brûler de nouveau, mais il passa les doigts sur ma poitrine jusque sur mon sein droit. Sa main se ferma de nouveau et son poing se pressa contre ma chair ; son pouce écarta mon soutien-gorge et il enfonça le bâtonnet.

Je poussai un cri et repoussai sa main.

Il se pencha si près de moi que je pus voir ses yeux à la lumière de la bougie. Je vis aussi le regard attentif et tendre que j'avais tant attendu sur le visage de mon mari. « Vous m'avez dit que vous étiez prête. Dois-je m'arrêter ?

— Allez-y, seulement plus doucement. »

Il disparut de nouveau dans l'obscurité. J'entendis qu'il reposait le bâtonnet. Il en prit un deuxième.

« Vous parlez bien ourdou, mais j'entends que vous avez tout de même un accent.

— Et en Amérique, on me dit que j'ai un accent en anglais.

— Votre mari essaie d'être quelqu'un qu'il n'est pas. Dès que je l'ai vu, je l'ai pris pour un étranger et vous... » Il s'interrompit.

« Et moi ?

— Et vous, pour sa jolie et naïve épouse. Il vous a dupée. Je ne vous le reproche pas, évidemment. Comme je vous l'ai dit, moi aussi, la beauté me rend aveugle. C'est ma seule faiblesse. Une faiblesse humaine. » Il alluma l'encens. Ses lèvres s'arrondirent pour l'éteindre. Passant un bras au-dessus de moi et s'appuyant d'une main sur le matelas, il se hissa sur le lit, m'effleurant de sa manche. Il s'assit contre mes cuisses ; la lumière de la bougie ne l'éclairait même plus, il était entouré d'obscurité. Il tira d'une main sur mon *salwar*. « Pouvez-vous le dénouer pour moi ? »

Je voyais le bout incandescent bouger entre nous.

« Vous avez peur ?

— Oui.

— Je vous promets d'y aller doucement. Je ne veux pas vous faire de mal, mais...

— Non, je suis prête. Je désire aller jusqu'au bout, je l'ai décidé.

— Vous êtes sûre ? »

Je dénouai mon *salwar* et le roulai jusque sur mes genoux. Il mit sa main sur une cuisse et écarta mes jambes. J'aspirai à fond.

« Ce serait plus facile si vous étiez détendue. »

Il me l'avait déjà dit. Je me décontractai.

Il repoussa ma culotte avec son pouce. Le point rougeoyant s'approcha de moi et s'enfonça dans la peau de mon pubis. Je tressaillis.

« Juste encore une fois, de l'autre côté. » Quand il leva la main pour prendre une allumette, je sentis qu'il effleurait mon vagin, mais je restai muette. L'allumette fut allumée, l'encens brûla, et, avant que je puisse voir son visage, l'*alim* les éteignit tous les deux. Il saisit mon autre cuisse, en pinça la face interne ; son pouce allait et venait, puis se glissa dans ma culotte, se perdit dans les poils. Il poussa un soupir, telle une longue et douloureuse expiration sortant de son corps.

« Il ne faut pas vous laisser duper par ce qui est devant vous », murmura-t-il entre ses dents en poussant profondément le bâtonnet dans les plis de ma peau.

J'étouffai un cri ; je sentis que je m'enfonçais dans le matelas et m'éloignais de lui. Il se remit à psalmodier, à réciter à voix basse, puis son souffle rafraîchissant vint sur ma brûlure. Il resta courbé au-dessus de moi.

La pluie battait contre la vitre, comme battait précipitamment mon cœur. C'était fini. Je ne le reverrais plus jamais. Dès les premières lueurs de l'aube, cette nuit, ses attouchements ne seraient rien de plus qu'un rêve.

Sans un mot, il remonta mon *salwar*, le renoua comme si j'étais encore une petite fille. Au bout d'un moment, il se redressa avec effort, et s'assit à côté de moi. Je sentais son regard errer sur mon visage, mon ventre, mes seins. Rabattant ma *kurta*, il me recouvrit.

« Fermez les yeux. »

Je couvris mes paupières de mes mains. Il alluma la lampe et je vis la lumière dessiner le contour de mes doigts — et l'obscurité à l'intérieur. J'écartai les mains, l'*alim* était debout devant moi et retirait la bougie du dessus de la table de nuit ; il y avait une trace de cire et un cercle à l'endroit où elle avait été posée. Il alla vers la coiffeuse, puis vers le balcon, soufflant sur chacune des bougies avant de la saisir. Il tira le rideau, puis vint reprendre les trois bâtonnets d'encens ; le troisième était resté inutilisé. Il fourra le tout dans son sac, puis resta un moment près de la table ronde, les yeux fixés sur le tapis ; je le voyais de profil. Il me sembla qu'il voulait me dire quelque chose, mais ne savait comment s'y prendre.

« Quel est le problème de Sadia ? » demandai-je.

Les yeux toujours baissés, il me dit : « Elle a une tumeur au cerveau. Ça lui donne des hallucinations. Elle aussi voit des démons. Mais je ne peux rien faire pour la sauver. C'est pourquoi mon épouse en est venue à me détester. » Il ajouta au bout d'un instant : « Il ne reste plus beaucoup de vie en elle, je m'en rends compte. » Il leva les mains, et je compris ce qu'il voulait dire. Il avait placé ses paumes sur la tête de sa fille, comme il l'avait fait sur la porte en bois, et avait vu tout ce qu'il y avait à voir.

Je regardai par la porte-fenêtre. Il n'y avait que la lumière blafarde du réverbère ; de l'abat-jour, au-dessus de l'ampoule, dégouttait de la vieille eau de pluie, ou sa propre sueur, coulant lentement, puis tombant aussi vite que l'eau du ciel. Le vrai et le faux. On ne pouvait les distinguer l'un de l'autre. Tel était le malheur de notre existence.

« Layla, étant *alim* je ne peux vous dire ce que vous ne savez pas déjà. Mais je dirai que bien que votre mari se cache, il s'est dévoilé devant vous. » Il se tourna vers moi. « Il nous faut parfois renoncer à ce que nous désirons le plus. Allah nous éprouve de la manière la plus cruelle.

— Je croyais que vous aviez compris, dis-je en me levant pour prendre de l'argent dans mon sac. J'ai déjà enduré cette épreuve.

— Non, Layla, elle est encore à venir. Rappelez-vous ce que je vous ai dit. Vous devez extirper le démon. » Quand il vit l'argent, il fit une grimace et se détourna. « Je ne suis pas venu ici pour ça, dit-il en tirant la glissière de son sac. « Je croyais que *vous*, vous le saviez. »

Je mis ma main sur la sienne. « Voici pour votre fille, dis-je. Emmenez-la chez un bon docteur, faites-la soigner. »

Cinq rangées de chaises métalliques. Nous étions assis au milieu, entourés de tous les autres qui espéraient partir, les vieux comme les jeunes, hommes et femmes, tous également mus par le rêve d'une vie meilleure, sans discriminations. La salle du consulat, carrée, banale, puait autant la mièvrerie de ce rêve que le bétel et la sueur. Le rêve d'être libérés, en Amérique, des émeutes religieuses et des couvre-feux, de l'eau polluée, des injustes pratiques d'embauche, et du démon personnel auquel chacun tentait d'échapper. Raga-bi m'avait dit un jour que le *jadu* n'opérait que dans les limites d'un pays, que son pouvoir s'évaporait en traversant les eaux froides. Ces gens-là espéraient-ils donc se libérer de ce qui les hantait ? L'émigration en tant qu'exorcisme.

Samir était penché sur les formulaires d'immigration ; il se hâtait de les remplir avant que ne s'affiche en rouge notre numéro d'appel. Il avait griffonné la date de notre mariage, le 4 juillet. C'était ce qu'il leur fallait à l'ambassade, et non pas la date musulmane qui n'était qu'un chiffre existant sous le véritable chiffre, tel le déroulement de ma propre vie presque invisible sous l'autre vie, comme un palimpseste. Il ne m'avait posé aucune question à propos de l'*alim*.

« Mon père est parti le premier, lui racontai-je. Il a trouvé du travail, loué un appartement, puis il a fait venir ma mère. Il y a eu un moment, semble-t-il, quand il attendait à Bombay, où il a failli retourner à Hyderabad. Il avait soudain pris peur. Vers quoi se dirigeait-il ? Il ne connaissait rien des États-Unis et des Américains. Il n'avait nulle part où aller, pas d'emploi. Il ne possédait même pas un manteau d'hiver — ou ne savait pas qu'il en fallait un ! Ses poches étaient bourrées de roupies. Finalement il est parti, laissant sa famille et ses amis, son pays, tout ce qui lui était familier. » Je secouai la tête, étonnée comme toujours lorsque je pensais à lui, montant dans l'avion qui l'emmenait en Amérique. « La décision prise, on ne peut pas revenir en arrière, dis-je. Il faut beaucoup de courage. Je ne pense pas que je serais capable de... subir cette épreuve. »

Samir se croisa les bras, me regarda en riant. « Je crois que c'est la première fois que je t'entends dire du bien de ton père. Tu sais, Layla, si tu oubliais ton drame personnel, tu comprendrais ce que nous autres voyons en lui. »

Oui, les récits se valaient, tout dépendait de celui que l'on adoptait.

« Je n'ai pas eu ce rêve la nuit dernière, lui dis-je. Tu penses que cela a vraiment marché, ce qu'a fait l'*alim* ? »

Il porta une main à son front en soupirant, se replia sur lui-même. Bien sûr, il ne croyait pas que ça avait marché. S'il m'avait permis — pour me faire plaisir — de me faire exorciser, c'était dans le même esprit qu'il m'avait autorisée à prier avec sa mère. Je croyais aux forces invisibles, pas lui ; peut-être même pensait-il que cela faisait partie des convictions d'une femme, que c'était le seul moyen pour elle de maîtriser son univers. J'aurais dû continuer à parler de mon père.

« Écoute, Layla, hier soir, quand je t'ai laissée avec l'*alim*, je suis allé à la gare et j'ai changé nos billets. Nous retournons aujourd'hui à Hyderabad, dès que nous en aurons fini avec l'ambassade. Tout ce voyage..., cette foutue lune de miel... » Il ferma les yeux, secoua la tête. « Il nous reste encore quelques semaines avant de recevoir le visa, nous pourrions aller à Ootacamund. Et on fera ça convenablement. » Il poussa un grognement de dégoût — qui me visait moi ou notre voyage, je ne pouvais le dire —, et il retourna aux formulaires.

« Mais je t'assure que je n'ai pas eu ce rêve la nuit dernière. Nous pourrions peut-être essayer de nouveau ce soir ? »

Il mit un doigt sur ses lèvres, me fit signe de me taire en me montrant nos voisins du regard, puis passa un bras autour de mes épaules, me serra contre lui. Sa voix était tendue, impérieuse. « Vas-tu me faire confiance à moi, ton époux, ou croire un foutu *alim* que tu n'as jamais rencontré avant et qui ne sait absolument rien sur nous ? Je vais te dire maintenant ce qu'il me faut. C'est partir de Madras. Il me faut ce moment qu'a eu ton père à l'aéroport de Bombay pour renoncer à tout, *à tout*. » Il s'écarta de moi, sa langue contre ses dents, le front plissé. Ce qu'il ne disait pas, ses yeux l'exprimaient : les forces tangibles, celles qui importaient réellement, étaient de son ressort, à lui, mon mari. Et de même qu'il m'avait laissée exercer mon pouvoir, il fallait maintenant que je le laisse exercer le sien. Une épouse devait obéir, même une épouse qui lui avait permis de franchir les barrières métalliques du consulat américain, et grâce à qui il se trouverait bientôt dans la file des immigrants à l'aéroport JFK de New York. La vie de cette épouse était quasi invisible derrière celle de son mari.

On appela notre numéro.

Lorsque nous sortîmes de l'ascenseur, au premier étage de l'hôtel, nous étions en pleine discussion, si bien que nous ne vîmes pas tout de suite cette grande silhouette vêtue d'une *burkha*. Samir affirmait qu'il ne croyait pas aux valeurs de la Vieille Ville : que celles d'un *homme* sont supérieures à celles d'une femme. Il affirmait qu'il émigrait en partie pour échapper à ces convictions archaïques. Pourtant, il restait décidé à quitter Madras le jour même.

Il vit la femme avant moi, s'arrêta au milieu d'une phrase, avec ce regard de côté qui lui était familier, essayant de percevoir ce qui n'était pas visible à première vue. Dans l'étroit couloir, cette silhouette s'attardait près de notre porte, tel un fantôme noir se détachant sur les murs blancs, tel le démon qui surgissait dans mes rêves. Nous ralentîmes nos pas.

« Qui est-ce ? » murmura Samir, ses doigts se refermant sur mon poignet, me tirant derrière lui. Ce simple geste, était-ce celui auquel pensait Zakir lorsqu'il m'avait demandé si j'avais été protégée, ou était-ce un signe d'amour ?

« Elle était dans le train », dis-je, mais il ne m'entendit pas. Tout en sortant de sa poche la clé de notre chambre, il demanda à la femme si elle cherchait quelqu'un.

Celle-ci ne répondit pas, ne bougea pas. Sous l'ourlet de sa *burkha* apparaissaient un pantalon gris, des sandales de cuir brun. Mais cela ne voulait rien dire, j'étais moi-même en jean.

Nous nous arrêtâmes devant elle, Samir me tenant toujours fermement par la main. « C'est notre chambre », lui dit-il dans un ourdou respectueux, montrant la porte, avec en main la liasse des formulaires d'immigration que l'on avait photocopiés à sa demande — il ne voulait pas courir le risque d'une erreur. « La personne que vous cherchez n'est pas ici », dit-il, essayant à présent de se faire comprendre en anglais. « Excusez-moi, mais... »

La femme commença à dégrafer sa *burkha* à partir de la fente qui entourait son visage. « Comment as-tu pu aller au consulat aujourd'hui ! » La voix n'était pas celle d'une femme. « Après la nuit de samedi, après ce qui s'est passé entre nous, je croyais que tu resterais avec moi ! Que tu comprenais que ce n'était pas un jeu, un passe-temps. Je croyais que tu m'aimais. »

C'étaient les mots de Nate, qu'il m'avait écrits bien des fois dans ses lettres, exprimés maintenant à haute voix, mais par quelqu'un d'autre et adressés à mon mari. Cette vibrante douleur, ce saisissement incrédule, cette trahison inextricable... Le cœur d'un amant, que les limites que nous nous imposons, les conventions, les tabous, les reniements, ne peuvent réduire au silence. L'amour est en vérité prière, montant du corps, qu'importait alors la direction que vous preniez ?

Il était venu nous dire cela ; il nous avait suivis dans notre voyage de noces alors que Samir l'avait défendu à son ami (son amant), usant du même ton impérieux qu'avec moi, un peu plus tôt, au consulat : *Mon rôle est de commander, et le tien est de ne pas demander d'explications.*

Il laissa tomber la *burkha* sur le sol : flaque noire autour de ses pieds bruns aux orteils poilus. Samir baissa la tête comme s'il suivait du regard la chute du vêtement, bouche bée, muet — n'ayant plus d'ordres à donner —, haletant, le souffle coupé.

C'était au tour de Navid de parler, de révéler ce que Samir ne voulait pas voir, ce que nous nous refusions tous de voir ; ses cernes bleus révélaient une angoisse qui m'était familière, une vieille souffrance, un sentiment d'abandon. Les larmes surgissaient. « Comment peux-tu t'obstiner à continuer ainsi ? Avant, oui, tu pouvais le nier, devant moi, à toi-même. Croire ce que tout le monde dit, que les hommes n'aiment pas les hommes, pas ici, pas en Inde, pas dans l'islam. Oh ! quelle honte, même Allah interdit que nos corps pécheurs soient enterrés dans cette terre, bien qu'Il nous ait façonnés de la même argile. Hors-caste, *hijras*, nos propres parents nous rejettent, déclarent que nous sommes morts pour eux, pour le monde. Les gens ont si peur de nous que par peur nous devenons comme eux. Nous nous marions, nous avons des gosses, nous faisons ce qu'on attend de nous et pas ce que nous souhaitons... » Il s'interrompit, ses lèvres étaient humides, les larmes coulaient sur son visage, mais sa voix était ferme. « ... et pas ce à quoi nous *savons* que nous sommes destinés. On nous dit que nous n'existons pas et nous les croyons — *nous les avons crus*. Maintenant, tu le sais, Samir — du moins je le croyais —, tu as déjà tenté ta chance... avec elle. Mais pendant ta lune de miel, c'est moi que tu as retrouvé, c'est à moi que tu es revenu, moi, que tu aimes. Après ce mois de séparation, n'avons-nous pas fait l'amour mieux qu'avant ? Comment peux-tu refuser de comprendre ce que ça signifie ? Comment peux-tu encore continuer de vouloir partir en Amérique, de vivre cette autre vie, cette trahison ? » Il avança vers Samir.

« Tu vois, j'ai ôté la *burkha*, je n'ai plus peur. *Yaar*, il ne faut pas me haïr pour avoir agi ainsi — n'est-ce pas ce que tu m'as dit, que j'étais venu à Madras pour détruire ta vie ! Détruire ta vie ! Je suis venu ici pour te sauver ! »

Samir avait toujours les yeux fixés sur ses bottines, la bouche ouverte, la tête agitée de tremblements. Sa langue remuait, mais il ne disait rien. Je ne reconnaissais plus mon mari, il m'était plus étranger que je ne l'avais réalisé.

Je retirai ma main de la sienne, reculai vers la porte de la chambre, m'écartant des deux amis, des deux amants, du vrai couple. Saisissement, colère, jalousie. Que pouvais-je ressentir alors que je ne m'étais jamais préparée à vivre une situation si pénible ? À l'abandon, certes, au divorce à l'américaine. Et même à ces valeurs de la Vieille Ville, comme deuxième, troisième, quatrième épouse. J'avais épousé un musulman, il avait certains droits, et je n'avais que la ressource de prier. Mais comment aurais-je pu prévoir que l'ami qu'il avait rencontré, l'ami dont il ignorait la présence à Madras, était celui avec qui il avait fait l'amour — oui, l'amour, la communication, un autre langage, une autre écriture —, avec Navid, qui n'était pas l'ami, mais l'aimé, pendant que j'attendais Samir, le mari à qui j'avais avoué mes fautes, demandé pardon, que j'avais supplié de m'accepter, de me combler lors de la première nuit de notre lune de miel. Et il y avait aussi ces lettres copiées sur des magazines, non parce qu'il ne savait pas quoi écrire à une Américaine, mais parce qu'il ne savait pas comment faire l'amour, même sur le papier, ni le communiquer à une femme, encore moins à sa future épouse. En un instant s'écroulèrent les murs de mon univers qu'on avait mis des siècles à construire, et je perdis pour de bon mon innocence.

« *Yaar*, je t'en prie, regarde-moi comme avant, comme

l'autre soir. Laisse-moi voir tes yeux, ton amour. Tu ne comprends donc pas que, maintenant qu'elle sait, que quelqu'un d'autre est au courant de notre amour, tu es libre! Tu ne peux plus reculer. »

Samir m'avait dit qu'il voulait aller en Amérique pour échapper aux mensonges, se jurant de ne pas être comme mon père, alors qu'en fait, exactement comme lui, il n'avait été fidèle qu'à un mensonge.

« Oh, mon Dieu! murmurai-je. Oh, mon Dieu! »

Samir leva la tête vers moi, clignant des yeux; son regard fier était éteint à présent. Il chercha à tâtons la serrure avec la clé, y renonça, se tourna vers son ami, son amant.

« Salut, Navid », dit-il en lui tendant la main, comme le jour où nous étions allés à Golconde, pour le saluer, lui dire au revoir.

Je lui arrachai la clé et m'enfermai dans la chambre. Il se mit à cogner sur la porte, me suppliant d'ouvrir, criant mon nom. Assise sur le lit, je voyais le panneau de bois trembler, sachant qu'il finirait par céder sous la pression. Amme, aussi, avait crié derrière ma porte fermée à clé, m'avait traitée de fille maudite, de putain parce que je ne voulais pas épouser l'homme qu'elle avait choisi pour que je l'aime, que je lui fasse l'amour. Auparavant, c'était elle qui s'était enfermée, refusant de sortir de sa chambre pendant des jours, des semaines, avec toujours les mêmes gémissements, la même angoisse, le même mot à la bouche, « putain », mais adressé cette fois à Sabana, celle qui lui avait pris son mari, sa vie, ma vie. Et pourtant ma mère continuait à croire qu'elle pouvait me sauver et, dans les veines du bois un esprit mauvais me regardait, il avait le visage de mon démon, sorti sans douleur de mon corps endormi, de même que mon âme, quand je mourrais, sortirait par le canal de ma veine jugulaire. Ce sourire entendu, ces yeux clairs. C'était donc mon père.

L'amour… pourquoi confondons-nous tous cette émotion avec ce qu'il est en réalité, une solitude désespérée, une soif ardente de contact humain.

La porte s'ouvrit brusquement et Samir fit irruption, tenant toujours à la main ses papiers en désordre, le portier en uniforme rouge à ses côtés ; Navid était appuyé contre le chambranle.

Il y avait eu deux actions : celle d'Amme qui avait rédigé le contrat et l'avait glissé sous la porte et celle de Dad qui l'avait signé.

Elle m'avait vendue à l'homme qui ne m'aimerait jamais.

Myka

Je partis chez oncle Mamou à la recherche de Nafiza — elle aussi avait grandi dans une famille à laquelle elle n'appartiendrait plus jamais.

J'avais laissé mon mari à Madras avec son amant, pris l'Express Char Minar d'Hyderabad et voyagé seule — je n'avais jamais imaginé que cela m'arriverait en Inde —, cachée et en sûreté sous mon tchador qui me rappelait malgré moi la première fois où j'avais vu sans m'en douter Navid en *burkha*, dans ce petit village avant Madras, quand il cherchait mon mari dans la foule. Les démons *nous* dénichent toujours ; peu importe où nous cherchons refuge, dans quelles Écritures, dans quels bras.

Sans mon mari, sans tout ce que j'avais appris à connaître, il me semblait impossible que le monde extérieur m'apparaisse exactement sous le même jour ; ce furent pourtant les mêmes champs de riz vert émeraude, les mêmes buffles d'eau paissant, les mêmes paysans, quoique, à la vérité, tout fût maintenant mystérieux, distant. Je commençais à comprendre que dans tout ce que je voyais, il y avait quelque chose qui m'échappait, que dans tout ce qui était visible, il y avait quelque chose qui m'était dissimulé, ombre et lumière, démons et Allah — mais ce n'était même pas aussi simple que cela. Si j'avais entrepris ce voyage en croyant que j'étais purifiée, prête à ce que mon mariage soit consommé, je rentrai avec une compréhension de l'amour meilleure que je ne l'aurais pensé, une connaissance charnelle plantée comme une graine dans mon sein. Finalement, mon mari avait pris mon innocence comme Nate ne l'avait jamais fait, et Samir lui-même n'y serait pas parvenu s'il avait simplement couché avec moi et accompli son devoir conjugal.

Lorsque le taxi s'arrêta devant la maison de mon oncle, je trouvai celle-ci étrangement calme. Tante Amira était sortie donner ses cours, mais je m'attendais à trouver oncle Mamou. Depuis la mort de mon grand-père, il ne quittait la maison que pour se bagarrer avec le gouvernement à propos de cette terre ancestrale (devenue un site touristique) que je n'avais jamais vue, et dont j'étais sûre qu'il n'avait qu'un vague souvenir. Même si on lui en remboursait la valeur, à qui transmettrait-il l'héritage ? Tante Amira et lui n'avaient pas été capables de concevoir un enfant, il n'y avait donc pas de fils dans cette maison pour continuer la lignée des *nawabs* ; Henna et moi-même n'étions que des femmes, qui avaient été élevées en sachant que nous serions vendues, et consentantes.

Au fond de la cour, je voyais la structure en ciment où logeaient les domestiques ; le toit en tôle ondulée renvoyait le reflet éblouissant du soleil brûlant. J'étais revenue trop vite à Hyderabad, j'avais devancé la mousson. La porte de la chambre de ma nounou était fermée, le verrou extérieur tiré, je compris donc qu'elle n'était pas là. Pourtant, j'étais certaine que, lorsque Amme était repartie aux États-Unis, Nafiza avait repris son service chez mon oncle. Tous deux restaient toujours ensemble, plus proches l'un de l'autre qu'oncle Mamou et sa propre femme.

J'allai à la porte principale qu'on gardait ouverte dans la journée. Du fond de la maison, j'entendis des portes grincer, des *chappals* glisser sur les dalles. Des marches de la véranda, je vis mon oncle s'approcher à pas lents, ensommeillés, dans le long couloir, rabattant d'une main ses cheveux épais. Je l'attendais, soudain incertaine de ce que je devais dire. Comment parler de quelque chose qui n'existait pas ?

S'il fut surpris de me voir revenir chez lui de ma lune de miel, revenir sans mon époux, il n'en montra rien. Il se contenta d'ordonner au chauffeur de déposer ma valise dans la chambre d'amis, celle où j'habitais chaque fois que je venais en visite, qu'ils avaient destinée au bébé qui n'était jamais venu.

Quand le chauffeur fut entré dans la maison, mon oncle s'avança dans l'embrasure de la porte que sa large silhouette remplissait entièrement. Il ne me demanda pas d'entrer.

« Nafiza n'est pas là, *Beta*, dit-il. Elle ne travaille plus. Elle est malade. À l'hôpital. Il faudra que tu ailles la voir. »

À l'hôpital, une infirmière dut s'informer auprès de deux collègues avant de me dire que ma nounou se trouvait dans la salle commune. Puis elle me quitta aussitôt, les mains pleines de flacons verts et de récipients chromés en forme de reins. Je dus arrêter un médecin qui passait pour lui demander où était cette salle. Il continua à avancer sans m'écouter. J'étais invisible. Ne supportant plus cette situation, je l'interpellai en anglais, me plaignant de l'inefficacité du personnel de l'hôpital. Il s'arrêta, se retourna. C'était maintenant la femme américaine qu'il voyait.

Nous nous parlâmes en anglais, et je remarquai qu'il avait un bon accent.

« La patiente est-elle de votre famille ? » demanda-t-il. Ses bras étaient chargés de dossiers. Il faisait sa tournée.

J'eus envie de lui dire que Nafiza était ma mère. En fait, je l'avais appelée « Amme » jusqu'à ce que ma famille émigre aux États-Unis, comme une enfant ignorante ou inconsciente des nuances. À quel âge commencions-nous à intérioriser les différences que nous voyions autour de nous ?

« C'est mon *ayah* », dis-je, trop honteuse de moi pour l'appeler ma mère. Les frais de scolarité, les écoles privées, la BMW, une armoire pleine de bijoux, deux billets d'avion pour les États-Unis, c'était ce que Dad avait payé pour moi ; j'aurais dû savoir que l'affection n'accompagne pas forcément le sens du devoir.

Le médecin m'observa d'un rapide coup d'œil. Le jean serré et le T-shirt froissé que je portais au consulat, faisant des projets d'avenir avec mon mari avant de le perdre... Je devais avoir l'air aussi minable que ses patients, avec des cicatrices sur le corps qu'aucun de ses médicaments ne pouvait guérir.

Je croyais qu'il m'indiquerait simplement où je trouverais Nafiza, mais à ma grande surprise il me parla aussitôt de son cas au beau milieu du couloir cimenté qui empestait le Dettol, dans le bourdonnement des voix autour de nous. J'avais pensé que, pour un entretien aussi privé, un certain rituel était nécessaire, les murs discrets et indifférents d'un bureau.

« Elle a une hépatite, dit-il. Du type qui fait que le foie ne fonctionne plus. La mort. » Il leva ses épais sourcils et les rides qui se formèrent sur son front me rappelèrent celles de Samir ; je me demandai si je continuerais toujours à voir le visage de mon mari chez les autres hommes. « Ce genre de maladie est parfois causé par... des mœurs immorales. Qu'en pensez-vous ? »

Je sentis, au jugement qu'il portait sur ma nounou et ses semblables, qu'il insinuait que ce comportement ne pouvait être que celui d'une femme sans pudeur, d'une prostituée. Que penserait-il, *lui,* de l'expérience de l'amour que je portais maintenant en moi ?

« Elle est veuve, docteur, et a une fille mariée, qui elle-même a une fille. Si elle souffre de cette maladie, c'est que son mari la lui a sans doute transmise. Je me rappelle qu'il est mort brutalement d'une maladie du foie. Mais le médecin, à l'époque, avait dit que c'était parce qu'il buvait trop. Dites-moi, est-ce l'habitude, ici, de cacher des choses qui pourraient sauver la vie d'une femme ? »

Dans la salle commune, les lits étaient alignés contre les murs. Au fond, le soleil arrivait à travers deux grandes fenêtres rectangulaires, jetant une lumière salubre sur quelques-uns des malades. Les lits étaient tous occupés, certains entourés de visiteurs. Je ne savais comment trouver Nafiza.

Je me dirigeais vers une des malades, près d'une fenêtre, une femme assise toute seule sur son lit, lorsque j'entendis que l'on m'appelait par mon nom. C'était une voix d'homme, derrière moi, et je crus que c'était le médecin qui voulait me dire quelque chose que je n'avais pas envie d'entendre. Mais je reconnus Sammy, le gendre de Nafiza ; il me faisait de grands gestes dans un coin obscur de la salle. Roshan était assise à côté de lui, sur une chaise pliante en aluminium, sa fille endormie dans les bras.

Je me faufilai entre les lits pour les rejoindre, tentant d'apercevoir le visage de Nafiza derrière Sammy. Le jour où je l'avais chassée, elle m'avait dit que je lui reviendrais quand je serais de nouveau lucide, quand le *jadu* du beau visage de

Samir ne me duperait plus. À la vérité, je m'étais dupée moi-même. Comme l'avait dit Amme, le pouvoir du *jadu* ne se limitait pas aux frontières d'un pays, mais aux frontières de notre propre chair. Pour que quelque chose ait prise sur vous, il faut d'abord y croire.

Quand j'arrivai auprès du couple, Sammy me fit un *salaam* et Roshan se leva avec effort pour m'embrasser, sa petite fille endormie serrée entre nous. En m'embrassant, elle me dit à voix basse que sa mère serait heureuse de me voir. J'aperçus alors ma nourrice, par-dessus son épaule. Elle avait les yeux fermés, le visage tout jaune et une main posée sur son ventre enflé. Ce n'est qu'en le voyant bouger faiblement que je sus qu'elle respirait encore.

Elle était là, ma mère, déjà hors d'atteinte.

« Le docteur dit qu'elle va aller beaucoup mieux. Tout le monde attrape ça. » C'était Sammy qui me parlait, avec un petit rire nerveux et un geste d'insouciance.

Me disait-il cela parce que le docteur ne lui avait pas dit la vérité, ou ne me disait-il pas la vérité pour essayer de me rassurer ? Je ne leur dis pas que je savais que ce n'était pas une jaunisse. La jaunisse n'était qu'un symptôme de son hépatite.

Je cherchai une chaise du regard. Sammy glissa la sienne vers moi et se tint debout aux pieds de Nafiza, les mains serrées derrière son dos. Il avait la peau plus sombre que Roshan, presque noire, et le blanc de ses yeux était étonnamment injecté de sang. Avant de rencontrer Roshan, il était chrétien, mais il s'était converti à l'islam par amour pour elle ; peu à peu il s'était pris d'un amour fervent pour Allah et était devenu un vrai croyant. Roshan lui avait appris à prier, comme elle l'avait appris elle-même de tante Amira.

Lorsque je fus assise, je me trouvai à la hauteur du ventre ballonné de Nafiza, qui était recouvert d'une couverture blanche et de deux draps blancs bien que la chaleur fût étouffante, et je pensai à Henna. C'est ainsi, notre corps, avec exactement la même apparence, peut être porteur de vie ou de mort.

« Depuis combien de temps est-elle ici ? » demandai-je.

Ils firent une moue d'ignorance, haussèrent les épaules.

« *Ba*, à l'hôpital, dit Sammy, on ne sent pas le temps passer. » Mais je savais que si Nafiza se réveillait maintenant, elle ne serait pas de cet avis. Son corps allait maintenant à sa fin.

« On peut le savoir, dit Roshan, puisqu'elle est là depuis le jour où ta mère est partie aux États-Unis. »

Le jour après mon interruption de grossesse. Deux jours après que je l'eus chassée de la maison. Depuis tant d'années, je redoutais de faire quelque chose qui tuerait ma mère de même que Dad avait mis fin à sa vie et, maintenant, il me semblait que c'était précisément ce que j'avais fait.

« C'est ma faute, dis-je, en larmes. Je croyais qu'elle voulait gâcher ma vie. Je l'ai blessée, rejetée parce que... »

Roshan secoua aussitôt la tête. « Ta mère, dit-elle, est une femme généreuse, c'est pourquoi le *jadu* de Sabana n'a pas d'effet sur elle. Elle est mille fois bénie. » Tenant la tête de sa fille serrée contre elle, elle se pencha pour prendre son sac, qu'elle me tendit. Il y avait dedans les lunettes de lecture que tante Amira avait données à Roshan ainsi qu'une liasse de roupies. Les trombones avaient été retirés, mais je savais que la somme était la même que celle qu'Amme m'avait remise. On donnerait plus d'argent à l'occasion de la mort de Nafiza qu'on n'en avait jamais dépensé pour elle de son vivant.

Je refermai le sac et le déposai au pied de la chaise de Roshan.

« C'est pour les frais d'hôpital », expliqua-t-elle.

À quoi d'autre cela pouvait-il servir ? Il y avait les honoraires des médecins, des *alims*, et même ce chèque en blanc qu'Amme avait un jour voulu forcer Sabana d'accepter, espérant la soudoyer pour qu'elle s'en aille. Elle s'était servie de l'argent de Dad, de son pouvoir, pour tâcher de racheter ce qui était déjà perdu.

Sammy arpentait le petit espace entre le lit de Nafiza et le lit voisin, les mains si serrées dans son dos qu'elles en tremblaient.

Il s'arrêta et se pencha au-dessus de Nafiza. « Il faut que je parte, *Ba* ! Il est presque quatre heures, je dois aller préparer le thé. *Chalu*. Nous reviendrons demain matin. » Il se passa la main sur le visage, se sentant coupable d'avoir à s'occuper de sa boutique, de continuer à vivre sa vie.

« Je la déposerai chez elle », proposai-je.

Roshan me lança un coup d'œil, et je hochai la tête de droite à gauche. Ma nounou me cherchait du regard ; ses yeux n'étaient plus que deux trous noirs.

Roshan se tourna vers son mari. « Il vaut mieux que tu rentres seul. »

Sammy me regarda, fit un signe d'assentiment, et s'en alla avec un geste d'adieu, après avoir dit à Roshan à quelle heure il rentrerait à la maison le soir. Sa mince silhouette s'éloigna dans la lumière du soleil qui inondait le sol de ses larges rayons. Ses jambes maigres étaient comme des ciseaux ouvrant son chemin vers la sortie.

Roshan se tourna vers moi et je sus qu'elle allait me demander où était mon mari et, ainsi, découvrir les détails de mon drame. Je l'avais priée de rester afin de tout lui raconter, mais je sentis soudain qu'il n'y avait rien à dire sur une histoire vieille comme le monde, la rupture d'une union, alors que Nafiza gisait ainsi devant moi. Son corps immobile témoignait de tragédies plus irréparables que la mienne.

« Elle est très jaune », dis-je seulement.

Roshan enfouit son nez dans les cheveux de sa fille. Bisma était blottie contre elle, ses petites jambes dodues à califourchon sur la hanche de sa mère, la bouche ouverte dans son sommeil. Sa salive mouillait la blouse de Roshan. Bisma avait quatre ans, l'âge de Roshan quand sa mère avait commencé à m'allaiter.

Elle s'essuya les yeux avec son fin poignet. « Elle a tellement changé, je ne la reconnais pas. Comment peut-on dire que ceci est ma mère ? »

Je suivis son regard qui se posa sur le visage de Nafiza ; ses yeux creux s'étaient encore creusés comme s'ils s'enfonçaient déjà dans les profondeurs de la mort. Tout son corps s'enflait de sa propre décomposition. Ses joues étaient si gonflées qu'elles recouvraient son nez ; sa peau sombre comme la terre, son nez enterré, minuscule tombeau, étouffement..., annonce de ce qui allait survenir.

« As-tu essayé d'autres remèdes ? »

Roshan caressait le dos de Bisma. « Raga-bi est venue vendredi soir. Elle a apporté... » Elle s'interrompit, se mordit la lèvre inférieure qui était aussi sombre que la mienne — qui aurait pu être la mienne, chair de la même chair, de même que son nom était l'envers du mien : Roshan, la Lumineuse. Du menton, elle me désigna l'oreiller. Elle voulait que je voie par moi-même ce qu'elle trouvait si inexprimable.

Je me levai et, soulevant d'une main la tête de mon *ayah* dont les cheveux raides retombèrent sur mon poignet, je tâtai sous l'oreiller. Ses mains reposaient paisiblement sur son ventre de femme enceinte, leur peau était sombre et desséchée, les articulations ridées, les ongles encore sales de ses travaux quotidiens : une vie de servitude, envers Dieu, son maître, son mari, son enfant.

Une lame froide et acérée me heurta et je compris ce qu'avait fait Raga-bi. Elle avait apporté ce maudit couteau avec lequel elle avait essayé de faire sortir mon bébé. Elle espérait à présent faire sortir une maladie qui ne pouvait être mise au monde.

J'avais pensé à une autre sorte de remède, des plantes, de l'homéopathie, mais qui étais-je pour juger ? Dans des moments pareils, nous ne voyons pas avec nos yeux, mais avec l'espoir.

Je revins m'asseoir sans un mot, et je gardai les yeux fixés sur les paumes de mes mains. L'air empestait le Dettol.

Je parlai à Roshan, mais je m'adressai en fait à Nafiza pour qu'elle sache ce qu'elle avait toujours essayé de me faire comprendre, à quel point mon mari avait dupé tout le monde, moi en premier ; le linge blanc, taché, de notre nuit de noces avait dissimulé sa honte autant que la mienne.

Quand j'eus fini mon récit, Roshan baissa la tête contre celle de sa fille en soupirant, mais ne paraissant pas aussi étonnée que je m'y attendais. Quand elle me parla enfin, elle fit voleter les cheveux de Bisma qui étaient aussi épais et raides que ceux de Nafiza. « Tu devrais le quitter, naturellement. C'est un péché de vivre avec un homme comme ça. L'islam le défend. »

Oui, je le savais, mais ce qu'il m'avait fait me semblait un péché plus grave encore. « Je suis tombée amoureuse de lui, dis-je.

— Bien sûr, c'est ton mari.

— Non, pas comme ça. Tu sais ce que je veux dire, Roshan. Comme toi, quand tu es tombée amoureuse de Sammy, et que tu l'as épousé après. Je ne sais pas quand c'est arrivé, mais j'ai eu peu à peu l'impression que c'était *moi* qui l'avais choisi, et pas Amme. » Je roulai mes poings contre mes tempes. « J'ai l'esprit si engourdi. J'ai du mal à réfléchir. »

Elle m'observa un moment, puis me dit : « Ta mère a fait ce qu'elle a pu pour toi, il ne faut pas la blâmer. Samir est si vigoureux et séduisant... Comment elle aurait pu savoir, comment les autres auraient pu... Ici, on ne pense pas à ces choses-là. » Elle se balançait tout en parlant, serrant Bisma dans ses bras. « Mais c'est toi que les gens vont blâmer, Layla-bibi. Ils diront même que c'est de ta faute s'il est devenu ce genre d'homme, que tu n'as pas su le satisfaire et qu'il a été forcé d'aller de l'autre côté. Quoi que tu fasses, aie soin de montrer de la compassion. Tu es une femme. Et malgré ce que dit l'islam au sujet de ces hommes, c'est quand même ta réputation qui en souffrira. »

Elle avait raison, évidemment; nous nous tournâmes toutes les deux vers Nafiza comme si nous attendions qu'elle acquiesce ou nous donne quelque conseil.

« Il ne faut pas m'appeler Layla-bibi, tu n'es plus la propriété de qui que ce soit », dis-je enfin à Roshan.

Mais elle ne m'entendit pas. Bisma commençait à bouger et à essayer de se dégager des bras de sa mère. Roshan la fit aussitôt sauter sur ses genoux pour qu'elle se rendorme. L'enfant dressa la tête, marmonna quelque chose, appelant sa mère ou sa grand-mère. Roshan lui caressa les cheveux et lui chanta la chanson que Nafiza me chantait quand elle me baignait, où il était question d'une petite fille qui retrouverait un jour le chemin de sa maison. Mon expérience était devenue une berceuse, de même que les souvenirs d'enfance d'Amme étaient restés si longtemps des histoires pour m'endormir. Nous incarnions tous nos propres mythes.

Lorsque Bisma somnola de nouveau, Roshan me dit : « Il a sans doute cru qu'il serait capable de te toucher... jusqu'au moment où il s'est aperçu qu'il ne le pouvait pas. »

Le même soir, lorsque je revins chez oncle Mamou, sa maison me parut aussi silencieuse et déserte que le matin. Le crépuscule tombait doucement du ciel, et un domestique que je ne reconnus pas courait çà et là pour allumer les lumières de la cour. Lorsque, me dirigeant vers la porte d'entrée, je passai devant lui, il m'arrêta pour me demander qui j'étais et où j'allais. Cela me troubla, car j'avais ainsi l'impression d'être une intruse qui se glissait dans un lieu où elle n'était pas à sa place.

Le long couloir qui allait jusqu'au fond de la maison était encore dans l'obscurité, mais je le parcourus sans trébucher. Que de fois, depuis mon enfance, y avais-je couru, poursuivie par Henna ou Nafiza ! Et bien sûr, un an plus tôt, juste avant mes fiançailles, il y avait eu aussi le jour où j'avais finalement ouvert la porte de la chambre où je m'étais enfermée, et où j'avais trouvé ma mère gisant par terre, à l'endroit même où je passais maintenant, entourée de femmes éplorées, le front taché de sang. C'était la dernière fois qu'elle m'avait permis de venir dans cette maison.

Je distinguai enfin, au bout du couloir, une faible lumière venant de la salle à manger. Mais n'ayant pas entendu de voix, je fus surprise de trouver ma tante et mon oncle en train de dîner avec mon oncle Abou. Une assiette était disposée pour moi, retournée ; je les saluai rapidement et m'assis. Oncle Abou me lança le même regard, entendu et complice, qu'il avait eu lorsque Amme l'avait mis au courant de mes saignements.

Ma tante avait servi un repas très simple. Rien de plus qu'un curry de haricots verts avec du riz et du *dal* pas assez salé. Elle était atteinte d'un grave diabète, et je savais qu'après toute une journée de cours c'était tout ce qu'elle pouvait avaler. Pendant nos six mois de séjour en Inde, Nafiza reprenait d'habitude son service de nounou auprès de moi, et n'était donc plus cuisinière chez mon oncle et ma tante, qui avaient toujours du mal à la remplacer. Depuis l'Indépendance, peu de gens avaient envie d'être domestiques, et je me demandais comment ils s'en tireraient maintenant que Nafiza ne serait plus là.

« Nafiza est dans le coma, dis-je. J'ai parlé au docteur et il ne pense pas qu'elle en sortira. »

Personne ne réagit, et je compris qu'ils parlaient sans doute de moi quand j'étais arrivée, d'où leur silence.

Tante Amira poussa enfin un soupir et parla avec son calme habituel. « J'ai une étudiante qui m'a proposé une domestique de sa famille pour... » Elle lança un regard à son mari, « ... pour remplacer Nafiza. Comme tu le sais, je suis trop malade pour continuer à... »

Oncle Mamou se leva brusquement de table, faisant crier sa chaise comme j'aurais voulu le faire moi-même. Ses yeux errèrent un instant et tombèrent sur la fenêtre arrière qui donnait sur les logements des domestiques. « Combien de fois faut-il que je te le dise ? hurla-t-il. Nafiza est plus qu'une employée. Elle est... elle ne peut pas être remplacée. »

Il repoussa son assiette à moitié pleine et, pour la première fois, je remarquai ses mains tremblantes, ses cheveux gras, sa chemise froissée. Il était comme moi.

Après le dîner, nous emportâmes notre tasse de thé, mon oncle et moi, dans la cour et nous fîmes les cent pas, passant et repassant sous l'ombre allongée des amandiers et des goyaviers, nos coudes se frôlant parfois. Les fenêtres de la chambre à coucher principale étaient ouvertes, de la lumière fluorescente en sortait, formant des rectangles sur le sol ; je pensai à Nafiza, seule pour un voyage que faisaient des centaines d'autres êtres. Un domestique préparait le lit pour la nuit, celui que tante Amira avait apporté en dot quelque vingt années plus tôt et sur lequel j'étais restée étendue, lorsque je m'étais enfermée dans cette même chambre, protestant contre ce mariage.

Je fis à oncle Abou le même récit qu'à Roshan ; il l'écouta sans m'interrompre, en hochant la tête, les yeux fixés sur le chemin devant nous, sur les traces de nos pas, qui allaient dans un sens et dans l'autre, comme s'ils avaient hésité sur la direction qu'ils prendraient, disparaissant dans l'obscurité et réapparaissant.

Quand j'eus fini de parler, il resta silencieux un moment, cherchant peut-être la morale de l'histoire. Il n'y en avait pas, naturellement ; je me tus et le laissai continuer à avancer sans moi. Il portait un jean et un T-shirt bleu, cadeau de ma mère des États-Unis, et son eau de Cologne couvrait tous les parfums de la nature. Je posai ma tasse vide et ma soucoupe dans le creux d'une branche ; une chauve-souris bougeait parmi les goyaves. Il fit demi-tour à l'endroit que j'avais prévu, là où nous avions déjà rebroussé chemin, juste à côté des marches du logement isolé de Nafiza. Que pouvait-il me dire que je ne sache déjà : la stricte interdiction de ces mœurs dans l'islam, ma propre réputation en tant que femme, les préoccupations de la société, qui n'étaient pas les miennes.

Il vint près de moi, secouant la tête. « Vos histoires sont les mêmes. Il me semble donc qu'il y a de l'espoir. Il ne s'agit peut-être que d'un malentendu.

— Les histoires de qui ?

— *Ar're*, de qui veux-tu que ce soit ? La tienne et celle de ton mari.

— Il est rentré ?

— En fin d'après-midi. Il a dépensé entièrement l'argent de ses cours pour acheter son billet d'avion — il m'a dit qu'avec toute cette agitation il avait raté le train. Ce pauvre garçon est venu directement de l'aéroport chez moi. Il n'est même pas allé chez lui tant il est soucieux à propos de votre mariage... »

Il retroussa les lèvres d'un air qui me parut ironique, puis se dirigea vers le mur de clôture de la propriété. À mi-chemin il se retourna et me fit signe de le rejoindre. Comme je secouai la tête, il revint pour me prendre par le coude et m'entraîna jusqu'au portail. Je l'avais déjà vu se comporter ainsi avec Henna, quand il trouvait sa fille en train de jouer dans la rue avec les gamins du voisinage. Nous étions à présent à côté d'un vieux cocotier dont les racines sortaient des deux côtés du mur.

Il regarda autour de lui pour s'assurer que nous étions seuls, plongea les mains dans les poches de son jean et en tira des enveloppes. Elles étaient pliées en deux et, avant même qu'il ne les aplatisse, mettant en évidence l'écriture, le nom et l'adresse de l'expéditeur, je sus de qui elles venaient.

« Elles sont arrivées pour toi, à mon adresse, dit-il. L'une après l'autre. *Ar're*, quelle conduite honteuse ! J'ai à la maison une fille mariée, dont l'époux va bientôt venir vivre avec nous, que diraient-ils s'ils découvraient cette saleté, comment pourrions-nous expliquer ta conduite ? Mariée à un homme et recevant... » Il s'arrêta, s'humecta les lèvres. « ... recevant ce genre de lettres d'un autre homme. *Ar're*, les femmes, ici, ne font pas ça. Nous ne sommes pas en Amérique. Vois-tu, si j'avais découvert que quelque chose de semblable se passait avec ma femme — je sais qu'Asma est la sœur de ta mère —, si j'avais découvert quelque chose comme ça... » Il fit une moue de dégoût, hocha la tête, donnant à comprendre qu'il l'aurait tuée.

Je baissai les yeux, espérant qu'en ayant l'air repentante il ferait ce que j'allais lui demander. « Avant de partir, Amme m'a donné une somme d'argent. Elle est chez Samir, dans l'armoire. Pourriez-vous aller me la chercher...

— Quoi ! Tu ne m'as donc pas écoutée. Layla, je t'ai amenée ici pour te faire entendre raison. *Ar're*, tu ne peux pas quitter ce garçon pour si peu de chose ! Quelle importance s'il a... eu des aventures sexuelles ? Que pouvait-il faire d'autre ? Regarde-le, il est séduisant, en pleine forme, il a sans doute des désirs, d'énormes désirs. Où peut aller un homme dans une société comme la nôtre, avec les femmes séparées des hommes, cachées sous leurs voiles. Vers qui pouvait-il se tourner ? Nous ne sommes pas en Amérique, il n'a jamais eu la liberté que tu as eue. Et c'est un homme ! Les hommes ont des désirs. Ils ont besoin de se détendre. Nous ne sommes pas aussi forts que les femmes — que certaines femmes — qui peuvent se contrôler, se préserver jusqu'à leur mariage. Des hommes comme Samir, jeunes, vigoureux, virils... il faut qu'ils cherchent... de la compagnie. Ce parc où il va, je le connais, tous les hommes le connaissent. On s'y rend, on trouve quelqu'un, et on se détend. C'est comme ça. Des aventures sexuelles, rien de plus. Quelle importance, alors, si un imbécile s'est laissé prendre et a cru qu'il était amoureux de Samir, bah ! Ce qui importe, c'est que ton mari dise qu'il ne l'aime pas, que c'est toi qu'il aime... malgré ce que *toi*, tu as fait. » Il me prit les bras, se pencha pour me regarder avec attention. Y avait-il chez lui de la sollicitude, de la réprobation ? Il faisait trop sombre pour lire dans ses yeux. « Je vais te donner exactement le même conseil qu'à ton époux. Oublie tout ça, Layla, laisse le passé derrière toi. N'en parle plus. N'y pense pas. Regarde vers l'avenir, ton avenir avec Samir. Maintenant, dis-moi, n'es-tu pas réconfortée de savoir que ton mari souhaite que tu reviennes chez lui, qu'il veuille encore de toi comme épouse ?

— Je voudrais parler à tante Amira. »

Il fit un pas en arrière, remit les lettres dans sa poche, se tapota la poitrine comme pour me rappeler qu'il avait eu une crise cardiaque, ou m'avertir des malheurs que je pouvais causer à ma famille. « Personne n'a envie que sa fille rentre à la maison — surtout dans ces circonstances. *Ar're*, pense à ton père. Vas-tu faire comme lui, abandonner ton mari, ruiner ta réputation ? Raconte ce que tu veux sur lui, Layla, tout le monde dira que tu as quitté un homme honorable pour retourner à ton... amant *umrikan*. C'est ça que Samir racontera sur toi, comme tout homme le ferait. Tu vois donc qu'il est inutile que tu parles avec tante Amira ou ta tante Asma. Tu n'obtiendras aucun soutien des femmes d'ici. Nous pensons tous que ce n'est qu'une petite pique conjugale, rien qui sorte de l'ordinaire. Avec Nafiza en train de mourir, nous traversons de tristes moments et personne n'a envie de penser à cette... *saleté*. Tu es mariée, Layla, un point c'est tout. Tu es mariée ! »

Ils me laissèrent habiter chez eux trois jours ; chaque matin, je m'habillais et j'allais à l'hôpital pour rester auprès de Nafiza. Roshan apportait le déjeuner de la boutique de son mari et nous mangions en silence. Je ne lui parlai pas de ce que m'avait dit oncle Abou, n'imaginant pas que ma famille pourrait me renvoyer chez Samir.

Puis, le troisième jour, alors que je partageais un nouveau dîner frugal avec ma tante et mon oncle, j'entendis sa motocyclette, puis le grondement sourd de la voiture que je reconnus pour être celle d'oncle Abou. Je courus dans le couloir vers ma chambre, tandis qu'oncle Mamou criait derrière moi : « Je t'en prie, *Beti*, ne recommence pas, pas ici, pas chez moi... »

Il me rejoignit bientôt, sa haute silhouette occupant le couloir étroit ; il avait la même expression que le soir du mariage, de quelqu'un que je ne connaissais pas, de quelqu'un qui m'était très proche.

Oncle Abou le rejoignit ; il portait la même chemise à carreaux que lors de notre visite à l'*alim* aveugle, et je compris que cet homme, qui avait toujours essayé de me sauver, croyait le faire une fois de plus.

Samir s'arrêta net lorsqu'il me vit ; son visage semblait plus sombre car il n'était pas rasé et il avait des cernes sous les yeux. Ses cheveux étaient hérissés à force d'être triturés.

« Dis-lui pourquoi tu es venu », insista mon oncle, qui lui arrivait à peine à l'épaule.

Samir continuait à me regarder sans dire un mot, la bouche ouverte, comme dans le couloir de l'hôtel. Il me barrait involontairement l'entrée de ma chambre.

Oncle Abou se glissa contre lui ; ils occupaient à eux deux tout l'espace. « La patience de ton mari a des limites, Layla. Il exige maintenant que tu rentres avec lui. »

J'entendis des pas dans mon dos, je me retournai ; c'étaient oncle Mamou et sa femme. Tante Amira, debout derrière son époux, tenait ses mains ouvertes devant elle, les yeux larmoyants. Elle ne pouvait rien faire pour moi.

J'essayai de me glisser dans sa chambre, comme je l'avais fait un an plus tôt, mais oncle Mamou mit un pied à l'intérieur, m'empêchant de fermer complètement la porte. « Ne recommence pas, pas ici », répéta-t-il en secouant la tête. Ses cheveux luisaient d'huile ; je réalisai qu'il n'était pas allé une seule fois voir Nafiza à l'hôpital.

« Layla, dit-il, tu es la fille de ma sœur, tu es donc aussi ma fille, moi qui n'ai pas eu le bonheur d'avoir d'enfants. Ce que je te dis, c'est pour ton bien. Tu ne connais pas grand-chose à la vie, et c'est notre devoir à nous, parents, de te protéger, de nous assurer que tu ne commets pas de fautes irréparables. Maintenant, je t'en prie... », dit-il en envoyant deux baisers en l'air comme il le faisait lorsque nous étions petites, Henna et moi, et que nous nous disputions à propos d'une babiole, « ... raccommode-toi avec ton mari et rentre chez lui. Il y a déjà assez de souffrances et d'épreuves dans cette maison. »

Assez de souffrances et d'épreuves, certainement. « Vous savez tous qu'Amme a divorcé, n'est-ce pas ? » demandai-je, puis je me tournai vers oncle Abou. « Comme a dit l'*alim* aveugle, la communauté musulmane d'ici est peu nombreuse, tout le monde est au courant de tout. Personne n'en parle, mais nous connaissons les secrets des uns et des autres. Alors, vous deux qui êtes le frère et le beau-frère d'Amme, qui auriez pu faire quelque chose, vous avez pourtant laissé ma mère souffrir seule toutes ces années. Vous avez permis à mon père, sans protester une seule fois, de la traiter, de *nous* traiter comme bon lui semblait. Et maintenant, vous voulez que j'accepte la même existence. Samir est *incapable* de faire de moi sa femme — vous le savez *tous.* » Je jetai un regard suppliant à ma tante qui s'avança enfin, tapota le bras de son mari en l'adjurant de réfléchir à ce qu'il faisait — la vie d'une jeune fille était en jeu —, mais il se dégagea brusquement.

Je hurlai : « Il est amoureux de Navid!

— J'exige que tu reviennes avec moi immédiatement, cria soudain Samir, projetant des gouttelettes de salive. Je suis ton mari et tu feras ce que je dis. »

Je le dévisageai, stupéfaite. Il *ferait* n'importe quoi pour me garder pour lui. « Toi qui ne crois pas aux valeurs de la Vieille Ville, qu'est-ce que tu me dis là? Alors que nous savons tous les deux la vérité, comment oses-tu... Un mari qui n'est pas un vrai mari », dis-je, répétant ce que Nafiza avait si judicieusement observé.

« Ça devient intolérable! » cria oncle Abou, comme si je l'avais insulté. Il se jeta sur moi, m'empoigna, me hissa sur son épaule et me traîna jusqu'à sa voiture. Je lui donnai des coups dans le dos, me débattis, hurlai, protestant en ourdou et en anglais. J'aperçus tante Amira essayant de venir vers moi, tendant ses maigres bras, me criant quelque chose, mais oncle Mamou la retenait. Samir nous suivait avec ma valise, une main pressée sur son front, détournant les yeux comme si c'était lui qu'on emmenait à son corps défendant.

Ils abandonnèrent la motocyclette et, tous les trois, nous nous entassâmes à l'arrière de la voiture d'oncle Abou, moi entre eux. Un retour bien différent de mon arrivée chez Samir dans tout l'apparat de la noce! Ils étaient là encore, les lampions de fête, mais cette fois ils décoraient la petite maison d'en face. On était en train de forcer le jeune musulman à épouser une lointaine cousine, personne n'étant capable d'admettre l'amour de son choix.

Les lumières étaient allumées chez Samir ; Zeba et Ibrahim attendaient mon retour, assis très droits sur le *takat*. Passant devant eux, Samir me traîna jusqu'à la chambre, claqua la porte, la ferma à clé. Puis, appuyé contre elle, il se laissa tomber accroupi sur le sol, les coudes sur les genoux, ses mains recouvrant son visage. Je m'assis sur le lit. J'avais cru ne plus jamais revoir ce lieu.

« Dès que j'en aurai l'occasion, lui dis-je, je partirai. Tu ne peux pas m'obliger à rester ici, avec toi — d'ailleurs, pourquoi le souhaiterais-tu ? » Puis j'ajoutai : « Je t'aimais vraiment. Tu m'as laissé t'aimer. Comment as-tu pu ? »

Il rampa vers moi, enfouit son visage sur mes genoux ; ses bras encerclant mes hanches, il se pressa contre moi. « Oh, mon Dieu », murmura-t-il comme s'il ne pouvait lui-même croire à ce qui venait de se passer, à ce qu'il avait réussi à obtenir. « Oh, mon Dieu ! »

Vendredi matin. L'*azan* de l'aube. Sous l'appel de l'imam, le crépitement de la pluie.

Je n'avais plus conscience du temps depuis mon retour à Hyderabad, dans la maison de mon mari. Chaque jour coulait lentement dans le jour suivant. Des choses qui ne m'avaient pas manqué jusque-là — essentielles en Amérique, mais pas ici — me faisaient soudain cruellement défaut : le téléphone, une voiture, une bicyclette même. La vie que j'avais trouvée là-bas si restreinte me paraissait à présent tellement libre...

Samir avait pris une chaise dans le salon, pour surveiller la porte et m'empêcher de partir, de la même manière que je l'avais empêché de sortir de la chambre d'hôtel. Son père était au bureau, son frère à l'université, l'un et l'autre inaccessibles pour moi. Sa mère me chassait de la cuisine et, obéissant aux ordres de son fils, ne voulait pas m'écouter.

Je finis par la coincer dans l'oratoire, juste au moment où Feroz et elle commençaient à réciter le Coran, une habitude vieille d'onze ans que j'allais interrompre. Je m'assis à ma place habituelle près de Zeba, après m'être enveloppé la tête d'un *dappatta*. Elle ne me regarda pas, mais resta les yeux fixés sur les plaques en arabe et je compris quelle était sa prière silencieuse : elle demandait la force d'affronter ce qu'elle savait que j'allais lui dire. Ce matin-là, personne n'avait heurté à ma porte.

La mère et le fils avaient ouvert le Coran et lisaient une sourate, mais lorsque je les rejoignis, Zeba, se rappelant où elle et moi en étions restées, revint au chapitre sur Joseph. Sans qu'elle me le demande, je commençai à lire :

« *Quand elle apprit leur liaison, elle invita les femmes de la ville à un banquet dans sa maison. À chacune, elle fit don d'un couteau et elle commanda à Joseph de se présenter devant elles. Quand elles le virent, elles furent étonnées de sa beauté et se coupèrent les mains en s'écriant : "Qu'Allah nous protège ! Ce n'est pas un être mortel, mais un ange plein de grâces."*

"Voici l'homme, dit-elle, au sujet duquel vous m'avez blâmée. J'ai cherché à le séduire, mais il s'est montré inflexible. S'il refuse d'obéir à mes ordres, il sera jeté en prison et objet de mépris."

... En dépit des preuves dont ils avaient été témoins, les Égyptiens estimèrent qu'il était juste de le retenir captif. »

Lorsque Zeba arriva à la fin de la traduction en ourdou qu'elle avait lue la voix tremblante, trébuchant sur certains mots, je posai ma main sur la sienne pour l'empêcher de continuer. Elle demanda à Feroz de quitter la pièce.

Je lui dis : « Vous n'avez envoyé des invitations au repas de *walima* qu'au dernier moment et vous avez alors invité plus de mille personnes, alors que vous n'en aviez convoqué qu'une centaine pour le *nikkah*. Votre déclaration ne mentionnait que votre fils, et non notre union. Vous avez toujours su ce qu'il en était pour Samir. »

Elle gardait les yeux fixés sur le livre, devant nous, suivant d'un doigt les lettres arabes entrelacées.

« Vous dites que je suis votre fille, repris-je, mais vous avez gâché ma vie. »

Elle rentra ses lèvres, faisant ressortir ses rides profondes aux commissures et sur ses larges pommettes. « Il a été entraîné... par cet *ami*, dit-elle. Aucun homme ne choisirait d'être avec un autre homme s'il avait une femme à sa disposition. Je te l'avais dit. Il faut que tu exprimes clairement tes exigences en tant qu'épouse. Tu as en toi le pouvoir de le ramener sur le droit chemin.

— Il ne m'aime pas, tante Zeba. Je l'observe depuis un mois. Il a essayé d'être mon mari, il l'a même souhaité, mais ce n'est pas en lui. Je vous en prie, laissez-moi partir. Si je retourne toute seule en Amérique, vous n'aurez plus à craindre qu'il parte aussi. Il restera ici avec vous, avec vos conseils, *vos* exigences. »

Elle secoua la tête. « Une femme reste avec son mari... quoi qu'il arrive. »

Qu'il arrive quoi ? C'est donc ce qu'elle avait voulu dire le jour où Amme était venue nous voir. En tant que femme, je n'avais qu'une option : passer ma vie avec mon époux, sans être touchée, sans me plaindre. Voilà ce qu'était la morale de la Vieille Ville. Mourir pour n'avoir pas été vierge, mourir pour avoir épousé l'homme qu'il ne fallait pas épouser. Samir avait raison, c'étaient des rites sacrificiels païens.

« L'islam interdit ce que vous faites, dis-je. Même le *nikkah* entre lui et moi est automatiquement devenu nul. À présent, Samir ne m'est lié en aucune façon ; si je dors dans son lit, c'est un péché pour moi et pour vous qui me forcez — qui *m'emprisonnez*. Comment pouvez-vous rester ici à prier ! »

Elle leva le menton comme elle l'avait fait le jour où Samir avait jeté son calot de prière à ses pieds et s'était précipité hors de la maison. C'était mon péché, semblait-elle dire, pas le sien, dès lors qu'elle m'avait transmis son devoir de responsabilité envers Samir.

« Vous m'avez dit que vous aviez peur de ce qu'il ferait une fois arrivé aux États-Unis... » J'essayai maintenant de la convaincre à travers ses craintes et les idées qu'elle se faisait de l'Amérique. « Vous avez raison d'avoir peur. Il aura beaucoup plus de liberté pour se conduire ainsi. Démons, diables, les gens ne se contrôlent pas. Même Amme, chaque fois que nous revenions ici, m'emmenait chez un *alim*. Là-bas, on fait ce qu'on veut, hommes et femmes, on n'a pas honte. Si Samir ne peut pas se contraindre ici, imaginez ce qu'il fera en Amérique, où il n'y a aucun tabou, aucune limite. »

Zeba suivait toujours du doigt les lettres arabes comme si elle lisait quelque invisible recommandation. « Il vaut mieux qu'il parte aux États-Unis, dit-elle. S'il reste ici sans toi, tout le monde sera au courant. Il est beau, il est fort, il est jeune, quelle raison aurait une femme de quitter un homme pareil ? On le méprisera, on nous méprisera, moi et ma famille. Nous serons haïs, au ban de la société. Je dois penser à Feroz, à son mariage — qui voudra l'épouser si on apprend cela ? Devrais-je perdre mes deux fils ? Non, emmène-le en Amérique ; pour moi, il est mort. » Fermant le livre, elle leva de nouveau les yeux vers les plaques religieuses, sans une larme, avec une lassitude douloureuse. « L'islam dit que le trône d'Allah tremble lorsqu'un homme chevauche un autre homme. Imagine le tremblement du cœur d'une mère. Je l'ai maudit. J'ai maudit mon propre fils. Le jour où j'ai appris son accident de motocyclette, je me suis réjouie. J'ai dit une prière d'actions de grâces avant d'aller à l'hôpital. J'étais préparée, ce jour-là, à le trouver mort. C'était le châtiment d'Allah. Il revenait de ce parc, de faire ce qu'il y fait d'habitude, quand il a été renversé. J'ai pensé qu'Allah exauçait enfin mes prières. » Elle eut une expression de regret, un profond soupir souleva sa lourde poitrine, faisant plisser son *dappatta* noir. « Mais il était encore en vie. Pourquoi aurais-je dû faire opérer cette jambe ? Non, il fallait le laisser boiter. Le laisser en avoir honte, et avoir honte de lui-même. Qu'il sache toujours qu'il n'est pas entièrement un homme. »

Le surlendemain, au matin, la voix d'Ibrahim me sortit du lit. Je le trouvai, assis à table, seul, en train de lire le journal. Zeba était dans la cuisine et fredonnait tout en préparant avec lenteur le petit déjeuner soigné du dimanche. Feroz étudiait ses leçons dans le *divan*, avec ses livres éparpillés sur la table de bambou auprès de laquelle j'étais assise lorsque nous avions projeté l'excursion à Golconde, Samir, Navid et moi ; j'ignorais alors la véritable raison des baisers ostensibles de Samir. Quel spectacle ! avait dit Navid, qui nous avait surpris trébuchant devant la porte, nous arrachant mutuellement nos vêtements, alors que c'étaient eux deux qui étaient les véritables acteurs. Je l'avais rendu ridicule, m'avait reproché mon mari, alors qu'il m'en avait fait autant.

« J'espérais que tu viendrais, *Beta* », me dit Ibrahim.

Je m'assis sur une chaise auprès de lui ; il plia son journal, le mit sur la table, avec ses lunettes par-dessus, à côté du médicament pour son ulcère et du miel que Zeba lui donnait tous les jours.

« Les élections ont brusquement été avancées, me dit-il. Ce n'est pas bon signe. J'ai peur qu'il y ait des troubles, des émeutes. Loué soit Allah, Samir et toi vous êtes revenus tôt de Madras. Maintenant que vous êtes là, je ne crois pas qu'il soit sage que vous sortiez tous les deux. Restez à la maison. Un jeune couple... », il s'interrompit, son regard se perdit au loin, ses doigts tapotaient sur la table. « ... Un jeune couple est toujours une bonne cible pour ces bandes. Il symbolise l'espoir d'une communauté ; le tuer, c'est comme éteindre la flamme d'une bougie. »

Il était donc conscient des calamités qui menaçaient à l'extérieur, mais pas de celles qui se produisaient sous son toit. Comment était-ce possible, alors que le fils cadet de la famille, celui qui n'était pas encore marié, était assis dans le *divan*, où il n'avait jamais étudié auparavant, juste pour me surveiller pendant que son frère aîné dormait ?

« Je ne voulais pas t'effrayer, *Beta* », dit-il en m'observant. Il se gratta un bras et je remarquai que des taches brunes y étaient apparues, comme celles qu'il avait sur le crâne et le front. « Écoute ça... », me dit-il, essayant avec un sourire de me rassurer, tout en reprenant son journal. Il redressa ses lunettes sur son nez. « Pendant la campagne électorale, il y aura cent vingt-deux candidats différents », lut-il, et il baissa la tête pour me regarder par-dessus ses verres. « Pourtant ton mari est persuadé que notre pays ne lui offre aucun choix. »

Oui, on avait toujours le choix ici quant à celui qui nous représenterait, que ce fût un politicien, un dieu, un ancêtre, un parent, jusqu'à Henna qui avait glissé à ma place l'anneau de mariage au doigt de Samir — mais on ne pouvait choisir comment nous pouvions nous présenter nous-mêmes. Finalement, c'était au mensonge que Samir voulait échapper en fuyant aux États-Unis.

« Papa, dis-je, vous vous rappelez que vous m'avez dit qu'il ne fallait pas aller de l'avant si cela faisait du mal aux autres ?

— Oui, naturellement, *Beta*, c'est la règle générale d'une vraie morale, et je ne voudrais jamais l'oublier. » Il aplatit son journal sur la table et se tourna vers moi. « Dis-moi, qu'est-ce qui ne va pas, *Beta*, que s'est-il passé ? »

J'hésitai, ne sachant comment lui expliquer. « Savez-vous, lui dis-je enfin, pourquoi Nafiza n'est plus ici ? Pourquoi Samir et moi sommes rentrés tôt de Madras ?

— Parce que ton *ayah* est malade et qu'elle est maintenant à l'hôpital. » Il me regarda de côté, fronçant le front, et je vis que les taches étaient devenues plus sombres. « Y a-t-il autre chose ? Qu'es-tu venue me dire, *Beta* ? Je suis ton père, je t'en prie, n'hésite pas. Je ferai tout ce que je peux pour t'aider. »

À mon tour, je tapotai la table du bout des doigts, réfléchissant à la manière de lui révéler l'inimaginable. « Je pense que si Samir veut aller en Amérique, ce n'est pas uniquement pour chercher un emploi. Je pense que ce qu'il souhaite vraiment, c'est la liberté, celle qu'il ne peut avoir ici. » Il me regardait toujours par-dessus ses lunettes ; la peau de son crâne semblait si délicate. Samir espérait envoyer de l'argent à sa famille pour permettre à son père de prendre sa retraite. Je soupirai. « Papa, votre fils a essayé de se forcer à m'aimer, mais il n'y arrive pas. Il est... » *Gay*, que voulait dire ce mot ici, dans une culture, un contexte différents ; il y a des termes intraduisibles. « ... Il n'est pas attiré par moi, ni par aucune femme. » Les mots me venaient lentement ; chacun semblait être le battement d'un cœur à l'agonie. « C'est ce que j'ai découvert pendant notre lune de miel. Navid, son ami, nous avait suivis. Ils s'aiment. C'est pourquoi je suis revenue. Je ne savais pas que Nafiza était malade. »

Et voilà, c'était une confidence que je n'avais pas encore faite. Je sentis un poids pesant s'échapper de moi, s'étaler à mes pieds, puis s'élever entre Ibrahim et moi. Un mur comme celui qu'avait décrit Samir. Pour la deuxième fois de ma vie, je perdais mon père.

« Je veux partir d'ici », dis-je, m'abstenant de l'appeler « papa ». « Ne pourriez-vous m'aider, si ce n'est par égard pour moi, du moins en souvenir de votre sœur défunte, celle à laquelle je vous fais penser ? »

Il recula sur sa chaise, leva la tête, regarda le plafond en clignant des yeux ; respirant à peine, sa frêle poitrine affaissée sous la fine *kurta*. Au bout d'un long moment, il secoua la tête comme pour se libérer de pensées, d'images importunes. « Ne laisse pas les événements extérieurs pénétrer dans ta chair », m'avait-il conseillé autrefois. Il reposa ses lunettes tout en prenant son journal, n'ayant pas la force de voir l'annonce du destin.

« Mon fils... », murmura-t-il, la voix brisée, angoissée. « Mon fils... », répéta-t-il, puis il s'éclaircit la gorge, se détourna de moi et me dit : « Comme tu es sa femme, il faut que tu préviennes mon fils de ce que je viens de te dire. Personne ne doit quitter la maison. »

Depuis que Samir avait pris l'habitude de s'asseoir dans le *divan* pour m'empêcher de me sauver, je dormais désormais au fond du lit en lui tournant le dos.

Nous n'échangions aucune parole, ni pendant la journée où je m'enfermais soit dans la chambre soit dans l'oratoire, ni la nuit, lorsque nous étions seuls, porte et fenêtre fermées et verrouillées et avec, par-derrière, les parents et le frère ; le paon détournait la tête de ce spectacle.

Samir restait couché contre moi, un mince espace nous séparait, le matelas s'enfonçait sous son poids, me donnant l'impression que je tombais vers lui, vers la chaleur de sa chair. Je faisais comme s'il n'était pas là.

Puis, une nuit, il me réveilla en s'enfonçant en moi, dur contre mes cuisses et mes fesses ; il n'y avait entre nous que le fin tissu de mon *salwar*. Le démon qui ne m'apparaissait plus en rêve prenait maintenant la forme de mon mari et je pensai aux nombreuses fois où je l'avais pris dans ma bouche — cette partie de son corps qui pénétrait dans la chair de Navid.

J'écartai la moustiquaire et titubai jusqu'à la salle de bains pour vomir.

Le lendemain matin, pendant qu'il se douchait, je me glissai hors de la chambre et avançai doucement vers le *divan*. Je pensais qu'Ibrahim et Feroz avaient déjà quitté la maison, mais j'entendis la voix de Zeba venant de l'oratoire où Feroz dormait par terre la nuit. Je traversai la cour sans bruit et ouvris le cadenas du portail. Il grinça, ce qui me trahit. Tout était contre moi dans cette maison.

La figure de Feroz s'aplatit contre les barreaux de sa fenêtre, ses yeux bridés s'étirant encore davantage dans sa surprise. Il se mit à crier : « Maman, elle s'en va. Bhabhi quitte la maison ! » J'entendis des pas précipités à l'intérieur.

Mais il était trop tard, je m'élançais déjà dans la rue bordée d'ashokas où je m'étais promenée avec Samir. Au croisement, un moto-rickshaw passa en pétaradant devant moi et je criai au chauffeur de s'arrêter, mais il ne m'entendit pas. Le pan de mon *dappatta* se coinça dans la grille d'un voisin ; je m'en débarrassai brusquement, et passai en courant devant le réverbère sur lequel Samir avait lancé des pierres. J'allais arriver au bout du pâté de maisons quand Feroz me rattrapa, et me saisit par le bras. Je trébuchai et tombai sur le trottoir de pierre ; je ramassai une poignée de cailloux, et les lui jetai à la figure. Il se protégea de ses mains, rentra les épaules, mais dès que je fus debout il me prit par les coudes et m'entraîna vers la maison.

« Vous vous donnez en spectacle, Bhabhi », me dit-il d'une voix calme et condescendante, comme lorsqu'il avait corrigé ma prononciation en arabe. « Les gens vont penser que la femme de mon frère est folle. »

Tout le long de la rue, des femmes s'étaient groupées devant leurs grilles pour nous regarder, même les deux jeunes filles aux nattes épaisses, dont la plus âgée aurait souhaité épouser Samir. J'appelai à l'aide. Une à une, les femmes rentrèrent à l'intérieur de leur maison et disparurent. Zeba nous avait rejoints et tous les deux me traînèrent le long de l'impasse, me poussèrent dans la chambre, puis fermèrent et verrouillèrent la porte de l'extérieur.

Samir était debout près de sa malle, sa serviette enroulée autour de la taille, la poitrine encore humide. Il se pencha sur moi, glissant ses doigts dans mes cheveux, passant sur mes lèvres son pouce où brillait l'anneau d'argent de mon orteil. « Tu es à moi, dit-il doucement, d'une voix amoureuse toute nouvelle pour moi, et je vais faire tout pour te garder. »

Des jours, des nuits, encore des jours. Écoulement indéfini du temps.

Puis, un après-midi, Zeba ne s'assit pas à sa place habituelle sur le *takat*, adossée à ses coussins brodés à la main, pour éplucher ses légumes. Mais elle étendit un sari de soie sur l'éclatant tapis pakistanais pour le repasser, le dos courbé. C'était le sari rouge qu'elle avait porté pour mon mariage, la tête et le buste recouverts du *dappatta* noir. Le fils de la maison d'en face devait se marier le soir même.

Elle ne me demanda pas de m'habiller, et je compris ainsi que je n'étais pas invitée. Elle savait que je ferais de nouveau une scène, que j'essaierais une fois de plus de m'échapper, ajoutant à la confusion de ce mariage forcé et à l'agitation du marié. Il était préférable pour tous que je reste à la maison avec mon mari ; je me demandai quelle excuse elle inventerait pour expliquer mon absence.

À la tombée de la nuit j'entendis le brouhaha des invités, les voitures qui s'arrêtaient dans l'impasse, se garaient sur le terrain vague. Le *dol* commença à jouer une mélodie que je reconnus, on l'avait jouée lors de mon mariage ; le rythme évoquait les battements accélérés du cœur, l'attente, la crainte, la terreur, l'annonce d'une nouvelle vie. Je ne savais qui je devais plaindre le plus, le jeune homme que l'on forçait à se marier ou la jeune épousée qui ne serait jamais aimée.

Par la porte ouverte de ma chambre, de mon lit extravagant où j'étais étendue, le rêve d'Amme pour moi — pour elle-même —, je voyais Zeba assise toute prête au bord du *takat*, les mains ouvertes sur ses genoux, qui regardait la pendule. Ibrahim était en retard.

« Allez-y donc, maman », dit Samir du *divan*. On entendait dans le lointain le fracas et le grondement de l'orchestre de cuivres qui suscitaient les rires et les applaudissements de la noce. Les musiciens suivraient le marié jusqu'à la salle de mariage, puis au retour, accompagné de son épouse.

« Je n'irai pas sans lui, dit Zeba. Il n'est jamais en retard. *Inch' Allah*, pourvu que rien ne lui soit arrivé.

— Je vous enverrai papa dès qu'il sera rentré, dit Samir, agacé. Vous n'avez qu'à traverser la rue ! »

Feroz émergea de sa chambre, vêtu d'un *pajama-kurta* fileté d'argent, dont le col ouvert laissait voir sa poitrine et un endroit où sa peau était plus sombre et rugueuse, traces de la lame de rasoir qu'il avait utilisée l'an passé pour pleurer la mort de nos saints martyrs. Ses yeux étaient bordés d'une épaisse couche de khôl. Zeba hocha la tête de droite à gauche en signe d'approbation, puis soupira, lui prit la main et se leva. Finalement, elle irait sans son mari. Au moment de partir, elle jeta un regard vers la chambre et croisa le mien. Elle hésita, puis lâcha le bras de Feroz et s'avança jusqu'à ma porte.

« Je leur dirai que tu es trop malade pour venir, dit-elle en resserrant le *dappatta* noir autour de sa figure ronde. Laissons-les croire que tu es enceinte. Vous serez bientôt partis tous les deux aux États-Unis et ils ne sauront jamais rien. »

Je lui fermai la porte au nez.

Il n'y eut bientôt que le bruit de l'orchestre, cette musique bruyante jouée indéfiniment, cent fois par jour, pour tous les jeunes mariés, avec le même rituel. Je fourrai ma tête sous l'oreiller recouvert de la taie de velours marron cousue par Nafiza.

Puis, d'un seul coup, la musique s'arrêta. Un cri déchira le silence, suivi d'un vacarme différent. Je sortis jusqu'à la grille où se trouvait déjà Samir qui barrait la petite entrée de ses bras, ce qui faisait ressortir ses omoplates. Je voulus me glisser dessous mais il me retint et m'empêcha d'avancer. Une femme était au milieu de la rue, Zehra, la mère du marié. Elle n'était plus voilée, son sari à paillettes étincelait dans l'obscurité, devant toutes les lumières de la noce. Elle prenait ses cheveux à pleines mains, regardait de tous côtés, les yeux égarés. Lentement, d'autres femmes sortirent dans la rue pour tenter de la ramener chez elle ; leurs tresses étaient ornées de fleurs de jasmin qui embaumaient l'air.

Zehra fit quelques pas avec elles, puis se libéra, se mit à hurler de plus belle, la tête dressée, se griffant le visage. Ses jambes cédèrent et elle tomba à genoux. « Qu'ai-je enfanté ? Un *shaitan* est sorti de mon sein ! Allah ! Pourquoi ne pas m'avoir fait mourir avant que je voie ce jour ? » Les femmes firent cercle autour d'elle pour cacher sa honte. Zeba n'était pas parmi elles.

Les hommes étaient alignés sur la terrasse de la petite maison, silencieux, la tête baissée ; le clignotement des lampions jetait des lueurs de fête sur leurs *pajamas* de soie. L'orchestre ne jouait plus, ses membres formaient de petits groupes sur le trottoir ; leurs instruments devenus muets pendaient à leurs bras. La voiture du mariage, une Chevrolet Impala, comme celle qui m'avait amenée ici, restait vide au bout de l'impasse, couverte d'une extrémité à l'autre d'œillets d'Inde.

Les femmes aidèrent Zehra à se relever et entreprirent de la ramener dans la maison. Au portail, elle hurla de nouveau, faussa compagnie aux femmes et se mit à frapper de ses poignets la clôture de pierre, faisant voler des bouts de verre coloré de ses bracelets. Elle tentait de se briser les os.

« Tout ça, c'est de ma faute, cria-t-elle. C'est moi qui ai amené ce malheur dans ma maison ! » Les femmes ne pouvaient la calmer.

Finalement, son mari l'interpella du toit, d'une voix ferme et sonore. « Ça suffit, Zehra. Tu t'es assez lamentée. Maintenant, il n'y a plus de raison de pleurer. Nous n'avons plus de fils. »

Zehra se rejeta en arrière, tomba sur le dos, se cognant la tête sur le trottoir en ciment. Les femmes la traînèrent à l'intérieur. Le portail se referma. Lentement, les musiciens commencèrent à se disperser. À la lumière du réverbère, j'aperçus Ibrahim qui se hâtait vers nous, se frayant un chemin à travers les membres de l'orchestre en uniforme rouge, sans paraître les remarquer.

Il s'arrêta devant Samir et moi, se passa une main sur le visage ; ses yeux étaient rouges et irrités. La sueur formait de grands cercles sous ses bras et luisait sur son front et son crâne.

« Le marié s'est échappé, lui dit Samir, en me maintenant plus fermement encore. Il n'y a plus de mariage. Il s'est sauvé avec cette fille hindoue dont il est amoureux. »

Ibrahim lui lança le regard que m'adressait parfois Samir, celui que je dirigeais à présent sur lui, sur sa famille. Son fils était un étranger. Il ne savait ce qu'il disait.

« J'ai vu ton oncle, dit Ibrahim en se tournant vers moi. Je descendais du bus..., *Beta*... » Il posa une main sur ma tête pour me réconforter et je sus déjà ce qu'il avait à me dire. Pour qu'il m'appelle sa fille, ce mot affectueux qui ne lui était pas venu à la bouche depuis le jour où je lui avais dit la vérité sur son fils, c'est qu'il s'agissait de quelque chose d'inimaginable. « Nafiza est morte, *Beta*. Nafiza... », répéta-t-il, en se passant de nouveau une main sur la figure et se frottant les yeux. « Ton oncle Mamou et moi, nous courions avec elle dans la jungle. Comment est-ce possible ? »

Mon regard alla de son visage angoissé aux lampions de fête, puis au ciel nocturne, à la lune décroissante ; elle avait la forme des ongles incrustés de terre de Nafiza. Son corps disparaîtrait bientôt dans cette même terre, comme la lune disparaîtrait dans le ciel et reviendrait, non seulement pour annoncer le mois musulman de *Moharram*, mais aussi le début du nouvel an islamique. Selon ce calendrier, j'étais née le jour du nouvel an, la première aube du mois de deuil et, d'après Amme, c'était la raison pour laquelle j'étais si malchanceuse. Ce n'était pas Dad, mais Nafiza qui avait accompagné Amme à l'hôpital. Et c'est à Nafiza qu'on m'avait tendue aussitôt le cordon ombilical coupé. Nafiza, qui avait pressé mon corps nu contre le sien en dégrafant sa blouse.

Mon premier contact, ma première gorgée de vie.

Ghum

Chez nous, l'année islamique commence avec le *Moharram*, et donc avec le *ghum*, le deuil. C'est le mois où, il y a mille quatre cents ans, Hussein, le petit-fils du Prophète et toute sa famille furent massacrés dans la plaine de Kerbala. Chevauchant des chameaux et des chevaux, ils traversaient le désert à la recherche d'un lieu sûr lorsque les troupes du calife Yazid les arrêtèrent, exigeant une fois de plus qu'ils fassent serment d'allégeance au calife. Mais la famille du Prophète et les imams refusèrent d'être soumis à qui que ce fût d'autre qu'Allah.

Une bataille s'ensuivit. Les troupes à cheval, la famille de l'imam Hussein — les hommes, les femmes, les enfants, les malades, campaient dans des tentes. Sous le soleil du désert, les réserves d'eau diminuèrent, les langues devinrent noires et desséchées. Affaiblis, les hommes sortaient un à un pour combattre un ennemi supérieur en nombre. Ce fut un massacre. Un martyre. Puis, le dixième jour de *Moharram*, le jour le plus triste, Hussein lui-même fut tué et, sur les ordres de Yazid, sa tête tranchée fut promenée sur la pointe d'un javelot.

Tous ceux qui étaient restés dans le camp sombrèrent

dans le silence, tandis que, dans le lointain, les troupes de Yazid battaient le tambour pour fêter la victoire.

Tout le mois, nous pleurons le sort de nos saints ; nous ne portons que du noir, les femmes ne se maquillent pas, mettent leurs bijoux de côté, parfois même marchent pieds nus, et les hommes ne se rasent pas. Nous nous réunissons chaque jour dans des *manjalis* pour partager notre douleur, chanter des hymnes funèbres et nous frapper la poitrine. Pour nous, les croyants, cette humiliation, ces tortures, ces martyres n'ont pas eu lieu qu'une seule fois, il y a des siècles, mais se reproduisent maintenant, évoqués devant nous par le *maulana*.

Ainsi, à chaque nouvel an, à chaque anniversaire, j'étais rattrapée par ces vies plus grandioses que la mienne, qui me rappelaient tout ce à quoi je devais mon origine.

Les *manjalis* avaient lieu dans la Vieille Ville et, tous les après-midi, à cinq heures, Zeba et moi nous nous rendions en cyclo-rickshaw au *Sha'hare* entouré de murs ; Samir nous suivait sur sa moto. Alors que le trajet en voiture ou en moto durait dix minutes, nous en mettions trente ; le pauvre conducteur du rickshaw pédalait vaillamment jusqu'au bout de l'impasse, puis devait descendre de sa bicyclette et hisser son véhicule délabré, chargé de deux femmes, jusqu'en haut de la colline abrupte qui menait d'abord à la prison, puis aux grandes portes du Dabir Pura. Au bord de cette route se trouvaient le bois où Samir et moi nous nous étions abrités pendant l'orage ; c'est là que je lui avais ôté sa chemise trempée, m'affranchissant enfin des limites. C'était cette image que j'essayais d'évoquer chaque fois que le rickshaw ralentissait à cet endroit, plutôt que la fourberie de mon mari ou la présence chez nous de son amant, et l'impression de liberté que j'avais alors ressentie.

Nafiza fut enterrée le premier jour du *Moharram*, le jour de mon anniversaire et, bien que mes oncles m'aient forcée à regagner le domicile conjugal et qu'il n'y ait aucun risque qu'ils m'aident maintenant à m'enfuir, Zeba refusa de me laisser y assister, accusant ma nourrice d'être à l'origine, chez elle, de la même sorte de problèmes qu'elle avait causés chez mon grand-père. Ibrahim se rendit seul à l'enterrement et revint, bien avant que Zeba ne m'emmène au premier *manjalis*, pour frapper à ma porte. J'étais allongée sur mon lit et ne me levai pas pour ouvrir. Il entra quand même et s'assit près de mes pieds. Sans dire un mot, il se mit à les masser avec les gestes qu'a une femme avec son mari, son fils, ou son père. Je le laissai faire. Il ne tarda pas à pleurer, d'abord sur Nafiza, puis sur son fils qui, dit-il, ne pouvait avoir aucune vie dans cette ville. Il mit enfin son front sur mes chevilles, comme des paysans éplorés devant un *nawab*, et me supplia d'avoir pitié d'eux. D'emmener son fils en Amérique.

Ce soir-là, à la réunion réservée aux *zenana*, aux femmes, je cherchai des yeux Henna et mes tantes Asma et Amira. Depuis sept générations, les deux familles n'en avaient fait qu'une, se rendant aux *manjalis* de l'une ou de l'autre, de même que les enfants allaient et venaient d'une maison à l'autre ; le lien de la foi était aussi fort que celui du sang. Mais je fus surprise de ne les trouver ni à la première réunion ni aux quatre suivantes. Samir, qui attendait dehors que se terminent les chants funèbres, les renvoyait-il, ou avaient-elles décidé elles-mêmes de ne pas venir, n'ayant peut-être plus rien à me dire, ou obéissant aux ordres de leur mari ?

Quoi qu'il en soit, les liens conjugaux avaient révélé des limites qui m'étaient inconnues jusque-là.

Dans ces réunions, les femmes que j'avais vues à mon mariage et celles que je ne connaissais pas me battaient froid. La deuxième fois, je remarquai qu'à mon arrivée elles se taisaient brusquement et, nullement gênées, me montraient du doigt en chuchotant. Ce n'était que lorsque venait le moment de chanter le premier hymne funèbre qu'elles se retournaient, et n'étaient plus qu'un mur noir. Je me souvins qu'Henna m'avait parlé des regards apitoyés ou méprisants qui faisaient qu'elle ne voulait plus sortir de chez elle. Elle, la fille enceinte, rentrée chez ses parents. Qu'est-ce que Zeba était donc allée raconter sur moi ?

Le cinquième soir du *Moharram* vinrent deux cousines de Samir, qui s'assirent à côté de moi après le *manjalis*. C'étaient des jeunes femmes de mon âge, toutes les deux séduisantes et non mariées, qui étaient encore à l'université, comme j'aurais dû y être moi-même. La dernière fois que je les avais vues, c'était le soir de mon mariage ; toutes les deux avaient aidé à m'installer sur le lit conjugal de la façon la plus attirante possible, mon voile rouge me couvrant de la tête aux pieds. Puis elles avaient rejoint les autres femmes dans le *divan* et avaient chanté « *Un, deux, trois... voici comment j'ai compté les jours...* » Un peu plus tôt, ce soir, elles étaient assises au milieu de l'assemblée qui avait lieu chez leur mère, face à La Mecque, et elles avaient récité les malheurs des Imams : « *Je suis tombé sur la terre brûlante, le corps blessé, détruit...* » Leur fin visage n'était pas couvert de leur maquillage habituel, mais baigné de larmes.

Je leur dis que leurs voix avaient un accent pathétique ;

Asma, faisant du regard le tour de l'assemblée, me dit tout bas que si sa voix tremblait lorsqu'elle avait chanté l'hymne funèbre, c'était que les paroles lui avaient semblé prédire ce qui pouvait se produire de nouveau, la fin soudaine et brutale de nos propres vies.

Cette année, le dixième jour du *Moharram*, le jour où la douleur de l'islam est à son comble, coïncidait avec le dixième jour de Ganapati, le sommet des festivités en l'honneur de Ganesh.

Les hindous célébraient le dieu à tête d'éléphant en le représentant dans toutes les tailles. Les plus petits étaient gardés dans les foyers pendant un jour et demi, cinq, sept ou dix jours. Les plus grandes effigies — celles plus hautes que moi, que j'avais vu apparaître dans notre quartier ou sur des estrades improvisées dans le centre de la ville — étaient réservées pour le dixième jour. Ganesh allait être sorti cérémonieusement des maisons et porté en procession mille fois à partir de mille points différents de la ville, jusqu'au Tankbund, la jetée qui reliait Hyderabad à Secunderabad (où j'avais eu ma première sortie avec mon mari) et, de là, il serait lancé dans les eaux de Hussain Sagar. Les fidèles boiraient et danseraient autour de lui en chantant « *Ganapati, bappa morya, agle baras tu jaldi aa* », « Père Ganapati, reviens vite l'an prochain ». Ganesh était le dieu du savoir, le dieu protecteur, Celui qui écarte les obstacles.

Notre propre procession solennelle se déroulerait à côté de celle de Ganesh, suivrait les méandres des rues étroites de la Vieille Ville jusqu'à l'*Imam-bara*, la Maison des Saints, au centre de la cité. De temps à autre, la procession s'arrêterait et les hommes, torse nu, se flagelleraient avec des sabres, des rasoirs ou un paquet de lames aiguisées ; le sang coulerait sur les fronts et les dos luisant sous le soleil de midi. Puis ils repartiraient, foulant aux pieds leur sang ou celui de leurs voisins. Ils commémoreraient ainsi le martyre d'Hussein et des siens, nos saints protecteurs et miséricordieux.

Douleur et célébration. Lamentations et réjouissances. Et là-dessous, la politique, car nous n'étions qu'à quelques semaines des élections. Les noms des candidats et de leur parti avaient été peints sur l'immense mur qui entourait la prison pour attirer l'attention des passants. Auprès de chaque inscription, il y avait un dessin : une balance, un tigre rugissant ou une vache : une icône pour chaque parti à l'intention des masses illettrées.

Tout cela avait été réalisé durant le peu de temps qui s'était écoulé entre mon retour de Madras et ma première sortie pour le *Moharram*. La dernière fois que j'étais passée devant les murs de la prison, la dernière fois que j'étais allée voir Nafiza à l'hôpital, les slogans peints annonçaient les derniers films en télougou ou en hindi. Et les dessins étaient les portraits des stars les plus jeunes et les plus sexy.

« Mais, ici, vous êtes en sûreté », répondis-je aux deux sœurs, répétant ce que j'avais souvent entendu dire à mes parents. « Il n'y a jamais d'émeutes dans la Vieille Ville. Les murs et les portes vous protégeront.

— C'est ce que je ne cesse de lui dire », fit Zenath, avec un geste d'impatience envers sa jeune sœur. « Mais elle ne m'écoute pas. *Boli hai, na* », elle est naïve.

« Naïve ! » s'écria Asma. Les femmes autour de nous la firent vite taire, des regards sévères lui rappelant la triste circonstance où elle se trouvait. Quand les voisines se détournèrent, Asma se pencha vers moi et me dit à voix basse : « Tu ne le sais peut-être pas, Bhabhi, mais le gouvernement et la religion ne vont pas ensemble — et c'est ça qui provoque les émeutes, les massacres. Tu sais, depuis ces premiers jours de *Moharram,* je n'ai prié que pour notre sécurité. »

Zenath dissimula un sourire derrière sa main, et même un léger plaisir de ne pas être parmi les pleureuses. « Tu n'imagines pas le sacrifice qu'elle fait, Bhabhi. D'habitude, Asma ne prie que pour avoir un bon mari.

— Chut ! siffla Asma en tapant sur la cuisse de sa sœur. Maintenant, elle plaisante parce que nous ne sommes pas seules, mais tu devrais l'entendre quand tout le monde est parti et que la maison est silencieuse. Elle ne peut pas dormir si elle entend une feuille tomber dans la cour ou une chauve-souris voler dans les branches du goyavier, alors elle se met tout d'un coup à crier “Baba, Baba, réveille-toi, il y a quelqu'un qui a sauté par-dessus le mur et qui va nous tuer !” »

Zenath, confuse, baissait la tête.

« Mais vous avez déjà vécu cela avant, dis-je. Même moi, je l'ai vu deux ou trois fois. Les émeutes éclatent, le couvre-feu est décidé, les militaires sortent dans la rue et les gens rentrent chez eux. Ce n'est pas très différent en ce moment, sauf que, maintenant, les hommes aussi doivent rester à la maison. »

Les deux sœurs, peu convaincues, haussèrent les épaules. Nous tournâmes la tête vers deux femmes qui étendaient un drap rouge au centre de la longue pièce, qui se trouva ainsi partagée en deux. Elles posèrent dessus des plats de *biryani* et de yoghourt, et les pleureuses s'assirent autour, côte à côte, tenant serré dans leurs mains un mouchoir humide. Shaheen, la plus jeune des trois cousines de Samir, alla d'une femme à l'autre pour lui servir de l'eau de rose sucrée. Elle tenait un pot d'une main et un petit verre de l'autre, versait quelques gouttes à chaque pleureuse, qui les buvait après que l'une et l'autre eurent échangé un *Salaam*, paix. Shaheen passait alors à la voisine et lui tendait le même verre.

Les cousines allèrent remplir leur assiette de nourriture et m'en rapportèrent une. Lorsque nous fûmes de nouveau assises, notre assiette en métal en équilibre sur la paume d'une main, je demandai si Hanif était rentré d'Arabie Saoudite ; j'orientai la conversation vers ce qui me préoccupait le plus, des nouvelles de ma famille.

Les deux sœurs échangèrent un rapide regard. Elles avaient quatorze mois de différence, mais avec le même *salwar-kamiz* noir, les mêmes longues tresses, le même fin visage, on pouvait les prendre pour des jumelles. Elles me regardèrent toutes les deux, mais ce fut l'aînée qui me répondit.

« Tu ne l'as pas su, Bhabhi ? Toutes les femmes, ici, sont choquées. On ne parle que de politique, de Ganesh et... » Gênée, elle baissa les yeux « ... et d'Henna. » Et de moi, bien sûr, mais elle ne voulait pas le dire. « Depuis le retour de son mari, ils ne sont pas sortis une seule fois de la maison de ton oncle et les gens disent qu'il les laisse dormir dans le même lit — en ce temps sacré ! »

Asma l'interrompit : « Oui, Bhabhi, Hanif n'a même pas dit à sa propre mère qu'il était rentré ; alors, pendant trois jours, elle a demandé sans arrêt où était sa belle-fille et, finalement, quelqu'un lui a dit : "Ouvre les yeux, Kosar ! Ta *bahu* n'est pas avec toi parce qu'elle est avec ton fils. Et, comme ce qu'ils font tous les deux est un péché, elle ne peut pas assister à une réunion religieuse !" La mère d'Hanif a été si honteuse qu'elle est partie aussitôt, et on ne l'a pas revue depuis. »

Je déposai mon assiette par terre, entre nous. « Et que pensez-vous toutes les deux de ce que fait Henna ? »

Asma se couvrit la figure de son *dappatta*, les épaules secouées d'un rire silencieux ; c'était elle qui priait pour avoir un bon mari. « Qui se soucie de ce que disent ces femmes, Bhabhi ? Elles viennent chanter des hymnes funèbres en se frappant la poitrine, en pleurant, et après elles font toutes comme si c'était une réunion ordinaire, examinent les jeunes filles et en choisissent une pour leur fils. Tu sais, Bhabhi, c'est à cette occasion que tous les mariages sont arrangés ! Et ta cousine fait exactement ce que ces femmes ont en tête, mais ça ne les empêche pas de la blâmer. »

Oui, de la blâmer elle, mais pas Hanif. Même l'islam disait que l'homme est le sexe le plus faible, facilement séduit, entraîné. Le devoir d'une épouse est de le garder sur le droit chemin.

Je regardai mes deux cousines, me demandant maintenant ce qu'elles étaient venues me dire, alors que les autres femmes me tenaient à distance. « Et moi, pourquoi me blâment-elles ? » demandai-je.

Toutes les deux baissèrent la tête, sans paraître pourtant surprises de ma question. Leurs mains restaient au-dessus de leur assiette, du riz collé à leurs doigts.

Je dis à Asma : « Si le mari que tu appelles dans tes prières se révélait être comme le mien ? Que ferais-tu alors ? » Je me tournai vers Zenath. « Toi, tu n'aiderais pas ta sœur ? »

Zenath reposa son poignet sur son assiette, incapable de finir son repas. Je la vis regarder autour d'elle, cherchant quelqu'un, et c'était Zeba. À ces réunions, ma belle-mère se tenait à l'écart, loin de moi, appuyée contre un mur, entourée de femmes qui faisaient claquer tristement leur langue. Zenath eut un sourire, ne se souciant pas cette fois d'être vue des pleureuses ; elle éleva la voix, ne s'adressant plus seulement à moi ; il fallait que les autres sachent qu'elle remplissait sa mission. « Bhabhi, quand nous avons su que Samir était ici, nous ne pouvions pas le croire, mais nous avons regardé par la fenêtre et nous l'avons vu de nos propres yeux. Tu sais, avant, il ne venait jamais à ces réunions. Pendant le *Moharram*, il disparaissait toujours. Tu ne peux pas imaginer la peine qu'il faisait à tante Zeba. » Elle fit une moue attristée. « Les gens disent que, le dixième jour de *Moharram*, on le voyait aller au cinéma. Imagine ça, Bhabhi, imagine ce péché ! « Elle secoua la tête en murmurant : « *Thoba-thoba* », se frappant légèrement les joues en signe de pénitence.

« Oui, Bhabhi, dit Asma, renchérissant sur sa sœur. Regarde comme son amour pour toi l'a déjà changé ! Il faut que tu continues à essayer..., surtout depuis qu'il est venu à toi une fois, n'est-ce pas ? Tante Zeba dit qu'elle n'a pas joué la comédie au dîner de *walima*, qu'il est capable... » Elle baissa la voix et leva les yeux vers moi. « Qu'elle a vu dans un rêve que tu étais enceinte. Non, Bhabhi, non, la famille doit rester unie, c'est la voie juste, l'enfant avec son père, le mari avec sa femme — regarde sa cousine Henna, est-ce qu'elle n'est pas bien plus heureuse maintenant qu'elle est de nouveau avec son mari ? C'est ce que dit Allah, la paix vaut mieux que tout. »

Je dormais de nouveau à côté de ma belle-mère, tandis que Samir dormait sur le *takat* avec Ibrahim. Cette fois, je n'étais plus troublée par un démon sans visage venu déranger mon sommeil. J'étais soulagée à présent que, sur l'ordre de sa mère, Samir ait été éloigné de moi pendant ces jours de deuil où les rapports intimes entre époux étaient proscrits. Il n'y avait évidemment aucun risque de ce genre entre Samir et moi, c'était juste une mise en scène imaginée par Zeba.

La nuit, ce n'étaient pas ses ronflements qui me gardaient éveillée mais les roulements de tambour en l'honneur de Ganesh qui venaient de partout dans le voisinage. À mesure qu'approchait le dixième jour du *Moharram* et que notre deuil s'intensifiait, les joyeux martèlements en faisaient autant. Ce qui, auparavant, n'était qu'un bruit faible surgissant ici ou là et que nous n'entendions le plus souvent qu'en traversant la Vieille Ville en rickshaw, se faisait maintenant insistant, envahissant, les tambours résonnaient continuellement ; le martyre des Imams et la victoire de Yazid se renouvelait.

À l'aube du septième jour du *Moharram* et de Ganapati, le muezzin s'époumona pour couvrir les clameurs de l'autre camp. Lorsque nous nous levâmes, nous ôtâmes selon la tradition nos vêtements noirs pour en revêtir de verts. Le vert, couleur de l'islam, couleur de la soumission. Couleur du dîner de *walima.* J'allai dans le salon et j'attendis que les autres membres de la famille se réunissent pour la prière. Nous allions devenir — du moins, en apparence — ce qu'ordonnait ce septième jour : des pauvres devant Allah, nous en remettant à Sa volonté, acceptant notre destin sans nous plaindre.

Samir était naturellement habillé à l'occidentale. Il avait résisté à sa mère qui l'avait prié instamment de passer une chemise verte, et refusé toute la semaine de porter du noir. Il était encore couché sur le *takat* et lisait le journal ; ses longues jambes allaient jusqu'au bout de l'estrade, ses pieds pendant à l'extérieur. Je ne lui demandai pas de se joindre à nous pour la prière et, pourtant, ils attendaient que je l'y invite, le père, la mère, le jeune frère, tous les trois à l'entrée de l'oratoire. Ibrahim finit par se racler la gorge, et Samir leva la tête. Il parut un instant ne pas reconnaître sa propre famille, puis cligna des yeux, laissant tomber son journal.

Il ferma les yeux sur nous. Puis, secouant la tête, se leva d'un bond sur le *takat*, faillit heurter son crâne aux pales du ventilateur qui tournait. Zeba, saisie, cria qu'il aurait pu se tuer. Sans un regard pour sa mère ni pour moi, il enfila ses bottines noires et se précipita à la porte d'entrée. Zeba, qui portait, à la place du noir, un *dappatta* vert que je n'avais jamais vu, voulut le poursuivre. Elle s'arrêta au milieu du *divan*, un bras tendu vers Samir qui montait sur sa moto, le suppliant de ne pas partir, et l'autre tendu vers Feroz, agitant les doigts pour l'appeler à l'aide. Je me demandai s'ils allaient ramener Samir dans la maison en le traînant comme ils l'avaient fait pour moi.

Au moment où Feroz allait rejoindre sa mère, Ibrahim le retint en faisant « non » de la tête.

« Mais, papa... », protesta Feroz ; la couche de khôl qu'il avait autour des yeux s'élargissait chaque jour un peu plus depuis le début du deuil : témoignage de sa foi, à l'instar des cicatrices de rasoir sur sa poitrine. « ... Qui accompagnera maman au *manjalis* ? »

Ce qu'il voulait dire, bien sûr, c'était : qui me surveillerait alors ?

Pendant que nous étions en prière, le roulement des tambours nous frappait la peau, tentait d'y pénétrer, plus manifeste que la gloire silencieuse d'Allah.

Quand nous eûmes fini de prier, Ibrahim annonça que

nous resterions toute la journée à la maison et que nous aurions un *manjalis* en famille. Il avait droit, chaque année, à vingt jours de congé qu'il prenait uniquement à l'occasion des fêtes religieuses. Ainsi, toute la semaine, Feroz et lui étaient allés à la Vieille Ville ensemble, partant avant la prière de midi et rentrant après minuit. À la différence des *manjalis* des femmes, les réunions des hommes se déroulaient nuit et jour, et l'on se frappait la poitrine dans la Vieille Ville avec autant de persévérance que les hindous frappaient sur les tambours dans notre quartier.

« Comme je l'ai dit un jour à Layla, expliqua Ibrahim, faisant des massages circulaires sur son crâne chauve, il n'est pas prudent de circuler en ce moment. Je lui ai déjà parlé des dangers que court un jeune couple, et maintenant je dirai que deux femmes seules sont même plus vulnérables. Il est vrai que nous pourrions aller ensemble dans la Vieille Ville mais, une fois là-bas, il faudrait nous séparer pour assister à des *manjalis* différents. Il n'est pas sûr que nous pourrions nous retrouver après. Il règne une telle confusion, tout le monde est en noir, comment retrouver les femmes... » Il s'interrompit, me regarda du coin de l'œil ; ses doigts tambourinaient sur son tapis de prière. Une fois de plus, comment prononcer l'inimaginable, les viols, les meurtres, leur méthode pour éteindre la lumière d'une communauté ? « La grande route est déserte, dit-il enfin, et je ne veux pas courir le risque de laisser deux femmes rentrer toutes seules... dans la nuit. »

Ainsi fut-il décidé, sans que l'on mentionne l'autre danger, que je me libère de Zeba et m'échappe. Tandis que Feroz applaudissait à ce qu'il appela une sage décision, ma belle-mère roula son tapis de prière et disparut dans la cuisine pour préparer le petit déjeuner.

La journée se passa comme toutes les autres, sinon que ce fut Feroz qui occupa le siège de son frère dans le *divan*. Comme d'habitude, je restai cloîtrée dans ma chambre sans rien d'autre à faire que de m'allonger sur mon lit ; je me consolai en me disant que ma vie n'était pas finie. Je gardai ma porte fermée sur eux.

Le soir, à l'heure où Zeba et moi nous nous rendions d'habitude à la Vieille Ville, ma belle-mère vint frapper à ma porte. Un drap propre avait été étendu sur le *takat*, par-dessus le tapis pakistanais ; la porte de l'oratoire était ouverte, il en sortait les exhalaisons odorantes des bougies et de l'encens. Zeba avait déjà mis la table, recouvert d'assiettes les plats de riz et de curry que nous mangerions plus tard en l'honneur de nos Imams.

Nous nous réunîmes sur le drap, nous plaçant comme dans l'oratoire : Feroz à côté de son père, et moi à côté de Zeba. Tous trois chantèrent à tour de rôle des hymnes funèbres (mes parents ne me les avaient pas enseignés) et, lorsque ce fut le tour de Zeba, qui chantait faux, d'une voix suraiguë et avec assurance, on entendit une moto s'arrêter devant notre portail. Zeba s'interrompit, ses yeux se portèrent sur les plaques en arabe dans l'oratoire — en silencieuse action de grâces à Allah —, puis elle se remit à psalmodier. Elle croyait sans doute, comme moi, comme les autres, que c'était Samir. Mais, au moment où nous allions chanter en chœur avec elle le malheur de nos saints tombant de cheval, tués par les troupes ennemies, une voix étrangère, faisant irruption dans nos lamentations, nous appela par-dessus le mur de clôture. Ibrahim nous fit signe de continuer, se leva en chancelant et sortit. Nous achevâmes l'hymne sans lui, nos regards allant tour à tour de la salle de prière à la porte d'entrée. Enfin, Feroz se leva aussi et partit.

Zeba et moi restâmes assises sans parler, la voix des hommes ne nous parvenant pas. Au bout d'un moment, Zeba ferma le livre d'hymnes et resserra le *dappatta* autour de moi.

« On dit que nos Imams assistent, sans que nous les voyions, à tous nos *manjalis*, dit-elle. Cette fois, ce ne peut être que le diable. »

Les trois femmes musulmanes qui s'étaient réunies dans notre cour pour m'accueillir en jeune mariée étaient de nouveau là pour rencontrer l'étranger. Cette fois, leurs époux étaient venus, aussi frêles et âgés qu'Ibrahim, faisant de Feroz le plus vigoureux d'entre nous, lui que j'avais cru d'abord plus jeune que moi. Tout le monde était en vert, sauf l'étranger vêtu en orange, c'était un dévot de Ganesh. Il était comme la fleur, le nectar, sur lequel nous nous posions, telle une bande de mainates, pour chercher notre subsistance.

Il se déclara notre ami. Un ami de la paix, un ami de quelqu'un qui connaissait notre famille, une bonne personne à qui il devait de nous connaître. Et, donc, un ami pour nous. Il était porteur d'un message d'avertissement : cette nuit, notre pâté de maisons, nos demeures, nos familles seraient pris pour cibles. Par qui ? Pour quelle raison ? Dans quel intérêt ? Il ne servait à rien de poser ces questions alors que, toute notre vie, nous avions lu dans les journaux les récits de tels événements, les détails se mélangeant : quartiers brûlés, maisons pillées, meurtres collectifs. L'histoire des rues indiennes faisait autant partie de nous que l'histoire de nos Imams. Nous nous gardions bien de nous plaindre qu'un sort si fatal puisse nous épargner. En effet, j'avais assuré à Asma et Zenath que nous étions à l'abri à l'intérieur des murs de la Vieille Ville mais, prisonnière comme je l'étais, j'avais négligé le fait que j'étais néanmoins sans protection. Il n'y avait que quatre familles dans le quartier. Une minorité.

La mère opulente croisait les bras sur sa poitrine comme si elle caressait ses seins. Elle avait laissé ses deux filles à la maison, attendant comme Zeba ce que notre nouvel ami était venu dire, et les protégeant ainsi du mieux qu'elle pouvait.

Les bandes se composaient d'habitude de dix individus. Tous, des hommes jeunes. Tous armés.

Avant de remonter sur sa moto, notre ami passa son petit doigt sur une paupière de Feroz, qu'il nous montra ensuite, noirci de khôl.

« Enfermez-vous dans vos maisons et priez, dit-il. Vos vies sont maintenant entre les mains de Celui qui les a créées. » Il s'éloigna dans la faible lumière du soir, son phare allumé étant comme le chemin obscur vers la sécurité, qui s'éloignait avec lui.

Pendant un moment, personne ne dit mot. La rue était étrangement calme, déserte. Où étaient toutes ces femmes et ces hommes qui étaient sortis de chez eux pour regarder la jeune épousée sortir de la voiture rouge de mariage, ceux qui avaient observé un peu plus tard la débandade des musiciens lorsque le fils de Zehra s'était sauvé avec sa bien-aimée hindoue ? Étaient-ils au courant du malheur qui allait tomber à présent sur nos têtes, viendraient-ils assister au spectacle ? N'ayez pas confiance en eux !

Eux ? Nous et Eux.

Ma tête fonctionnait déjà comme le voulaient ces agresseurs, ne voyant que des divisions, même entre nous et ceux à côté de qui nous avions vécu jusque-là en paix.

La mère opulente criait, se couvrant le visage de son *dappatta* vert.

« Nos maisons seront nos tombes », dit Zehra, regardant leur structure trapue. Elle croisa le regard de son mari. « C'est une bonne chose que notre fils ait fui. Qu'il ne soit pas ici. Lui, au moins, survivra. Il ne sera pas... » Sa voix trembla et se brisa.

« Mes filles ! » hurla la mère, serrant son *dappatta* autour de son visage, comme si elle voulait s'étouffer. Son mari courba la tête.

Lubna, la grande femme qui avait des grains de beauté sur les paupières, répéta ce qu'elle avait dit la dernière fois qu'elle était venue. « Allah soit béni de ne pas m'avoir accordé d'enfants. Qu'aurais-je pu leur expliquer de ce monde ? »

Nous. Eux.

La mère voulait que nous partions tous.

Le père dit : Où irions-nous ? Nous ne pouvons pas partir. Nous n'avons pas de voiture. Il fait sombre. Qui irait tout seul en vélomoteur chercher un moto-rickshaw ? Vingt minutes dans un sens, vingt minutes dans l'autre. Et s'il ne revenait pas ? Il vaut mieux rester tous ensemble.

Oui, il vaut mieux que nous restions unis.

C'est ce qui fut décidé. Les femmes s'enfermeraient, chacune dans sa maison. Il valait mieux se séparer. Ainsi, il y avait plus de chances que quelques-unes s'en sortent. Survivent. Ne soient pas violées. Qu'elles restent dans la pièce du fond. Qu'elles ferment toutes les portes qui y mènent, verrouillent les fenêtres qui ont heureusement des barreaux de fer.

Faut-il appeler la police ?

La prison est sur une route isolée. Près d'une zone boisée.

Personne n'a le téléphone ? Croyez-vous qu'un de nos... voisins pourrait téléphoner ?

Mais qui appeler ? Qui pourrait nous aider ? Personne ne viendra ici.

La police... Mais ils sont de mèche. Pourquoi croyez-vous que cette situation se reproduit sans cesse ? Et maintenant, c'est nous qui sommes visés.

Oui, ce serait plus facile pour nous tous d'accepter que notre heure est venue.

Des pauvres devant Allah.

Il fut convenu que les hommes resteraient ensemble. Qu'ils se relaieraient pour dormir. Tous les cinq, quatre vieux et un jeune, se grouperaient sur le toit de la maison au bout de l'impasse, la première où iraient les assassins, celle où il y avait les deux jolies filles. Et d'où nos hommes pourraient les repérer le plus rapidement possible.

Nous n'avions pas d'armes. Juste des couteaux. Un ou deux bâtons. Une canne.

Zeba et moi, nous nous enfermâmes dans ma chambre après avoir fermé à clé la porte d'entrée, puis celle du *divan*. Nous ne pouvions nous empêcher de penser que nous enfermions nos hommes dehors. Nous verrouillâmes un volet, en en laissant un entrouvert. Pour écouter. Les hommes nous avaient promis que, comme le faisaient les *gurkhas*, ils frapperaient un coup sur le toit toutes les heures pour nous informer ainsi que tout était encore calme.

Il ne paraissait pas possible que nous puissions entendre ce coup.

« Comment saurons-nous s'ils viennent ?

— C'est un bruit qui ne ressemble à aucun autre — pas celui de leurs motos ni de leurs braillements, mais celui des battements de notre cœur, qui sait toujours quand il va mourir. Maintenant, mets un jean. Non, pas comme ça. Sous ton *salwar*. Protège-toi autant que tu peux. »

J'enfilai un jean et m'aperçus qu'il ne m'allait plus. J'étais restée trop longtemps allongée, séquestrée dans cette chambre. Comment se faisait-il que ma prison soit devenue mon seul refuge ? Je fourrageai dans un tiroir. Il n'était pas fixé sur des glissières et le bois grinça très fort, avec un bruit qui ressemblait à celui que j'attendais d'une minute à l'autre ; je le tirai à fond et il tomba par terre. Je trouvai une épingle de sûreté et, la faisant passer dans la boutonnière du jean, je parvins à le fermer.

Quand je relevai les yeux, Zeba me regardait en secouant la tête, le visage ruisselant de larmes. Elle était assise sur le lit, juste sous la fenêtre ; le volet ouvert ne laissait entrer que le silence. Elle ajusta son *dappatta* vert et ouvrit le Coran — la seule chose qu'elle ait saisie avant que nous nous enfermions. Le repas qu'elle avait disposé sur la table, que nous devions manger après notre *manjalis* familial, avait refroidi.

Je me glissai de l'autre côté de Zeba, jusqu'à la place où dormait habituellement son fils. Je m'assis, m'appuyant contre le mur, pressant mon dos contre le ciment, le laissant me soutenir. La moustiquaire s'étira sous mon poids, la tête du paon grinça comme pour protester. L'éraflure, sur son bec, qu'on avait peinte d'une couleur plus claire que l'ivoire, lui donnait l'air d'être bâillonné. Malgré la chaleur, nous avions éteint le ventilateur pour ne pas l'entendre grincer. Nous voulions écouter ce qui se passait à l'extérieur. Et à quoi bon rester assises au frais en attendant nos assassins ?

Un coup de bâton. Onze heures. Nous avions sept heures à attendre jusqu'à l'aube. Rien d'autre à faire que rester assises. Et attendre.

« Je viens de m'apercevoir que les roulements de tambour ont cessé. Ils savent. *Ils* savent ! Et pourtant personne ne vient à notre secours ! »

Elle avait la tête penchée sur le Coran et lisait, se balançant d'avant en arrière. Elle ne m'avait pas demandé de me joindre à elle.

Au bout d'un instant, je lui dis : « Et si Samir était en train de rentrer ? Il risque de tomber sur cette bande... Pas une seule fois vous n'avez eu l'air de vous inquiéter pour lui. Oui, vous avez remercié votre mari de nous avoir fait rester ici ce soir, autrement nous serions rentrées quand cette bande... Mais vous n'avez jamais exprimé d'inquiétude pour votre fils ! »

Elle continua à réciter d'une voix ferme, passant alternativement de l'arabe à l'ourdou. C'était la sourate appelée « L'Homme » ; les versets y décrivent ce que les croyants devraient espérer trouver après leur mort, les promesses du paradis.

« *Ils seront servis avec des plats d'argent, et des gobelets aussi vastes que des coupes et des vases remplis de l'eau au parfum de gingembre de la Fontaine de Selsabil. Des garçons doués d'une éternelle jeunesse seront à leur service...* »

Je l'interrompis de nouveau. « Il est avec Navid, son amant, et moi je suis bloquée dans cette maison. Lui est en sûreté. Il m'a emprisonnée, et m'a abandonnée ici pour être violée et tuée. S'il est sur le chemin du retour, c'est qu'il rentre de chez son amant, exactement comme le jour où il a eu son accident. Est-ce que vous priez secrètement pour qu'il rencontre cette bande et qu'il meure cette nuit ? » Ou était-ce moi qui faisais cette prière ?

Elle leva enfin les yeux sur moi, sa lourde poitrine se souleva dans un profond soupir. « Ne me harcèle plus, mon enfant. Le temps est venu pour chacune de nous de peser notre âme. De faire le compte de nos péchés. Tu pourrais bientôt te trouver devant ton créateur ! »

Le bâton frappa deux fois. Deux heures du matin. J'avais la tête appuyée sur mes bras, je ne pouvais m'arrêter de pleurer.

« J'ai pensé à mon enfance, dit-elle. Ta mère et moi nous allions ensemble à l'école, toutes les deux en uniforme bleu, sauf que je portais des *chappals* et elle des souliers. Ton *nana* ne tolérait pas que ses enfants portent ces *chappals*, il disait que ça faisait des pieds plats et des orteils en éventail. Il voulait qu'elles aient les pieds parfaitement formés. » Elle eut un petit rire de jeune fille.

Je levai les yeux vers elle. Elle était assise à la tête du lit, juste sous le volet ouvert. Le Coran était fermé, le *dappatta* jeté de côté, découvrant sa maigre tresse, ses cheveux gris teintés de marron au henné. La dernière fois que je l'avais vue sans voile, c'était lorsque nous nous étions affrontées à propos de Samir et de l'échec de notre union. À présent, elle se couvrait la bouche d'une main, et au lieu d'avoir son habituel sourire contraint, elle riait de bon cœur.

« Nous n'avons pas reçu une bonne instruction, reprit-elle, mais ça nous était égal. Nous allions en classe pour admirer nos maîtres. Ils étaient tous si jeunes, tout juste sortis de l'école. Notre village était leur premier poste. Ils ne venaient que pour deux ou trois mois, jusqu'au moment où ils obtenaient un transfert. Nous restions alors sans maître pendant quelque temps ; finalement, un remplaçant arrivait et les gosses du village étaient de nouveau rassemblés. » Elle baissa pudiquement les yeux, mais je voyais son large sourire derrière sa main. « Nous tombions amoureuses de chaque maître. Nous ne parlions que de ça, toutes les deux, nous en épousions un et nous quittions le village. Nous rentrions à la maison à travers bois en inventant notre vie. » Secouant la tête, elle murmura : « Maintenant elle arrive à son terme. À notre âge, il ne nous reste qu'à rêver à l'avenir de nos enfants. Ce sont les limitations de la condition humaine. Quoi qu'il arrive, nous devons être capables d'imaginer que notre vie continue, sous une forme ou une autre. Sinon... » Elle se tourna et regarda mon visage où je laissai couler mes larmes.

« Ta mère était beaucoup plus jeune que toi lors des événements. Les ouvriers agricoles se sont soudain révoltés contre ton grand-père et ont pillé son *manzil* ; ils ont tout brûlé, y compris les saris parce qu'ils étaient bordés d'or et d'argent. On m'a raconté qu'ils avaient fait des boules de fils d'or et qu'ils les emportaient partout. La famille avait été avertie aussi. Un des amis de ton *nana* leur avait dit de s'enfuir. Un autre ami avait déjà été abattu avec un fusil de chasse. Et, bien sûr, ils ont tiré sur le chien de ton grand-père et l'ont tué. Mais ton *nana* était trop fier, il ne voulait pas partir. Il a eu de la chance qu'on n'ait pas tué toute la famille. » Elle appuya sa tête sur les ailes du paon ; la lumière du plafond éclairait son visage en sueur, découvrant les rides de ses larges pommettes et des commissures de ses lèvres.

« Nous sommes hors de danger.

— Quoi ?

— Nous sommes hors de danger. Personne ne viendra ici.

— Comment le savez-vous ?

— J'ai fait un rêve.

— Vous avez dormi ? Vous vous êtes assoupie, comme ça ?

— Je courais dans la rue quand deux femmes en tchador m'ont arrêtée. Elles avaient des yeux lumineux. Elles m'ont demandé pourquoi je pleurais. Je leur ai dit que ma maison allait être envahie, que j'étais à la recherche de mon fils. Était-il mort ? Elles m'ont mis une main sur l'épaule pour me calmer. Elles m'ont dit : "Ne vous faites pas de souci, Amma, votre famille est hors de danger. Personne ne détruira votre maison. Vous êtes à l'abri, même ceux qui sont au-dehors. Allah a permis que vous soyez sains et saufs." »

Je fermai les yeux, soulagée d'être hors de danger, même en rêve.

« Je ne veux pas que mon fils meure », chuchota-t-elle en remettant son tchador et cachant son visage derrière le voile vert. Elle était secouée de sanglots. « *Ya*, Allah, qu'est-ce que vous m'avez fait voir cette nuit ! Pardonnez-moi, pardonnez-moi, laissez-moi serrer de nouveau mon fils sur mon sein. »

Je me glissai vers elle et nous nous serrâmes l'une contre l'autre en pleurant ; j'eus un instant l'impression que j'étreignais ma propre mère, comme j'avais toujours voulu le faire ; tous nos désaccords étaient effacés, en tout cas pour le moment.

Par le volet ouvert, nous observâmes toutes les deux la lumière de l'aube l'emporter sur l'obscurité, et nous entendîmes au loin le crépitement d'un haut-parleur qu'on allumait.

« *Allah ho Akbar.* »

Ce fut comme si j'entendais les premiers mots que Dieu avait créés. Les premiers mots prononcés par l'humanité.

Les hommes restèrent jusqu'à huit heures passées ; chacun rentra alors chez lui et dut attendre à la porte, comme un étranger, qu'on lui ouvre. Nous déverrouillâmes la porte de la chambre, puis celle du *divan* et de l'entrée, progressant peu à peu pour sortir de la maison de la même manière que nous y avions pénétré, aussi anxieuses que des voleurs. Le bruit des cadenas résonnait dans les pièces vides. Zeba glissa les clés dans sa blouse, les poussant à l'intérieur de son soutien-gorge, comme pour s'assurer que nous n'en ferions plus jamais usage.

Ibrahim et Feroz étaient debout dans la cour, sous le soleil, les vêtements froissés, le visage las, les bras ballants. Ils tenaient une arme, un canif, une canne, qu'ils jetèrent dans la cour, devant la porte, avant d'entrer. Ils s'assirent d'abord à la table, puis allèrent l'un après l'autre dans la salle de bains pour se laver. Le repas de la veille était toujours là ; les mouches bourdonnaient au-dessus et s'approchaient de leur visage. L'une atterrit sur les lèvres d'Ibrahim, mais il ne la chassa pas. Elle se promena sur son visage jusqu'à ce que je lui tape dessus. Zeba et moi débarrassâmes rapidement la table.

Puis vint la préparation du petit déjeuner de rigueur, dont personne n'avait envie ; Zeba me permit d'entrer dans la cuisine. On fit bouillir du lait pour le thé. Enfin, Feroz alla dans l'oratoire et tomba en larmes à plat ventre sur le sol où il s'endormit.

Samir rentra après le second appel à la prière ; nous fêtions calmement notre survie en ce huitième jour de deuil. Mais la joie était atténuée car les roulements de tambour avaient repris, martelant la maison, nous encerclant.

Au bruit de la moto, les voisins étaient sortis dans la rue, tous portant encore comme nous les vêtements verts de la veille. En les voyant, Ibrahim demanda à Samir de rester dans la cour. Il lui expliqua que, le soir précédent, nous étions tous réunis ainsi pour écouter un étranger venu nous annoncer que nous allions mourir ; à présent, c'était lui qui nous dirait ce qui nous avait gardés en vie.

Mon mari paraissait épuisé et hagard. Il avait une barbe de plusieurs jours, les cheveux hérissés ; sa jambe invalide était agitée, il pouvait à peine se tenir debout. Ses bottines étaient boueuses. Mais, sans protester, il bloqua sa moto sur son support, s'assit dessus, ses longues jambes pendant d'un côté, ses mains sur ses genoux. Il tremblait.

Zeba était debout à ses côtés, peut-être pour lui donner des forces, comme si la mère et le fils ne faisaient de nouveau plus qu'un. Elle avait apporté une assiette et lui donnait à manger le riz et le *dal* que nous avions été incapables d'absorber sans lui.

J'observai et j'écoutai depuis la porte, un pied dans la maison vide et l'autre au-dehors, me joignant à cette étrange petite communauté. Dès que, spontanément, tous firent silence, Samir commença son récit. Les mots lui venaient si facilement, ils étaient si vivants, si précis en évoquant les événements tragiques qui s'étaient produits à quelques pâtés de maisons de nous, à quelques minutes du moment où la bande serait évidemment tombée sur nous, que je compris qu'il avait déjà raconté mille fois tout cela, ne serait-ce qu'à lui même.

Il était peut-être deux ou trois heures du matin quand il avait été témoin de l'horreur. La mort qu'avait connue ces deux jeunes gens. Mais il n'en était pas sûr, il n'avait pas regardé sa montre.

Il n'avait pas prévu de se trouver si tard sur la route. Mais, au moment où il s'apprêtait à quitter la Vieille Ville, le pneu arrière de sa moto avait crevé. Il n'avait pas trouvé à proximité de pompe à essence ouverte pour le faire réparer. Ne sachant que faire d'autre, il avait dévissé le pneu et l'avait emporté en bus jusque dans le centre. Et là, aux abords de la Vieille Ville, le bazar était éclairé, les gens se promenaient, causaient, chantaient, riaient. Il trouva facilement quelqu'un pour lui réparer son pneu, puis il revint en bus jusqu'à la moto qu'il avait abandonnée. Mais le temps qu'il récupère son pneu, il faisait nuit. Il l'avait remonté à la faible lumière d'un réverbère.

Même à cette heure tardive, la Vieille Ville était encore animée, des voix se déversaient des haut-parleurs, chacune clamant un hymne funèbre différent, sur un rythme différent ; on gémissait, on se frappait la poitrine, la douleur débordait le moment présent et remontait à des siècles en arrière. Si bien que le silence de notre banlieue le glaça d'effroi. Où étaient les tambours célébrant le dieu Ganesh, appelant sa protection ?

Il éteignit son moteur et avança sur le côté de la route, abrité par les arbres où nous nous étions un jour réfugiés. Arrivé en haut de la colline qui surplombait notre quartier, il entendit des voix s'élever derrière lui. Des cris. Une femme pleurait. Des hommes riaient. Un bruit de coups. Puis il vit une lumière ronde vaciller. Qui montait vers lui, hésitait, faisait des zigzags. Il se cacha dans les branches. Un scooter passa devant lui. Son conducteur tenait le guidon d'une main, l'autre main repliée sur sa poitrine. Il hurlait, il criait au secours.

Samir lâcha sa moto, s'avança. Puis il hésita et retourna dans l'ombre.

En bas de la colline, la femme avait cessé de crier. Mais les hommes riaient encore. Il entendit un bruit de verre cassé. Sortant prudemment de dessous les branches, il aperçut des phares qui entouraient de vagues silhouettes. Elles se dressaient et retombaient. Elles se poussaient mutuellement. Trois corps se tordaient sur le sol, les uns sur les autres.

Que pouvait-il faire ? Autour des corps, des hommes étaient debout ou accroupis, des têtes se renversaient en arrière, un bras se levait pour boire à la bouteille. Il avait fermé les yeux et était resté assis contre le tronc d'un arbre. Il attendrait que ce soit fini.

Une jeep de police apparut au sommet de la colline et passa devant lui. Sans sirène. Il ne comprenait pas ce qui se passait. Puis il vit les policiers sauter de leur véhicule. Les hommes se sauvèrent, certains dans les bois. Sauf un qui resta sur le sol, les jambes écartées, au milieu de la route.

Il saisit sa moto et courut, ses mains tenant le guidon, il courut. Sans savoir où. Il voulait seulement fuir ce à quoi il ne pouvait encore croire. Des jeeps le dépassèrent à toute vitesse dans l'autre sens. Dans celles-là les sirènes hurlaient, annonçant enfin une présence protectrice.

À une heure du matin, il fut découvert et arrêté. Gardé en prison toute la nuit pour être interrogé. Il leur avait dit la vérité, raconté ce qu'il avait vu. Ce qu'il venait de nous dire. Et d'après les questions que les policiers lui avaient posées, mi-sérieuses mi-théâtrales — avec une mise en scène destinée à montrer qu'ils faisaient leur devoir —, il avait compris qu'il s'agissait d'un jeune couple qui rentrait tard chez lui après un film ou une promenade. Tous les deux descendaient la colline en scooter quand ils étaient tombés sur une bande d'individus qui avançait lentement à moto. Ils ne surent pas se rendre invisibles et furent vite encerclés. Tout simplement. Des canons de fusil furent introduits dans les roues du scooter. Ils furent renversés. Ils se débattirent. L'homme réussit à remonter sur le scooter et partit chercher de l'aide à la prison. En hurlant tout le long du chemin.

Ils étaient huit. Huit jeunes gens. Portant tous des armes. On n'en avait attrapé que deux. Et parce que l'homme au scooter, la victime qui était venue chercher de l'aide, n'avait pas sur lui de carte d'identité, il avait été emprisonné avec les autres. Car les policiers ne savaient pas encore à quel camp il appartenait.

Le récit de Samir s'arrêta là, et nous restâmes silencieux comme si nous voulions en entendre plus. Mais pouvions-nous en supporter davantage ? La mère opulente, qui avait encore laissé ses filles à l'intérieur de la maison, étouffa alors un cri. La main sur la bouche, ses yeux parcoururent l'assistance et m'aperçut.

« *Beti* ! » cria-t-elle et elle se dirigea impétueusement vers moi ; je descendis les marches du seuil et je rejoignis le groupe dans la cour. Elle me prit dans ses bras comme si j'étais une de ses filles, me pressa contre sa poitrine. Puis, reculant, observa longuement mon visage, me regardant comme la chair de sa chair.

Lorsqu'elle m'eut relâchée, la voisine d'en face, celle dont le fils aurait à tenter de survivre dans cette ville avec une épouse hindoue, me prit aussi dans ses bras, et, ainsi, l'un après l'autre, nous nous étreignîmes, corps contre corps, échangeant nos moiteurs, nos odeurs de sueur, nous tapotant mutuellement comme pour nous assurer que nous étions encore là, encore entiers. Les hommes avec les hommes. Les femmes avec les femmes. Et, enfin, les époux réunis.

Samir vint vers moi, pressa son front contre le mien, ses doigts se perdirent dans mes cheveux, ses yeux s'étaient fermés.

J'avais pris une douche et m'étais allongée sur le lit pour me reposer lorsque Samir entra dans la chambre et me réveilla. Oncle Mamou venait de passer. Il n'était pas resté longtemps, il voulait seulement s'assurer que nous étions tous sains et saufs. Et il était porteur d'une nouvelle. Si terrible que Samir l'avait supplié de me l'annoncer lui-même.

C'était Henna qui s'était trouvée dehors, dans la nuit. Henna, qui avait été violée. Ce que Samir avait pris pour deux silhouettes au-dessus d'une troisième était en réalité un homme — puis d'autres — couché sur Henna et son bébé. Son corps avait été mutilé avec le verre brisé d'une bouteille de whisky.

C'était Henna qui était morte.

On entendait toujours les roulements de tambour dans le lointain. Parfois s'amplifiant, parfois diminuant, ce qui me faisait penser que l'un des Ganesh du voisinage était emporté en triomphe, mais bientôt le bruit reprenait de plus belle.

Samir et moi nous rendîmes à moto chez oncle Abou. Au coin de sa rue, à l'angle de la rue principale, une immense tente avait été dressée. L'extérieur était rouge et bleu, l'intérieur, vert amande. Des banderoles écarlates et dorées avaient été nouées ensemble et accrochées en forme de swastika, le signe portant bonheur. Au milieu de la tente trônait un Ganesh à tête d'éléphant, immense et majestueux, sur un socle en cuivre travaillé. Sa peau était rose, sa couronne dorée ; il avait une encolure et des mains épaisses, plusieurs rangs de colliers de pierreries retombant sur son ventre démesuré et des anneaux d'or autour des chevilles. Il était assis, jambes croisées, méditatif, puissant. Le dieu protecteur. Le dieu qui écarte les obstacles. Où était-il la nuit dernière ?

De grands haut-parleurs disposés autour de l'estrade vociféraient des chants et des prières en télougou. Au-dessous traînaient des petits garçons vêtus de chemises brillantes, aux dents d'un blanc d'autant plus éclatant que leur peau était sombre. Lorsque nous passâmes devant eux, ils nous regardèrent avec des yeux inexpressifs.

Lorsque nous tournâmes dans la rue d'oncle Abou, les chants et les prières s'affaiblirent, ainsi que le souvenir de ces visages terrifiants. Mais, dès que Samir éteignit son moteur, j'entendis au loin les roulements de tambour et j'imaginai ce que seraient ces garçons quand ils seraient grands, me demandant si les assassins leur ressemblaient. Je compris alors que pendant quelque temps je dévisagerais les hommes, les hindous, les Indiens, tous les hommes, pour entrevoir ce qu'Henna avait vu dans ses derniers moments. Six d'entre eux s'étaient enfuis !

« Je ne peux pas entrer, me dit Samir. Je ne pourrais pas les regarder en face. Je t'en prie, essaie de me comprendre. »

Comme je ne répondais pas, il inclina la moto pour me laisser descendre ; je restai au bord de la route, devant les grilles de la maison. Comment aurais-je moi-même le courage de les approcher ?

« Je n'aurais pas pu la sauver, dit-il. Même si j'avais couru vers Hanif quand il appelait à l'aide, qu'aurais-je pu faire ? Ils m'auraient tué, moi aussi. Tu comprends ça, non ? »

Je le regardai sans répondre.

Il ferma les yeux et, soulevant son casque, se frotta les cheveux. « Nom de Dieu, tu as raison, Layla ! J'aurais dû aller à son secours. Je l'ai entendue crier. J'aurais dû sortir de dessous ce foutu arbre. Et me montrer. » Il donnait de grands coups de poing à son casque. « Je l'ai vue mourir, Baby. Je n'ai rien fait pour sauver ta sœur. Je n'ai pensé qu'à me protéger moi-même. Je suis un lâche, Layla, déteste-moi, déteste-moi pour avoir été lâche, et rien d'autre ! »

Je secouai la tête. « Nafiza est morte. Henna est morte. À quoi bon détester ? » Puis je lui dis : « Je hais tellement ces hommes que je ne ressens rien d'autre. Je suis envahie par la haine. Je ne peux même pas éprouver de chagrin. Samir, je voudrais en avoir, je voudrais sentir Henna. »

Son visage se contracta ; il croyait que je taisais héroïquement mon chagrin pour éviter de l'accabler.

« Pas plus d'une heure, je t'en prie, lui dis-je. Pour moi aussi, c'est difficile. » Au moment où je me tournais vers le portail, il avança de côté vers moi, sa moto appuyée contre sa jambe invalide. Il saisit mes bras et me secoua.

« Tu ne vois pas combien de vies j'ai démolies ? »

Je me débattis, la moto avançait et reculait entre ses jambes. Je me dégageai brusquement et, perdant l'équilibre, il sauta avant que la moto s'écrase sur le sol. Il se mit à donner des coups de pied sur la roue arrière avec ses épaisses bottines. Trois, cinq, sept, douze fois. Il donna un dernier coup, puis défit les courroies de son casque, et en heurta violemment le métal de l'engin qui trembla comme s'il était vivant. Samir lança le casque sur les rayons qui alla ensuite rouler jusqu'au milieu de la rue. Il ne le ramassa pas, mais s'accroupit contre le mur de clôture, les genoux contre son visage, les mains dans ses cheveux. Il pleurait.

« Je les ai entendus, Layla, tu comprends ? Les policiers les ont interrogés dans la cellule à côté de la mienne. Ils riaient. Ils n'avaient pas peur. Ils savaient qu'ils ne seraient pas punis. L'un d'eux était le fils d'un ministre. Ils ont attendu tranquillement jusqu'à ce que vienne l'ordre de les relâcher. »

Je ramassai son casque qui pesa lourd dans mes mains et, debout devant lui, je lui dis : « Henna est morte. Rien ne pourra la faire revenir. »

Il s'arrachait les cheveux. « J'entends sans cesse leurs voix. Elles résonnent en moi. Ils se moquaient de son corps. Ils disaient que ses seins étaient gorgés de lait, juteux comme des mangues — et aussi sucré. Baby, ils ont bu de son lait ! »

Je laissai tomber le casque à côté de lui. « Ce n'est pas possible. Le bébé ne devait naître que dans trois semaines. » Mais je savais que c'était possible. La venue du lait avec la venue d'une nouvelle vie. Le lait de la mère n'était pas pour de tels crimes.

« Putain de merde, foutu pays ! Tes parents avaient raison de partir. »

Je regardai autour de moi les maisons, elles m'étaient aussi familières que celle d'Henna. Nous avions joué ensemble dans cette rue. Aux billes, au cerf-volant, au *gilli-dandol*. C'était là qu'elle m'avait appris à monter à bicyclette. Nous nous servions de la craie de son école pour dessiner sur le goudron les motifs que nous voyions sur les maisons de nos voisins hindous, des losanges divisés en triangles, symboles de chance, de prospérité, de fertilité. Nos jeux changeaient avec les saisons. Puis notre corps changea aussi et on nous garda à la maison — cachées et protégées, de quoi ? À présent, des femmes m'observaient de leur fenêtre, les rideaux tirés ne laissaient entrevoir qu'un œil, une demi-bouche, un nez. J'arrachai mon voile. Qu'elles voient donc qui j'étais.

« Bon Dieu ! elle était dans son neuvième mois. Le bébé était bien formé quand ils l'ont sorti avec leurs couteaux. »

Je lui fermai le portail au nez.

À l'intérieur des murs, la maison et ses alentours étaient paisibles. Alors que je m'étais attendue à entendre des pleurs, des gémissements, des lamentations, ce silence me saisit. J'entendais toujours au loin le martèlement des tambours, et je découvris que, peu à peu, je dépendais de ce bruit, il m'assurait que je continuais à exister. Le monde palpitait en moi.

Cette maison était celle où mon grand-père s'était installé en ville après la Partition, après l'invasion de son *manzil.* Avant de mourir, il l'avait partagée en deux, donnant le devant à oncle Abou et sa femme, et l'arrière à tante Asma et son mari. Mais après que tante Amira eut perdu son quatrième enfant, le couple, persuadé que cet endroit leur portait malheur, alla s'installer ailleurs dans le voisinage. Et là, ils perdirent encore quatre enfants. La dernière fois que j'étais venue, c'était lorsque nous avions cherché Henna pour l'emmener à Golconde. Et lorsque nous contemplions les majestueux mausolées, elle m'avait dit, en caressant son gros ventre, qu'elle redoutait un malheur ; le retour d'Hanif était une sorte de point final. Son cœur pressentait vraiment qu'il allait vers sa mort.

Il n'y avait personne dans la partie avant de la maison, et

je pensai que le chagrin les avait incités à se rendre tous chez oncle Mamou. Je m'apprêtais à y aller lorsque je m'aperçus que le rideau de la porte-fenêtre de la chambre d'Henna bougeait sous le souffle de la brise, comme s'il me faisait signe d'entrer. Je marchai lentement jusqu'à la cour, sur le côté, les yeux fixés sur la porte, espérant à la fois que ma famille était là, et qu'elle n'y était pas.

La porte était ouverte et, bien que n'entendant aucune voix venant de l'intérieur, j'aperçus, juste au-dessous du rideau qui ondulait, les pieds de tante Asma qui se frottaient l'un contre l'autre. J'hésitai et m'arrêtai à la corde à linge. Des tissus noirs pendaient comme des emblèmes de défaite. Parmi les pantalons en polyester et les saris de coton, je trouvai une blouse dont je savais qu'elle était à ma taille. Elle était sèche et froissée, ses manches courtes penchées vers le sol. Telles des ailes. La blouse, un corbeau mort et pendu. Je l'arrachai de la corde à linge et la pressai contre mon visage. Elle ne sentait que le savon et le soleil. Furieuse, je tirai tous les vêtements, les serrai contre moi, puis, les tenant à bout de bras, je les apportai ainsi dans la chambre d'Henna. Une offrande ne ressemblant à aucune autre. Je me soumettais enfin.

L'intérieur de la maison était dans l'obscurité ; on avait fermé les volets pour se défendre du soleil couchant. Le seul rayon qui entrait était une longue bande tombant sur le sol chaque fois que le rideau bougeait, disparaissant ensuite comme si elle était venue là par erreur. Un rafraîchisseur d'air était en marche dans un coin et envoyait de l'air chaud et confiné. L'eau, à l'intérieur, s'était évaporée et n'avait pas été renouvelée. La machine ronronnait.

Oncle Abou était assis sur le lit de sa fille, un genou gauche levé et l'autre plié sous lui. Il portait le T-shirt blanc et le pantalon flottant dans lesquels il avait dormi, n'ayant pas eu le courage de s'habiller pour cette journée et ce que celle-ci avait apporté : la fin de sa vie. Il penchait la tête et semblait absorbé par le dessin du drap, suivant les motifs d'un doigt, puis les entourant de boucles et d'arabesques. Il retira son doigt, puis recommença. À la troisième fois, je compris qu'il ne suivait aucun motif et qu'il écrivait en ourdou le nom d'Henna sans relâche. Il écrivait son nom avec sa peau.

Je me tournai vers tante Asma, assise loin de lui, sur une chaise à côté de la porte. Elle avait les yeux fixés sur ses pieds, ôtait et remettait ses *chappals,* qu'autrefois son père ne lui avait jamais permis de porter, frottant ses orteils contre ses talons. Mon ombre tomba sur elle, la recouvrant tout entière, mais elle ne le remarqua pas. Ne sachant que faire ni que dire — ni même comment lui adresser la parole sans m'effondrer moi-même —, je voulus m'éclipser, mais mes sandales crissèrent sur le sol ; tous les deux levèrent la tête et m'accueillirent en plissant le front, comme à leur habitude. Tante Asma m'adressa même un pâle sourire.

« J'ai apporté les vêtements », dis-je en les déposant auprès d'elle. Quelqu'un avait installé dans cette petite chambre toutes les chaises de la maison et les avait mises contre le mur, en face du lit.

« Ce sont les parents d'Hanif », dit ma tante, me désignant du menton le bout de la rangée des chaises.

Je fus saisie de voir le vieux couple ; ils étaient assis tranquillement, l'un à côté de l'autre. Ils avaient choisi de se mettre au fond de la pièce, sous deux volets fermés et à côté de la porte de la salle de bains, presque invisibles dans l'obscurité. Il y avait six chaises vides entre eux et tante Asma. Nous étions tous en noir, sauf oncle Abou. Que m'importait les douleurs du monde aujourd'hui. Moi, je pleurais Henna.

Je les saluai et m'assis à côté de tante Asma, avec la pile de vêtements entre nous. Personne ne parla. Comme ma tante, je fixai mes pieds, ne souhaitant pas regarder comment la chambre avait été rénovée en l'honneur du retour du mari, de la nouvelle vie de la famille. Je jetai enfin un coup d'œil sur le vieux couple. La femme avait le pan de son sari drapé autour de sa tête. Elle avait un nez fin et des cernes sous les yeux — dus, non pas au chagrin, mais à des années de vie médiocre. Les traits du père étaient moins fins. Ses joues grêlées, ses yeux enfoncés et larmoyants. Toutes les cinq minutes, il se penchait en avant pour tousser, les sourcils arqués et les pieds sous sa chaise.

Je les voyais pour la première fois, leurs visages m'étaient étrangers, néanmoins, à eux deux ils étaient à l'origine de celui qu'aimait Henna et de l'être qui s'était formé en elle.

La lumière d'une communauté avait vraiment été éteinte.

« Il est encore en prison ? » J'avais la voix cassée et je pensai que personne ne s'en apercevrait grâce au grincement de l'inutile rafraîchisseur d'air. Je me penchai en avant pour regarder le vieux couple.

« Oui, *Beta*, répondit la mère d'un ton haut perché, à peine maîtrisé. En parlant, elle s'était penchée, elle aussi, et son regard, passant au-dessus de son mari et de la longue rangée de chaises, se fixa sur moi. Incapable de la regarder en face, j'observai ses pieds. Ses ongles orangés gardaient des traces de henné à demi effacé et des anneaux d'argent brillaient sur ses gros orteils. « Que pouvons-nous faire ? Avant de venir ici, nous avons été porter sa carte d'identité à la police, ils l'ont prise, mais ils n'ont pas relâché notre fils. Ils ne nous ont même pas laissés le voir. A-t-il été cruellement battu ? je l'ignore. Lui ont-ils permis de voir un docteur ? je l'ignore. *Hai* Allah, pourquoi est-il revenu d'Arabie Saoudite ? Il était mieux là-bas. Ici, il vivait dans le péché — c'est pourquoi il a été puni, c'est moi qui vous le dis. Ils étaient ensemble, *Beta*, pendant le *Moharram*. Cet homme... » Elle secoua un doigt en direction d'oncle Abou, puis se renversa en arrière sur sa chaise.

Mon oncle parla, la tête penchée, écrivant toujours sur le drap. « Ils étaient si heureux d'être enfin réunis, pendant des jours entiers ils ne sont pas sortis de cette pièce ; hier, c'était la première fois, et seulement parce que Henna voulait apporter des fleurs au sanctuaire des Imams. Ses prières avaient été exaucées. Ils étaient en sécurité dans ma maison. Pendant tout ce temps, j'avais dit aux domestiques de poser des plateaux de nourriture devant leur porte fermée. Ma fille était enfin heureuse — rien d'autre ne comptait ! »

La mère, déconcertée, pinçait les lèvres. Au bout d'un instant, elle se pencha vers moi et s'adressa de nouveau à moi. « Il a une carte d'étranger, *Beta*. D'Arabie Saoudite. Et bien qu'il soit né et ait été élevé ici, ils affirment qu'il n'est pas un citoyen indien. Ils disent qu'il est un étranger dans son propre pays. Et parce qu'il est étranger — et peut-être même un musulman fanatique ! — il pourrait avoir des raisons pour provoquer des troubles ! D'après eux, c'est peut-être le véritable motif de son retour en Inde, l'accouchement de sa femme n'était qu'un prétexte... Ces gens sont fous ! Depuis des générations nous avons vécu et nous sommes morts ici, et pourtant nous n'avons pas encore le droit de considérer que nous sommes chez nous. Et quand nous partons à l'étranger pour essayer de trouver une vie meilleure, nous sommes encore persécutés. Que veulent-ils donc ? Que nous mourions tous ?

— C'est exactement ça qu'ils veulent, dit enfin son mari. Et ils voudraient nous tuer eux-mêmes. *Ar're*, aujourd'hui justement, quand nous sommes sortis de la prison, en levant les yeux j'ai vu un slogan électoral peint sur le mur. Il disait : "Votez pour moi, et je jetterai tous les musulmans dans l'océan Indien." Mon fils est en prison pour avoir été battu, ma belle-fille a été violée et assassinée, et je vois ça ! *Thoba* ! Je comprends tout maintenant. » Il fit un signe à oncle Abou, mais celui-ci, la tête contre le mur, contemplait le ventilateur. Soudain il regarda de côté, sa mâchoire se raidit et je compris qu'il avait vu quelque chose qui avait trait à sa fille. Je me détournai. Le père d'Hanif se pencha en avant pour tousser.

Des *chappals* crissèrent derrière la porte, et oncle Mamou entra. Il jeta un regard vague sur la pièce obscure, sur la rangée de chaises, sur chacun de nous, sans rien voir réellement. Ses cheveux, qu'il avait rejetés en arrière, étaient plus gras que lorsque je l'avais vu la dernière fois, mais venait-il de les huiler, ou ne s'était-il simplement pas soucié de se laver depuis que tout cela avait commencé, c'était difficile à dire. Un rite personnel de deuil. Il était à demi vêtu comme si la nouvelle de la mort d'Henna l'avait surpris dans une action qu'il avait jugée trop peu importante pour la poursuivre jusqu'au bout. Il portait une chemise boutonnée sur un pyjama blanc dont le cordon pendait entre ses jambes.

« Pourquoi ne vont-ils pas simplement noyer Ganesh dans le lac ? dit-il à la cantonade. Il y a des éternités que j'entends ces tambours. J'ai l'impression qu'ils martèlent ma tête, me rappelant ce qu'ils ont fait à mon enfant. Pour l'amour d'Allah, quand vont-ils en finir avec Ganesh ? » Comme personne ne répondait, il marmotta : « Je disais bien à mon père qu'il fallait aller au Pakistan. "Ma patrie, c'est l'Inde, disait-il toujours. Ma patrie c'est l'Inde." Quelle patrie ? Même après qu'ils lui ont volé sa maison, il disait que c'était sa patrie ! » Il se détourna pour cracher, nous l'écœurions tous. Puis il baissa la tête. « Je prends l'argent, annonça-t-il. Je viens de leur téléphoner. Je leur ai dit, deux *lakhs*, trois *lakhs*, quelle que soit la somme qu'ils veulent bien m'accorder pour mes terres, je la prends. Je renonce à me battre, murmura-t-il en sortant de la pièce.

— Pauvre Mamou, dit tante Asma lorsqu'il fut parti. Il a erré comme ça toute la journée.

— Il était très attaché à Henna? demanda la mère d'Hanif.

— Elle était notre fille à tous. La femme de Mamou n'a pas eu d'enfants. Elle a été enceinte huit fois, et chaque fois... » Elle fit une moue attristée, secouant la tête.

« Il y a des femmes qui n'ont pas d'enfants, gloussa la mère d'Hanif, parce que c'est inscrit dans leur destinée.

— Elle souffre d'un grave diabète, expliqua tante Asma. Son sang et celui de son mari sont incompatibles. À ce moment-là, les docteurs ne pouvaient pas faire grand-chose. »

Je compris qu'elle disait à la mère d'Hanif que la destinée n'avait rien à voir avec cela, que c'était un problème physiologique.

Mais la mère ne saisit pas. Elle frappa dans ses mains en disant : « Oh, la pauvre femme ! Elle n'a pas eu d'enfants et, en plus, elle souffre du diabète. *Hai* Allah, vous nous donnez à tous un fardeau à porter. N'oublions pas ça dans un moment pareil. » Elle se mit à réciter tout bas une prière.

« Le bébé était un garçon ou une fille ? » demandai-je.

Personne ne répondit et, dans le silence, le rafraîchisseur d'air nous soufflait à la figure de l'air vicié.

Tante Asma se mit à tâter la blouse que j'avais arrachée de la corde à linge. Elle ouvrit la bouche, puis la referma, l'ouvrit de nouveau. « Une fille », réussit-elle à me dire.

Je regardai le mur pour voir ce qu'oncle Abou y avait remarqué. Ce n'était qu'un calendrier. Pas même un calendrier personnel avec le nom de l'école d'Henna, ou de sa banque, ou représentant un souvenir. C'était un calendrier ordinaire qu'une domestique lui avait sans doute rapporté de chez l'épicier du coin. Mais, sur le dernier mois, elle avait barré à l'encre noire, un à un, les jours qui la séparaient du retour d'Hanif. À présent, en le lisant à l'envers, ce que nous n'avions pas vu tout d'abord, c'était le décompte des jours jusqu'à sa propre mort.

Retenant mon souffle, je me tournai vers les parents d'Hanif. « Comment se fait-il que votre fils ait eu la chance de survivre ? Ils avaient des motos, ils auraient pu le poursuivre. Ils avaient même des fusils...

— Chut... Ne parlons pas de ces choses, dit tante Asma, sur un ton qui me rappela ma mère. Ce qui est arrivé est arrivé. *Kismet*...

— Non, dis-je, ce n'est pas le *kismet*. Dieu ne nous dit pas de nous conduire de cette façon, comme nous le faisons. Il ne nous dit pas que, pour être sauvés, il faut nous entretuer...

— Vous voudriez que mon fils soit mort ! s'écria la mère. Ce qui s'est passé n'est pas assez affreux ? Vous voudriez être comme ceux qui ont essayé de le tuer ? »

Son mari lui tapota la cuisse. « Ce n'est qu'une enfant », dit-il, tâchant de l'apaiser. Il se tourna vers moi, arrêta son regard à quelques pouces de mon visage ; considérant que nous n'étions plus apparentés, il ne pouvait donc rencontrer le mien. « *Beta*, dit-il d'une voix calme, nous n'en savons pas plus que vous sur ce qui s'est passé la nuit dernière, nous ne pouvons donc pas vous dire si Hanif l'a laissée parce qu'il croyait vraiment pouvoir faire venir de l'aide et la sauver. Comme ma femme vous l'a expliqué, on ne nous a donné aucune information à la police, et on ne nous a pas permis de voir notre fils. En fait, quand nous sommes venus ici présenter nos condoléances, nous avons plus appris de votre oncle sur ce qui est arrivé que nous n'en savions avant. Votre mari était là, paraît-il. Il est mieux informé que nous autres. C'est lui que vous devriez interroger.

— Et il ne s'est pas manifesté... », commença la mère, mais son mari lui serra le bras pour la faire taire.

Je me renversai en arrière sur ma chaise et sentis la force du mur. La nuit précédente, en m'appuyant ainsi contre un mur, j'avais compris pour la première fois qu'il n'était pas impénétrable.

Je me décidai enfin à observer la chambre rénovée, les tapis aux couleurs vives sur le carrelage, le berceau en bois à côté du lit ; contre la porte fermée à clé qui donnait sur le reste de la maison, on avait poussé une armoire neuve (destinée à Hanif ?), ce qui devait faire de cette pièce leur domaine privé.

J'élevai la voix. « Comment a-t-elle été mutilée ? Qu'ont-ils fait de la bouteille cassée ? Qu'ont-ils fait au bébé ?

— *Hai* Allah », cria la mère d'Hanif comme si c'était elle qui avait subi le viol, si bien que je crus d'abord que c'était tante Asma qui s'était écriée. « Personne ne peut la faire taire ?

— Va donc dehors », suggéra tante Asma. Elle froissa d'une main la blouse d'Henna et la cacha dans les plis de son sari. « Va voir ton oncle Mamou. Il a le cœur brisé. D'abord

Nafiza, et maintenant ça... ça... » Elle leva ses paumes, les doigts écartés.

Comme je me levai pour partir, oncle Abou se mit à se frapper la poitrine avec trois doigts. Il leva la tête vers moi, les yeux brillants de larmes. « J'ai eu une crise cardiaque, dit-il. Tu le savais ? »

Bien sûr que je le savais. Son cœur avait lâché lorsque sa fille était revenue à la maison.

« Je suis dans la quarantaine, dit-il, et déjà la mort... » Il se reprit, se rappelant Henna. Dix-huit ans, l'âge aux États-Unis où l'on devient adulte et où l'on commence seulement à avoir une idée de ce que l'on est en tant qu'individu. À dix-huit ans, ma cousine s'était mariée, était devenue enceinte, puis était morte, tout cela à cause de ce qu'elle était. « Sais-tu pourquoi j'ai eu une crise cardiaque ? » demanda mon oncle.

Je me rassis. Il se redressa, replia ses jambes sous lui. « Je sais que tu crois que c'est à cause d'Henna. Quand son mari est rentré, Henna a expliqué à tout le monde que c'était pour se réconcilier avec elle. Ma fille respectait tant ses beaux-parents que même à toi, sa sœur, elle n'a pas dit la vérité.

— *Hai* Allah ! Le voilà qui recommence. » La mère se tourna vers son mari. « *Aji*, vous allez de nouveau écouter ça ? »

Oncle Abou poursuivit sans l'écouter. « C'est notre faute. C'est moi qui suis à blâmer. Ta tante et moi lui avions appris à être une femme comme il faut, humble et obéissante, respectant sa nouvelle famille, s'occupant de son mari. N'exprime aucun désaccord, ne réponds pas, ne pense pas... »

Sa voix se brisa, son visage se contracta. Il aspira profondément, puis murmura « ... ne pense pas à toi. » L'éthique de la Vieille Ville, les règles qui gouvernaient la vie de chaque femme, la manière d'être soumise non pas à Allah, mais à l'homme. Si mon oncle avait enseigné tout cela à sa fille, il lui avait aussi appris à survivre, ici ; il n'avait pas à avoir honte. « Quand Hanif est parti, dit-il, elle n'est pas venue nous voir une seule fois. Elle est restée avec sa belle-famille pour que nous sachions qu'elle avait accepté son nouveau rôle. Comment pouvions-nous être au courant de ce qui se passait ? Nous pensions qu'ils n'avaient aucune raison de la rendre malheureuse.

— *Aji*, tu entends ? Tu ne vas pas l'arrêter ?

— Pas aujourd'hui, Kosar, pas aujourd'hui. »

La mère grommela et tourna la tête vers le mur.

« Lorsqu'ils se sont mariés, Hanif n'avait pas envie d'aller en Arabie Saoudite. Il voulait trouver un emploi ici et rester avec sa jeune épouse. Un de ses cousins lui offrait même un travail dans la banque. Il aurait pu devenir directeur. *Ar're*, qu'espérer de mieux ? Mais ces deux-là se sont mis à protester. La maison est trop petite. Il n'y a pas assez de place. J'ai proposé la mienne. Elle est si grande, elle a tant de pièces. Comment pouvions-nous la remplir, ta tante et moi ? Elle était à elle. Tout appartenait à Henna. Nous avons dit que nous n'occuperions qu'une seule pièce, que nous serions comme des visiteurs, attendant que vienne la fin. » Les yeux fermés, il se cogna la tête contre le mur, une fois, deux fois, cinq fois.

« Ces deux-là n'ont rien voulu entendre. Ils voulaient qu'il parte et leur envoie des rials. Nous ne vivons pas bien ici, alors va mendier auprès de nos frères musulmans. Après deux ans, ils voulaient qu'il obtienne un contrat différent dans une autre société, puis dans une autre encore. Ils comptaient qu'Hanif et Henna passeraient ainsi toute leur vie. Ta tante et moi nous pensions que quelques années suffiraient pour qu'ils puissent s'acheter une maison et une voiture et mener ici une vie confortable. Nous ne savions pas qu'il devait rester là-bas pour de bon. *Ar're*, même nos frères musulmans, ces sheikhs saoudiens, nous traitent comme leurs domestiques, pas mieux que les hindous fanatiques d'ici. Nos propres compatriotes nous disent peut-être de partir, mais nos frères saoudiens nous disent que nous ne pouvons pas vivre chez eux, ils ne nous accordent pas la citoyenneté, ni de visas aux familles, si bien que les hommes doivent partir seuls, partager un logement avec d'autres hommes, habiter dans des quartiers éloignés des Saoudiens comme si nous étions contagieux parce que nous venons de l'Inde, le mari est malheureux, la femme est malheureuse. *Ar're*, pourquoi ce garçon a-t-il été forcé d'aller se vendre comme ça ? » Il me dévisageait de ses yeux creusés qui auraient pu être ceux d'Henna, sans la promesse de rédemption.

« Un jour, il m'a écrit. "Allez voir ce que mes parents font à votre fille. Ramenez-la chez vous. Vous avez ma permission." C'est seulement parce qu'il avait demandé mon aide que nous y sommes allés. » Il se tapotait la poitrine. « Ce qu'ont vu mes yeux, je n'aurais jamais pu l'imaginer ! »

La mère grommela encore et s'agita sur sa chaise.

« Toute sa dot disparue. Vendue ! La voiture. Le réfrigérateur. Le rafraîchisseur d'eau. La vaisselle. Même l'armoire où elle rangeait ses vêtements. Tout était parti. Ce que ces *nawabs*, ces anciens propriétaires, ne nous ont pas dit, c'était que cet homme-là, qui est ici, baissant la tête de honte — mais maintenant il est trop tard et ma fille est morte, disparue avec tout ce qu'elle possédait —, a un problème avec ses yeux. Il est incapable de se voir. Il vit encore comme vivaient ses ancêtres. Il parie sur des chevaux, va à la chasse, joue aux cartes, il reçoit, il boit de l'alcool, il est membre de plusieurs clubs. Et parce que personne dans sa famille n'a eu besoin de travailler, il refuse lui aussi de travailler. *Ar're*, la maison ancestrale était hypothéquée et sur le point d'être confisquée, et il ne voulait toujours pas prendre un emploi. Alors ils ont eu l'idée de marier leur fils. Et plutôt que d'utiliser un peu de la dot d'Henna pour payer le dîner de *walima*, ils ont remboursé l'hypothèque. Un homme normal remercierait alors Allah de l'avoir sauvé de la honte. Mais non, il continue. Et cette femme sans scrupules n'a pas cessé de lui remettre les biens de ma fille pour qu'il les vende. Les meubles, les casseroles en cuivre. Des objets transmis par héritage à ta tante, puis à Henna. Et lorsqu'il n'est plus rien resté, elle a commencé à lui prendre, un à un, ses bracelets, ses anneaux de cheville, ses colliers, tous ses bijoux.

— *Aji*, dites-lui quelque chose. Pourquoi faut-il l'écouter ?

— Et ma fille ! Elle ne protestait pas, elle abandonnait tous ses droits à cet homme-là, son beau-père ! Pas même à son mari. Le jour où nous venons, nous la trouvons en train de nettoyer le plancher et de faire la cuisine, car ils ne peuvent plus se payer de domestique. Et elle-même a l'air d'une servante. Elle n'a pas de sari propre, pas de bijoux. Et ces deux-là restent assis comme les propriétaires qu'ils ont été autrefois, alors qu'ils ne possèdent plus rien ! Pas même la maison, qui appartient à Henna. Payée avec sa dot ! Et elle ne proteste pas. Quand elle nous voit, ta tante et moi, elle ne se plaint pas. C'est seulement lorsqu'elle part en courant pour vomir et que je demande si elle est malade, qu'on me dit que notre fille est enceinte. » Il poussa un cri sourd. « De la voir dans cette situation... » Il s'interrompit et se frappa la poitrine. « Cela m'a fait un tel coup que j'ai eu une crise cardiaque. J'ai toujours été très sensible quand il s'agissait de mon enfant. Je l'ai ramenée ici. Oui, ce père a ramené sa fille à la maison. Elle n'est pas venue d'elle-même, elle n'a pas été mise à la porte ! Ces deux-là jouissaient de leur vie confortable, pensant que je la leur avais donnée pour être leur domestique. » Il poussa un soupir et regarda de nouveau le calendrier. « Je ne blâme pas Hanif de l'avoir quittée pour chercher du secours. Il n'avait pas le choix. Et comme elle souffrait chez ses parents, il m'a appelé à l'aide. » Il s'arrêta, ses lèvres remuèrent comme s'il voulait en dire plus, mais rien ne vint.

Je me tournai vers tante Asma ; elle fixait de nouveau ses pieds qui se frottaient l'un contre l'autre comme pour se débarrasser de quelque chose. Elle leva les yeux vers moi et me sourit de nouveau.

Je n'aurais pas dû le faire, mais je le dis quand même : « Je ne suis pas d'accord avec vous. S'il l'avait aimée, il serait resté. Il aurait dû savoir qu'il était trop tard pour obtenir du secours. Il s'est enfui. Il l'a laissée mourir seule.

— Nous n'aurions pas dû venir ici », cria la mère en se levant. Elle lança un regard furieux à oncle Abou. « Nous avons assez de chagrin comme ça, pourquoi devrions-nous écouter, comme des criminels, des accusations injustes. » Se penchant vers son mari, elle ajouta : « Nous n'avons rien fait de mal, je vous le dis, rien ! »

Son mari était recroquevillé, la tête baissée, les mains sur les genoux.

Elle se tourna vers tante Asma, essayant de croiser son regard, les poings sur ses hanches épaisses. « Quelle belle-fille ne souffre pas, hein ? Celle-là ne faisait que son devoir, rien de plus que ce que j'ai fait moi-même, rien de plus que ce que vous faites, même avec tous vos domestiques. Une épouse, une fille, doit obéir, c'est tout ce qu'elle à faire. Si vous n'êtes pas d'accord avec ça, pourquoi avez-vous laissé votre mari ramener Layla à ses beaux-parents, hein ? Pourquoi est-elle encore là avec ce... cet *homme* ? »

Tante Asma leva son visage vers moi, il était éclairé par la longue bande de lumière. Elle avait pleuré, ses yeux étaient gonflés et sombres, ses joues amaigries, son corps contracté. Une pause entre la vie et la mort. Le tableau de la vie d'Amme.

À la vue des larmes de ma tante, je me levai, ne voulant pas ajouter à sa peine, et je sortis dans la lumière déclinante du soleil.

Je trouvai Roshan et Raga-bi à l'ombre du tamarinier, face à face, si absorbées par leur conversation qu'elles ne me virent que lorsque je fus près d'elles. Toutes les deux se tournèrent vers moi et me regardèrent avec une telle surprise que j'aurais pu être celle qui était morte et serait revenue à la vie. Raga-bi passa une main sur mes joues, puis baisa les doigts qui m'avaient touchée.

Elle ouvrait la bouche pour parler, mais Roshan dit rapidement : « On l'a enterrée dans le même cimetière que ton grand-père. Il l'avait prise chez lui quand elle avait trois ou quatre ans. C'était sa seule famille. »

Ainsi les divisions que nous avions créées dans la vie s'effaçaient d'elles-mêmes dans la mort. Je voulus l'embrasser, mais elle se raidit et recula.

« Roshan, lui dis-je, ils ne m'ont pas laissée assister à l'enterrement. Je voulais y aller.

— J'ai rêvé d'elle, cette nuit, dit-elle, le regard perdu au loin. C'était à l'heure où Henna était en train de mourir. » Elle rentra sa lèvre inférieure et pendant un moment respira lentement. « Elle était assise au bord de mon lit, elle pleurait. Juste à côté de mes pieds. Elle ne voulait pas parler. Je criais "Amme, Amme", mais, finalement, elle s'est levée et elle est partie. »

Des voix s'élevèrent de la cour, et nous reculâmes dans l'ombre, debout contre l'arbre. Lorsque nos corps avaient changé et qu'on nous avait cloîtrées dans la propriété, Henna et moi grimpions dans cet arbre pour regarder par-dessus le mur et rêver.

Tante Asma apparut à l'angle de la maison. Elle reconduisait les parents d'Hanif au portail. Elle avait si maladroitement drapé son sari que, devant, le bas lui venait au-dessus des chevilles et, derrière, il tombait si bas qu'il traînait dans la poussière, effaçant la marque de ses pas.

Elle parlait à la mère d'Hanif, qui hochait la tête en l'écoutant, mais quand celle-ci m'aperçut, elle sursauta comme si je l'avais frappée. Son mari suivit son regard et me fixa avec des yeux sans expression. Puis il prit le bras de sa femme et l'entraîna dans la rue. Ils n'avaient ni voiture ni mobylette pour rentrer chez eux.

« Il faut que je voie Asma Memsahib », murmura Roshan, se servant de ce titre respectueux comme du temps où elle était encore domestique, comme si elle voulait revenir au passé. Elle nous quitta et traversa d'un pas ferme la cour, les bras tendus devant elle pour pouvoir rattraper ma tante si elle s'effondrait.

Tante Asma refermait le portail et ne la vit pas venir. Elle allait se diriger vers la chambre d'Henna quand elle s'arrêta soudain. Je pensai que c'était à cause de Roshan, mais elle s'appuya contre le cocotier d'une main qui avait la couleur de l'écorce. Ses jambes lui manquèrent. Au moment où elle s'affaissait, Roshan vint la soutenir par-derrière, enfouissant en sanglotant son visage dans la nuque de ma tante. Celle-ci lui tapota la tête comme elle le faisait avec Henna. Dans cette position, avec Roshan penchée sur elle, ma tante se courba et vomit un liquide clair au pied de l'arbre. Elle se redressa enfin, redressant du même coup Roshan qui était sur son dos comme une enfant, puis elle se courba de nouveau. Elle cracha enfin et, d'un pied, poussa de la terre sur le vomi.

Lorsqu'elles eurent disparu, on entendit le grondement d'une moto ; j'allai vers le portail, prête à partir.

Raga-bi m'arrêta. « Le garçon est déjà venu. Je l'ai renvoyé. J'y ai dit que la petite restait ici ce soir, la petite doit être avec sa famille. Il a dit qu'il viendra demain pour l'enterrement. Il vous emmènera.

— Raga-bi, je ne crois pas qu'ils souhaitent que je reste. Ils sont encore plus stressés lorsque je suis là. » Puis j'ajoutai : « Pauvre Nafiza, je l'avais renvoyée, tu le savais ? Voilà le souvenir de moi qu'elle a eu en mourant. »

Son dos voûté se cassa encore davantage et, à ma surprise, elle éclata de rire. « Mon *jadu* marche pour vous ! Vous venez me voir, vous me dites de faire ce qu'il faut pour que les autres croient que personne vous a touchée avant. Seulement votre mari. Tout le monde va le croire. C'est le pouvoir de mon *jadu*. » Elle s'approcha de moi et je sentis son haleine chaude sur mon visage. « Cette fois, je vous le ramène, le mari. Je ferai un vrai mari. Je viens ce soir, hein, *Bitea* ? »

C'était donc pour cela qu'elle avait décidé que je resterais.

« Non, merci, Raga-bi », dis-je. Elle recula, étonnée ; ses yeux bordés de khôl étaient comme de petits cercles noirs sur son visage.

« Qu'est-ce que vous dites, *Bitea* ? Vous êtes coincée. Quoi d'autre peut vous aider ? Rien que la magie !

— Je ne crois pas que ton *jadu* marchera sur moi », dis-je et je lui répétai ce qu'elle m'avait déclaré la première fois, quand je lui avais demandé de faire le *jadu*. « Je ne suis pas tout à fait indienne.

— Pas indienne ! Qu'est-ce que vous êtes alors, mon enfant ? C'est le chagrin qui parle, pas ma fille ! »

C'était peut-être le chagrin. Mais, à cet instant, il me sembla que la seule façon de se débarrasser des frontières était de commencer par celles qui avaient été gravées dans ma peau, me coupant en deux.

Le neuvième jour du *Moharram*, nous enterrâmes Henna.

Oncle Mamou et oncle Abou étaient parmi les hommes qui portèrent son corps sur un brancard en bois. Sans ralentir le pas, les hommes en passaient les extrémités d'une épaule à l'autre. Lorsqu'on fut en vue du cimetière, oncle Mamou laissa sa place à quelqu'un, et s'écarta ; la petite procession poursuivit son chemin sans lui. Je me retournai et je le vis qui tombait sur le sol, les bras tendus. Sans se relever, il se traîna jusqu'au bord de la route et s'assit, les yeux fixés devant lui, sa mâchoire remuant comme s'il mâchait quelque chose. Les gens passaient devant lui à pied, à bicyclette ou en voiture sans paraître le remarquer.

Oncle Abou, lui, n'abandonna pas une seule fois le brancard.

Henna était enveloppée d'un linceul blanc. Son corps avait été lavé pour la dernière fois, les péchés de ce monde étaient ainsi enlevés. Les femmes avaient lavé aussi sa fille encore couverte des eaux de sa mère, comme elles l'auraient fait à sa naissance, puis l'avaient mise dans ses bras. Le même linceul les entourait toutes les deux, chair contre chair. Réunies en une seule personne. Le drap mortuaire, une nouvelle peau. Pourquoi n'y avait-il aucun réconfort devant ce départ commun ?

Lorsque la procession entra dans le cimetière, les hommes allèrent droit à l'emplacement de la tombe, tandis que les femmes restèrent à l'entrée. Une grande grille en fer forgé était la seule chose qui séparait la vie bourdonnante de l'extérieur du silence des morts à l'intérieur. Nous étions entourées à présent par ce silence, et en étions reconnaissantes. Nous l'étions aussi de ce que toute la Vieille Ville était en noir. Comme nous. C'était comme si toute l'Inde pleurait ces morts.

Près de la tombe, un officier de police retira ses menottes à Hanif qui s'avança. Il était grand et avait des cheveux ondulés, c'était tout ce que je pouvais distinguer à cette distance. Oncle Abou lui tendit une pelle. Hanif posa un instant son front sur la poignée, sans courage pour soulever la terre. Mais le policier lui donna un coup de coude et Hanif, relevant la tête, alla vers la tombe. Il planta la pelle dans le sol, mit un pied dessus, et l'enfonça profondément. Il rejeta la terre de côté. C'est alors seulement qu'oncle Abou s'approcha et que, un à un, les autres hommes se joignirent à Hanif, y compris son père. On m'avait dit que lorsqu'ils auraient fini, les mains terreuses d'Hanif seraient à nouveau menottées et qu'il serait emmené. Sa mère n'était pas venue.

Les femmes devaient se tenir à l'écart pendant que le corps était inhumé et, de l'endroit où j'étais, avec tante Amira, tante Asma, Roshan et sa fille, nous ne distinguions que vaguement les silhouettes des hommes dont les bras se levaient et se baissaient à mesure qu'ils creusaient le trou et déposaient la terre de côté. Tandis que le soleil s'élevait au zénith, ils s'enfoncèrent dans le sol, jusqu'aux chevilles, puis aux mollets, aux genoux, aux cuisses. Ils rejetèrent enfin les pelles, des mains saisirent leurs mains et les aidèrent à sortir du trou.

Alors les hommes entourèrent le corps d'Henna, le descendirent dans la fosse ; j'essayai de garder les yeux grands ouverts, voulant ne rien manquer de la dernière vision de ma sœur. Cet ange de douleur, tout en blanc, au milieu de nous, âmes voilées de noir. Puis elle ne fut plus là. La courbe de son ventre, la courbe de l'enfant enterrée avec elle, la dernière chose qui venait de cette terre de misère.

Les hommes reprirent leurs pelles, firent un monticule qui s'aplatirait avec le temps et deviendrait semblable à toutes les autres tombes. Les nouveaux morts rejoignant les anciens. Près d'Henna reposait le corps de Nafiza, la terre froide ne s'était pas encore réchauffée autour de lui.

Les pelles furent enfin mises de côté et, les hommes au-dessus de la tombe d'Henna, les femmes près des grilles, tous ensemble nous dîmes une dernière prière.

Il ne restait plus rien à faire pour elle.

Tante Asma me demanda de l'accompagner à la tombe d'Henna. Elle souhaitait que j'aille ensuite à la *darga* pour prier. J'avais mes règles depuis le matin, presque un mois après l'IVG ; du sang coulait de mon corps, tel un rite ancien de purification et, bien qu'aux yeux d'Allah je fusse trop impure pour m'approcher de la nouvelle tombe et entrer dans un sanctuaire, comment pouvais-je refuser ?

Je pris donc la petite main de ma tante dans la mienne ; sa peau était sèche, ses ongles rongés, nos lignes de vie se confondaient. Nous avançâmes ensemble, laissant les autres derrière nous : Roshan jugea plus sage de protéger sa petite fille d'un chagrin qui n'était pas encore le sien. Et tante Amira avait tant de peine que son diabète avait empiré et elle était trop faible pour parcourir cette distance, ce chemin des vivants vers les morts.

Nous marchâmes la main dans la main comme mère et fille, passant devant d'autres tombes, anciennes et nouvelles, petites et grandes, dont les dalles étaient au niveau du sol. Devant chacune je murmurai : « *Salaam, salaam, salaam* », « Paix ». Ma tante lâcha bientôt ma main, me devança d'un pas régulier et ferme, et je la suivis. Le chemin était si étroit, les tombes si rapprochées que j'avais peur de trébucher et de tomber ; je posais donc soigneusement les pieds sur l'empreinte de ses pas.

Lorsque nous arrivâmes au bout du cimetière, je vis qu'Hanif était déjà parti ; les hommes, prétextant qu'ils avaient à rendre leurs pelles et leurs pioches, nous laissèrent seules. Oncle Abou était accroupi à l'ombre d'un arbre ; sa chemise à carreaux noirs et blancs était tachée de terre. Oncle Mamou s'éloigna pour fumer ; lorsqu'il eut fini sa cigarette, il regarda autour de lui d'un air désorienté, puis glissa le mégot dans une poche.

Tante Asma s'accroupit à côté de la tombe d'Henna, qu'elle contempla un long moment. Dans quelques jours, oncle Abou et elle-même reviendraient poser la plaque de ciment où seraient gravés le nom, les dates de naissance et de décès d'Henna. Mais, pour l'instant, elle passait seulement la main sur le petit monticule, caressant son enfant à travers la terre, d'avant en arrière, d'avant en arrière, faisant rouler au loin les cailloux.

« Pourquoi fallait-il que tu tiennes tant à sortir ? » demandait-elle. Puis : « Nous t'avons trop gâtée. » Elle se calma enfin ; ses yeux faisaient le tour de la tombe comme pour s'assurer qu'Henna était à l'aise à l'intérieur, pas trop serrée avec sa fille. Elle prit une pincée de terre, la porta à son visage, l'embrassa, la mit dans sa bouche et l'avala. Elle le fit une nouvelle fois. Derrière nous, oncle Abou se mit à pleurer. Je détournai les yeux.

Tout à côté de ma tante se trouvait la tombe de mon grand-père ; je lui dis silencieusement en la regardant que nous étions tout ce qui restait de ses espérances pour l'avenir. Juste ces trois existences vides, mes deux oncles et ma tante, et encore tante Amira, Amme et moi. J'étais la seule héritière de leur douleur commune. Leur seul espoir. Mon regard tomba alors sur une tombe minuscule, à gauche de celle de mon grand-père, entre lui et Henna. Elle n'avait qu'un pied de long et était surmontée d'une petite plaque en ciment, avec des caractères arabes : ABBAS. Mon frère. Le fils qu'avait perdu Amme. Il n'y avait pas de date pour cet être qui n'avait pas vécu assez longtemps pour être enregistré. Mort à sa naissance. Il avait glissé des mains maladroites de l'infirmière et était tombé, heurtant sa fragile petite tête sur le sol de pierre. Et le premier cri du nouveau-né avait été un hoquet de surprise, rien de plus. Pendant trois jours, du sang avait coulé de son nez, de sa bouche, de ses oreilles. Le même sang coulait maintenant en moi. Accident ou *kismet* ?

Un enfant qui n'était né que pour mourir — il aurait une compagne à présent.

Mes jambes faiblirent et je m'écroulai contre tante Asma, enfin capable de pleurer, de me désoler.

Nous allâmes au sanctuaire où Henna s'était rendue le jour où elle fut assassinée ; elle y était venue avec des fleurs et des actions de grâces pour le retour de son mari, pour leur réunion si longtemps attendue. Allah récompensait la patience, c'est ce que promettait toujours le Coran. Malgré ma première intention d'entrer et de prier pour elle, je m'en sentis incapable. Je restai devant le petit bâtiment, qui n'avait qu'une seule salle, à écouter prier ma famille pour la paix — la paix intérieure et extérieure — et je dis à Dieu que je n'étais pas d'accord avec la vie que je menais. Ainsi, peu à peu, alors que, jusqu'ici, j'étais prisonnière de cette existence, à présent je m'en détachais. La foi aveugle ne me suffisait plus.

Samir me trouva devant la *darga* ; j'attendais ma famille dans la voiture d'oncle Abou. Il s'arrêta devant ma portière, le regard hésitant, plein de honte. Il ne descendit pas de la moto. Nous rentrâmes à la maison sans un mot, indifférents à la foule, et l'un à l'autre.

Quand nous arrivâmes au carrefour, il cria soudain : « La voilà, la prison ! », me la montrant comme si je ne l'avais pas vue cent fois en passant devant elle. Ce n'était qu'un bâtiment carré, aux murs de ciment défraîchis, sur lesquels les slogans de la saison étaient peints de couleurs vives. Inscriptions véhémentes qui seraient recouvertes par les visages épanouis des stars de cinéma de la saison prochaine. Mais Henna, elle, ne reviendrait pas.

En brandissant le bras, Samir fit faire une embardée à sa moto. « Salut, Hanif, salut ! » cria-t-il, d'un ton qu'il voulait sarcastique ou indifférent, mais je perçus de la douleur dans sa voix.

Une voiture déboîta brusquement pour nous doubler, et le passager à l'avant sortit la tête pour invectiver Samir. Je vis qu'il était hindou à sa chemise orange et brillante, de même que cet homme pouvait savoir, à nos vêtements noirs, à mon tchador, que nous étions musulmans. Samir mit son petit doigt dans sa bouche et le ressortit ; c'était un geste insultant mais j'ignorais ce qu'il signifiait. Nous poursuivîmes la voiture jusqu'à l'angle de la prison et, au moment où je commençais à devenir nerveuse, craignant que Samir nous mette en danger, l'auto prit la première route à droite et disparut. Un affrontement vite oublié.

Nous continuâmes tout droit jusqu'en haut de la colline d'où nous allions redescendre jusqu'à notre quartier. Il s'arrêta là, au bord de la route, mais ne me montra pas l'arbre sous lequel il s'était réfugié ; d'ailleurs, je ne le lui avais pas demandé. Nous restâmes un moment sous les derniers rayons du soleil couchant. Devant nous, quelques chèvres dévalaient la pente, un vendeur de légumes s'accrochait à sa charrette qui roulait de plus en plus vite, une blanchisseuse aux hanches ondulantes portait un ballot de linge sale sur la tête. Ce jour-là, le neuvième des célébrations de Ganesh, il aurait dû y avoir plus de monde, des réjouissances, une atmosphère de fête. Mais la nouvelle de la mort d'Henna, surtout ce genre de mort, s'était répandue dans tout le voisinage qui s'était imposé de lui-même une sorte de couvre-feu. Qu'est-ce qui avait tenu les gens à l'écart ? Se sentaient-ils coupables de n'avoir pas pu empêcher ce drame ? Ou craignaient-ils que le fantôme d'Henna ne s'attarde là, prêt à pénétrer dans le corps des passants ?

« Entre en moi », murmurai-je lorsque Samir redescendit la pente à toute vitesse. Je levai les bras sur ma tête et fermai les yeux, me disant que l'air qui cinglait ma peau était en réalité le fantôme d'Henna qui pénétrait en moi. Mais, en même temps, je savais qu'il n'en était rien. Les frontières de la peau sont aussi fermes que celles d'une carte de géographie.

À mi-pente, Samir arrêta son moteur et nous fîmes le reste du chemin en roue libre. J'entendis alors le roulement des tambours autour de nous, et en passant devant un chemin de terre je vis un camion qui transportait un énorme Ganesh. Quatre ou cinq hommes en chemise bariolée de fête étaient assis à l'arrière avec leur dieu. Ils frappaient dans leurs mains et lui chantaient des hymnes de louanges. Nous poursuivîmes notre route.

« Où est-elle morte ? »

Il tourna la tête vers moi. « Ça a pu se passer n'importe où, par ici. J'étais trop loin pour me rendre compte. » Avait-il dit cela pour m'épargner, je l'ignorai, néanmoins j'observai la route, cherchant des traces de sang, d'un sari ou d'un tchador déchiré, de lait desséché. Je ne vis rien. Puis j'eus si peur de trouver quelque chose que je fermai les yeux et imaginai que j'étais à sa place.

Il fait noir, et elle glisse sur la route. Elle a un bras autour de la taille de son mari et l'autre sur son ventre, sur son bébé. Ils roulent si vite que de l'air chaud monte des roues, et elle a sans cesse l'impression que ses sandales vont s'envoler : elle recourbe ses doigts de pied pour les retenir. Soudain, des silhouettes surgissent de l'obscurité et prennent forme à la pâle lumière du scooter. Un, deux, trois, quatre.

Elle n'en voit que quatre. Un groupe d'amis. Juste des garçons qui font la fête. Il n'y a pas de raison de s'inquiéter, il n'y en a plus. Son mari est rentré. Elle va avoir son bébé. À eux deux ils créeront un avenir.

Puis le premier coup de crosse sur son tibia. Elle est d'abord dans l'incertitude. C'est peut-être une branche sur la chaussée, sur laquelle ils auraient roulé, qui s'est redressée et l'a heurtée. Mais elle est frappée de nouveau, cette fois sur l'épaule, puis sur le dos, le cou, l'aine. Instinctivement, elle protège son ventre. Le scooter fait des zigzags. Ils tombent. Elle tombe. Il se lève et s'en va. Elle le regarde partir. Les phares des motos de ces hommes sont dirigés sur elle, ils l'ont encerclée et, après, c'est l'obscurité.

Non, je changerais cette scène, comme j'allais changer tant d'autres choses. Je ferais vivre l'invisible.

Il fait nuit et elle glisse. Elle entend la brise qui secoue les arbres autour d'elle, mais elle ne voit pas les branches. Un corbeau croasse par instants. Il n'y a personne en vue, pas même son époux. Elle roule toute seule. Le moteur bourdonne entre ses cuisses, fait vibrer sa peau. Au-dedans d'Henna, la vie frémit et se forme. Au-dehors, le vent s'engouffre dans son tchador, le gonflant, lui donnant des ailes. Un ange de la nuit. Elle s'envole, le phare du scooter n'éclaire que la route devant elle, qu'une courte distance, deux, trois, quatre pieds, c'est tout. Le reste est caché, mais elle n'a pas peur, elle n'a plus peur. Bien qu'elle ne puisse le voir, elle sait ce qu'il y a devant elle. Elle a confiance en cette route. Elle est sûre qu'elle la mènera à la maison.

Je ne verrouillai ni la porte de la chambre ni les volets. Ce n'était pas nécessaire. Il n'y avait personne à la maison. La famille était partie à la Vieille Ville pour assister aux réunions du soir et, après, à la procession silencieuse, à la lumière des bougies, qui durerait toute la nuit, jusqu'à l'aube du dixième jour, où l'on atteindrait le summum de l'affliction.

Il était assis sur le lit, le visage dans ses mains. J'éloignai de lui le tabouret recouvert de velours. Ce soir, les roulements de tambour, les chants, les applaudissement, la célébration, ce n'était pas pour nous.

« Étant ta femme, dis-je, j'ai le droit d'exiger quelque chose de toi. C'est de me faire l'amour. »

Il leva la tête vers moi ; ses yeux étaient rouges, son visage assombri par une barbe de trois jours. S'il ne s'était pas rasé, ce n'était pas à cause de nos saints, ni de ses convictions, excepté celle-ci : il avait été lâche de se cacher.

Je me levai, ôtai mon tchador, puis ma *kurta*, mon large *salwar*. Il me regardait faire sans rien dire, mais je pouvais lire dans ses yeux qu'aujourd'hui il me témoignerait de l'amour, pour de bon, sans limites.

Je le mis au défi. « Si je dois rester ici avec toi, si tu demeures mon mari, alors fais ce qu'il faut. »

Il leva le menton avec une moue pleine d'assurance, se mit debout lui aussi et se déshabilla. Nous restâmes nus sous la lumière crue du plafonnier, sans bouger l'un vers l'autre.

« Le soir où ta sœur est morte, dit-il, je rentrais de chez Navid. Je n'ai pas couché avec lui. Je l'ai juste laissé parler. »

Je montai sur le lit, laissant la moustiquaire ouverte. Il y grimpa et nous restâmes assis sur nos talons, face à face, toujours sans nous toucher.

Il passa une main sur son front, massant ses rides. « Je pensais qu'une fois marié je n'aurais plus envie de le revoir. » Il avala sa salive, des larmes lui vinrent aux yeux. « Je te jure, Layla, que je n'ai jamais eu l'intention de te faire du mal

— Donne-moi ta main », dis-je. Et, alors qu'il me jetait un regard perplexe, je la lui pris et la levai devant moi, en appliquant ma paume sur la sienne. « Quand nous étions ensemble, Henna et moi, et que l'une ou l'autre était triste, nous joignions nos mains comme ça. Je l'aime, Samir, je l'aimerai toujours, comment vais-je pouvoir vivre sans elle... »

Il me saisit le visage, l'approcha du sien, plongea ses yeux dans les miens, me vit enfin. « Quand Navid a tout révélé, j'ai eu très peur... et pourtant je me suis senti libéré. J'aurais dû alors te laisser partir, mais quand je suis revenu à Hyderabad et que j'ai vu le visage de mon père..., tout le souci qu'il se faisait pour *toi* — où tu étais, qu'avais-je fait de mal, quel tort avais-je envers toi ? Et je n'ai pas pu lui expliquer, Layla, je ne pouvais pas lui dire. C'était plus facile de revenir à la situation d'avant, de tout effacer. Mais maintenant... », il secoua la tête, les larmes coulaient le long de ses joues. « Je pouvais me cacher de tout le monde, Layla, même de toi, qui m'as vu — à Madras et ici, tu m'as vu tel que j'étais, mais je n'étais pas encore capable de me regarder en face, jusqu'à ce que... » Il s'arrêta, humecta ses lèvres. « Je ne me suis pas montré, Layla. Je l'aurais pu, mais j'ai choisi de ne pas le faire.

— Tu n'es pas mauvais, Samir, ne les laisse pas te le faire croire. Tu es prisonnier, comme moi...

— Je veux que tu partes..., tu es libre de partir. Avec ton tchador, tu es invisible. » Il retira ses mains de mon visage, les posa sur ses genoux, les contempla un long moment. Puis il retira lentement de son pouce mon anneau d'orteil en argent et le tint entre nous.

« Et toi ? Comment vas-tu y arriver ? »

Il sourit, secoua la tête et le bout de sa langue apparut un instant entre ses dents. « C'est ce que je peux t'offrir, Layla. C'est ce que ton mari peut t'offrir. Ne m'en demande pas plus. »

Je m'enfonçai au fond du lit et mis ma jambe sur ses genoux. Il leva mon pied jusqu'à ses lèvres et l'embrassa, y pressa son front, les yeux clos, les mains tremblantes. Au-dehors résonnaient les roulements de tambour, les chants, les applaudissements. Il ouvrit enfin l'anneau d'argent et, comme les femmes l'avaient fait deux jours avant notre mariage en me préparant pour mon époux, il le glissa sur mon orteil, le resserrant fermement.

Nous passâmes la dernière nuit serrés l'un contre l'autre, nous étreignant au milieu du lit, nos jambes entrelacées ; même Nate et moi n'étions jamais restés ainsi. Lorsque l'*azan* de l'aube retentit dans le ciel et me réveilla, il n'était plus là.

J'enfouis ma tête dans son oreiller, étouffant tous les bruits, n'entendant que ma respiration. Je sentais l'odeur aigre de sa peau. Je me levai enfin et je me lavai. Dans mon sac, je trouvai nos formulaires d'immigration dûment remplis, froissés et déchirés à l'endroit où ses doigts les avaient tenus serrés lorsqu'il avait confronté Navid, et s'était trouvé face à lui-même. Que m'avait-il dit dans le train de Madras ? Qu'il voulait surtout échapper aux mensonges, aux rôles qu'il ne pourrait assumer, à son démon, pas à Navid ni à lui-même, mais au fantôme qu'on avait fait de lui.

J'ouvris sa malle, plaçai les papiers sur le dessus, les aplatissant sur ses jeans, ses chemises, tous ses vêtements occidentaux. Ses rêves de devenir quelqu'un d'autre, ne serait-ce que lui-même. Puis j'ouvris l'armoire fermée à clé et trouvai le paquet de billets que m'avait donné Amme ; la moitié était allée à Sadia, la fille de Zakir. Je partageai ceux qui restaient en deux liasses que j'entourai d'un élastique et j'en mis une à côté des formulaires. Puis je fermai la malle. S'il le souhaitait, il pouvait encore se rendre aux États-Unis, c'était la dernière chose que je lui offrirais.

Je glissai dans mon sac mon passeport, de l'argent, quelques bijoux donnés par Amme. Mais, finalement, je ressortis le tout et je pris le sac à dos en toile de Samir, bourré de livres d'ingénierie et qui avait contenu naguère les lettres de Nate, dont il se servait pour aller faire ses cours en moto. J'y mis mes affaires avec des vêtements de rechange. Je m'habillai en noir et j'avais mis mon tchador lorsque j'entendis, par la fenêtre ouverte, que Zeba franchissait le portail. Je l'entendis qui m'appelait avant même de mettre la clé dans la serrure de la porte d'entrée.

Je jetai un dernier regard à la chambre, au lit extravagant en forme de paon qu'Ibrahim et Zeba partageraient sans aucun doute désormais, couchés sur les oreillers recouverts de velours confectionnés par Nafiza ; à l'armoire pleine des saris de soie, des bijoux de ma dot et de ceux qui m'avaient été donnés par la mère de Samir ; à la coiffeuse où Henna avait glissé les lettres de Nate, au tabouret recouvert de velours sur lequel était assis Samir pendant notre nuit de noces, tenant ma *kurta* serrée dans ses poings, se torturant à la pensée de Nate, et de ce que lui-même savait peut-être qu'il ne serait jamais capable de faire. C'est alors que je vis, au beau milieu du lit, à l'endroit où nous avions dormi enlacés, des taches rouges.

Du sang menstruel, signe de vie et non de mort.

Le cyclo-rickshaw sortit de l'impasse, et nous mena vers la grand-route ; je fermai les yeux, me laissant emporter par un autre rythme.

En approchant du bas de la colline, quittant alors Vijayanagar, quittant tout ce qui avait fait partie de moi, le conducteur commença à ralentir et se prépara à descendre de sa bicyclette pour pousser le rickshaw le long de la pente. Le ciel était déchiré par le tumulte des tambours et de la musique qui faisait fuir les oiseaux nichés dans les bois. L'énorme et puissant Ganesh, qui trônait près de la maison d'oncle Abou, était maintenant transporté à l'arrière d'une semi-remorque, la tête haute sous les guirlandes de fleurs fraîches, entouré d'une bande de jeunes gens, dans un tourbillonnement éclatant de vêtements de fête.

Derrière Ganesh suivait une caravane de voitures et de moto-rickshaws, qui n'avançaient pas plus vite que notre véhicule, de camions avec des haut-parleurs fixés sur leur toit. Les hymnes se succédaient, se mêlaient aux prières en télougou ou en sanskrit. Des bras sombres sortaient des fenêtres des autos, s'agitant joyeusement ou tenant des petits feux d'artifice grésillants, dont les étincelles dessinaient comme des fils lumineux sous le ciel gris — signes d'une situation qui pouvait s'embraser.

Des groupes d'hommes marchaient auprès des voitures, habillés surtout de jaune et de rouge. Ils buvaient au goulot d'une bouteille qu'ils se passaient mutuellement et avançaient en titubant. Certains avaient joué avec des poudres colorées et leur visage, leurs bras, leur chemise étaient des taches de couleurs, interdites pour nous. Les enfants qui les accompagnaient agitaient des ballons pendant au bout de longs bâtons. Les plus jeunes gambadaient avec leur père, les plus âgés s'arrêtaient en chemin sur la route pour allumer des pétards. Un bruit de mort.

Je m'attendais sans cesse à ce que quelqu'un casse une bouteille, vienne vers Zeba et moi tacher nos vêtements noirs de deuil avec le rouge festif de notre propre sang. Mais personne ne nous approcha. Certains nous jetèrent des regards haineux et soupçonneux. D'autres s'écartèrent de nous, ou ne nous remarquèrent pas. Un vieil homme, dont le front était barré de raies horizontales, nous fit un signe de tête, comme s'il nous saluait de ses yeux pourtant pleins de gaieté, comme s'il voulait nous faire savoir qu'il nous avait vues dans notre peine, et nous lui répondîmes.

Au croisement, le rickshaw tourna à droite et fila vers la Vieille Ville, tandis que le cortège continuait droit devant lui et se dirigeait vers Tankbund, la jetée qui faisait se rejoindre les moments épars de nos brèves vies.

Zeba m'emmena, au cœur de la Vieille Ville, sur le toit plat d'un bâtiment situé près du sanctuaire qu'avaient construit, au seizième siècle, les rois de la dynastie Qutb Shahi, le Badshashi Ashur Khana. La procession des flagellants serpentait dans les ruelles étroites et viendrait s'arrêter à cet endroit. Du toit, nous allions pouvoir assister aux dernières manifestations de douleur en mémoire de nos saints martyrs. Tout ce qui était advenu, tout ce qui était encore à venir était vécu dans ces moments-là.

Autour de moi, des femmes étaient massées des deux côtés du toit, lequel surplombait la rue où s'engagerait le cortège, devant la *durga*. Elles étaient venues si nombreuses pour admirer ces témoignages de courage et de douleur qu'elles se pressaient les unes derrière les autres en une masse mouvante où l'on se bousculait pour être au premier rang afin de jouir mieux du spectacle. Et celles qui avaient eu la chance d'y parvenir étaient aplaties contre la balustrade en ciment, le buste penché au-dehors sous la poussée de la foule. Tout le long des immeubles, à perte de vue, des femmes en noir s'entassaient comme nous sur les toits.

On entendit au loin des battements rythmés; je les pris tout d'abord pour les roulements de tambour que j'entendais depuis quelques jours. Puis je réalisai que c'étaient les hommes qui se flagellaient.

« *Hai* Allah! Ils arrivent! » cria quelqu'un.

Zeba, qui me tenait fermement par la main pour éviter de me perdre dans cette foule, m'entraînait pour nous rapprocher de la balustrade et criait : « J'ai une Américaine avec moi qui doit voir la procession, Allah vous récompensera, s'il vous plaît, laissez-nous avancer! »

Lentement, les femmes s'écartèrent et me laissèrent passer. Puis elles se regroupèrent derrière moi, me poussant contre la rambarde; la pression molle de leurs corps était un mur qui me permettait de me tenir debout. J'étais fascinée par ce que j'avais sous les yeux : un monde sans obstacles, ouvert.

« Regardez, regardez! » cria une femme, et je vis une main tendue dans une direction.

En face de nous, juste derrière un bâtiment, apparaissait le début du cortège. Les hommes tournaient le coin d'une ruelle étroite; leur long et sinueux périple à travers la Vieille Ville touchait à sa fin. Les femmes se turent; dans le silence, on entendit les cris d'un enfant que sa mère essaya de calmer en le serrant contre elle. Comme il continuait à pleurer, elle sortit un sein et, debout, tout en regardant la procession qui venait, elle le laissa téter.

En marchant, les hommes récitaient une prière. À présent, je pouvais voir le cortège en entier; il était formé de plusieurs groupes qui comprenaient chacun une vingtaine d'hommes, répartis sur quatre ou cinq rangs. Ceux-ci étaient assez espacés pour que les hommes qui se flagellaient ne blessent pas de leur arme ceux qui étaient près d'eux. Dix à quinze yards derrière le premier groupe s'avançait le deuxième ; le cortège s'étirait ainsi en une douzaine de groupes sur un mile au moins.

Le premier groupe arrivait maintenant et s'arrêta au milieu de la rue. La foule, telle une vague noire, qui s'était amassée là pour les attendre, se rangea des deux côtés. Le chef cria « *Allah ho Akbar* » et son groupe s'immobilisa. Les prières cessèrent, puis, dans le silence, commença la flagellation. Des hommes courbés en avant se frappaient avec des chaînes, des épées ou des fouets à cinq lanières, d'autres se dressaient et s'écorchaient les épaules avec des machettes ; des rasoirs entaillaient les poitrines, des couteaux fendaient les fronts. Et au moment où je pensais qu'il n'en restait plus, du sang frais jaillissait et inondait les visages, les torses, les épaules, les dos, jusqu'au bas des pantalons, les pieds nus, la terre frémissante.

Enfin, le chef cria de nouveau, les armes s'immobilisèrent, restèrent pendues au bras des flagellants qui repartirent, et leurs voix s'élevèrent une fois de plus sous le ciel gris. La rue qu'ils laissaient derrière eux était tachée de rouge comme si elle-même avait saigné.

Puis ce fut le groupe suivant, avec son chef. Les hommes s'arrêtèrent aussi au milieu de la rue, posant avec précaution leurs pieds dans les mares de sang laissées par les premiers. Ils étaient mieux bâtis que les précédents et leur peau était claire.

« Des Iraniens, des Iraniens », chuchota-t-on dans la foule.

Je tournai la tête, essayant de voir pour la dernière fois la demeure biscornue d'Amme dans la vieille cité entourée de murailles, mais on ne pouvait la distinguer des autres maisons. Comme nous-mêmes, sur ce toit, ne pouvions être distinguées les unes des autres. Samir avait raison. J'étais invisible.

Profitant de la bousculade, je lâchai la main de Zeba et, lentement, me déplaçant au rythme des corps, des poitrines heurtées, tandis que les femmes regardaient les hommes en bas, et que les hommes regardaient le ciel et Allah, je m'enfonçai dans la cohue. Une autre silhouette en noir prit rapidement ma place à côté de Zeba ; je m'arrêtai un instant pour dire silencieusement adieu à ma belle-mère.

Devant l'escalier, au moment où j'étais prête à dévaler les marches, j'aperçus Sabana, debout, toute seule au milieu de la foule, son tchador flottant dévoilant son visage rond, l'élégante coupe de ses cheveux qu'elle portait sur les épaules. Bien que ce ne fût pas permis, elle était maquillée et ses cils étaient lourds de mascara, ses lèvres rose pâle. Prisonnière encore d'une vision qui avait été projetée sur un grand écran et des rôles qu'elle avait joués, cachés pour elle-même. Son ventre était large et rond comme celui d'Henna la dernière fois que je l'avais vue, debout au milieu de ce qui me paraissait maintenant nos propres ruines. Ce que Dad avait fait jadis, choisissant une femme, abandonnant l'autre, m'était à présent indifférent. En vérité, l'image de mon père, que je garderais en moi, dans mes rêves, ce serait Dad montant dans l'avion, n'abandonnant pas tout derrière lui, mais prenant enfin possession de sa destinée.

Je descendis précipitamment l'escalier en spirale et m'élançai dans les rues étroites, me frayant un chemin dans la foule éplorée, les coups rythmés sur les corps, tel le tonnerre sous le ciel gris de mousson. C'était le bruit d'un cœur qui se brise, qui revient à la vie, abandon et union. Je marchais, je ne courais pas. J'avançais dans les ruelles tortueuses, écoutant ma respiration, le claquement de mes sandales sur les pavés. Le sac de toile contre mon ventre plat renfermant une vie différente. Où ces rues me mèneraient-elles ?

Le vent se leva, soulevant mon voile comme des ailes de corbeau. Layla. Obscurité. Telle j'étais. Mon corps, caché et en sécurité sous le tchador, n'appartenant qu'à moi.

GLOSSAIRE

alim : saint homme
angan : cour intérieure
aysh : luxure
azan : appel à la prière

Beta — Beti — Bitea : termes d'affection
bhai : frère
bismillah : au nom de Dieu

chalu : « allons! »
chandni : toit en terrasse
chappals : sandales
chooridar : pantalon resserré des genoux jusqu'aux chevilles
crore : dix millions

dappatta : voile
divan : pièce de réception
dol : instrument de percussion
dosa : pâtisserie
dul'han : jeune fiancée
durga : salle de prières

ghee : beurre clarifié
ghum : douleur, deuil

gora : étranger
gurkha : caste militaire népalaise

harijan : intouchable
haveli : propriété, grande demeure
hijra : eunuque

itar : parfum

jadu : magie

kismet : destinée
kitcherie : plat de riz et de lentilles
kurta-pajama : chemise sans col et pantalon large

lakh : cent mille roupies
lungi : pièce d'étoffe que les hommes se drapent autour des reins

manjalis : réunion de prière lors du *Moharram*
manzil : demeure aristocratique
mehndi : le premier jour du mariage
mubarak : « félicitations ! »
mung'ni : fiançailles
myka : la maison familiale

naan : galette
nana : grand-père
nani : grand-mère
nawab : titre honorifique (en français : nabab) donné à un notable
nikkah : contrat de mariage

paan : bétel
pallow : pan flottant du sari

rahim : le Compatissant (Allah)

salwar-kamiz : pantalon bouffant et tunique, portés par les femmes
shaitan : démon
shanai : instrument de musique donnant un son proche de la clarinette
sherwani : tunique longue portée par les hommes
sus'ral : la maison de la belle-famille

takat : estrade en bois
talak-talak-talak : mots de répudiation prononcés par le mari
thoba-thoba : « Dieu me pardonne ! »
todi : alcool de palme

walima : dernier des cinq jours de la noce

yaar : « Mon vieux ! »

REMERCIEMENTS

Je serai toujours reconnaissante à mes professeurs de l'université d'Oregon, particulièrement à James D. Houston, de m'avoir dévoilé l'invisible, à Ehud Havazelet de m'avoir prouvé que « tout ira bien » et à Garrett Hongo et Chang-rae Lee de m'avoir appris à danser sur la feuille de papier. Trois personnes méritent d'être spécialement mentionnées : David Mura, qui m'a aidée à me lancer dans ce voyage, puis qui a entrepris la tâche plus difficile de m'encourager à aller jusqu'au bout ; Alan Cheuse, sur les ailes de qui j'ai pris mon envol et Bharati Mukherjee : guide, lumière, maître — comment ai-je pu avoir autant de chance ? Merci au docteur Wade Smith du NeuroICU à l'USSF de m'avoir aidée à retrouver une seconde vie. Merci à la Rona Jaffe Foundation de m'avoir donné la possibilité de construire un récit dans cette nouvelle vie. Je suis également pleine de gratitude envers Mihail, apparu comme par magie, et qui a opéré de la magie. Merci à mon éditrice Ayesha Pande pour sa clairvoyance, son inlassable enthousiasme, son soutien et ses fous rires — comment aurais-je fait sans toi ! À Eric Silonoff, mon agent littéraire, ami patient dont la confiance ne s'est jamais démentie et qui m'a permis d'arriver où je suis. Au prévenant et généreux Scotty pour son appui solide. À la famille et aux amis des deux côtés de l'Atlantique pour leurs prières. À Tim, sans le soutien duquel ce livre ne serait pas ce qu'il est. À mes deux frères, Zulfe et Jafer, mes « serre-livres ». À Naomi, ma noble amie. Et à mon fils Ishmael qui me montre que chaque jour est un miracle.

DANS LA MÊME COLLECTION

FRED D'AGUIAR, *Les cris de l'océan*
HOMERO ARIDJIS, *La zone du silence*
JULIAN BARNES, *Un homme dans sa cuisine*
JULIAN BARNES, *England, England*
JULIAN BARNES, *Dix ans après*
JULIAN BARNES, *Quelque chose à déclarer*
ALAIN DE BOTTON, *Les consolations de la philosophie*
ALAIN DE BOTTON, *L'art du voyage*
ALAIN DE BOTTON, *Du statut social*
IVAN BOUNINE, *L'amour de Mitia*
SYLVIA BROWNRIGG, *Des pages pour toi*
JEROME CHARYN, *Mort d'un roi du tango*
JEROME CHARYN, *Rue du Petit-Ange*
JEROME CHARYN, *La lanterne verte*
TERRENCE CHENG, *L'étudiant chinois*
JUSTIN CRONIN, *Huit saisons*
ACHMAT DANGOR, *La malédiction de Kafka*
ACHMAT DANGOR, *Fruit amer*
ANITA DESAI, *Le jeûne et le festin*
ANITA DESAI, *Poussière de diamant*
STANLEY ELKIN, *Mrs. Ted Bliss*
JHUMPA LAHIRI, *L'interprète des maladies*
PENELOPE LIVELY, *Paquet de cartes*
PENELOPE LIVELY, *Le tissu du temps*
PENELOPE LIVELY, *La photographie*
MARGOT LIVESEY, *Tous des criminels*
MARGARET MASCARENHAS, *La couleur de la peau*
CHRIS OFFUTT, *Les hommes ne sont pas des héros*
KÁROLY PAP, *Azarel*

JILL PATON WALSH, *La grotte serpentine*
CARYL PHILLIPS, *La nature humaine*
SOLEDAD PUERTOLAS, *Une vie inattendue*
SOLEDAD PUERTOLAS, *Ils étaient tous à mon mariage*
SOLEDAD PUERTOLAS, *Adieu aux petites fiancées*
JOSÉ MIGUEL ROIG, *Souviens-toi, Schopenhauer*
JOSÉ MIGUEL ROIG, *Le rendez-vous de Berlin*
ELIZABETH ROSNER, *Des démons sur les épaules*
DAVID SANDES, *La méthode miraculeuse de Félix Bubka*
MIHAIL SEBASTIAN, *L'accident*
ISAAC BASHEVIS SINGER, *Ombres sur l'Hudson*
ISAAC BASHEVIS SINGER, *De nouveau au tribunal de mon père*
JOSEPH SKIBELL, *Bénédiction sur la lune*
MADELEINE ST JOHN, *Rupture et conséquences*
VIDOSAV STEVANOVIC, *La même chose*
MADELEINE THIEN, *Une recette toute simple*
HITONARI TSUJI, *Le bouddha blanc*
HITONARI TSUJI, *La lumière du détroit*
HITONARI TSUJI, *L'arbre du voyageur*
SAMRAT UPADHYAY, *Dieu en prison à Katmandou*
SAMRAT UPADHYAY, *Le maître de l'amour*
DAVID VOGEL, *Le sanatorium*
VIGINIA WOOLF, *Les années*
VIRGINIA WOOLF, *La maison de Carlyle*
JIANG YUN, *Délit de fuite*
LAJOS ZILAHY, *L'ange de la colère*
LAJOS ZILAHY, *Le siècle écarlate*

À paraître

ELLEN DOUGLAS, *Le brasier d'une vie*
ANNELIES VERBEKE, *Dors*

Composé et achevé d'imprimer
par la Société Nouvelle Firmin-Didot
à Mesnil-sur-l'Estrée, le 26 octobre 2005.
Dépôt légal : octobre 2005.
1er dépôt légal : mai 2005.
Numéro d'imprimeur : 76339.

ISBN 2-7152-2517-2/Imprimé en France.

141039